译文纪实

BRAVE NEW HUMANS

The Dirty Reality of Donor Conception

Sarah Dingle

[澳]萨拉·丁格尔 著
邓南君 译

美丽新人类

上海译文出版社

为了山姆和喜剧三人组

序　言

那天是复活节。一个周六的晚上，我给她带了花，我们坐在距离牛津街几米远的一家越南餐馆里。

27 岁的我模糊地意识到时间不再是无限的。我热爱我的工作。我不想很快要孩子。但我也不想在埋头工作时错失其他的选择。我母亲并不总是我寻求建议的第一个对象，但她的人生经验比我多。她生育了我。

“妈妈，我知道你生我时挺高龄的，”我小心翼翼地说，“那你怀我时有什么困难吗？”

她的眼神闪烁。我母亲 60 多岁了。她是马来西亚华人，留着短短的花白头发。

“为什么问这个，莎拉？”

“因为，”我解释说，并意识到这是我们之间一个不同寻常的私人问题，“因为我不确定我现在是否想要孩子，还是根本不想要，我想知道这事儿能拖到什么时候。如果有个最后期限的话，我有必要知道。”（我说话的方式真不愧是个记者。）

她在座位上动了动。“也许现在还不是告诉你的好时候。”她耸耸肩，“不过，你爸爸不是你的亲生父亲。”

什么？

“你在开玩笑，对吗？”我说。

“没有。我们……我们一直怀不上，最后发现是你爸爸的问题。所以我们借助了捐精者。”

什么？

“你一定是在开玩笑！妈妈——是玩笑吧？”

“不，不是。”

片刻沉寂之后——

“但唯一的区别，”她迅速开口，一口气说完她要说的话，“对你来说，唯一的不同只有你的病史。只需要弄清你的病史就行了。因为你父亲就是你的父亲。他爱你如己出。你找不到比他更好的父亲了。他是你最棒的父亲。”

我母亲现在显得很焦虑。她说：“这没有改变什么，不是吗，莎拉？”

我感觉房间里的气压下降了。灯光和墙壁都变得很黄，周遭的声音也消失了。我的大脑回响着她刚刚告诉我的事情，拒绝作出反应。

就在这一停顿中发生了一些事情。当你是一名记者时，你很难完全置身其中：某个外在的自我总是站在远处，观察着，记录着。因此，尽管处于震惊之中，我还是自动捕捉到了谈话中力量的流动。

这是她放下防备的时刻。她其实并不是在问我。她是在寻求安慰。而且她需要马上听到。

我想尖叫，想扯掉桌布，想砸东西，想去洗手间大哭一场。

“不，”我说，“没什么区别。”

这就是我得知自己是通过供体受孕出生之后的第一个感受：你对整件事情的感受得排在最后。

第一章

在那一夜之前——在灯光变黄、背景噪音减弱、世界支离破碎之前——我对自己的认知是这样的：在悉尼长大的 80 后。独生女。家里只有我、爸爸和妈妈。

我们经常旅行。我们每年都去马来西亚，去吉隆坡看望我母亲那边的家人。我的父亲是一名旅行社代理人。在互联网出现之前，这是个非常重要的职业。在我出生之前他经营着苏联旅行团，开着旅游巴士，告诉参团的人们多带几条美式牛仔裤，可以卖给当地人。等到苏联解体之后，父亲的生意就主要集中在东欧。他在莫斯科设立办事处时，我们曾在那里住了一个月。我们去过中国，去过我叔叔家，还去了丝绸之路，一路试住我们觉得有潜力的宾馆。

我不知道爸爸为什么会对东欧和中亚情有独钟，但那绝对是一个与他的成长环境截然不同的世界。爸爸生于阿德莱德（Adelaide）① 的白人中产阶级家庭。童年时，他在阿德莱德山养过一匹马。他是一名童子军。在他那个年代，会打网球和壁球是一种重要的社交手段。我爸爸的家人现在都还生活在南澳大利亚州（South Australia）。每年圣诞节，我们都会从悉尼开车去阿德莱德看望他们，对我来说，这意味着要在汽车后座坐上 14 个小时，脚边还趴着一只狗。

我爸爸长得很帅。他个子高高的，有着棕色的鬈发和蓝色的眼睛，笑起来会发出响亮而颤抖的笑声，就像割草机启动时发出的动静。他喜欢打扮得时髦干练。让我印象深刻的是他对藏青色衣服有着几乎不可动摇的偏爱。我和爸爸长得并不像。但这从未引起我的警觉。我只能告诉你们：作为混血儿，我们和父母总是不太像的。我们从未完全属于任何人，除了偶尔属于彼此。

我和父亲在外貌上的差异从未困扰过我，原因之一可能在于，我们的性情非常相似。我们相互理解。我们可以把彼此逗得开怀大笑。当我还太小不能上学时，他会早早起床，让我做绘画练习。周末，他带我去运动，让我陪他一起工作。我上高中后，他对我要求很严格。每当有人提到“虎妈”这种（种族主义的）刻板印象时，我都很恼火，因为在我们家是我的白人父亲认定了人生必须追求成功，而不是我的华裔母亲。

爸爸从没上过大学。他高中也没有毕业。我想，这两件事都令他遗憾，因此他对我的教育非常执着。虽然当年还没有“怪兽家长”的说法，他的行为已经堪比怪兽家长。他坚持让我练习曲棍球和篮球。他坚持让我学习钢琴。甚至在我们住在莫斯科期间，他也为我找到了一位钢琴老师，让我能继续学琴。

爸爸监控我所有的学习成绩。他和我争论我的科目选择。他动不动就买小说给我读，并在每本书上写下购买的日期、地点以及赠送给我的由头。

进入高中后我学习了德语，15 岁的我要求去德国做 3 个月的交换生。在最后一刻来临之前我都没有意识到这件事多么艰巨。

但在机场，一想到要离开父母家人和所有熟悉的一切，我突然感到一阵心悸。

“我害怕。”我脱口而出。

爸爸拥抱了我。“别害怕。永远不要害怕。”

这是他和我面对面说的最后一句话。

在德国迎来白色圣诞节的那天，我接到一个电话。显然我父亲从梯子上摔下来，摔断了胳膊。但电话里我母亲的声音在颤抖。我必须

① 南澳大利亚州首府，澳大利亚第五大城市。[本书脚注皆为译注]

回家。

不得不缩短交流时间让我生气，这是一种极其无益的青春期反应。我收拾好所有东西后，寄宿家庭的父母把我送到了机场。

我们抵达登机口时，德国寄宿家庭的母亲把我紧紧地抱在怀里并开始哭泣。在此之前她一直是个非常不苟言笑的人，我把她的眼泪归结为她意外的温柔。飞机经停新加坡，在停留的7个小时内我试图弄清楚到底发生了什么。我的交换期几乎还没开始就结束了。我该如何向我的朋友们解释呢？青少年们就是如此长期以自我为中心。

我飞抵炙热的阿德莱德。母亲和教父来机场接我。直到我站在她面前叫出她的名字，我母亲才认出我来：看来我长大了。

在车上，我告诉他们我给爸爸准备了一份礼物。是我在德国机场买的一大捆茴香棒棒糖。爸爸酷爱甘草糖，就像上瘾了一样。

“我什么时候能把礼物给他？”我问。

我看到正在开车的教父和坐在副驾驶座上的母亲交换了一个眼神。

“也许晚些时候吧。”其中一人说。

我们把车停在了医院门口。

像往年一样，我父母是来爷爷家过圣诞节的。我爷爷已经90多岁了，还住在家里。爷爷家的电力出了问题。我父亲被要求上屋顶去查看一下。

结果我父亲触电了。他从梯子上摔了下来。（后来证明，他的骨头摔断了。）他被紧急送往医院。大约1天后，当我从地球另一端赶到医院时，他仍然处于昏迷中。

我想他是强撑着在等我。

他的皮肤呈现出病态的芥末色，还有一股奇怪的气味。他不停地出汗，我母亲就不停地擦拭他的额头：这是一个令人痛苦的无声循环。除此之外，他看起来还算正常。我想我后来才发现，在被毯子盖住的他的身体上有电流穿入和穿出的灼伤，但我不确定：那些日子在记忆中是一片模糊。

我不自在地走到他的床边，自顾自地开始和他说话。我向他保证，我一定会在高中最后一年好好学习。我明显感觉到这才是他真正想听的。

他再也没有醒来。那天晚上，监测他生命体征的机器上，心电图归于直线。

在我15岁时，我父亲去世了。我没有兄弟姐妹。我的直系亲属只剩下我的母亲。至少我是这么认为的。

第二章

在那间病房里发生的事给我留下了多年难以磨灭的印记。那里的一切都历历在目，且在某种程度上不同寻常——声音太大，颜色太暗——只除了最终我父亲的离世。但每件事都有另一层，我看不见的另一层。

尽管我拥有所有感官记忆，但那天在病房里发生的事情并非事情的全部。要等到 12 年过去后的一个周六的晚上，在那家餐馆里，我才了解到事情的真相。

复活节晚餐获知真相后，我浑浑噩噩地回了家。我不知道自己是怎么到家的。在公寓里，我蜷缩在沙发上嚎啕大哭。没有别的词可以形容。

不知什么时候，我给当时的男朋友打了电话，他人在国外。我哽咽着说出了事情的原委。

“她说他不是我的父亲。”我喃喃地说。

“她什么？”

“他不是我、我的父亲。”

“她什么意思？她有过外遇？”

“他们借助了［哽咽］，借助了一个供体。”

“什么？”

电话那头，我的男朋友沉默了。

“我不知道该说什么。”他最终说道。

我又嚎啕大哭起来。他安慰我。然后我说出了心里真正的想法：

“他不是我生父，”我抽咽着，“爸爸，他不是……他不是我的。”

我不是心理医生，但我现在知道，当一个人发现自己是通过供体受孕出生时，会经历一些普遍的情绪阶段。与所有过程一样，具体阶段取决于个人。有的人可能会跳过某些阶段，也可能在其他阶段徘徊。

我的第一个阶段是悲伤。我以为是我父亲的那个男人在我 15 岁那年就去世了。现在，12 年后的今天，我仿佛又回到了葬礼现场，在炎热的阿德莱德，蝉鸣声此起彼伏。场景是一样的，但我不一样了。我是个闯入者，因为：他从来就不是我的。

我一直相信，当一个人逝去，如果你爱他，他就会永远属于你。在知道真相前，这种想法一直令我感到安慰。

我被骗了。我觉得自己像个傻瓜。我连这点安慰也失去了。

随后的几个月，我像往常一样生活。我去上班。当时我是澳大利亚广播公司（ABC）全国性时事新闻栏目《7.30》的记者。这是我多年来梦寐以求的工作。即便在状态最好的情况下，这也是一份颇为吃力的工作。但我状态不佳。我努力让自己振作起来。我只将事情告诉了少数几个人。大多数时候，我闭口不言。

我当时一团糟。

每天早晨，我看着镜子里的自己，我不知道看到的是什么。我都认不出自己了。如果你是在澳大利亚长大的亚裔，你很容易忘记自己看起来与周围的人有多么不同。我的大多数朋友都是白人。我的伴侣是白人。广告、杂志、报纸以及澳大利亚电视上的一切——从新闻到最垃圾的真人秀节目——绝大多数都是白人。就连我的工作单位，一家公共广播公司，也仍然是一间极度白人化的机构。在我工作时拍摄的照片或电视画面中，周围大多是白人，我有时会惊讶于自己在外貌上的与众不同。但对于自己的面孔，我总能感到一种紧密的连接：**我**

与众不同，但我就是我。

现在，这种连接被打破了。

照镜子的感觉不一样：它更糟。我现在不明白我看到的是什么，好像我的大脑无法解码。我的脸变得只有颜色和区块。它的形状毫无意义。它不是一张脸，而是一件东西。我对自己一无所知。

站在镜子前，我挣扎着，心想：只有一半中国血统或许能帮助我重新找到某种坚实的基础。因为很明显我的生父不是中国人。他可能是盎格鲁-撒克逊人，就像我一直认为的那样。也可能不是。

我重新审视自己的脸。我试图把中国人的特征（已知的）和其他特征（未知的）区分开来。然而一切都是徒劳。

整体大于部分之和。不幸的是，它的另一面是：一个整体不能被分解成那些部分而仍然保留其意义。在亲生父母中只有一个已知的情况下，试图找出**哪些特征**来自**谁**，就好比在整块蛋糕已经烤好之后，试图把它还原成原来的成分。

有些早晨，我从数学角度思考这个问题：如果我有了答案，我能倒推出等式是什么吗？当然不能。答案相同的等式可以有无数个。我有可能几乎遗传了我母亲的全部，也有可能几乎没有。我有一头黑发。我有深棕色的眼睛。我浅色的肌肤也会被晒得很黑。我身高中等。鼻子挺直。所有这些特征都可能来自我母亲或父亲中的任何一人。

你怎么能从一张脸上剔除一些东西，然后再去理解剩下的东西呢？

每天早上，我都会对着镜子这样胡思乱想一通，然后去上班，而我本该在我的岗位上报道我们国家面临的重大问题。这不是理想状态。更有甚者，我还得忍受慢性疼痛。

在得知身世真相的6个月之前，有一天我正在公寓里用吸尘器打扫卫生，音乐开得很大声。突然，我的臀部传来一阵剧痛，就像被一根铁棒刺穿了似的。我两眼发黑。等疼痛过去后，我踉踉跄跄地走向放着手机的长凳。我给妈妈打电话告诉她我出事了，她必须来找我。然后我就晕了过去。

我醒来时人躺在地板上。音乐还在响。我试着站起来，但只要一动四肢，就感受到一阵剧烈的疼痛和恐惧。这让我再次晕了过去。醒来后，我就躺在那里。我知道自己没有瘫痪，因为我的手指和脚趾还能动。感觉上过了大概几个小时之后，我母亲和一些医护人员闯了进来。他们把我扶起来，放到床上。

在接下来的几星期、几个月、几年里，我经历了核磁共振成像、CT、理疗、骨科、整脊、针灸、按摩、神经外科和疼痛诊所等一切诊疗手段，并得知自己患有椎间盘突出症。这是一种常见的损伤，尽管在20多岁的人群中不太常见。我的椎间盘“滑脱”（多可怕的用词）了，而且已经干瘪——失去了海绵的质感。椎间盘周围的肌肉已经开始痉挛，这是我必须持续要处理的问题。

不幸的是，慢性疼痛并不纯粹是生理上的；在某种程度上，它与一个人的精神状态密不可分。发现父亲不是我的生父，以及无法从镜子中认出自己的脸，这意味着我的精神，继而我的身体，承受着巨大的痛苦。我极度沮丧。这种痛苦与我尚未平息的“丧父”之痛交织在一起。爸爸去世时，我曾以为那也许是我这辈子遇到的最糟糕的事情了。

然而看起来有的人可以死两次，这似乎很不公平。

我不得不离开了《7.30》栏目。似乎每隔几个月我就会再次瘫倒在地，在一星期甚至更长时间内不能动弹。在我能够活动并工作的时间里，我每天工作不能超过4个小时，否则就会疼痛难忍。我转行做了电台时事节目主持人，每天早早地拖着沉重的步子回家，在痛苦中度过午后时光，感觉自己一无是处。我还不到30岁，而我的生活感觉已经到头了。

但发生了几件事拯救了我。首先，我尝试了一些新的事情。由于只工作半天，我感到无聊透顶，于是报名参加了一个晚间的创意写作课程，学习创作（在多年的新闻工作之后，这感觉就像在度假）。为了缓解疼痛，上课时我仰躺在教室后面的一排课桌上，而其他人则坐在前面。这很怪异，但他们都接受良好；写作者们对怪癖真的很宽容。

我有大把的假期，所以我抛弃了我的脊柱支架，花了6个星期去意大利旅行散心。如果我再也无法从事梦想中的工作，我一定要去享受美食。而如果我的人生就此结束，我决定宁愿把剩下的钱用于欧洲之旅，也不愿意花在核磁共振这样糟糕的事情上。我计划了一串古怪的短途飞行前往意大利，中途的多次经停是为了避开疼痛。我在机场、火车站和停车场做地面伸展运动。我在意大利的多家爱彼迎（Airbnb）民宿里度过了许多时光，平躺在房间里休息或冥想。回到悉尼后，我结束了长达7年的恋爱关系。我一个人搬了出去，同陌生人合租。我下定决心，害怕和兴奋总比被桎梏在一成不变和悲伤的漩涡里要好。

在这一切的背后，我还在思考着母亲对我说过的话。

我的30岁生日快到了。我已经改变了很多，结束了很多东西，但我还需要什么呢？

在一个典型的A型人格[①]时刻，我列了一张清单（标题是“去他妈的我的生活：待办事项”）。清单上的所有项目都用大写字母列出，并附有方框用来打钩。其中有短期目标（轻松翻身），也有非常非常长期的目标（买房子）。清单的最后一条是：找到亲生父亲。我把清单贴在墙上。

常言道，新闻是历史的初稿，但或许更好的说法是：新闻是社会的最新动态。记者的任何遭遇都是可用的素材。我不知道自己是谁，

---

① 美国心脏病专家迈耶·弗里德曼（Meyer Friedman）及其同事雷·罗森曼（Ray H. Rosenman）在合著《A型行为与你的心脏》（*Type A Behavior and Your Heart*）中将人的性格分为A型和B型两种。A型人格者表现欲和竞争欲较强、容易急躁和紧张，B型人格者则与之相反。两位作者通过研究发现A型人格者患有冠心病的概率远高于B型人格者，由此得出情绪与特殊疾病相关的理论。

我对自己的生活和未来一无所知。因此，我决定运用**新闻专业技能**走出困境。

我要进行调查。

这本书讲述的是供体受孕的漩涡——比你想象的更奇怪，比你可能意识到的更为普遍。这不是一本讲述准父母愿望的书。也不是一本关于夫妻使用自己的生物材料进行生育治疗的书。这本书说的是凭借**第三方**材料而诞生的人类。这本书说的是利用收集的人体组织，而不是社会关系，来创造生命。

这是一本关于繁殖人类的书。

第三章

即使你从未踏足过生育诊所，或者从未想过要这样做，你也很可能见过相关的广告牌，听过电台的广告，或者在网上看到过相关的宣传。在市场上，不孕不育症的治疗被宣传得光鲜亮丽，是在白墙环绕的诊所里由沉着冷静、面带微笑的专业人士为中产阶级夫妇提供的服务。然而，受孕从来没有保证。妊娠既不平和也不受控制。分娩更是一团糟。人类的不孕不育症治疗是纯粹的畜牧业——至少其中涉及选择性、机械性繁殖的部分是这样。对由此产生的新生命并没有提供持续的照顾。

人类第一例有记载的人工授精并非像大多数人以为的那样发生在20世纪70年代，而是发生在18世纪70年代。当时在伦敦有一位名叫约翰·亨特（John Hunter）的医生。他后来成为那个时代，甚至是有史以来最著名的英国外科医生之一。

约翰·亨特没有接受过成为医学生所需的正规学校教育，因此他的第一份工作就是获取人类尸体供医学生们解剖。当时，唯一合法的方式就是取得被公开处决的杀人犯的尸首，因为只有杀人犯的尸体才被允许用于科学解剖。这项规定的本意是对任何潜在谋杀犯起到额外的震慑作用。但随着解剖学校的发展，这种只能使用被处决杀人犯尸体的规定确实限制了尸体的供应。没有足够的尸体来满足科学需求。怎么办?

令人不安的人体部位交易出现了。挖掘新坟、盗取尸体并将其出售给解剖学校的做法盛行一时。有人说，解剖学校里的大多数尸体都来自盗墓者，直到英国于1832年通过了《解剖法案》（*Anatomy Act*），允许解剖在其他情况下死亡之人的尸体。[1]

亨特最终获准成为解剖学校的一名学生，然后成为一名教师。在他死后很久，关于他行为的奇怪传言还在流传。一种说法是亨特故意让自己感染上一种性传播疾病，之后传言又变成很可能是他故意传染给了别人（嗯，这就说得通了）[2]。

约翰·亨特是这样一个人：他很可能是个盗尸人，性病好奇者，并于1776年医治过一名向他求助的亚麻布商。这名布商患有尿道下裂症，即尿道开口位于阴茎下方。这是一种常见的先天缺陷，并且可能导致不育，大约每150个男婴中就有1个患有此症。

在此之前，亨特曾成功地让飞蛾（没错，就是飞蛾）的卵子受精，因此他认为自己能够帮助这对人类夫妇受孕。亨特用注射器收集了布商的精液，并注入女方的阴道，之后女方就怀孕了。这种技术听起来似乎很简单。事实上，今天的畜牧业从业者和人类生育专家仍在使用这种方法，不过后者现在是直接将精液注入子宫。

据广泛记载，亨特对这名布商的妻子实施的人工授精手术令其成功怀孕——但并没有记录证实这位女士后来生下了一个活生生的孩子。这一区别值得注意。关于亨特的这个故事说明了不孕不育治疗的另一个基本方面，这一点现在仍然适用：治疗并不意味着得到宝宝，而且并非所有结果的含义都相同。对科学家来说，怀孕是可以计算的结果。许多诊所都会宣传自己的怀孕率。而对顾客来说，在这种商业交易中，唯一真正的衡量标准是活产率，而不是怀孕率。唯一重要的结果是生出一个活生生的孩子。

不过，这距离有明确记载的首例人工授精婴儿的成功出生已并不遥远。在亨特医治布商之后不久，一位天主教神父实现了哺乳动物的活产。这位意大利牧师，拉扎罗·斯帕兰扎尼（Lazzaro Spallanzani），同时也是一位自然科学家。1784年，他成功地对一只母狗实施了人工授精。几个月后，这只母狗生下了3只活蹦乱跳的小狗。第一窝人工授精活体狗崽诞生了。比赛开始了。

1868 年发表的一篇论文中报告了一对法国夫妇人工授精成功的案例。该论文称，事实上，早在几十年前的 1838 年，一位名叫吉罗（Girault）的医生就曾为一名年轻的伯爵夫人实施了人工授精，令其在第二年生下了一个儿子。

但直到 19 世纪 80 年代，人类才达到一个关键的里程碑，它将对全世界数百万人产生深远的影响。1884 年，一位美国医生成功地运用人工授精令一名女性顺利产下一子。这位女性当时已婚。但关键的是，使用的精子并不是她丈夫的，而是来自另一名男性——一位捐赠者。这很可能是第一个有记载的供体受孕成功案例，也是第一个供体受孕婴儿的诞生。

随着这个孩子的出生，人类生殖进入了第三方材料时代，这比我的出生早了 100 多年。

这个首例供体受孕婴儿的情况为以后的事情奠定了基调。对那位医生来说，这是事业上的胜利。而对于职业医学伦理而言，这是一个不幸的开端。这首例供体受孕成功生产案例中充斥着令人不安的医患关系和一大堆谎言。

1884 年，在费城桑塞姆街医院（Sansom Street Hospital）工作的威廉·潘科斯特（William Pancoast）教授接待了两位新病人——一对贵格会教徒夫妇，妻子 31 岁，丈夫 41 岁，二人看起来都很健康，却无法怀孕。接下来发生的事情在 1909 年寄给《医学世界》（*Medical World*）杂志编辑的一封信中被披露出来。信的作者是潘科斯特以前的学生，这名倒霉的学生名叫艾迪生·戴维斯·哈德（Addison Davis Hard）。[3]

潘科斯特教授挑选了一组高年级学生参加他对这对夫妻的会诊。教授认为问题出在女方身上。然而，经过“非常全面”的集体检查后，并没有发现任何问题。学生艾迪生·戴维斯·哈德是这样谈及此次检查的：“据我所知，在这次检查中第一次发现了子宫在性高潮时的抽吸功能。”（我在此指出，强奸受害者有可能达到性高潮；性高潮本身并不是同意的标志。）不管用了什么方法，在排除了女方的问题之后，教授发现她丈夫的精子数量极少，可能是淋病所致。教授认为他可以治疗这位丈夫。但经过 2 个月未详细说明的“精心照料”之后，情况没有任何改变。

在一个更像是男更衣室的场景中，潘科斯特班上的一个学生开玩笑说：“解决这个问题的唯一办法就是招个雇工。”用艾迪生·哈德的话来说：

“使用氯仿对女方实施了全身麻醉之后，用硬橡胶注射器将来自班上最帅的那名学生的一些新鲜精液注入她的子宫，再用纱布稍微塞住子宫颈。患者夫妻双方当时都不知道发生了什么。”

“后来，”艾迪生·哈德写道，“教授对自己的行为悔恨不已，并向丈夫解释了整件事。”而不是告知接受手术的妻子。艾迪生·哈德继续写道：“虽然看起来很奇怪，但那个男人得知情况后很欣喜，并与教授合谋不让女方知道她受孕的实际过程。”

那名妻子生下了一个男孩，而这个男孩和他的母亲一样，大概永远也不会知道他的身世真相。

情况并没什么变化。

第四章

在人工繁殖人类的技术你追我赶之时，人工繁殖农场动物的竞赛也在快速进行，甚至更快。这两条路经常出现交叉。

1898 年，俄罗斯科学家伊利亚·伊万诺维奇·伊万诺夫（Ilya Ivanovich Ivanov）在莫斯科建立了他的实验室。10 年后，经过对农场动物、狗、狐狸、兔子和家禽进行的人工授精研究，他开发出一种可用于所有牲畜的人工授精程序。[1]他的想法传播开来。曾与他共事的日本科学家石川博士（Dr Ishikawa）回到日本后开始在马匹身上实施人工授精计划，随后日本科学家们又将此技术用于牛、绵羊、山羊、猪和家禽身上。同样熟悉伊万诺夫工作的丹麦科学家爱德华·索伦森（Eduard Sørensen）于 20 世纪 30 年代中期在丹麦组织了第一个奶牛人工授精合作社。索伦森的研究成果推动了其他西方国家对奶牛进行人工授精。

索伦森是第一个想到用细管分装精液的人，他的灵感来自小女儿生日派对上的玻璃纸吸管。时至今日，不孕不育诊所仍然用细管来分装销售人类捐献的精子。[2]

20 世纪 40 年代，利用人工授精培育奶牛的技术在美国迅速发展。二战后，精液冷冻的新技术开辟了精液分销的新天地。[3]

无论是动物还是人类，体外受精将在不远的未来得以实现，这也就是阿道斯·赫胥黎（Aldous Huxley）在其《美丽新世界》（*Brave New World*）一书中所说的“外生”。赫胥黎的《美丽新世界》出版于 1932 年。同样在 30 年代，哈佛大学的科学家试图利用兔子开发体外受精技术。体外受精或试管受精（IVF）的字面意思就是在玻璃试管内受精，让生命的组成部分在培养皿中融合。但他们的目标没有实现。直到1959年，在美国伍斯特基金会（Worcester Foundation）工作的年轻华裔科学家张明觉（MC Chang）才最终实现运用体外受精技术孕育出活生生的兔子。这改变了游戏规则。如果能在兔子身上实现，那么也能在其他哺乳动物身上实现。在人类身上也可以实现。

张明觉实现了2项首例：据报道，为了创造第一只活产试管兔子，他使用了来自另一只母兔的供卵。他不仅实现了第一例体外受精培育哺乳动物的活产，还实现了第一例哺乳动物供卵后代的诞生。[4]

在整个20世纪，人类供体材料的使用也变得越来越普遍。没有确切的数字，因为没有人统计所有像我这样的产物——供体受孕带来的孩子——的数量。时至今日，澳大利亚、美国和英国等国家都没有全国性数据来统计在本国通过供体受孕出生的全部人口。与此同时，奶牛等动物的饲养者对各种情况都做了细致的记录，包括血统、健康状况、后代数量和个体身份。

许多人认为，供体受孕——尤其是它在临床中的大规模应用——是近期才出现的，但我在澳大利亚认识的供体受孕者子女中年纪最大的出生于20世纪60年代。澳大利亚的第一家生育诊所是1938年在悉尼成立的。[5]1940年，英国的巴顿诊所（Barton Clinic）开始营业，随后它将利用供体受孕技术创造数百名孩子。[6]而至少在澳大利亚的维多利亚州，医生们从20世纪40年代起就开始提供供体受孕服务。澳大利亚很快就将迎来医生造人的百年纪念，这也是整个社会的家庭关系变得更加复杂的100年。在最初几十年中通过供体受孕出生的人已经有了自己的孩子，甚至有了孙辈。然而，无论是州政府还是联邦政府都没有完整地记录下我们这样的人是如何出生的，以及是谁给了我们生命。尽管澳大利亚在这一领域享有盛誉，但澳大利亚没有一个政府如实记录自己公民的情况。

在20世纪的最后几十年里，也就是人类生育治疗蓬勃发展的关键时期，澳大利亚在辅助生殖技术方面走在了全球的前列，澳大利亚科学家们实现了一些最早的重要里程碑。

事情要从20世纪70年代说起。尽管精子捐献在全球范围内早已存在，但其商业化进程正是从这个时候开始的。1972年，澳大利亚第一家冷冻精子库在阿德莱德成立。然而，这种方式远未普及。10多年后，澳大利亚东海岸最大的诊所仍在使用新鲜而非冷冻的捐献精子为女性提供治疗——基本上是“随捐随用”。

到了70年代中期，仅仅使用第三方材料制造人类婴儿已经拿不了头奖了。澳大利亚乃至全世界的医生们都在争夺一顶新的桂冠，一种不可思议的未来：他们想在实验室里创造人类生命。

墨尔本的一家诊所报告了世界上第一例体外受精的人类妊娠。1971年，维多利亚女王医疗中心（Queen Victoria Medical Centre）的亚历克斯·洛帕塔（Alex Lopata）医生开始收集女性的卵子，并尝试在实验室中让它们受精。1973年底，在多次尝试对不同患者进行胚胎移植均以失败告终之后，终于出现了“令人鼓舞的早期妊娠”。这名患者当时正在维多利亚女王医疗中心接受输卵管堵塞的手术修复。医生们取出了她的卵子，在实验室里培育了一个胚胎，3天后又将它成功地植入了仍在康复中的患者体内。

“不幸的是，几天后她的手术伤口破裂，陷入休克，不得不返回手术室修复腹部，”洛帕塔回忆说，“病人恢复得很好，但不幸的是，第二次手术后她流产了。”[7]这无疑是加倍的医疗创伤。科学家们继续一往无前。

令墨尔本团队懊恼的是，5年后英国科学家们打败了他们，率先到达终点。1978年7月25日，世界上第一例“试管婴儿”路易丝·布朗（Louise Brown）诞生了。[8]2年后的1980年6月，墨尔本团队终于报告了成功的试管婴儿活产消息——这是澳大利亚的第一例，也是全球第三例。

如今，体外受精已经家喻户晓，任何人都可能认识尝试过该技术的人。甚至这个人可能就是正在阅读本书的你。体外受精已成为“生育治疗”的简称，但体外受精远非生育治疗的唯一形式。还有很多其他技术在过去和现在得以使用。大多数情况下，这些技术都是在女性身体上做文章。

有的技术是将精子注入女性体内。还有的是利用药物促进女性排卵。甚至还有一种有望被命名为 GIFT 的技术，是将收集到的卵子和精子放入女性的输卵管内，然后每个人基本上就是祈祷它们能够成功受精。（GIFT 的成功率很低，而且经常是由于宗教原因而被使用。）如果患者愿意，体外受精是全方位服务的选择。

随着体外受精技术在 70 年代末的推出，医生们能够在人体外创造生命。他们手头已经有了生命的组成部分之一：捐献的精子。精子可以使用新鲜的，也可以冷冻备用。很快，他们研究出了如何提取并成功使用另一半材料。

还是那支墨尔本团队完成了世界上第一例使用供体卵子的人类妊娠。（诚然，在所有这些“首例”中受孕的女性也应该分享这些头衔，但她们的名字大多没有被历史铭记。）然而，他们再一次没有实现活产。随后他们再次被打败，不是被英国专家，而是由一支美国团队在 1984 年实现了全球首例由供体卵子培育的婴儿成功活产。[9]

现在，捐卵和捐精都可以用来开启人类的体外受精——一种完全脱离人际关系的生命创造。

随后，在 1992 年，一位比利时医生将科学又向前推进了一步。他无意中开发出了将单个精子直接注入卵子，从而迫使卵子受精的技术。[10]

这是通常在电视节目中被展现的经典程序，是所有生育治疗的形象速写。你可能也在电视上见过这样的画面：在显微镜下，一个卵子被一根锋利的针刺入，然后一个精子顺着针尖进入卵子的中心。这就是所谓的卵胞浆内单精子显微注射（简称 ICSI）。通过 ICSI 技术，卵子会与实验室技术人员所选择的精子受精。就这样，ICSI 完成了一件相当了不得的事：它取代了自然选择。这其中的含义非比寻常。

自从 ICSI 被意外发明以来，它已经在没有随机对照试验的情况下被辅助生殖行业使用了数十年。

“ICSI 是一项巨大的实验，它没有在动物身上进行过试验，在某种程度上我们已经不必如此。”资深生育专家罗伯·诺曼（Rob Norman）教授说。他是阿德莱德大学的生殖与围孕期医学教授。上世纪 90 年代初，诺曼是澳大利亚第一个 ICSI 技术小组的副组长。该团队曾报告世界上最早的一些 ICSI 妊娠案例。“然后，当然，一旦我们开始在全球范围内［利用 ICSI］实现大量妊娠后，人们就认为没必要进行随机对照试验了，因为它很有效。”

因此，这项技术得以问世。然而，ICSI 反映了辅助生殖治疗的另一个方面，即在社会层面，我们在推出技术之前从未讨论过：我们真的应该这样做吗?

在自然受精过程中，经由女性生殖道成功到达目标的那个精子会与卵子结合，而其大多数同伴则已在途中死亡或掉队。2017 年，一项具有里程碑意义的美国研究发现，卵子并不只是静待精子，在选择哪个精子可能赢得比赛中，卵子也发挥了作用，这颠覆了长期以来人们认为卵子是一个温顺细胞的观念，证明了卵子在生殖过程中的积极作用。首席科学家乔·纳多（Joe Nadeau）的看法是，“这等同于配子在选择它的伴侣”。[11]

但 ICSI 技术意味着，精子并非卵子选择的，而是由实验室技术人员挑选的，而且技术人员的判断是主观的。诺曼教授说，对精子的选择通常基于 2 个主要特征：运动性（样本中有多少精子在真正运动）和形态（有多少精子“看起来正常”）。用技术人员眼里的“看起来正常”来取代卵子的作用是一个潜在的问题。经过几十年的实践之后，诺曼说 DNA 才是真正重要的。换句话说，重要的不是外表，而是内在。

如今，ICSI 通常作为体外受精周期的附加服务，其费用也是额外的。这种操作随处可见。如果已经为一轮体外受精支付了数千美元，谁会不愿意再掏点钱来确保卵子和精子乖乖听话呢？谁不想增加受精的机会呢？

罗伯·诺曼说，对于不孕的异性恋夫妻来说，有一个粗略的因果法则：三分之一由男方导致，三分之一由女方造成，还有三分之一源自未知因素。他说，ICSI 对于帮助因男方而不孕的夫妻能起到一定作用——它能在男方精子受精失败的情况下强制受精。但对于另外三分之二的案例来说，情况就不同了。再说一遍，唯一重要的结果就是能产下一个活生生的孩子。[12]

尽管多年来的研究结果表明，对于由女方或不明原因导致的不孕，ICSI 并不能增加其活产可能性，但世界各地的 ICSI 率却在飙升。在一些国家，ICSI 率已达到 100%。长期以来，罗伯·诺曼一直对 ICSI 的过度运用感到担忧。他把这种过度使用归因于临床医生的恐惧心理。

“［诊所］非常害怕告知病人‘受精失败，但我们下次会成功’，”诺曼说，“那你们第一次为什么不成功呢？……竞争的本质是，如果你不给我提供这种治疗，我就去找别人。”事实是这种威胁真的管用，而这毋庸置疑指向的是消费主义文化，而不是负责任的医学。

ICSI 无疑意味着收入。根据市场研究机构宜必思世界（IBIS World）发布的一份辅助生殖行业报告，2019 至 2020 财年，澳大利亚辅助生殖行业总收入为 5.68 亿澳元。仅 ICSI 一项就占到了这一数字的 47%——这是一个令人难以置信的比率，因为这种手术对很多不孕夫妻来说并不能提高活产率。

对 ICSI 的过度使用感到担心的并不仅仅是诺曼教授。2018 年，一组研究人员在期刊《人类生殖》（*Human Reproduction*）上总结了围绕 ICSI 出现的不安情况。他们指出，澳大利亚的一项大型研究表明，

ICSI 婴儿的先天性畸形率“明显高于”常规试管婴儿。他们担心的是，其他比较 ICSI 婴儿和常规试管婴儿的研究也显示，先天性心脏病、自闭症和智力障碍的风险增加以及新生儿 ICU 入住率上升都与 ICSI 有关。但作者也注意到，这样的研究结论并不普遍：也有一些研究显示两类婴儿之间没有差别，甚至有研究发现 ICSI 婴儿出现不良后果的风险较低。[13]

无论辅助生殖客户是不是异性恋，ICSI 如今在供体受孕过程中都占有重要地位。“如今，ICSI 几乎普遍用于供体精子，”罗伯·诺曼说，“很少有诊所愿意用供体精子对卵子进行宫腔内人工授精［向体内注射精子］，因为这种方法需要使用的精子要多得多。”在单次手术中使用的捐献精子越少，诊所能售卖的精子就越多。“因此有些诊所为使用捐献精子的女性提供 100% 的 ICSI。对于捐献的卵子，你也会发现使用了 ICSI，”他说，“我认为这还是因为捐献的卵子太‘珍贵’了，他们不想冒险。而对于冷冻卵子，毫无疑问需要使用 ICSI 技术。”

ICSI 技术在未经试验的情况下就进入了人类生育治疗领域，并在不到 30 年间就大行其道。它价格昂贵。购买它能带来类似于多巴胺的刺激，满足焦虑的消费者，但在许多情况下，它可能并不会提高患者的活产机会。它的风险仍记录在案。其长期影响尚不得而知。对于通过供体受孕出生的人来说，必须找到这些答案，因为他们是通过 ICSI 技术出生的可能性远远高于普通人。然而，ICSI 问题的全部规模和范围只有在事后回顾时才能知道。

在这一点上，ICSI 与供体受孕本身颇为相似。

如今，辅助生殖行业拥有越来越多可供使用的工具。体外受精和 ICSI 的使用比比皆是。卵子和精子都可以从第三方获得，胚胎也是如此。三者都可以冷冻起来，以便在日后方便的时候被解冻和使用。随着代孕的兴起，子宫也可以被借用或租用。这些技术可以混合搭配。

代孕者孕育的往往也是供体受孕创造的生命。像我这样在 80 年代初或更早出生的供体受孕婴儿往往是供体人工授精（即把精子注入女性的子宫）的产物。而 80 年代初之后出生的则更多的是试管婴儿。有时，代孕生产的婴儿既是供体受孕的产物，同时也是通过 ICSI 技术实现体外受精的婴儿。

常规体外受精和 ICSI 体外受精都只是技术：是实现目的的手段。人们可以用它们来创造自己的孩子，也可以用它们来创造在生物学上不属于自己的孩子。近几十年来，随着体外受精、ICSI 和供体材料的兴起，人们对生育治疗，特别是供体受孕的需求也急剧增加。

供体受孕增长的原因有很多：上个世纪，随着单亲养育不再是禁忌以及避孕措施使用率提高，可供本国家庭收养的儿童数量急剧下降；LGBTIQ+（性少数群体）伴侣接触和采用生育治疗的机会增加；希望独自养育子女的单身女性增多；以及成熟的或年长的准父母增多。越来越多的人推迟生育第一个孩子的年龄。这种延迟会带来对生育力下降的焦虑，其感知或实际的时间顺序是急躁、压力、绝望、生育治疗、可能的失败。然后，对一些人来说就有了所谓的救命稻草：捐赠的人体材料，通常来自更年轻、更有生育能力的人体。

如果这听起来像《使女的故事》（*A Handmaid's Tale*）里的情节，那是因为事实的确如此。供体受孕意味着对生命的组成部分采取极其机械的操作，为社会的某些群体制造孩子。

第五章

医学创造了我，医学也是我童年的一部分。从 20 世纪 70 年代开始，我母亲就在公立医院系统担任护士。她 18 岁时凭借护理奖学金来到澳大利亚。她告诉我，在马来西亚没有什么前途。

我母亲生于一种有着悠久的重男轻女传统的文化中，家里共有兄弟姐妹 6 人。在她小时候，她的家人，也就是我的外祖父母，非常贫穷。全家人一度住在一个用床单隔开的单间里，楼下住着一个鞋匠和一个裁缝。在 20 世纪 60 年代的马来西亚，如果没有学校里热门专业的亮眼成绩，也没有合适的族裔或性别，就没有任何出路。

于是我母亲申请了奖学金去阿德莱德学习护理。我觉得她当时根本不想当护士，只是想抓住一个好机会。母亲告诉我，她认为有一件事让她与众不同：面试结束时她问了一些问题，她询问未来会怎样。她表现出了兴趣和好奇心，因而赢得了一个名额。

60 年代末，我母亲为了奖学金搬到澳大利亚，从此定居于此，再也没有搬回家乡。当时有一批年轻的马来西亚女性来到阿德莱德接受护士培训，我母亲因此结交了许多终生挚友。她穿着喇叭裤和条纹高领上衣。她在一次聚会上认识了我父亲。有一次他告诉我，他注意到了她的唇形：弓形嘴唇。就是这样。

在我出生之前几年，我父母在悉尼定居，而母亲开始在皇家北岸医院（Royal North Shore Hospital）担任护士。我上过那里的员工托儿所，还记得小时候在员工游泳池里练习游泳的情景。妈妈下班后会把一次性手术袍带回家并穿着它炒菜，以免油溅到衣服上。医院一直是我们生活的一部分。

因此当我的父母想要一个孩子却发现无法怀孕时，他们自然会求助我母亲工作单位的专家。

我的父母去了公立皇家北岸医院的人类生殖科，那是当时国内主要的生殖门诊之一。这个科室有一个听起来很邪恶的名字："20 号门诊"（Clinic 20）。那是 1982 年。那一年，20 号门诊成功实现了新南威尔士州第一例体外受精妊娠，澳大利亚正遭受严重干旱，阿根廷和英国在福克兰群岛开战，迈克尔·杰克逊发行了专辑《战栗》（*Thriller*）。在美国和欧洲，已有年轻男性死于一种新的疾病：艾滋病。同年，澳大利亚确诊了首例艾滋病毒阳性病例。

为了弄清我是如何以及被谁创造出来的，我首先想到的是联系 20 号门诊。我想寻找诊疗记录，或许会有一份登记册，又或许那里的工作人员可以为我指点迷津——任何有助于我弄清我是谁的线索都可以。然而在这里我就遇到了第一个问题。

2011 年，当我开始寻找答案时，皇家北岸医院的 20 号门诊已经不复存在。事实上，它像是消失了。

皇家北岸医院是新南威尔士州最大、最负盛名的医院之一，由其公共资金筹建的澳大利亚领先的一家不孕不育门诊，在运营了 17 年后消失在私营领域。而当时恰逢生育治疗史上最具开创性的年代。

1977 年，20 号门诊在道格拉斯·桑德斯（Douglas Saunders）教授的领导下在皇家北岸医院成立。它使用供体材料为无法怀孕的异性恋夫妻提供治疗，并一直运营到 1994 年。新南威尔士州政府无法告诉我 20 号门诊利用供体受孕到底创造了多少孩子；他们说，如果我想知道，可以付费提交一份信息自由查阅申请来寻找答案。但他们不能保证这些信息确实存在。[1]

1994 年，公立系统的 20 号门诊突然变成了一家名为北岸 A.R.T.（或 NSART）的豁免私营公司，它的所有者是经营过 20 号门诊的道格拉斯·桑德斯和他的一位合伙人。[2]桑德斯及其合伙人以某种方式将这个由纳税人提供资金的门诊业务整个私有化了。在接下来的2年里，NSART显然一直留在公立医院营业。它似乎还在猎人山（Hunters Hill）的一家私立医院开展业务。[3]然后，它于1996年搬到了查茨伍德（Chatswood）的私人场地。

关于这项重要的公共业务私有化行为，我向新南威尔士州卫生部询问了一些基本问题。2个月后，我得到答复："卫生部无法找到任何出售这所辅助生殖治疗门诊的电子记录，也没有相关租赁安排的记录。不过，我们找到了一份与这所辅助生殖治疗门诊有关的纸质文件，并已要求提供。"近2个星期后，我得到了最新消息：纸质文件中"没有关于出售或出租辅助生殖治疗门诊的进一步信息"。

卫生部没有任何人能告诉我为什么要出售公立的20号门诊，或是卖了多少钱，甚至无法确认卖给了谁。

我不知道NSART及其共同所有人和主要专家道格拉斯·桑德斯是如何做到这一点的。但是，新成立的私营公司NSART作出了一个看来非常可疑的举动——它复制了原先公立门诊所有病人的治疗档案，并利用它们开展自己的业务。这些档案涉及接受治疗的女性及其丈夫的隐私细节，包括有关健康状况、阴道、卵巢、精子数量、检查结果、新生婴儿、对这些婴儿的私密检查等记录——所有这些记录都被复制并作为新成立的私营公司的财产保存起来。此外，NSART还带走了原先公立门诊仅有的一些精子捐赠者的记录——内容包括每位男性的精液、精液被分成多少管、精液的使用时间。而门诊原先所属的公立医院——一家政府服务机构——却没有留下任何这些捐精者的记录，甚至连副本都没有。

2002年，NSART及其业务似乎与其他3家诊所一起并入了一家更大的公司，即IVF澳洲（IVF Australia）。[4]2008年，IVF澳洲成为跨骏（Quadrant）旗下IVF控股集团（IVF Holdings Group）的一部分。IVF控股集团随后收购了墨尔本最大的诊所之一——墨尔本IVF

（Melbourne IVF），以及昆士兰州、新南威尔士州和维多利亚州的其他诊所，并将集团更名为维尔图斯健康（Virtus Health）。[5] 2013 年，维尔图斯健康在澳大利亚证券交易所挂牌上市。[6]

如今，维尔图斯健康是澳大利亚迄今为止最大的辅助生殖运营商。市场研究机构宜必思世界于 2020 年 3 月发布行业报告称，维尔图斯健康的收入接近 2.5 亿澳元（2.198 亿美元），占澳大利亚辅助生殖行业总收入的 38%。[7]

澳大利亚最大的 3 家辅助生殖运营商——维尔图斯、莫纳什（Monash）和吉尼亚（Genea）——在辅助生殖业务蓬勃发展的国际舞台上也大显身手，吸引着投资者的注意。维尔图斯的业务遍及英国、新加坡、丹麦和爱尔兰。莫纳什 IVF 在马来西亚和中国开展业务。吉尼亚的业务涉及新西兰、泰国、中国香港、英国和美国。澳大利亚向全世界输出生育力，而全世界也对此报以浓厚兴趣。《经济学人》（*Economist*）2019 年报道称，全球生育相关产业的年销售额高达 250 亿美元，预计这个数字将在 7 年内达到 410 亿美元。[8]

我对 20 号门诊和自己身世的初步探寻最终指向一个庞然大物。我意识到，创造了我生命的那家公立门诊现在隶属于维尔图斯健康某子公司旗下的某个实体。要了解我本人的身世真相，我就必须向维尔图斯健康提出申请。

我致电 IVF 澳洲的办公室。我的电话被转给一位女士，她负责接待像我这样的人，也就是那些回来探寻真相的供体受孕者的孩子。我将称呼她玛丽（Mary）。玛丽记下了我的详细信息，然后说我很有可能找不到自己的生父，因为在我母亲怀上我的 1982 年，“法律和现在不同”。

然后，她给我讲了一个让我难以置信的故事，是关于 20 号门诊还属于公立门诊时的运营情况的。

1982 年时新南威尔士州尚未颁布任何有关供体受孕的法律，但这并没有阻止包括公立医院在内的机构提供这种服务。在20号门诊，男性捐精者获得保持匿名的承诺。玛丽说，当时的约定是，他们所捐精子产生的后代永远无法找到他们。

20号门诊通过为每位捐精者分配一个代码来实现匿名捐精。澳大利亚很多不孕不育诊所都这样做。但大家并没有使用统一的代码系统。代码可以包含字母和数字。有些代码与捐精者的真实姓名有关，比如T4，意味着捐精者的姓氏以T开头。给我生命的皇家北岸医院喜欢使用3个字母的代码：BXQ、LMD之类的。

IVF澳洲的玛丽在电话中说，她可以找到我生父的捐赠者代码，但这个代码只能提供我生父的最基本信息。这正是代码系统的意义所在。也就是说，在我母亲的治疗记录中——这也是我有可能找到的全部文件——捐赠者都会用一个代码来表示。然后，诊所可以另外检索该代码，并找到与代码对应的捐赠者的家族病史信息。这些信息无关身份，其中既没有我生父的名字，也没有照片，也无从得知他是否和我一样喜欢吃橄榄。

玛丽说，我必须明白，只有在我的捐赠者曾特地向诊所明确表示同意的情况下，才能将我生父的姓名告诉我，但这种可能性微乎其微。我并不感到惊讶，但还是很失望。不过，我还是想了解他们掌握的一切信息，尤其是病史。

玛丽说，她会在2个星期内打电话来把我的信息告诉我。我焦急地等待着。自从那次复活节晚餐后，我对自己的一切认知都被颠覆了。现在有了一丝微弱的希望：我想停止这种糟糕的感觉，继续面对新的现实。从她能找到的一点点信息中，我将慢慢重建我自己。

但2个星期过去了，电话没有来。我稳住了自己。但整整一个月过去了还是音讯全无。我再次致电IVF澳洲。在那2个星期里，玛丽根本没有试图联系我，而是去国外休假了。IVF澳洲那光鲜亮丽的办公室里也没有其他人跟进这件事。

这是第一个警示信号，表明我正在与一个对于它创造的生命毫不关心的机构打交道。

最终，玛丽结束休假并给我打了一个电话。她说她找到了我的档案，然而里面关于我生父的信息都被门诊部故意剪掉并销毁了。

我难以形容自己听到这个消息时的感受。

被销毁的不是捐精者的姓名记录，因为我母亲的治疗档案中本来就没有这个。被销毁的是记录中出现的所有捐赠者的 3 字代码。

有关我被怀上的档案中没有捐赠者的代码，这让我不知所措。我再也没有机会找到我的生父或同父异母的兄弟姐妹。这种蓄意破坏居然发生在一家公立医院里。

玛丽说旧档案中的捐赠者代码有时会被销毁，因为“那时候的情况不同”。她的语气平淡，显然以前也曾遇到这种情形。

在未来的几周、几个月和几年里，我还会反复听到这句话很多很多次。现在还有人跟我这样说。无论是医疗系统、家长、诊所还是医生，面对我的询问时都在不断重复这句话，似乎这样就可以免除他们的责任。这十分荒谬。事情是发生在 20 世纪 80 年代，不是中世纪的黑暗时代（Dark Ages）。医疗记录是一项法定责任，故意篡改医疗记录以掩盖对患者所做的事情，绝非，也从来不是任何从业者、诊所或医院的正当行为，更不用说是公立医院了。

电话里，IVF 澳洲的玛丽还在说话。档案被篡改了，捐赠者代码也被销毁了。除此之外，玛丽还说，没有我母亲的允许，我就无权查看这些档案，因为它“属于”我母亲。从法律上讲，我母亲才是患者。

我是无足轻重的。我无权查看任何有关我被孕育的信息，他们也不会让我查看。尽管他们创造了我，却不承认我的存在。

我转而请求母亲同意我查看档案。她拒绝了。

第六章

在我被怀上的年代，实际上多年以来，医生们都告诉父母永远不要告诉任何人他们做了什么。他们让父母假装孩子是自己亲生的，是自然怀孕的。

20 世纪 80 年代，在 20 号门诊和许多其他诊所，并非由准父母们来选择精子供体。通常情况下，医生们会根据男方的身体特征（身高、眼睛颜色等）为接受治疗的夫妻匹配捐精者，以尽量减少“尴尬”穿帮的机会，并增加谎言的可信度。我母亲一生中只将真相告诉过很少的几个人，而他们几乎都已去世多年。

我在调查中了解到，在澳大利亚和世界各地还有许多其他通过供体受孕出生的人仅仅因为他们的父母不同意就被剥夺了医疗信息知情权，即便了解这些信息是他们与生俱来的权利，即便他们本人已经成年。相比之下，澳大利亚被收养人的情况则不同：要求获得亲生父母的身份信息是他们的合法权利——这是几十年心碎经历换来的一项对法律的修改。

在 20 号门诊隶属公立医院期间，其工作人员销毁捐精者代码的行为似乎违反了新南威尔士州卫生部自己规定的最低标准。1976 年 8 月，新南威尔士州卫生部发布了一份关于医院医疗记录的小册子（向整个部门传达政策的一种方式）。它规定了以下关于医疗记录的最低标准，称其存在的目的是“为了保护患者的合法利益”，“通过详细记录所有重要信息，使执业医师能够对患者进行有效的持续护理，并使任何其他执业医师能够随时接手对患者的医治”，以及“医疗记录必须包含足够的信息……以证明诊断和治疗的合理性，并准确记录结果”。它还补充说：“医院有责任保护记录中的信息，防止丢失和被未经授权的人使用。必须获得病人的书面同意或法院的传票，才能向主治医生以外的人员透露医疗信息。”[1]

新南威尔士州卫生部告诉我：“这份小册子直到 2005 年 1 月才转为新南威尔士州卫生政策指令。”所以，在此之前，所有这些听起来很重要的标准显然都是非强制性的。这似乎很奇怪。

看起来，20 号门诊销毁捐赠者代码的做法似乎并没有违反特定的法律。他们蓄意销毁供体受孕记录的做法令我甚至无法获得像基本家庭病史这样的非身份识别信息，然而，我找不到任何当时或现行的法律可以将这种行为定为犯罪。[2]

事实上，关于供体受孕的法律少之又少。

在我母亲怀上我的年代，新南威尔士州的诊所利用供体材料造人的做法已有多年，却还没有任何实际的立法来决定是否应该允许这种做法，更不用说关于如何做的立法。在 1982 年，澳大利亚没有任何一个州或领地制定了有关供体受孕（无论是人工授精还是体外受精）的法律。与此同时，澳大利亚的医生们几十年来一直在运用供体受孕人工地制造婴儿，并在医学期刊上发表相关文章。

人们可能会想各州和领地或许没有相应法律，但肯定有全国性的法律法规吧？关于用第三方材料培育婴儿的某种法律？某些规定？或者对这一切的监督？

什么都没有。

1977 年，澳大利亚法律改革委员会（Australian Law Reform Commission）曾呼吁采取行动，但 40 多年过去了，在本书撰写期间，澳大利亚政府仍然没有围绕通过供体受孕出生的——即以营利为目的制造出的——本国公民制定任何国家法律。时至今日，也没有任何关于生育治疗本身的国家立法。

联邦政府将生育相关行业的监管交给各州和各领地，这造成了巨大的不一致——基本人权的不一致——这本质上就是不公平的。为什么墨尔本人就能得到生父的姓名，而霍巴特人就不行呢?

但不一致并不是最大的问题。澳大利亚宪法将卫生监管权赋予各州。在撰写本书时，澳大利亚只有一半的州和领地制定了有关辅助生殖技术的法律。这些法律制度都不完美。而另外一半则根本没有相关法律。（为明确起见，这里的另外一半是指澳大利亚首都领地、北领地、昆士兰州和塔斯马尼亚州。）我说的“0 法律”不仅仅是没有供体受孕的相关法律，这些地区也没有任何关于生育治疗的法律。

2010 年曾出现过一丝希望。当时澳大利亚参议院展开了为期 8 个月的调查，考察了供体受孕、生育行业以及通过供体受孕出生者的权利。调查提出了一些很好的建议：制定全国统一的供体受孕法规，成立国家登记处将捐赠者和通过供体受孕出生者登记在册，以及支持通过供体受孕出生者应该有权知道谁是他们的捐赠者。有些专家甚至向调查组提出了有关联邦政府应该如何采取行动的建议，例如，利用联邦政府的对外事务权，这种权力被认为可以延伸到传统上属于各州的领域。[3]

2012 年，澳大利亚政府做出了回应。这份长达 16 页的答复基本上可以用一个“否”字来概括。

从本质上讲，澳大利亚政府的立场是，宪法没有赋予它在这一领域立法的权力；因此，它将所有这些都踢回给各州和各领地。

在我看来，“这不是我们的职责”的标准答复简直令人发指。在我看来，简而言之，它说明澳大利亚政府不承认有责任照顾自己的人民——在澳大利亚领土上由一个营利性产业蓄意制造出来的人民。联邦政府当然有采取行动的道义责任，尤其是在有一半的州和领地没有采取行动的情况下。更何况，联邦政府确实为生育行业提供了大量的联邦资金——根据宜必思世界的市场调研，澳大利亚是世界上少数几个向生育行业提供“大量政府资金”的发达国家之一。2017—2018年度的最新数据显示，有2.49亿澳元作为生育治疗的医疗保险回扣流向了该行业。[4]

发钱就没问题。但监管其使用显然就不行。

根据我的研究观察，绝大多数因供体受孕而出生的人都会想方设法了解自己的血缘亲人。想知道自己从哪里来，想了解自己的宗族，这些都是人之常情。

对大多数人来说，合乎逻辑的第一步是联系创造出自己生命的诊所。但这样做不太可能得到直截了当的答案。情况往往是：诊所已经被出售、关闭或合并，而它们所保存的供体受孕者的信息要么已经丢失，要么已被毁坏，要么从来就没有被保存过。

大多数人如今都以为，通过供体受孕出生的人肯定有权获得供体的身份信息。然而事实上，各国的法律制度不尽相同，甚至同一个国家内部的法律也不尽相同。今天，对于世界上大多数像我这样的通过供体受孕出生的人来说，了解自己生父或生母的法定权利仍然不存在——无论是成年人、儿童还是昨天刚出生的新生儿。

在澳大利亚，维多利亚州是最开明的州，但仍然远非完美。在维多利亚州，所有通过供体受孕出生者在年满18岁后都可以获取其捐赠者的身份信息——如果有的话。但他们无权获取兄弟姐妹的身份信息。

在新南威尔士州，只有2010年1月1日之后通过供体受孕出生者才有可能获得其捐赠者的身份信息，而且必须在年满18岁之后。在西澳大利亚州，2004年后通过供体受孕出生者可在年满16岁后获取其捐赠者的身份信息。在南澳大利亚州，2010年7月1日之后通过供体受孕出生者可以在18岁生日之后获取信息；或者根据一份州政府文件，如果他们被陌生人认定为足够“成熟”，就可以更早地获取信息。[5]这是歧视，不是一点点的傲慢和不公平。那么，那些根本没有法律的州和领地呢？如果时至今日，澳大利亚只有一半地区针对生育相关产业制定了（零散的）法律，那么另一半地区的情况又如何？是否存在任何限制，还是存在某种配子的自由流通？

在那些没有生育产业相关法规的司法管辖区，作为一名生育专家，显然受到国家“伦理准则”和同行的约束。利润丰厚的不孕不育行业通过澳大利亚生育协会（Fertility Society of Australia）进行自我监管。澳大利亚生育协会是生育行业专业人士的全国性协会，下设生殖技术认证委员会（Reproductive Technology Accreditation Committee，简称RTAC），负责制定生育诊所的相关标准，并负责审核不孕不育诊所是否符合标准。所有不孕不育诊所都要向澳大利亚生育协会缴纳执照费。其中的利益冲突显而易见。

澳大利亚国家卫生与医学研究委员会（National Health and Medical Research Council）制定了《临床实践和研究中使用辅助生殖技术的国家伦理准则》（*Ethical Guidelines on the Use of Assisted Reproductive Technology in Clinical Practice and Research*），首次发布于1996年。但制定过程中从未正式咨询过辅助生殖技术所创造的人类的意见。这就有点像在制定原住民政策时从未咨询过澳大利亚原住民，或者在通过关于领养的立法时从未真正征求过被领养者的意见。天啊，看出来了吗？

关于基础文件，各国政府和当局本应只参照联合国的国际《儿童权利公约》（*Convention on the Rights of the Child*）。[6]这是史上得到最广泛批准的人权条约，几乎被全球所有国家采纳。《公约》中有不止一条主张，**应当**保障通过供体受孕出生者了解亲生父母和兄弟姐妹的权利。例如：第7条称，每个儿童都有尽可能知道谁是其父母并受其父母照料的权利。近年来，影响力强大的联合国儿童权利委员会（Committee on the Rights of the Child）在反对阻止被收养儿童寻找亲生父母的法律时就是明确以第7条为由的。

此外，第8条称，每个儿童都有权维护其身份、国籍和家庭关系，保护其身份的任何要素不被剥夺，并有权寻求国家援助以重新确立其身份；第 9 条称，每个儿童都有权与父母双方经常保持个人关系和直接接触；第 35 条称，所有儿童都享有不被买卖的基本权利。最重要的是，《公约》第 3 条规定，关于儿童的一切行动，均应以儿童的最大利益为首要考量。联合国儿童权利委员会提醒，“如果不强调儿童的利益，它们往往会被忽视”，而且“必须更加重视对儿童最有利的事情”。

那么，生育行业的状况如何呢？

国家卫生与医学研究委员会制定的《伦理准则》称，通过辅助生殖技术出生的孩子的利益和福祉并非首要考虑因素，而是“重要考虑因素”。《伦理准则》还称：“那些需要辅助生殖技术的人不希望面对不必要的障碍。”

《伦理准则》并没有把儿童的最大利益放在首位，而是表示，还要照顾一大堆相互冲突的利益——比如委托父母的利益、任何配子或胚胎捐赠者的利益以及潜在代孕者的利益，而实际产下的孩子的利益只是其中之一。对于利用自体生物材料来辅助生殖的准父母来说，这并不是一个大问题。但一旦涉及第三方材料，缺陷就很明显了。从一开始，澳大利亚所谓的生育行业伦理准则就不符合《儿童权利公约》的最低标准。

关于了解一个人的生物学父母是谁的问题，《伦理准则》规定，对于 2004 年之前被怀上的所有人，如果捐赠者已经同意，诊所就必须向其提供捐赠者的详细身份信息。这其中包含很多情况：也许捐赠者没有同意；也许在捐献后再问一次，他（她）就会同意；也许他（她）换了地址，诊所找不到他们；又或许，就像我的情况一样，诊所自行决定故意销毁有关谁用了谁的捐献材料的记录，这样就不会有第二次机会，也不会有人再问任何问题。

2004 年以后呢？《伦理准则》确实规定，2004 年以后，诊所使用的捐赠者必须是那些同意将自己的身份信息提供给捐赠所产生的后代的人。我们真的相信，仅仅在道德准则中被提及就能保证实际操作永远如此吗？如果生殖诊所违反了这些道德准则会怎样？谁会知道？不幸的是，发布准则的机构并没有对其进行监督：国家卫生与医学研究委员会告诉我，它不负责监督不孕不育诊所遵守道德准则的情况。相反，它把这项工作留给了生育行业的自我监管体系。

《伦理准则》还规定“通过捐献的配子出生的人有权知道其基因来源的详细情况”（捐赠的配子即指捐献的精子和卵子）。听起来不错，但再仔细读读。这并不是指了解生身家庭的权利。其实也不是真正的知情权。确切来说，所谓有权知道的“详细信息”有哪些？从谁那里得知？

不要误解我的意思：光是知道自己是因供体受孕而出生就是非常重要的，而对于这条关键信息，还有许多甚至大多数供体受孕者的子女是不知情的。澳大利亚这份《伦理准则》声称，捐献材料的接受者——换言之就是供体受孕的客户，也就是发起委托的准父母——“不能被强制向其子女透露”这些孩子是因供体受孕而诞生的事实。也就是说，虽然子女们“有权”了解自己基因来源的“详细信息”，但如果委托父母不想让自己的孩子知道真相，那么任何生育诊所都无能为力。《伦理准则》还说，诊所应该“鼓励配子接受者向其子女透露他们的基因来源”。“鼓励”是什么意思？在接待处准备一些小册子？

然而，《伦理准则》的的确确列出了诊所必须征得委托父母同意的一系列事项——如果他们想接受任何供体材料的话，就必须同意。重点再次集中在成年人身上。诊所必须确保委托父母明确同意向捐赠者（而不是孩子）告知其生物学子女的非身份识别信息，如年龄、性别和数量。委托父母必须同意承认对捐赠者（而不是孩子）负有责任。[7]因此，成年人必须承认对成年人负有责任，同时却可以自由地对所生的孩子撒谎，隐瞒他们的真实身份。

让我们把话说明白：如果你是通过供体受孕出生的，而你的委托父母没有告诉你真相，你有可能永远也不会意识到这一点。诊所不会告诉你。政府不会告诉你。你的捐赠者——即你的生父或生母——无权知道你的姓名。你将带着这个谎言走完一生。或者，你会以某种极不恰当和令人不快的方式发现真相，比如在父母争吵时（一种比较常见的经历），或者在高中的遗传学课堂上，或者被某位邻居随口告知。所有这些都是生活中真实的例子。

只有你的社会学意义的父母——即委托父母，也就是抚养你长大的父母——才会出现在你的出生证明上。在澳大利亚，所有的被收养者现在都有一份原始出生证明，然后可能会有写有养父母姓名的第二份出生证明，或者是一份合二为一的综合文件。而澳大利亚所有供体受孕者的子女都没有这样的真实记录。

问题是，如果你是通过供体受孕出生并由一对异性或者同性伴侣抚养，那你就有不止一对父母。他们可能是你的社会学父母，可能是你的生物学父母，二人中的一人可能两者皆是。同样，由单亲（通常是女性）抚养的通过供体受孕出生者也有不止一位家长。除了扶养人，他们另有一位生父或生母，甚至可能是另有生父与生母（如果抚养人使用的是捐赠胚胎的话）。通过供体受孕出生者可以选择不把生物学父母称为"父亲""母亲"或"父母"，那是他们的决定。但是，不应该剥夺任何通过供体受孕出生者对亲生父母及其身份的了解。

这种额外父母的概念并不陌生，也不难理解。再婚家庭中的继子女就有不止一对父母。许多被领养者，由于有权了解自己的亲生家庭，也会觉得自己有超过一对父母。我不知道为什么，当涉及通过供体受孕出生者时，社会如此有志一同地抹杀这种权利。社会坚持认为我们是无瑕的、奇迹般的受孕结晶。为什么每个人都这么快就替我们决定我们不需要自己的亲生家庭?

重要的不仅是要知道自己的亲生父母是谁，还有一种基本需求是了解自己的亲兄弟姐妹，所有的兄弟姐妹。这可能是一项比看起来更艰巨的任务。

如今，澳大利亚已尝试限制供体受孕所诞生兄弟姐妹的数量。但这些法律限制只存在于全国 8 个州和领地中那 4 个有生育行业法律的州。

而像我们这样的人有很多。

据估计，1982 年澳大利亚约有 1 万名 15 岁以下的儿童是通过供体人工授精出生的。（这还没算上 1982 年 15 岁**以上**的此类人群的人数。）2010 年的参议院调查报告称："据估计，澳大利亚有超过 6 万人是由供体受孕者所生。"[8]

这是 10 多年前的数据。现在也许有 8 万。也许有 10 万。也许更多。而就人口而言，澳大利亚还只是个小国。

我接触过数百名澳大利亚各地通过供体受孕出生的人以及数百名海外的此类人士。他们中没有任何一个自信地说，他们知道自己所有的兄弟姐妹都是谁。他们中有些人有几十个兄弟姐妹。有的有上百个。想想看。想想这其中的恐怖与艰辛。如果你不知道谁是你的兄弟姐妹，你怎么知道你是否曾和他们中的一个甚至**多个**接过吻？你是否曾和他们中的一个甚至多个上过床？你是否和他们有过孩子？

但是，一个人怎么会有这么多兄弟姐妹，以至于乱伦成为实实在在的风险呢？很简单。因为没有人知道，从一个诊所到另一个诊所，从一个州到另一个州，谁是谁的父亲，谁是谁的母亲。

尽管从捐赠者的后代到参议院议员都在呼吁，但澳大利亚并没有一个全国性的精子、卵子和胚胎捐赠者登记系统。人们本以为，这至少会成为《临床实践和研究中使用辅助生殖技术的国家伦理准则》的一个政策问题。根据这份全国性的准则，无论如何，诊所应该从现在起收集所有这些数据。那为什么不要求他们将所有信息发送给一个中央机构呢？

不幸的是，面对这项对国家具有重要意义的政策建议时，国家卫生与医学研究委员会发布的《伦理准则》却效仿了澳大利亚政府的做法，声称："建立国家登记处超出了本《伦理准则》的职权范围。"[9]

如果没有一个全国性的捐赠者中央登记系统，就注定会酿成一场社会灾难。捐赠者可以在全国各地不同的诊所多次捐献。此外，诊所还会跨州运送精子。无法统计一个人总共捐了多少次。他们的活动将永远不会被记录在案。这种担忧并非毫无根据。

让我们以维多利亚州为例进行研究。维多利亚州的限制条件如下：一名捐赠者的材料只能用来令不超过10名女性生育子女。不是生出10个孩子。而是令10名女性怀孕，她们每人可以生不止一个孩子。假设委托父母——委托女性及其伴侣——希望他们所有的孩子都是同父同母的，那么他们就会一直使用同一位捐赠者。很好，这本身是个不错的主意。但是，假设这10位委托女性每人都生2到3个孩子，突然之间，就会出现30个兄弟姐妹。他们互相全都认识吗？不会。因为即使身份信息被记录并保存在中央登记机构，而且这些孩子中有人知道登记机构存在并正式向登记机构表示愿意相互认识，但有这样一个情况：任何委托父母都可能向自己的孩子撒谎，隐瞒他们是通过供体受孕而出生的事实。因此，那些被欺骗的孩子从一开始就不会联系登记机构。

在维多利亚州，这条"不超过10名女性"的规定中还包括捐赠者的现任或前任伴侣，她们也可能与捐赠者生孩子，所以也算在"10名女性"之内。好吧。但如果捐赠者在捐献后与其伴侣分手了呢？然后这位捐赠者又有了一段或两段，或更多段生儿育女的亲密关系呢？突然之间，你面临的可能是12个家庭的兄弟姐妹，而捐赠者自己抚养的孩子会认识其他兄弟姐妹的可能性甚至更难保证。如果捐赠者是跨州捐献呢？如果没有全国性的捐赠者登记机构，会有人知道他们是否已经达到了10名女性的上限吗？

我们被告知一切都会好起来的。然而，当涉及真相和儿童权利时，每个人都在推卸责任。联邦政府将其推给各州和领地。而各州和领地则推给生育行业。生育专家把责任推给委托父母。而委托父母会做什么，没有人会知道。金钱易手。我们，甚至是大批量的我们，被秘密地制造、出生、成长。国家承认对被收养者有一定程度的照顾和责任，但对像我这样的人却没有。

第七章

在一个阳光明媚的日子里，我驾车行驶在悉尼邦迪（Bondi）海滩宽阔而平静的后街上。邦迪总是游人如织，但这是有原因的。弯弯曲曲的金色沙滩蔚为壮观，非常适合冲浪。海滩一端历史悠久的海岸泳池令人叹为观止。如果你不想与躺在浴巾上懒洋洋晒太阳的俊男美女混在一起的话，海滩另一端的岩石群适合浮潜或跳水。

今天，我是在邦迪的另一个地方，怀着忐忑的心情。

在远离海滩的一条两旁种着摩顿湾无花果树的宽阔街道上坐落着斯卡巴宅邸（Scarba House），这是一栋被列入遗产名录的占地广阔的维多利亚式豪宅。

在将近 70 年的时间里，也就是 20 世纪的大部分时间里，慈善机构仁爱协会（Benevolent Society）都将斯卡巴宅邸用作婴童之家。有 3 万到 4 万名儿童曾在此生活。他们许多经历非常坎坷。

在我拜访之时，斯卡巴宅邸已经发生了一个极其奇怪的转变，它已成为仁爱协会的“领养后资源中心”（Post Adoption Resource Centre），专门为那些因收养而饱受创伤的人提供咨询服务。在这栋曾有无数儿童受苦受难的大楼里，咨询师们现在的目标是帮助人们解决持续存在的问题，这些问题源自童年时期亲人的离世、悲伤、创伤和身份认同等。

那时我就知道，失去父亲和得到另一个父亲是一个我无法独自承受的大问题。身体上的剧痛让我明白这一点。当我照镜子时，眼前的一片空白是另一个巨大的警示信号。记录被蓄意销毁的事实也起了作用。

我也知道我不是世界上唯一通过供体受孕出生的人，但是没有任何相关的专业支持。针对这一群体的活跃团体很少，而在当时的新南威尔士州是一个也没有。多年来，曾有一个名为“供体受孕支持小组”（Donor Conception Support Group）的组织非常活跃。它的组织者是一些通过供体受孕出生者的家长——特别值得一提的是两位不屈不挠的女性：卡罗琳·洛巴赫（Caroline Lorbach）和莱奥妮·休伊特（Leonie Hewitt）。这个小组坚信，他们的孩子除了社会父母外也有权知晓自己的亲生父母，有权了解兄弟姐妹的信息，并有权获得所有医疗信息。他们游说政治家，向全国各地的政府提交意见书，并为供体受孕者的家庭，甚至是希望找到自己孩子的捐赠者们提供信息和支持服务。他们以志愿者的身份做了这一切，并且非常努力。

不幸的是，当我开始寻找真相时，这个小组已经解散了。我找到了卡罗琳的电话号码，并跟她通了话。在经历了几个月的大起大落和毫无结果的对话之后，卡罗琳是第一个与我谈起供体受孕时既和蔼可亲又言之有物的人。她给了我她能提供的所有建议，同时强调供体受孕支持小组基本是彻底结束了，或者至少是处于暂停状态。

我很感激。但我仍然需要帮助。当时是 2011 年，似乎很少有通过供体受孕出生者表明身份。我只找到了一个在线论坛，数年来曾有一些世界各地的通过供体受孕出生者偶尔在那里发帖。能得知其他像我一样的人的消息是件好事，但这个论坛有点过于陈旧了。

我需要的是在我的城市，能面对面提供的帮助。于是我去了斯卡巴宅邸和领养后资源中心。是的，领养后资源中心是为被领养者服务的；但是，我想，至少这意味着他们是这方面的专家？

我的咨询师人很好。她是英国人。我叫她凯特（Kate）。我相信凯特多年来一直在聆听被领养者讲述令人心碎的故事。但凯特这辈子还真没遇到过像我这样的人。她不了解我所说的供体受孕是怎么回事。

我们的谈话让我得到了宣泄，但完全没能提供任何解决方案。凯特是领养方面的专家，但她对供体受孕体制一无所知。她让我给她讲解一下。我解释说，事实上，根本就没有什么体制。我也没有任何权利。

基本上，我认为与凯特会面是有益的，尽管不是出于我所希望的原因。我们的会面呈现出一种模式：每当我发现一些关于供体受孕的荒唐事，我就会跟凯特吐槽。这变成了一种滚动更新，内容关于供体受孕是如何在方方面面都被彻底搞砸的。事实上，它变成了一系列面向凯特的报道。职业使然，我也像所有记者一样喜欢讲故事，所以我们的谈话偶尔会变得很有趣。最终，它变得很滑稽。那些笑话绝对是病态的。“你绝对猜不到我上周发现了什么”，我会这样开头，而凯特就会假装惊恐地做个鬼脸。

过了一段时间，我不再向凯特咨询，因为我开始重拾自我。黑色幽默帮了大忙。我开始振作起来并思考：为什么供体受孕会变成这样？我能改变它的现状吗？

机会很渺茫。与我作对的有不孕不育行业、公共卫生系统、法律、一个多世纪以来围绕供体受孕的讳莫如深与谎言、社会（只要社会还在**考虑**利用供体受孕造人），以及我个人对一件事的反感——为了做点什么，我必须谈论精子，大谈特谈。

这样看来，我似乎不太可能改变什么。但另一方面我确信，医生不应该在没有法律的情况下受雇于批量生产孩子，尤其不应该随后还销毁了他们所做一切的证据。在争取彻底扭转社会观念方面，那是有先例可循的，一个有许多相似之处的先例。那就是关于领养立法的故事。

整个 20 世纪中，世界各地的被收养者及其亲生家庭（主要是母亲们）都在向“封闭式收养”宣战。所谓“封闭式收养”，即永远封存被收养儿童的原始出生证明，并补发一份新的出生证明，上面只有儿童的养父母。

在许多地方，他们取得了巨大的胜利。如今，澳大利亚、英国和美国等国家都开放了领养记录，让被收养者能了解自己的亲生家庭。澳大利亚国内的被收养者无论是何时出生的，都实现了重大转变："所有州和领地的立法都规定，被收养者有权获得其生物学父母的身份信息，包括他们的原始出生证明。"卫生法专家索尼娅·艾伦（Sonia Allan）博士这样写道。[1]在某些司法管辖区仍然存在有争议的限制性条款，包括在认为可能会威胁人身安全的情况下阻止被收养者获得相关信息，但法律已经存在。[2]在英格兰和威尔士，1975 年通过了第一部关于开放领养记录的法律。在苏格兰，自 20 世纪 30 年代起，所有年满 17 岁的被收养者都可以查阅他们的收养记录和原始出生证明。在美国，各州的立法不尽相同：大多数州赋予被领养者有条件的或完全的知情权。在少数司法管辖区，原始出生证明仍然被封存，但在个人向法院上诉后可以获得。[3]

与供体受孕一样，领养的情况仍然很复杂，远非没有问题。

但是，我们对领养的看法已经发生了根本的转变。得益于几十年来的大声疾呼，现在，无论是在社会态度上还是在立法上，人们都更广泛地接受了这样的观点：在收养过程中，亲生家庭很重要。它们不应该被简单地抛弃、抹杀和湮没。不仅如此，我们还明白这样做会造成巨大的伤害。世界上那些仍然顽固地实行封闭式收养的地区是站在了历史错误的一边。慢慢地，慢慢地，开始发生一系列连锁反应：开放领养记录，取消关于开放记录的限制，为希望重建联系的被收养者和亲生家庭提供支持服务。

奇怪的是，当社会姗姗来迟且不情愿地消除对被收养者造成的一些伤害时，却以同样的方式伤害着成千上万甚至数以百万计的通过供体受孕出生的人。

直到 20 世纪 70 年代，领养一直是澳大利亚许多不孕不育夫妻的首选。市场的需求造成了一些极其令人不安的现实。根据学者丹尼丝·库斯伯特（Denise Cuthbert）和帕特丽夏·弗罗内克（Patricia Fronek）的研究，准父母们的需求导致“在旨在为收养家庭的利益服务的收养行业中，对大多数单身母亲及其子女的剥削和虐待”成为一种常态。重点都放在接收者以及满足他们的愿望之上，而不是被领养儿童或其生身父母身上。[4]

20 世纪 70 年代发生了社会变革，包括女权主义的兴起和社会对单身母亲的认可增加，此后澳大利亚本土可供领养的人数急剧减少。库斯伯特和弗罗内克说，1971—1972 年度，仅被收养的婴儿就多达 1 万名。而澳大利亚卫生与福利局（Australian Institute for Health and Welfare）的数字显示，到 1994—1995 年度，澳大利亚被收养儿童的总数下降至 631 人。等到 2018—2019 年度，这一数字下降至 253 人。[5]

所以国内供应枯竭，然而需求并未减少。2001 年，国际公认的墨尔本 IVF 先驱团队成员艾伦·特劳森（Alan Trounson）在澳大利亚广播公司的节目中回忆道：“女性可以选择堕胎之后，突然之间就没有，或者说只有少数婴儿可供领养了。我们必须开发一些不同的东西，因为当时治疗女性不孕不育的医生们遭受了更大的压力，人们要求他们找到解决办法，所以试管婴儿就是在这种特殊需求下诞生的。”如果一种供应来源枯竭，市场就会转向另一种供应来源。[6]

随着澳大利亚供领养婴儿数量的减少，澳大利亚的生育产业开始蓬勃发展。新的前景在向我们招手。然而，这种潜在的新的不孕症“解决方案”——供体受孕——的开发却无视领养的经验教训，即使这些经验教训正处于聚光灯下。正当人权活动家们、政客们、社会学专家们以及被收养者及其亲生父母们将围绕封闭式收养的辩论推向高潮，证明这种做法有害无益时，不孕不育医生们却毫不隐讳地实践和倡导着匿名供体受孕。

讽刺的是，就在维多利亚州向被领养者开放档案的同一年，毗邻的新南威尔士州通过了抹去人工受孕中供体身份信息的法律：《1984

年人工受孕法》（*Artificial Conception Act 1984*）。尽管名为人工受孕法，但它所涉及的只是供体受孕复杂性中的一个方面：保护男性不被任何后代找到。值得注意的是，该法规定，如果一名女性通过人工授精或使用与供体精子受精的胚胎怀孕，则提供所用精子的任何男性“不应被推定为导致怀孕的原因，也不应被推定为任何因此而诞生的孩子的父亲”。你可以通过一项法律规定我的眼睛是蓝色的，但不能改变它们是棕色的事实。

有些人或许会说，领养与供体受孕不同，因为被领养的孩子会与亲生父母分离，而供体受孕中通常父母中的一方仍是亲生的。然而，供体受孕也有可能意味着孩子的亲生父母都是捐赠者，其社会父母可能同时使用了捐精和捐卵，或者他们可能使用了（事先保存的）捐赠胚胎，又或者，他们可能使用了前述两种方法之一，并同时使用了代孕者来怀上孩子。在所有这些情况下，孩子都是因供体受孕而诞生的。如果某个孩子的出生只使用了一个捐赠者的人体组织，那么这个孩子依然是因供体受孕而诞生的。只使用了一个而非两个供体的材料，并不意味着匿名供体受孕就是正确的。

即使在当时，收养改革领域的一些人也会看到历史的重演。克里斯·西多蒂（Chris Sidoti）曾于1987年至1992年担任澳大利亚人权与平等机会委员会（Australian Human Rights and Equal Opportunity Commission）的基金会主任，之后于1992年至1995年担任澳大利亚法律改革委员会委员，并于1995—2000年担任澳大利亚人权委员会（Australian Human Rights Commission）委员。他告诉我：“包括我在内的许多参与开放收养信息辩论的人也非常关注供体受孕信息的开放。毫无疑问，这个问题在当时已经存在。但是还不算大。如我所说，不孕不育诊所的医生们完全持反对意见。”

“有人质疑他们的动机吗?”我问。

“是的，”他说，“有人讨论过，认为［他们的反对］主要是出于经济原因。”

“对此的回应是什么?”我问。

“嗯,”他微微一笑说,“人们不为所动。有一种回应是:‘对供体人工授精有需求,这是合法的。所以我们不应该阻止它。我们不应该限制它。’这种回应是关于国家的作用的。”

1997年,克里斯·西多蒂在接受昆士兰《邮政快报》(*The Courier-Mail*)采访时表示,使用匿名捐精者正在制造一颗“社会定时炸弹”。1999年,他写信给供体受孕支持小组:

“身份权是最基本的人权之一。没有身份认同——他们是谁,他们来自哪里——人们就无法发挥其作为人的真正潜能……否定这一权利会导致无法估量的痛苦、困扰和疏离。澳大利亚被盗走的几代土著儿童的情况表明,当人们了解自己的根源、背景和传承的要求被拒绝时,会造成巨大的破坏。然而,仍然有许多其他儿童被迫在不知道自己是谁的情况下长大成人。供体后代的困境并未得到政府、媒体和整个社会应有的关注。”[7]

克里斯·西多蒂现在是一名国际人权顾问。他对供体受孕的立场没有改变。

“《[儿童权利]公约》是怎么规定的?”他问道。“《公约》规定,儿童有权知道自己的父母是谁。我不认为我们可以取消父母的概念。我们可以扩展这个概念,比如说养父母,或者通过人工受孕怀上孩子的人也是父母。但我不认为你可以把实际的事实状态用定义来消除,它是一个事实认定,而不是法律认定。”

克里斯·西多蒂又说,领养法也提供了一个类似的例子:“无论出于何种意图和目的,养父母不仅获得了亲生父母对孩子的权利,也承担了亲生父母对孩子的责任。但这并不能抹杀亲生父母的**存在**。正如我们之前所讨论的,领养法现在完全承认亲生父母的继续存在。而被领养儿童有权了解这些人的信息。”

因此,人类的法律不能抹杀生物学事实。

通过供体受孕出生者与被领养者之间有一些关键的区别。但它们会产生巨大的影响。

收养，用冷冰冰的话来说，是事实存在之后的行为：一个孩子出生了，收养随之而来。正如试管婴儿先驱艾伦·特劳森所指出的，堕胎的可能性增加正是导致可收养婴儿数量大幅减少的一个因素。这并非巧合。

而通过供体受孕出生的人并不是在分娩之后才与社会父母打交道的：这很奇怪，其联系在分娩之前就已经开始了。最重要的是，供体受孕总是涉及一个计划中的孩子，这与领养不同。无论是否发生在诊所里，导致我们出生的一步步都是经过深思熟虑的，而且具有交易性质。我们是受委托而被创造的生命。金钱易手的目的明确，就是为了创造我们，要么是通过生育行业的服务，要么甚至是向脸书（Facebook）上的陌生人付费购买供体材料。在诊所环境中（也是最有可能出现监管的地方），人体组织被征集、交易、筛选、清洗、处理和植入，目的就是为了创造我们。在没有我们参与的情况下，书面法律协议被拟定来管理这些钱和人体组织的永久使用。只有完成所有这些目的相同的行为之后，我们才最终得以诞生。意图总是存在的。这些初期行为都具有重大影响，值得严格审查与监管。

在任何有关供体受孕的协议，尤其是书面协议中，我认为“孩子的最佳利益”原则应该被放在首位。这不仅适用于孩子出生之前，也包括**受孕前**（这比激烈的堕胎辩论更进一步）。它必须是医生、诊所、委托父母、捐赠者和代孕者首要关心的问题，而非只是一名女性的关注点。在关于精子、卵子和胚胎捐赠的所有受孕前书面协议中也都必须坚持这一原则。防止贩运和剥削的措施也应采用这种立场。应该将目标儿童的福祉、他们了解自己亲生家庭的权利以及他们尽可能保持健康和安全的权利放在首位。

在澳大利亚的所有司法管辖区，堕胎都是合法的。让我明确一点：我无意破坏任何女性采取安全的、负担得起的、可获得且合法的妊娠终止措施的权利。

但是，在堕胎合法化的同时，法律已经通过多种方式承认了将要出生的孩子的最大利益。

例如，在新南威尔士州，一家法院认为，在世的孩子可以针对因医生的疏忽或不作为而造成的受孕前或胎内伤害要求赔偿。

在维多利亚州，涵盖生育产业的本州法律——《2008 年辅助生殖治疗法案》（*Assisted Reproductive Treatment Act 2008*）——已经规定："在开展本法案所规范的活动时，因治疗程序而出生或即将出生的人的福祉与利益是至为重要的。"

如此措辞是好的，是正确的。但是，光对此表示同意是不够的。

第八章

我从未怀疑过自己可能是因供体受孕而出生的。我想，我母亲在告诉我真相后的很长一段时间里都很后悔。为什么要坏事儿?

有一次，我们罕见地就这个话题进行了交流，她说："你是不是希望我从没告诉过你这件事? 是这样吗?"但事情绝非如此。我知道，她的脑海里盘旋着一个挥之不去的、令人沮丧的想法：**如果我什么都没说，如果我一直憋在心里，是不是就没事了?**

但对我来说，这是个从错误的角度出发的错误的问题。对我来说，争议点不是**为什么在我 27 岁时告诉我真相**，而是**为什么不一开始就讲真话**。问题不在于怎样让 27 岁的我更快乐，而在于怎样让人生更美好。对一个孩子来说，无论在什么环境下长大都是正常的。

多年前，20 号门诊曾建议我的父母假装供体受孕从未发生过，假装我是父亲的亲生孩子。在我成长和变化的那 15 年中，天知道他们各自或共同思虑了多少次，而我对此一无所知。父亲去世后，母亲又担起了他的那份秘密。

如果社会父母不告诉自己的孩子他们是通过供体受孕出生的，其他人也不太可能会告诉他们。但是，如果真相真的从第三者口中得知，很可能会给孩子带来麻烦和伤害。

在领养中，孩子可能在出生时被领养，也可能在几个月大时或 5 岁时，或在法定成年前的任何时候被领养（甚至在成年后成为被领养人)。但供体受孕带来的宝宝从最初就与他们的委托父母在一起。

委托母亲可以生下生父为捐精者的孩子；也可以生下生母为捐卵者（另一位女性）的孩子；或者在使用捐赠胚胎的情况下，生下在基因上与她和她的伴侣完全无关的孩子。如果使用代孕，委托父母可以从代孕母亲那里得到一个新生儿，这个孩子既不是委托母亲所生的，也和委托父母中的任何一方都没有亲缘关系。与生物学起源及妊娠母体的分离是瞬间发生的，而且非常彻底。

委托父母从一开始就可以撒谎。

对于通过供体受孕出生的人而言，是没有记载生物学（或妊娠）父母的出生证明原件的。在澳大利亚的部分州和领地，对于在不孕不育诊所通过供体受孕出生的人，有一个记录供体受孕情况和生物学父母信息的中央登记机构。不过，除维多利亚州外，其他地区的中央登记机构只登记了近年来出生的此类儿童。这些孩子只有在年满 18 岁后才有权获取登记的身份信息。但问题是，如果一个人不知道自己是通过供体受孕出生的，他或她就不会向任何登记机构提出申请。这个人可能根本没想到过供体受孕，甚至可能不知道它是怎么回事。没有任何当局会在其 18 岁或其他年龄时采取措施，自动向其通报“你是通过供体受孕出生的”。[1]如果没有这样的机制，我们从出生起就处于一种极易被他人蒙骗的境地。

隐瞒供体受孕事实的以异性恋者为最多。他们说谎是因为他们能够伪装。相比之下，假设你是单亲妈妈或同性恋者，并通过供体受孕生下一个孩子，那你就无法对孩子谎称他们是你一个人创造的，或是由你和你的伴侣孕育的。因为从逻辑上讲，肯定还存在另一位生物学父亲或母亲。当然，你仍然可以撒谎说孩子是一夜情的产物之类的。但其真实性之低是可想而知的，这是好事。

另一方面，异性恋伴侣没有这种说实话的冲动。他们可以肆无忌惮地撒谎，他们也确实这么做了。而结果就是伤害。

2013 年，牛津期刊《人类生殖》上发表了一篇引人入胜的芬兰的研究文章。[2]这篇文章借鉴了世界各国的研究结果。文章指出，尽管数据各不相同，但一般来说，10%到35%的采用供体人工授精的父母愿意将真相告诉所生的孩子。这意味着最多有高达90%的通过供体受孕出生的子女会受到欺骗。研究发现，在芬兰，16.5%的异性恋伴侣的孩子（年龄介于1岁至22岁）被告知了真相。在新西兰，诊所自1985年以来一直鼓励披露信息，而自2004年起，捐赠者必须进行身份验证。即使有这两项所谓的保护因素，2009年的一项研究发现，在新西兰17岁至21岁的供体人工授精后代中，只有约三分之一从他们的异性恋父母那里得知了真相。

2016年发表于《人类生殖》的一篇文章坚称，最初表示会说实话的异性恋者并没有这样做："大多数通过匿名捐献的精子或卵细胞受孕的异性恋夫妻决定不透露真相，或不确定是否要透露，又或者号称愿意说实话，但实际上并没有这样做。"[3]

换言之，即使他们说不会撒谎，他们还是会撒谎。

了解自己是因供体受孕而出生的为什么如此重要？

首先，了解自己的家庭和身份是基本的人权。这项权利的重要性怎么强调都不为过。

其次，是出于心理健康的考虑。

许多研究表明，通过供体受孕出生的人越早得知他们的身世真相，对他们越有利。必须指出的是，这些研究不可避免地具有自我局限性。如果你不知道自己是因供体受孕而出生的，你怎么参与一项采访你对此有何感受的调查呢？而且，如果世界各国政府都不统计记录其境内所有因供体受孕而出生的人数，我们又如何得知这个群体有多大？更别说对他们进行调查研究了。

2009年发表在《人类生殖》上的一项研究调查了165名通过供体受孕出生的人，大多数是美国人，年龄介于13岁到61岁之间。他们都知道自己的身世。[4]

该调研询问受访者在几岁时被告知自己身世的真相，以及他们对此的感受。大约一半的受访者在 17 岁或更小时被告知，另一半是在年满 18 岁或之后知道的。58%的受访者说他们是由异性恋夫妻抚养长大的，23%是由单亲妈妈抚养长大的，还有 15%是由女同性恋伴侣抚养长大。

这项研究还发现，在由异性恋夫妻抚养的受访者中，有三分之一直至 19 岁或更大时才被告知真相。相比之下，所有由单亲妈妈或女同伴侣抚养的受访者最迟在 15 岁就得知了真相，而且其中大多数人得知真相的年龄要小得多。作者发现："只有 9%（9 名）来自异性恋夫妻家庭的受访者是在 3 岁前被告知自己是因供体受孕而出生的，而单亲妈妈和女同伴侣家庭的这一比例分别为 63%和 56%。"

为了弄清获知真相的年龄是否会产生影响，作者决定排除那些在很小的时候（3 岁以下）就被告知真相的调查对象。在成年后才被告知真相的对象中，感到不安的比例（44%）大约是童年获知真相者（16%）的 3 倍。而成年后得知真相者感到生气的比例（38%）也是童年得知真相者（12%）的 3 倍。有趣的是，38%的成年得知真相者会感到如释重负，而童年得知真相者中只有 6%会如此。高达 6 倍的概率或许表明，供体受孕的秘密在一个家庭中会变得越来越复杂。

调研中还询问了所有参与者，在得知真相时对透露真相的父母——通常是母亲——的感受。作者发现："孩子得知真相时的年龄与其对于被欺骗产生的愤怒和被背叛感之间存在显著关联，在童年时被告知的后代产生这些情绪的比率较低。"

近年来，另一项针对通过供体受孕出生者的调查也在网上兴起。这是一个年度项目，虽然偏向于调查美国和加拿大的对象，但也收集那些在澳大利亚、南非、比利时、挪威和英国等北美以外出生者的观点。

这项调查是美国人艾琳·杰克逊（Erin Jackson）的心血结晶。艾琳在 35 岁时才发现自己是通过供体受孕出生的，这在任何人看来都算晚的。

"是我妈妈告诉我的，"艾琳说，"当时我脱口而出的一句话是

‘我就知道’。”

艾琳以前从未想过自己是供体受孕的结果，但她一直想知道自己是否是被收养的。“我只是想弄明白我是怎么来到这里的，因为父母之间的事情不太对劲，”她说，“似乎还有一个什么变数。当她告诉我的时候，一切都说得通了。我的性格变得合理了。还有我的脸。我的长相。我发现我的生物学父亲是半个阿什肯纳兹犹太人，我肯定遗传了很多他的基因。”

当她终于得知真相时，她的反应是兴奋。“我觉得这很吸引人，很不寻常，很奇怪，”她说，“作为一个以写作为生并热爱阅读的人，我的反应是：‘哇哦！这是我这辈子听过的最棒的故事。这太疯狂了。’”

虽然我不像艾琳那样脱口而出，但我们似乎经历了相似的思考过程：“我真的［把发现真相］当作一个机会，来重新思考我的整个个性和身份。这很棒，”她说，“我删掉了我不喜欢的部分。我原谅了自己没有达到父母的期望……我觉得，哦，我之为我是有原因的。**我注定要成为这样的人。**”

知道自己一直以来的感觉是对的，这对她也很有帮助。“我曾以为我疯了，因为我总觉得我家有什么事情没有摊开来说。所以，当知道我是对的，这对我是很大的肯定。”

但艾琳想知道，她的经历与其他人的相比如何。“我想知道，我的感受正常吗？其他人也有这种感觉吗？”她找到的研究并没有回答这些问题。“我觉得现有的研究并不令人满意。有很多研究的对象都是年幼的孩子，在某些情况下，基本上是父母在代表自己的孩子回答问题。”

于是，艾琳发起了名为“我们是通过供体受孕出生者”（We Are Donor Conceived）的调查，它后来发展成一个年度项目。首次调查于 2017 年开展，毫不意外，其独特之处在于它的组织者都是通过供体受孕出生的人。它的网站和脸书群组也只面向通过供体受孕出生者。最新的调查于 2020 年进行，收集了来自 15 个不同国家的 480 多名通过供体受孕出生者的意见。受访者年龄在 13 岁至 74 岁之间，但 87% 的受访者年龄介于 20 岁至 40 岁。其中绝大多数人是通过供体精子受孕而出生的（95%），这可能反映了供体精子被广泛运用的时间较长。78% 的受访者主要由异性恋父母抚养长大。86% 的受访者为女性（根据我的经验，因供体受孕而出生的人中，女性比男性更愿意谈论这些问题）。[5]

这一年的调查结果再次显示，异性恋父母选择了不早点坦白，或者根本不坦白。家庭组成方式是预测开放度的最大因素。由单亲母亲或同性父母抚养长大的受访者中有约四分之三（76%）在婴幼儿时期就知道自己是由供体受孕创造的生命。相比之下，只有 9% 由异性父母抚养的受访者在婴幼儿时期就知道这件事。在所有参与者中，至少有 34% 的人不是从父母那里得知自己的身世真相。

调查结果的核心是关于身份和家庭。77% 的受访者表示同意“我的一半来自我的捐赠者”这一说法。91% 的受访者希望与捐赠者建立某种形式的关系，而 96% 的受访者表示，了解完整的家庭健康史是非常重要的。94% 的人表示，所有通过供体受孕出生的人都应该有权了解其供体的身份，83% 的人希望可以了解源自同一供体的其他兄弟姐妹的身份。74% 的人认为匿名供体受孕是不道德的。令人难过的是，71% 的人同意这种说法：“我被孕育的方式有时会让我感到苦恼、愤怒或悲伤。”

对于艾琳·杰克逊来说，年复一年的调查中最突出的是受访者们在经历和态度上的共性。“我觉得无论我们来自哪里，我们的经历都有很多相似之处。”她说不仅调查反映了这一点，“我们是通过供体受孕出生者”的在线讨论组也是如此。群组成员目前已超过 2000 人，都是来自世界各地的通过供体受孕出生者。“我们对自己身世的看法以及对现实的感受都是类似的。”这其中包括了我们对于想要得到什么和需要改变什么的意见也是类似的。

艾琳·杰克逊说，重要的是，这些态度跨越了 2 个群体：年轻时就被告知真相的人和很晚才发现真相的人。

“那些在很小的时候，比如小到不太记事时就被告知真相的人，他们因为自己是供体受孕的产物而感到苦恼、愤怒或悲伤的比例低于其他受访者，”她说，“但他们支持终止匿名制的比例，或是支持对每个捐赠者的后代数量加以限制的比例也都不低。”

92%的受访者认为，生育行业有责任为他们帮助创造出来的生命的最大利益着想。在去年的调查中，86%的受访者认为精子库和诊所“没有充分理解或尊重通过供体受孕出生者的情感需求”。

也就是说，在接受调查的全球各地的通过供体受孕出生者中，有超过五分之四的人认为这个行业没有善待他们。

2011 年，当我刚开始寻找答案时，我找不到任何与我身世相同的人。一些人可能认为自己不认识任何通过供体受孕出生的人，而且多半没见过我们像被领养者那样撼动世界。我们之所以低调是因为我们之中有太多人尚且不**知道**自己的身世。我们沉默是因为我们不知道自己的父母并非亲生父母。我们沉默是因为其他人替我们决定，我们将永远不会拥有所有的基本人权。我们将死于可预防的疾病，我们将在不知情的情况下与兄弟姐妹生儿育女，我们将永远生活在一个巨大而有毒的家庭秘密之中，这个秘密渗入了我们的成长和我们的自我，而我们对此却一无所知。这不是活在幸福的无知中。这太危险了。

特别是对于异性恋夫妻来说，他们不必说出真相，他们可以“冒充”孩子的亲生父母，因而撒谎的冲动似乎很强烈。但为人父母——优秀的父母——意味着要更勇敢、更坚强、更无私地为孩子着想；意味着为了孩子，要做自己并不想做的事情；意味着把孩子以及他们的未来放在第一位。

这也意味着要告诉孩子们关于他们自己和全部家人的真相，并重视这些联系，以及要诚实地告诉他们，为了创造他们，自己都做了什么。

第九章

揭开秘密需要时间、精力和运气，往往比当初创造秘密所花费的这三者要多得多。

如果没有我母亲的允许，我是无法查看 IVF 澳洲保存的我母亲的受孕档案的。接受治疗的女性是患者，但治疗的产物却不是。我受够了。

我设法通过电话联系到了 IVF 澳洲的医疗总监彼得·伊林沃思（Peter Illingworth）副教授。我告诉他，销毁捐赠者代码并告诉我没有答案是不够的。打完电话后，他给我（和玛丽）发了邮件，约我见面。

2011 年 9 月 29 日，我走进 IVF 澳洲的悉尼总部。这是一幢有着玻璃幕墙的闪亮建筑，位于悉尼下北岸（Lower North Shore）的高速公路上。它与皇家北岸医院仅一路之隔，我就是在后者的 20 号门诊被创造的，而我的母亲仍在那里工作。沿路前行，不远处的小型联排别墅就是我度过人生最初 6 年时光的地方。我本来可以骑自行车去赴约。我想，在这栋楼的某个地方有我生父的名字。

在一间全是玻璃的白色房间里，我见到了彼得·伊林沃思。我为会面做了笔记。我还带了一个帮手，就是我当时的男朋友。

“我愿意尽我们所能地帮助你，”伊林沃思开始说道，“这包括尽我们所能开展调查，收集一切我们能收集到的信息。我们也必须意识到其他各方在这件事中的利益。其他人也有隐私权。很久以前做出的安排是被当时的立法、医疗实践和社会认为正确的做法。”

并不尽然。如我们所知，我出生时并没有相关法律。

“现在，我们认识到很多做法都是错的，”伊林沃思继续流畅地说道，“这些事情不会再发生了，但我们所能做的就是帮助你尽可能地把事情拼凑起来。”

我吸了口气。“玛丽告诉我，”我开口道，“出于某种原因，捐赠者代码从我的文件中被删除了，而她不能把那份文件给我，因为它不是我的档案，尽管文件内容正是关于我的。所以基本上，我无法查阅文件，而捐赠者代码也已不存在。你到底能帮我做什么呢？”

伊林沃思说：“如果你母亲能写信授权我们给你看那份文件，那将会非常有用。”

“可是，如果捐赠者代码已经没有了，这样做的意义何在呢？”我说。我的职业就是处理没有答案的问题。

“我们要做的是查阅所有的捐赠者记录，尝试确定（您的个案）涉及了哪位捐赠者。”他说，“我们无法完全确定。但我也许能猜个八九不离十。让我结合当时的历史背景来解释一下。”

“捐赠是在匿名的基础上提供给您母亲的。”伊林沃思说道。因此，在我母亲这样的患者的档案中使用的是捐赠者代码，而不是姓名。但后来，诊所的工作人员又在某一时刻将患者档案每一页上提及捐赠者代码的内容全部抹去了。

“这种做法似乎［持续了］一年左右，包括您母亲接受治疗的那段时间。”伊林沃思平静地说。

“这样做怎么可能合法呢？”

“嗯，当时并**不违法**。当时的法律没有任何规定禁止这样做。”

在医疗档案上挖洞的行为仍然破坏了新南威尔士州卫生部关于保存医院记录的小册子中规定的最低标准。不违法并不代表就是正确的。

伊林沃思还告诉我，在我被怀上和生下的年代，供体精子要么是在精子库里保存的冷冻精子，要么是捐赠者亲自到诊所捐献的新鲜精子，当天就能用于治疗。我的内心在呐喊：如果精子是**新鲜采集并立刻使用**的，那还能进行什么筛查？但伊林沃思仍在继续。

“那是在艾滋病大暴发前的日子，”他接着说，“事实上，当时在悉尼就有女性因这种做法而感染艾滋病死亡的案例。”

女性死亡，死于艾滋病毒呈阳性的精子。我的脑海中一片咆哮。

“那件事发生在悉尼西部的韦斯特米德医院（Westmead Hospital）。从那以后，诊所就不再删除任何捐赠者的记录。从那以后，所有的捐献都被仔细记录了下来。”他说完后停了下来。

“所以并没有任何法律、一般准则或规定要求必须删除代码？”我追问道。

“当时没有。”他说。

“只是那家诊所的某个人自行决定这样管理记录？”

“是的。”

“那是谁呢？”我问道。

伊林沃思说：“应该是诊所自己，也就是当时的工作人员，他们都早已离开岗位了。”

“你们有他们是谁的记录吗？”

“呃，我们可以调查看看，但他们现在都退休了，退休多年了。”

“只要他们没去世就行。”

“呃——”

“那是个玩笑。”我淡定地说，“你们会将同一名男性的精子使用多少次？”

“有时候，挺多次的。有时候次数不多。在那个年代，精子有时被用来创造多达 20 个家庭。”

20 个家庭？不是 20 个孩子，是 20 个**家庭**？

“他们会做哪些检测？显然没有任何检测发现了艾滋病毒？”

“不，不是这样的。当时，他们刚刚开始检测艾滋病毒。但那时的问题是初步艾滋病检测并不能发现正在潜伏中的感染，现在也是如此。因此，现在我们在使用捐赠者的精子时，只会使用经过了 3 到 6 个月的冷冻、隔离和再检测的精子。但在那个年代，人们尚未意识到这是个问题。”

“他们当时会做任何检测吗？”

“他们做了一些一般的健康检查，确保捐赠者总体健康。一般来说，有严重病史、严重遗传问题的男性不允许成为精子捐赠者。”

“你们如何得知这些情况？”

“因为他们去看医生，医生会记下他们的病史。”

“他们会撒谎吗？”

“他们可以，不过，在生活中的任何时候人们都可以对我们撒谎，对此我们无能为力。”伊林沃思安慰道。

“如果我因为供体精子而染上艾滋病，”我说，“我想我现在应该知道了吧？”

“你现在应该知道了，是的，毫无疑问，你现在应该已经知道了的。”他说。

“上帝啊。”我说。现场一阵沉默。

如果我已感染艾滋病毒的话，现在应该知道了，但我现在也应该死透了。我母亲也是如此。在我被怀上的 1982 年，以及随后直至 90 年代中期的许多年里，艾滋病毒呈阳性就等于被判了死刑：艾滋病毒会发展成完全型艾滋病，患者会虚弱得惊人，非常容易患上各种大小病痛，而且在很短的时间内死亡。

我简直不敢相信，不孕不育诊所会认为只要口头保证捐赠者没有任何可遗传的疾病就足够了。但不知何故，事实就是如此。再考虑到诊所希望那个捐赠者能够捐精，以便诊所提供（日益流行的）供体受孕服务，这样一来，基本上每个想捐献的人都会被开绿灯。

一个周末，我应邀到供体受孕支持小组的共同创始人卡罗琳·洛巴赫家吃午饭。她和丈夫的3个孩子都是通过供体受孕获得的，现在都已成年。我驱车来到位于悉尼西部的一所舒适的住宅，明亮的餐厅里已经摆好餐桌。除了午餐，卡罗琳还提供了一些其他的东西——由于支持小组已经解散，她正在处理所有的旧文件和笔记，还有剪报、论文、向议会呈递的材料和信件。她问我想不想看看？是的，我想。

在似乎是从练习本上撕下来的方方正正的小纸页上，一个人给支持小组写了一篇长篇大论。其中很多内容都毫无意义，但它还是极其生动。他对“卵子”喋喋不休，并以极其轻蔑的言辞谈论女人和她们的身体部位（这是文明的说法）。他还在空白处乱涂乱画。画面极其可怕，充斥着恶魔婴儿、怪物、长牙齿的阴道，以及这三者的各种组合。这显然是一个精神病患者的狂热之作。而此人，很明显，是澳大利亚的一名精子捐赠者；这也正是他联系支持小组的原因。

支持小组无法绝对确定这名男子曾捐过精子，以及他捐献的精子是否产生了存活的后代，究其原因还是在于诊所掌握着这些信息却拒绝公开。但我吓坏了。如果这就是他脑子里的想法，那么这个人到底是怎么出现在不孕不育诊所的呢？接待员发现他不对劲了吗？护士发现了吗？生殖专家注意到了吗？还是每个人都睁一只眼闭一只眼，因为他们只想获得他的生物材料？

想象一下发现这个人是你父亲是什么感受。我退缩了。作为付费客户，你对生育诊所寄予了怎样的信任？你相信捐赠者没有任何传染性疾病，他的遗传物质将被植入你的身体，成为你未来孩子的一部分。你还假设他没有暴力倾向，不是性犯罪者，不是任何其他类型的严重罪犯，也没有精神失常。然而以澳大利亚为例，没有任何司法管辖区要求在捐献精子或卵子之前对捐赠者进行犯罪记录调查。你如何保证你的信任没有错付？

另一封支持小组收到的手写信件也引起了我的注意。这是一位老太太写的。她叫雪莉·洛克（Shirley Lock），来自塔斯马尼亚州。我曾试图找到她，但没有成功。她在信中解释说，她曾在新南威尔士州针对人工生殖技术的一次州内审查中提交过一份“有点迟到的”建议书。时间是1998年。她随信附上了建议书的副本。

“以这种方式来到人世的人希望了解自己的遗传背景和父系记录，这引起了我对这场辩论的关注。”她写道（句中的横线是她自己标注的）。

“作为一名注册护士，1982年至1983年我在堪培拉工作，有时会‘接替’一家私人（妇科）诊所的常规护士。在这家诊室，我被要求进行人工授精，并被告知精液是来自捐赠者和‘丈夫’的混合精液。”

精液混合？通常的解释是，这完全是一种装门面的说法，纯粹是为了解决委托父母的社会焦虑，除此之外别无其他。如果将捐精者和丈夫的精液混合，那么当孩子出生时，他们就可以抱着一丝希望：它**有可能**是丈夫的亲生孩子。从纯粹的医学角度来看，将不同男性的精子混合，然后将这样的多配子精液注射到女性体内，这听起来不像是任何注册医生应该做的事情。如果混入了不止一个捐赠者的精子呢？不管是一个还是多个捐赠者，如果诊所制造出这样的“鸡尾酒”精液，它又怎么能声称自己知道有多少婴儿是由谁所生，谁的家族病史与谁有关，以及谁是通过供体受孕出生的呢？

“在我看来，如果没有缜密的记录和基因检测，人们研究自己遗传历史的合理愿望就会因此变得困难重重，无论在社会学上还是在科学上都是如此，”雪莉·洛克在1998年写道，“精液混合的这种做法（或这种以前的做法）是否得到了充分的认可？”

我联系了时任新南威尔士州卫生部长的安德鲁·雷夫绍格（Andrew Refshauge）。他说他记得洛克那封令人震惊的信件及其提出的问题，但不记得是否对此进行过调查。

从卡罗琳家开车回家的路上，我把雪莉·洛克加入了我脑海中的一份简短名单：那些睁大眼睛看着暴风雨来临的人。

第十章

尽管许多（甚至可以说是大多数）异性恋委托父母不会将身世真相告诉他们通过供体受孕得到的子女，但他们确实会告诉其他人，其他的成年人。我的父母——我母亲和社会学意义上的父亲——曾经向3个人吐露了我的身世真相。显然其中没有我，但有我的爷爷奶奶。

不过，就爱而言，这不论在过去还是现在都不是问题。我是幸运儿之一：生为供体受孕结晶的事实并没有在我和我的非血缘关系的社会家庭之间造成某种裂痕，阿德莱德的爷爷奶奶（他们那一代人的传统观念很深）无条件地爱着我。我就是他们的家人。我也爱他们。我对此记忆犹新，尽管奶奶在我几岁时就去世了。爷爷在我十几岁的时候也去世了，距离我父亲在医院去世后仅半年不到。

我的一个舅舅也知道我的身世，但我想情况有点不同。毕竟，他和我是**有**血缘关系的。也许所有这一切对他来说都是一个遥远的问题——是对姻亲的关心。不管怎样，他从未向我提起过此事。

尽管我曾长期被蒙在鼓里，但对于这些知道真相的家人，我并不生他们任何一个人的气。我不生我的社会学爸爸的气，我从来没有生过他的气。如果他没有在我15岁时去世的话，他最终可能会告诉我真相。也可能不会。谁知道呢？但有一点是确定的：他爱我如亲生。他爱我胜过一切，仅次于他对我母亲的爱。当妈妈告诉我真相时，我的确很震惊也很愤怒。但我也不再生我那可怜的妈妈的气了。她承受了整件事情的全面冲击，只因为她是最终坦白的那个人。

在她告诉我真相之后，我曾连续几个月一直要求妈妈允许我查阅 IVF 澳洲保存的关于她怀上我的受孕记录。但每次我提出这个要求都不太顺利。她和全世界的委托父母一样，被诊所建议要假装什么也没发生过。人工授精对女性的身体是一种侵入性、对抗性的操作。患者很脆弱。如果连你自己的医生都暗示这是一件可耻的事情，你可以想象其危害性：这是一个秘密，不要说出来。然后想象一下你听从了他们的建议。你如何克服将近 30 年来深深的羞耻感？当时，妈妈不想让我翻阅档案，不想让我翻阅发生过的事情，并把它们串联起来。对她来说，真相大白的那一刻已经足够痛苦了。

让她改变主意的是癌症。她的乳房第二次发现肿块。肿块很小，被认为是良性的，预后也很好，但说到乳腺癌的治疗，没有人敢乱来。她差点儿要立刻面对几个月的手术、恢复、放疗和康复治疗。

我对她说："如果捐赠者的家族中有人患有乳腺癌怎么办？或许有不止一个人？妈妈，我需要知道这些事情。我需要了解**风险**。"

她呼出一口气。"好吧。好吧。"她说。

就是这样。这就是我需要的一切。我给诊所写了一封邮件，她签了字。

几个月后，我再次来到 IVF 澳洲。这是个大日子。在这次会议上，他们将最终交出有关我如何来到人世的原始资料，不论资料是多么残缺不全。

希望还是有的。第一次会面的一个月后，玛丽打电话给我。她告诉我，他们正试图联系道格拉斯·桑德斯，就是他开办了 20 号门诊，并将其私有化成为 NSART。但玛丽提醒说，桑德斯不在国内。

玛丽表示他们或许还有另一种方法（同样有苛刻的条件）能找出我的生物学父亲是谁。在每个治疗周期内，女性会接受多次人工授精（每个周期对应患者的排卵周期）。IVF 澳洲会查找在我母亲怀上我的那个周期内她接受人工授精的日期。然后就能查到在那几个日期使用了哪几位捐赠者的精子。如果能找到匹配的记录，也只能通过基因测试来确认，而且要征得所有人的同意，等等。但这至少是个办法。

在怀上我的那个周期，我母亲接受了 5 次人工授精。有 5 个日期，它们就是找出哪个捐赠者可能是我亲生父亲的线索。

“现在，”彼得·伊林沃思开始说，玛丽也在旁听，“这是档案。我想给你介绍一下面临的问题和困境。”我的心沉了下去。

首先，他们给我看了相关的几页。在整份厚厚的文件中，只有 2 页纸与我被怀上有关。只有这 2 页纸记录了我被怀上的那个治疗周期的情况。每张 A4 纸上都有一个表格，共有 4 栏：“日期”、“授精操作者”（工作人员的姓名首字母缩写）、“活力”，以及最后一栏的“代码”，用来记录捐精者的代码。

在那珍贵的 2 页纸上，“代码”栏下只有一片空白。整栏都被剪掉了，并用胶带将另一张纸粘在挖出的洞上将其填满。修补的页面被复印下来，而复印件被作为记录保存，这样就永远找不到答案了。

“这在医学上通常是一个大忌，”伊林沃思轻快地说，“所以说实话，这不是你通常会遇到的情况。”他似乎忘记了自己在上次会议上所说的，这是被法律、社会和医疗实践所认可的做法。

“这种掩盖一定发生在 1982 年，”他说，“因为当我们查看其他记录时，只有少数出现了这种情况。”

“你们追溯到多少年前的记录？”我问。

“哦，不是很久远。”

“那么他们是在哪个时期抹去捐赠者信息的？”

“我想这发生在 83 或 84 年的某个时候，他们追溯后说——”他核对了一下，然后继续道，“当时，捐赠者的隐私肯定受到了一些威胁。看，他们一定会说，当时他们有权这样做。当时他们的做法并不违法。只是现在我们认识到了这一切有多重要，发生这样的事情实在是糟糕。”

“你是说他们在 82、83、84 年停止记录，到 85 年又开始记录了？”我问道。我的意思是，他们是何时决定在档案中保留捐赠者代码的？他们似乎一直都好好地记下了代码，但后来又把它们剪掉了。

“嗯，是的。”

后来我发现，1985 年是重要的一年，要么伊林沃思不知道，要么他没有告诉我。1985 年，随着在医疗中感染艾滋病的病例数量急剧上升，澳大利亚开始对捐献的血液和精液进行全面的艾滋病毒筛查。如果在此之前 20 号门诊一直在删除代码，那么它就是在销毁一切可能揭示艾滋病毒呈阳性的精子捐赠者与受感染妇女和儿童之间联系的信息。

在我们第二次会面时，伊林沃思已经设法联系到了 20 号门诊的前负责人道格拉斯·桑德斯教授。桑德斯是生育行业的另一位先驱。他帮助创立了澳大利亚生育协会。他曾任悉尼大学妇产医学系主任。2001 年，他因在不孕不育领域的工作而获得澳大利亚勋章（the Order of Australia）。

“他［桑德斯］不**记得**有这样的决定。”伊林沃思说，“但他认为肯定是捐赠者的隐私受到了某种威胁。”

“所以他要对这项决定负责吗？是他做的决定吗？”我问道。

“那是那个机构在当时做出的决定。”

“由他？”

“我不知道，他完全不记得那个决定了。”

“他是机构负责人吗？”

“当时是的。”

在我们上一次会面中，伊林沃思告诉我，在我被怀上的时候，20 号门诊使用了冷冻精子和新鲜精子的混合物；今天，他告诉我，桑德斯“非常明确地”记得，1982 年底使用的所有精子都是隔离了 6 个月的冷冻精子。上次，伊林沃思告诉我，同一个捐赠者的精子最多可以服务 20 个家庭；今天他说，任何一个捐赠者的精子最多只能产生

10个兄弟姐妹。

“那是规定吗?”我问道。

“这肯定是20号门诊当时的规定。”伊林沃思说。

“那他们不会违反规定吗?”我问。

“不，不会的。”伊林沃思说。

事实证明，他又错了。

在我与伊林沃思会面的6年前，也就是2005年，道格拉斯·桑德斯教授参加了澳大利亚广播公司的时事调查类电视节目《四角方圆》(*Four Corners*)的一期——“父亲的秘密”。这是一次非常超前的调查。

澳大利亚广播公司记者珍妮·科恩(Janine Cohen)在这期节目中称:“道格拉斯·桑德斯教授现任生育行业许可机构的主席……他本人也招致了批评。”

桑德斯在澳大利亚生育行业的地位非常高，他曾担任生殖技术认证委员会主席长达5年之久。我在前面说过，澳大利亚的生育行业是自我监管的。生殖技术认证委员会是生育行业从业者的专业协会——澳大利亚生育协会——的一部分，负责审核国内所有生育诊所是否符合其《行业规则》(Code of Practice)。

在桑德斯担任生殖技术认证委员会负责人期间，该机构负责对所有诊所进行审核。后来，他们将这项工作外包了出去。

道格拉斯·桑德斯担任生殖技术认证委员会主席时，《行业规则》规定任何诊所不得将同一名捐赠者的精子用于服务10个以上的家庭。

“《四角方圆》得到了一封1997年所写信件的副本，信中一个家庭对桑德斯教授的门诊颇有怨言，”珍妮·科恩在“父亲的秘密”中表明，“患者说她发现自己所使用的供体精子至少被用于11个家庭，尽管门诊曾向她承诺上限是10个。”如果作为生殖技术认证委员会主席的桑德斯都违反了规定，那还指望其他诊所会遵守规定吗?

“如果你说是 10 个家庭，那么生殖技术认证委员会的准则是如何发挥作用的?”科恩问道，“如果你不能遵守这项准则或规定，其他人为什么要遵守呢？还怎么指望其他人遵守呢?”

桑德斯说：“我们只能尽量，尽量遵守。”

“有鉴于此，你认为，生殖技术认证委员会是否适合作为行业的监督机构?”科恩问道。

“我相信多年来它一直运作良好，而且我仍然这么说：多年来没有任何证据表明它造成了伤害。”桑德斯说。

“我们如何得知呢?”科恩问道，“根本没有记录。”（这里，她指的是针对因供体受孕而出生者的全国性登记体系）“我们怎么会知道呢?”

“是的,”桑德斯回答道，“的确。”

即使在桑德斯退休后，生殖技术认证委员会开始聘请外部人员对不孕不育诊所进行审计，审计本身仍然是神秘的。

2010 年，彼得·伊林沃思出席了联邦参议院对供体受孕信息管理的调查。伊林沃思当时是澳大利亚生育协会的主席。在工党参议员特里什·克罗辛（Trish Crossin）的质询下，伊林沃思表示，生殖技术认证委员会的诊所审计年度报告没有公开，他们甚至并没有一份书面报告。[1]

“您能向我们提供他们最近的年度报告吗?”参议员克罗辛问道。

“我认为那是一份口头报告。”伊林沃思回答道。他说，生殖技术认证委员会的作用是制定行业规则。他说：“《行业规则》是公开的。”

“好吧,”参议员克罗辛回答道，“但我们在这里谈论的是一个有权决定是否监管生育诊所的机构，而这些诊所有能力在这个国家创造生命。但这个机构却不提供公开的年度报告，不对任何联邦机构或部门负责，也不受任何联邦立法的约束。我们不会在本国的制药公司看见同样的情况吧？我们不会允许药品管理局（Therapeutic Goods Administration）只是向一个协会汇报，然后告诉我们他们测试的药物没问题。”

那次质询过去10多年之后，我查看了生殖技术认证委员会的官网。在撰写本书时，网站上仅有一份生殖技术认证委员会的年度报告：2018—2019年度报告。这甚至不是最新年份的报告。[2]

说回我与伊林沃思的会面。我迫不及待地想带着我珍贵的文件离开，去亲自通读文件，仔细研究，看看他们遗漏了什么。尽管发生了这么多事，我还是觉得在某个地方也许能找到答案的关键，也许我能弄明白自己是怎么被创造出来的。然而，还有更多令人不快的消息接踵而来。

玛丽接手了对话。她一直在查找我母亲怀上我的那个周期内接受人工授精治疗的日期。她还查看了前一个未能成功怀孕的周期。她说，他们的男科专家查看了所有的精子捐献记录，以确定相应的授精日期。他们每人都检查了2遍。

“我们没能找到匹配的记录，”她说，“我查过那些日期，以及那些日期前后的授精情况——”

“根本没有人工授精？”我震惊地问。

“是的，”她说，“出于某种原因。我翻阅了所有的档案，除非我们遗漏了，我已经查阅了2次，档案相当多，就像我说的，在我们翻阅过的档案里没有找到与这些日期匹配的授精记录。”

这让人难以接受。

“所有日期都这样似乎很奇怪，”我茫然地说，“那么，在这些日期有**任何**使用精子的记录吗？”

“没有，我们找不到在这些日期使用精子的记录。”伊林沃思说。

在我母亲怀上我的那个周期里，她在5个不同的日子里接受了人工授精治疗。在前一个不成功的周期中，她在4个不同的日子里接受了人工授精。总共 9 个临床操作日期，而 IVF 澳洲告诉我，在这些日期，20 号门诊根本没有任何使用精子的记录。

然而我却是真实存在的。

在这 9 天里，还有多少孩子是在没有任何捐精使用记录的情况下被怀上的？还有多少**其他**的日子，20 号门诊是在无人记录任何捐精使用情况的状态下实施手术的？

我感到茫然。但我带着一箩筐的问题而来。我想我应该把它们问完。于是，我突然话锋一转，问伊林沃思，那个年代的男性为什么要捐献精子。他们为什么做这件事？

“一般来说，捐精者往往是学生，”他说，“讲课结束时，教授会说：‘我们需要一些精子捐赠者，愿者举手，我会给你们 10 块钱或其他报酬。’而全班一半的男生都会举手。”

自从那次会面之后，我经常从世界各地的生殖专家那里听到类似的说法：上世纪七八十年代的精子供体都是医科学生。事实上，并非所有供体精子都来自课堂上的号召，但似乎有一部分的确来源于此。我的一位朋友曾经翻阅墨尔本莫纳什大学（Monash University）的年鉴，对照三四年间从医学专业毕业的每一位男士的特征，试图找到她的亲生父亲。

伊林沃思的叙述让我感到沮丧。想象一下：你是一个年轻男性，正在攻读一个要求很高的大学学位。你的教授（男性，可能相当杰出）在给你上完一节课后请你帮个忙。也许你不是优等生；也许你是，并想继续保持。伴随这种讲述，有时还会听到另一件事：吸引这些年轻学生的不仅仅是金钱，还有一点“额外学分”。加分，换取精子。

“我上大学时就遇到过这种事，”伊林沃思坦言，“顺便说一句，我没有捐，但我记得试管婴儿诊所的负责人说：‘有人想捐精吗？’我的三四个朋友举起了手……那位教授当时觉得自己有责任保护这些年轻的孩子……免受……”他停顿了一下，“**复杂**决定的影响。”

“为什么?”我问,“他们都是成年人。”

“如今情况不同了,莎拉。”伊林沃思说。我已经非常非常厌倦这种回答了。我也实在是太累了。

我攥着信封离开了,里面装着被删减的文件。

第十一章

那天是国际妇女节。阳光明媚，高速公路畅通无阻，收音机里正在播放一档名为《上前线的女孩们》（*Girls to the Front*）的节目。我一边开车，一边在车里狼吞虎咽地吃着午餐。

我正要去见一位女士，在我与 IVF 澳洲的彼得·伊林沃思会面后，我就一直想要见她一面。她很难找。她长大了，改了名字，搬了家，而她的近亲也去世了。最后我终于联系上她。她不叫杰西卡（Jessica），这是我给她的化名。

在一条宽敞安静的街道上，我把车停在一栋房子外。斜坡的顶端有一个信箱，旁边有一条弯曲的砖砌车道通向前门。我敲了敲门，门几乎立刻就打开了。“我看见你在停车。”她说。

杰西卡有一头金发，束成高高的马尾，那天她穿着宽松的带花朵的绿色裤子和黑色上衣。我们在客厅里巨大的 L 形沙发上落座。她的丈夫大卫（David，也是化名）已经在那里等候。玻璃茶几上放着一本黑色的塑料对开文件夹，里面装满剪报。杰西卡和大卫期待地看着我。

杰西卡坦率直言。她说话时偶尔会摆弄一下脖子上的金十字架，除此之外她很平静。大卫则很谨慎。他一只手从沙发背上伸过来保护性地揽着杰西卡的肩膀。我头顶上方的墙上挂着一张镶框照片，是杰西卡蹒跚学步时与她父母的合影。照片中，年幼的杰西卡也抓着一条项链，项链挂在她母亲脖子上的一串链子上。她母亲面带微笑，直视镜头。她很漂亮。

20 世纪 80 年代，诺琳 · 克利夫（Noelene Cliff）和她的丈夫乔治（George）努力尝试要一个孩子。诺琳非常渴望建立一个家庭：她的母亲是名单身妈妈，在她出生后不久就抛弃了她。诺琳是在儿童福利院长大的。家庭对她来说尤为重要。乔治和诺琳已经努力了将近 10 年。

"他们一心想要一个孩子，尤其是我的母亲。"杰西卡说。

医生解释说，问题出在乔治身上，于是他们建议进行供体人工授精。

从照片上看，乔治 · 克利夫看着有点像摇滚老爹：他戴着飞行员风格的框架眼镜，留着棕色的胡须，有小胡子。他是自营职业者，经营推广业务，包括现场表演和俱乐部。他爱诺琳爱到骨子里。

克利夫夫妇参加了韦斯特米德医院当时一个名为"他精人工授精"（Artificial Insemination by Donor）的项目。韦斯特米德的门诊是该州继 20 号门诊之后的第二家生育诊所。[1]韦斯特米德也是一家大型公立医院，位于悉尼西部。如今，韦斯特米德医院拥有众多学科的专家，并设有多个研究机构和一家领先的儿童医院。韦斯特米德医院可不是一家小医院。

诺琳 · 克利夫接受了 3 次人工授精，用 3 名不同男性的捐献精子进行了几个月的治疗。在经历了一次早期流产之后，她于 1983 年 10 月左右再次怀孕，精子来自捐赠者 3 号。

1984 年 5 月，小杰西卡出生了，比预产期早了 12 周。在一张照片中，诺琳全神贯注地凝视着她刚出生的孩子，用一只手的拇指及另一根手指小心翼翼地抚摸着杰西卡乌黑的头发。[2]杰西卡插着管子，小小的身体上贴满了监测贴片和医疗用具，侧着头睡得很香。

起初，杰西卡住在新生儿病房，体重稳步增长，进展顺利。诺琳用母乳喂养她。杰西卡在医院住了 9 周之后，诺琳终于可以带着她回家了。

"我母亲对我宠爱有加，"杰西卡说，"第一年她一直是睡在我的房间里的。”她的孩子曾在灰色的病房里待了那么久，诺琳舍不得离开她。

今天坐在我对面的成年杰西卡是一名虔诚的基督徒。在我们交谈时，她经常提到自己的信仰。她的家庭经历了极其不同寻常的事情，其间又有各种看似不可能发生的波折，这让她相信上帝一定与他们同在。

“上帝有他的时间、意旨和方式。如果她第一年没有与我同睡，那等之后他们接到那个电话，情况可能会大不一样。”杰西卡说。

大卫补充道：“他们拥有了神奇的一年。乔治是这样描述的。”

1991 年 3 月，在新南威尔士州议会针对医疗中感染艾滋病的调查中，乔治·克利夫出席作证。

乔治·克利夫在质询中表示：“孩子出生大约一年后，生育门诊联系了我们，并像开玩笑似的说：‘国外出现了一例艾滋病。’语气轻描淡写。‘我们正在对所有病人进行检测，你和你丈夫还有孩子能来一趟吗？’我们拿这事开玩笑，因为我们真的以为那是个玩笑。他们从来没有告诉过我们，当时真的有捐赠者——就是诺琳的捐赠者——被检测出艾滋病毒呈阳性。”

上世纪 80 年代初，艾滋病毒以惊人的速度蔓延，主要传播途径为男人与男人之间无保护措施的性行为。当时，女性感染这种疾病的概率较低；社会上围绕这种疾病的羞耻感和恐惧感非常强烈，有关它如何传播的荒诞说法也层出不穷。关于握手、拥抱、共用杯子都可能感染艾滋病的传言满天飞。

乔治·克利夫在质询中称，1985 年 6 月，诺琳去韦斯特米德医院接受了艾滋病毒检测。2 个星期后，夫妻俩接到一个电话。结果呈阳性。

杰西卡的生父是捐赠者 3 号。但乔治·克利夫说，韦斯特米德的工作人员透露，捐赠者 1 号曾经再次参与项目并告诉院方他是双性恋。而在此前历经数月的几次不成功的治疗周期中，诺琳使用的一直是捐赠者1号的精子。他们说，捐赠者1号曾在1982年和1984年定期捐献精子。工作人员告诉克利夫一家，韦斯特米德门诊还有3名女性也经由供体精液感染了艾滋病毒。几十年后，当年负责的韦斯特米德生育专家证实了这一数字：共有4名艾滋病毒呈阳性的女患者。对她们所有人来说，这都是死刑判决。[3]

克利夫夫妇从未被告知其他女性受害者是谁。我也找不到她们的姓名：其他受感染的女性从未公开站出来。她们私下里背负着可怕的疾病走到人生的终点。1988年，《艾滋病与妇产科》（*AIDS and Obstetrics and Gynaecology*）上的一篇文章称，"尽管性生活没有保护措施"，但这4名女性没有一人将艾滋病传给自己的丈夫，其中3人都凭借其他捐赠者的精子生育了一个孩子，但也没有将此病传给自己的孩子。[4]这4名女性全都死于艾滋病。从上世纪90年代中期开始，抗逆转录病毒疗法将艾滋病诊断从死刑判决变为一种可控的慢性疾病。但在80年代初，艾滋病是致命的。然而，乔治·克利夫说，如果你听从韦斯特米德医院的建议，你是不会知道这一点的。

"最初，我们以为死亡率在10%左右。"乔治·克利夫在质询中说。这已足够令人担忧，但他继续说，没有人提醒克利夫夫妇，乔治也有感染的风险："没人向我们充分解释进一步感染的风险，而诺琳和我长期保持正常的性生活。幸运的是……我没被传染。"

逃过一劫的不仅仅是乔治。感染艾滋病毒的母亲如果没有接受抗逆转录病毒治疗，那么她们所生的孩子也可能面临厄运：这种疾病可能在怀孕、分娩或母乳喂养期间由母体传给孩子。联合国儿童基金会称，如果不采取干预措施，艾滋病毒呈阳性的孕妇大约有35%的概率会在这三个阶段的某个时候将艾滋病毒传染给她们的孩子。未接受抗逆转录病毒治疗的艾滋病毒呈阳性的母亲坚持母乳喂养的时间越长，风险就越大。[5]

虽然杰西卡的母亲生下了她，而且据她父亲说，在出生后的9个月里杰西卡都是用母乳喂养的，但杰西卡还是躲过了艾滋病毒的侵袭。

然而，小杰西卡并不是唯一面临风险的婴儿。因为早产，她在医院住了2个多月。当时诺琳·克利夫的母乳过剩。乔治·克利夫告诉议会调查组："他们拿了很多诺琳的母乳去喂养新生儿门诊病房的其他婴儿。"有数量不明的其他早产儿或高危婴儿也被置于危险之中。一年后，人们才发现艾滋病毒可以通过母乳传播。[6]

"你还知道其他案例吗？"基督教民主党议员弗雷德·尼罗（Fred Nile）牧师问道。

"他们告诉我每个人都被排除了，"乔治·克利夫回答道，"所有其他婴儿。他们都已检查过了。"

这段对话淹没在议会质询的记录中，如石沉大海。在诺琳的遭遇之后，很难让人相信韦斯特米德医院没有婴儿感染艾滋病毒。

乔治·克利夫补充说，诺琳确诊后，韦斯特米德医院提供的治疗并不理想。

"在1985年与我们初步接触之后直到1986年出现明显的最初症状，其间韦斯特米德医院一直没有与我们联系，"乔治·克利夫告诉调查组，"直到1986年年中拜访了［另一所机构］阿尔比恩街艾滋病中心（Albion Street AIDS Centre）后，诺琳才第一次完全意识到艾滋病毒呈阳性的影响。医务人员告诉她，她的寿命所剩无几。"

乔治·克利夫在议会质询中说，他的妻子先是休克，然后出现急性抑郁症。更糟的是，乔治本人也因小时候得过百日咳而患有支气管疾病。他病情严重到无法工作。与此同时，诺琳的病情也开始恶化。她的体重急剧下降。就像所有艾滋病患者一样，由于免疫系统受损，这个原本健康无忧的女人现在什么病都得了：脑膜炎、手臂严重感染、水痘，夜里还开始盗汗。乔治·克利夫告诉议会："每隔几个小时她就会醒来，我就得给她换衣服，换掉她的汗衫，所有衣物和床上用品，一晚上可能要换四五次。"在剩余的生命里，诺琳一直在韦斯特米德医院进进出出，要么是预约好的诊疗，要么是因为并发症。这对她和她的丈夫来说都很难熬，而且那里也不适合孩子。

“我们不得不和其他所有艾滋病患者一起在一家公立医院接受治疗。医院里还有来自监狱的囚犯，旁边守着两名结实的配枪狱警，”乔治·克利夫说，“我们被要求带着女儿坐在候诊室里，她当时可能只有两三岁。在候诊期间，囚犯们经常污言秽语，那里还有瘾君子。我们每次都必须等上 1.5 到 3 个小时不等。”他说，无论诺琳的病情如何恶化，始终必须面对难以预测的候诊时间，差不多直到她去世。“她去世前一个月，我们又去门诊就诊，那次她不得不等了 1.5 个小时……最后，她再也坐不住了。她最终不得不躺着进诊室见医生。”

诺琳·克利夫曾被韦斯特米德医院收治，在医院连续住了几个月，而院方的态度给她带来了更多的痛苦。一些医护人员的行为仿佛只要靠近自己的病人就会感染艾滋病。“她不得不忍受工作人员把带给她的托盘放在门外，他们不愿意端进她的房间。”乔治·克利夫回忆说。这让诺琳非常难过。“我带着年幼的孩子坐在病房里，我对这些人说：‘如果你们待在空调房里就能感染艾滋病，你们觉得我还会带着小孩坐在这里吗？’”

到 1990 年时，克利夫夫妇几乎已经身无分文。让诺琳染病的公立医院没有给予他们任何赔偿，甚至连政府也没有给予任何补偿。乔治因为支气管疾病而在领取疾病救济金。“每当我们有点余钱时，我们清楚她没有任何希望了，就想方设法做一些事情，比如去住酒店，”乔治·克利夫在议会质询中说，“几个月后当我们需要用钱的时候钱已经花光了，但我们所做的一切都是为了每一刻都活在当下。”

乔治·克利夫是在 1991 年 3 月和 8 月向新南威尔士州议会讲述他的遭遇。诺琳·克利夫已于 1990 年 12 月去世，享年 42 岁。韦斯特米德医院为她治疗了大约 5 年。乔治告诉议会，他收到了来自世界各地的吊唁卡，却没有只言片语来自韦斯特米德医院。[7]

1994 年，《太阳先驱报》（*The Sun Herald*）称，新南威尔士州政府在自由党州长约翰·费伊（John Fahey）的领导下，将扭转多年来的拒绝态度并向新南威尔士州230位在医疗中感染艾滋病的患者提供总额为3600万澳元的赔偿。[8]新南威尔士州是澳大利亚最后一个这样做的州。据《太阳先驱报》报道："1980年至1985年间，澳大利亚的输血感染艾滋病病例发生率居西方国家之首。新南威尔士州有100多个已知病例，是发病率最高的州。"杰西卡认为，她的父亲获得了大约20万澳元的赔偿。乔治告诉她，这笔赔偿"［相较］于其他许多人获得的只是个很小的数目，原因在于［诺琳］已经去世了"。

克利夫夫妇曾考虑起诉韦斯特米德医院，但所需费用和案件的复杂性让他们打消了念头。杰西卡的父亲告诉她，在他们采取任何法律行动之前，诺琳·克利夫的生育治疗记录已被韦斯特米德彻底销毁。

"他只是说，因为［爸爸妈妈］试图去找他们［韦斯特米德］，因为［韦斯特米德］意识到可能会发生什么事情，他们就销毁了记录，"杰西卡告诉我，"我们什么都得不到。我们得不到任何信息。"

韦斯特米德医院与悉尼西区地方卫生区（Western Sydney Local Health District）拒绝了我的采访请求。

乔治·克利夫于2015年9月去世，死于与肺病的长期斗争。

在杰西卡和大卫家客厅墙上的镶框全家福中，诺琳还很年轻，一头浓密的80年代时兴的烫发，脸颊上还带着血色。拍照时她已经感染并已知情。乔治搂着他的妻子和孩子。乔治和诺琳都面容饱满，面带微笑。

杰西卡6岁丧母。其后，当确定年幼的杰西卡本人逃过了艾滋病毒的传染时，韦斯特米德的工作人员对她产生了兴趣。乔治·克利夫后来曾向他未来的女婿大卫透露，韦斯特米德想知道杰西卡小小的身体能透露出什么秘密。

"他们认为她可能携带艾滋病抗体——因为她活了下来——他们想给她做检查。"大卫说。在迄今为止的整个采访过程中，大卫几乎没有流露什么情绪；但现在，他的声音中饱含愤怒。“这绝不可能。乔治绝不可能再回到那个毁了他们生活的地方。在发生了这一切之后，居然有脸提出这样的要求，”大卫激动地说，“我认为这恰恰显示了相关人员十足的傲慢无礼。”

不孕不育治疗中的医疗事故不会随着一个孩子的出生或一位委托父母的死亡而结束。它的影响代代相传，改变着人们的生活。诺琳去世后，乔治·克利夫陷入酗酒，醉生梦死了 2 年时间。即使在他走出这个困境后，他的支气管也令他的健康状况一直很糟糕。杰西卡从小到大都在照顾父亲。这对她来说已经习以为常。

直到今天，杰西卡也不会踏入韦斯特米德医疗区的任何地方。杰西卡和大卫有 2 个年幼的孩子。韦斯特米德的地理位置对她的家庭来说很方便，但每当她的孩子生病时，她宁愿开车带他们到数英里外的一家私立医院，并支付高昂的急诊费用。

她的生父，捐赠者 3 号，或许尚在人世。杰西卡无法获得诺琳的治疗记录，她从未试图寻找他，也没有心思这样做。生活中还有更重要的事情。感染诺琳的捐赠者 1 号已经死于艾滋病。[9]杰西卡考虑过这个问题。尽管他将疾病传给她母亲并致她死亡，她对他确实没有任何恨意。

“［捐精］是一个人为了赚钱而做的事情之一。他们很可能从未深思更多的含义，”杰西卡说，“他们可能根本不知道自己感染了艾滋病毒。我不生他们的气，因为我不知道他是否清楚［自己感染了艾滋病毒］。”

然而，生育行业又另当别论。

第十二章

由于供体受孕本身的不透明和缺乏监管，供体受孕中造成的艾滋病毒及艾滋病蔓延在很大程度上不为人所知，死亡人数也远不明确。

在 1980 年和 1981 年，艾滋病席卷了美国的同性恋社区。起初，这种新型疾病实际上被称为 GRID，即同性恋相关的免疫缺陷疾病（gay-related immunodeficiency disease）。一些科学家和权威人士公开推测，同性恋的某些行为，尤其是拥有大量不同的性伴侣的行为，是导致艾滋病的原因。[1]

诺琳的捐赠者 1 号首次为韦斯特米德医院捐献精子是在 1982 年。同年，美国疾病控制中心（Center for Disease Control）报告称，艾滋病也出现在异性恋者身上，尤其是那些具有额外风险因素的人：静脉注射吸毒者、血友病患者以及海地人。到 1982 年 9 月，美国疾控中心已收到近 600 例艾滋病病例报告，其中 40%以上的患者已经死亡。[2] 1982 年底，澳大利亚的第一例艾滋病在悉尼的圣文森特医院（St Vincent's Hospital）正式确诊。

1983 年初，"美国疾控中心调查发现的流行病学证据有力地表明，血液及血液制品会传播艾滋病，而且这种疾病也会通过亲密的性接触传播"。[3]

1983 年 1 月，美国国家血友病基金会（National Haemophilia Foundation）表示，应当禁止包括男同性恋者在内的高风险人士献血。这引起了同性恋权利活动家的愤怒，他们当时已经在与根深蒂固的恐同症做斗争。[4]

1983年1月和2月，《美国医学会杂志》（*Journal of the American Medical Association*）和《新英格兰医学杂志》（*New England Journal of Medicine*）探讨了血友病患者感染艾滋病的风险以及是否应对献血者进行筛查的问题。[5]3月，美国公共卫生局（Public Health Service）采取的立场是，包括男同性恋者在内的艾滋病高危人群不应献血。美国红十字会（American Red Cross）和美国血库协会（American Association of Blood Banks）遵照执行。[6]这是意义重大的一步。一些血库管理者非常担心这样的主张会打击他们的献血供应。一些团体的反应则是愤怒，正如哥伦比亚大学罗纳德·拜尔（Ronald Bayer）教授所解释的："同性恋组织刚刚意识到自己社区的生存面临着新的威胁，他们担心明确禁止男同性恋献血会加重对同性恋的污名化和仇视态度。"[7]

很快人们就会发现，传播的真相并不像一些人担心的那样具有歧视性。艾滋病毒是通过无保护的性行为传播的，但不一定非得是**同性恋**性行为。传播甚至根本不需要性行为。1983年，美国和澳大利亚的血库供应中都已经存在艾滋病毒[8]——而在澳大利亚，由于诺琳·克利夫的出现，我们了解到捐献的精液中也已经存在艾滋病毒。（美国第一例经由供体精子传播艾滋病毒的案例似乎发生在第二年，1984年的纽约市。[9]）无论什么性别什么性取向的人都会死于艾滋病。它会夺走年轻人和老年人的生命。从未有过任何形式性接触的儿童也会死亡。它会导致婴儿死亡。其风险是最高级别的。

很难让人相信澳大利亚的医生和卫生部门没有察觉席卷美国的灾难性变化。到1983年5月，悉尼输血服务中心（Sydney Blood Transfusion Service）负责人戈登·阿彻（Gordon Archer）博士在国家电视台上呼吁同性恋者停止献血后，一无所知的可能性变得更小了。[10]阿彻还宣称"几乎可以肯定艾滋病毒存在于血液供应中"，这令他在澳大利亚其他州的同行震惊不已。当时还没有艾滋病毒的检测方法，预防是唯一的办法。阿彻博士的呼吁登上了第二天早上的报纸头版头条。随之而来的是一场媒体风暴。阿彻被贴上了偏执狂的标签，同性恋权利活动家在悉尼血库外举行了抗议活动。[11]

第二个月的6月21日，新南威尔士州的一位政治家直接向州和联邦的内阁部长们发出电报，要求采取紧急行动抑制艾滋病在澳大利亚的传播。[12]据《纽卡斯尔先驱报》（*Newcastle Herald*）几天后的报道，这位政治家建议“全面禁止同性恋者献血……或向人工授精捐赠者服务机构捐献精液”。[13]这位政治家就是弗雷德·尼罗牧师，他是一位强硬派基督徒，这也不是他首次就这个领域发表观点：尼罗曾因极其强烈的反LGBTIQ+观点而闻名（现在依然如此）。2个半星期后，墨尔本一家医院发生了澳大利亚首例官方记录的艾滋病致死病例。[14]

1983年10月，重量级期刊《新英格兰医学杂志》发表了一篇文章，直接论述了供体受孕过程中传播艾滋病毒的风险。文章特别提出除了血液，艾滋病毒也有可能通过另一种体液——精液——传播。[15]

1983年11月，来自世界各地的艾滋病专家齐聚瑞士日内瓦的世界卫生组织总部，召开了首次艾滋病疫情国际会议。此时，全球已有多个国家报告出现了艾滋病的蔓延。[16]

1984年10月，墨尔本输血服务机构的工作人员开始悄悄私下向献血者询问他们可能感染艾滋病的风险情况，包括性史，并将被判定为有风险的献血者淘汰。[17]到11月，各州的输血服务机构都开始使用献血者申报表，但澳大利亚的生育诊所却没有采取相应的全州（或全国）行动。包括悉尼的诊所在内的一些诊所仍在使用新鲜精液。

同月，即1984年11月，昆士兰州当局宣布，有3名婴儿因一名同性恋者捐献的血液而感染了艾滋病毒或艾滋病，这令澳大利亚公众惊骇不已。消息被宣布时，这些婴儿已经死亡。24小时后，昆士兰州政府通过了一项法律，对任何在献血时谎报同性恋史或吸毒史的献血者进行刑事制裁。[18]

没有任何一个州对精子捐赠者采取此类措施。

1985年5月，澳大利亚开始对潜在的献血者和捐精者都实行普遍筛查。

在我所在城市的中心坐落着金色砂岩建成的悉尼大学。这里曾培养出7位澳大利亚总理、数量堪比几支足球队的其他国会议员、许多行业领袖以及一大批法律工作者，包括王室律师、法官和澳大利亚高等法院大法官。20号门诊的负责人道格拉斯·桑德斯是该校的名誉教授。

在悉尼大学的科技图书馆这个向公众开放的棱角分明的空间里，我发现了一本薄薄的红色的书。它是由桑德斯自费出版的，书名是《澳大利亚生育协会的历史：它的“仓促”诞生与试管婴儿的故事》（*Fertility Society of Australia A History*：*Its* “*precipitate*” *Birth & the Story of IVF*）。很明显，桑德斯对标点符号的使用不太规范。[19]

书名中引号之间的那个词吸引了我的视线。形容词“仓促的”意为“在没有充分考虑或准备的情况下，比预期更早地或更快地完成某件事情”。[20]也许桑德斯不理解他使用的这个词，又或者他理解了，而这更令人担忧。

桑德斯这本书的封面上印有澳大利亚生育协会的标志，“一个古老的翁布里亚生育符号风格的图案”。它看起来就像一个被关在3层笼子里的婴儿。

该书包含一系列对生育行业重头人物的访谈，时间跨度为上世纪70年代至90年代，内容涉及“这一时期所面临的挑战”。每一章都由不同的生育行业专业人士以第一人称讲述，是根据桑德斯的电话采访录音整理而得。每一章都有一个相似的标题：“与艾伦·特劳森的对话”“与杰夫·德里斯科尔（Geoff Driscoll）的对话”“与加布·科瓦奇（Gab Kovacs）的对话”。全书共有27章，其中包括桑德斯自己的讲述（奇怪的是，这章的标题是“与道格拉斯·桑德斯的对话”：似乎他自己采访了自己）。只有一位受访者提到了这个行业培育出的儿童的利益或福祉。作为为数不多的女性受访者之一，她只有2句话提到了这一点。与此相反，葡萄酒却经常被提及。

我发现有一章的标题令人屏息，叫做“与约翰·泰勒（John

Tyler）的对话——捐献精子和艾滋病（艾滋病毒）的风险”。约翰·泰勒与杰夫·德里斯科尔共同创办了韦斯特米德医院的生殖门诊。泰勒讲述了自己的职业生涯始于在英国进行“仓鼠穿透试验”，随后在哈佛大学从事哺乳动物研究。泰勒总结说：“因此，我的动物研究经验为我从事人类试管婴儿工作奠定了基础。”他用了3个段落讨论向女性提供艾滋病毒呈阳性的供体精子，从而导致她们死亡的问题。[21]

泰勒说，他在不知情的情况下招募了一名双性恋捐精者加入韦斯特米德的项目。根据泰勒的叙述，当时还没有艾滋病毒筛查，全世界对精子传播艾滋病毒的可能性还一无所知。1984年，一名生育门诊病人的艾滋病毒检测呈阳性，感染源被追溯到人工授精。泰勒坦率地继续说，这个消息对韦斯特米德项目中的4名患者来说已经太晚了。这4位患者，加上那位捐赠者，全都死于艾滋病。泰勒继续反思这段“可怕的时光”对他的影响，并回忆了生殖医学科的病人离开诊所时的状态如何好于他们刚就诊时的状态。然后他声称，在前述病例曝光后的24小时内，政府关闭了所有的供体人工授精项目，并对惊慌失措的患者展开了大规模筛查。

我去IVF澳洲与彼得·伊林沃思会面时，他没有提到政府下令全面关停一事。在我的调查搜索中，也没有在其他地方找到官方对此事的提及。这样的事情难道不应该昭告天下吗?

我向新南威尔士州政府查询：“根据前生育专家约翰·泰勒的说法，在20世纪80年代，出于对艾滋病毒的担忧，政府曾全面关闭了所有生育诊所。您能证实这是否属实吗?”他们的答复是：“这不是卫生部掌握的信息，我们建议您直接询问科学家约翰·泰勒。”

这并不是一个绝对的否定。这并不意味着政府绝对**没有**因为生育诊所令女性死于艾滋病毒或艾滋病感染而全面关闭所有生育诊所。虽然遗忘这件事确实很奇怪。

随后我又询问了联邦卫生部，他们是否在35年前下令全国停业。他们咨询了一位在该领域工作了几十年的独立卫生政策顾问的意见。

这位顾问找不到任何此类命令的历史记录，也找不到任何触发点。

最后，我联系到了约翰·泰勒本人。他于 1987 年离开韦斯特米德，转到其他诊所工作。当我找到他时，他已经悄然退休了一段时间。我们通了电话。他很警惕。但最终他还是通过电子邮件回答了我的问题。

他的回答都很简短。但它们与克利夫一家的说法以及州政府和联邦政府的答复有所不同。

与乔治·克利夫所说的韦斯特米德医院“轻描淡写”地打电话叫他们去做初步艾滋病毒检测的说法不同，泰勒说，他是在“诺琳在皇冠街诊所做了检测并告诉我们”时才发现供体精液中含有艾滋病毒的。泰勒说，他不记得生育诊所的全面停业持续了多长时间，但这的确发生于澳大利亚的所有生育诊所，由政府统一协调。他说，在韦斯特米德生育门诊就诊的病人（比如诺琳）的记录从未被销毁。不过，“艾滋病毒感染事件之前”的捐赠者记录“按照当时的惯例”被销毁了，而且捐赠者和受捐者都知道会发生这种情况并同意这样做。泰勒写道：“诺琳事件之后的所有新的捐赠者的记录都被保留了下来。”

在发现艾滋病毒传播后，韦斯特米德采取了哪些措施来防止以后的传播？我问道。泰勒回答说：“其实我不记得有什么措施，除了让诊所停业一段时间之外。”在发现艾滋病毒传播后，韦斯特米德是否有生育门诊的工作人员受到处分或其他调查？“是的，就我一个人。”调查或处分的性质是什么？他回答说：“我记不清了，只记得一个法律团队花了大约 1 个星期的时间和我一起在实验室里研究了多方面的问题，然后判定不能直接归咎于我。”我问他，在 1983 年，他是否知道美国和澳大利亚对捐献的血液和精液中可能含有艾滋病毒的担忧日益增加，回答是“不知道”；或者他是否在《美国医学会杂志》或《新英格兰医学杂志》等专业期刊上读到过任何关于供体精液中含有艾滋病毒的文章，回答是“没有”。

我问他，韦斯特米德的工作人员是否曾告诉病人，艾滋病毒及艾滋病的致死率只有10%。我又问，关于艾滋病毒可能的传播方式，他们对受感染的病人说过些什么（如果有的话）。我还问他，新生儿病房里曾接受诺琳的乳汁喂养的所有婴儿是否都做过艾滋病毒检测。对于这些问题，他的回答都是："不知道，我是科学家，并不给病人看病。"

最后，他写道："乔治·克利夫曾起诉过我，但这事没有上法庭，因为那个法律团队认为我不该承担责任。"[22]

我翻开档案中的另一本书：1984年11月出版的新南威尔士州法律改革委员会的报告合订本。在前一年，新南威尔士州总检察长要求法律改革委员会提交报告，论证是否有必要针对人类人工授精以及该行业的其他方面（试管婴儿、代孕、其他生育治疗）制定法律。

法律改革委员会的讨论文件是一份关于新南威尔士州"人工受孕与人类人工授精"实践的报告。此报告发表于年末，据约翰·泰勒所说，正是在这一年发现了新南威尔士州首例经由艾滋病毒呈阳性的供体人工授精而致女性感染此绝症的案例，从而引发政府全面关停生育诊所的操作。但我发现法律改革委员会的报告中没有提及此事。约翰·泰勒当时是他们的工作顾问。"你有没有将韦斯特米德医院发生的艾滋病毒通过供体精子传播一事告知法律改革委员会？"我问他。"我想这就是我参与他们工作的原因，"他回答道，"或许也可能是因为我在《妇女周刊》（*Women's Weekly*）开展的关于供体人工授精的调研。"

法律改革委员会报告的顾问中有三分之二（13人中的9人）是生育专家。道格拉斯·桑德斯也是其中之一。当时，他的诊所大概已经毁掉了我母亲和许多其他人的捐精者代码。

那么也就不意外法律改革委员会这样认为："澳大利亚社会有理由依赖其医疗专业人员以合乎道德和有效率的方式开展供体人工授精

业务”。没有必要对供体受孕进行法律干预：“社会应该不愿意对供体人工授精的做法制定详细的规范”。法律改革委员会的结论是：“据我们所知，医院或医学界在人工授精方面没有任何做法或活动会被社会大众所不容。”[23]

澳大利亚并非唯一令准妈妈们在生育治疗中感染艾滋病毒和艾滋病的国家。多年后，《美国医学会杂志》上的另一篇文章称，在1986年之前，仅在美国和加拿大的5家诊所中就有数百名女性接受的治疗中使用了艾滋病毒呈阳性的供体精子。这些诊所分别位于加利福尼亚州、亚利桑那州和温哥华。有5名携带艾滋病毒的男性在这些诊所捐献了精子。（这不一定是这些诊所的艾滋病毒阳性捐赠者的总数，也不一定是捐精中含有艾滋病毒的生育诊所的总数，只是这篇文章的参数。）仅这5名艾滋病毒阳性捐赠者的精子就为230名女性进行了人工授精，即每名男子平均为46名女性授精。在这230名女性中，有199人同意接受艾滋病毒检测。1995年，这199人中有7人艾滋病毒呈阳性。[24]我很想知道，在未接受检测的31人中是否有人已经死亡，或者后来死于这种病。

那7位艾滋病毒呈阳性的女性没有一人通过人工授精生下孩子。

文章作者们总结说，通过捐献精子传播艾滋病毒“对女性构成了潜在的严重威胁”。他们建议公共卫生政策“要求对1986年之前捐精的捐赠者以及接受人工授精的患者进行艾滋病毒感染的回溯性鉴定……并应视此为例行工作”。

在翻阅我母亲在皇家北岸医院20号门诊的治疗档案时，我发现有一页几乎是空白的，但又不完全是。这是来自另一所机构——圣文森特医院免疫科——的记录，那是悉尼的一所天主教医院。记录顶上的一小栏列出了我母亲的姓名和她的专科医生道格拉斯·桑德斯教授的详细资料。日期是1985年7月。我母亲接受了“艾滋病逆转录病毒”检测。在诺琳·克利夫接受艾滋病毒检测1个月后，我母亲也做了相同的检测。她的检测结果为阴性。

道格拉斯·桑德斯在他的大作的第一页引用了一句话。他选择了诺贝尔文学奖得主威廉·福克纳（William Faulkner）的名言作为他撰写的澳大利亚生育协会历史的开场白。

这句话是：“过去从未消逝，它甚至尚未过去。”

第十三章

3 岁的我身穿一件深蓝色天鹅绒连衣裙，胸前有彩色的褶边。我浓密的头发被一条丝带从额头向后挽起，真不错，因为我正俯身吹生日蛋糕上的蜡烛。

那一刻我没有看镜头。像所有孩子一样，我专注于眼前的美食。我的朋友们也是如此，他们都围在桌子周围。我身后是几个面带微笑的大人，包括我的母亲。背景里是那位销毁了我生父的捐精者代码的护士。

她叫黛安娜·克雷文（Diana Craven），曾是皇家北岸医院 20 号门诊的一名护士——事实上，直到 1983 年我出生那年，她一直是该门诊唯一的护士。[1]她和我母亲关系很好，毕竟，她们是在同一家医院工作的护士；而我母亲碰巧也是该医院不孕不育门诊的病人。我在那天聚会的其他照片中也看到了黛安娜·克雷文的身影。她留着戴安娜王妃式的短发，穿着一件柔软的奶油色高领上衣和灰色灯芯绒工装裤。那天被蛋糕和击鼓传花掩藏的秘密堪比日间电视肥皂剧。

除了允许我查阅她的生育治疗档案外，我母亲还给了我一条潜在的线索：她提到了黛安娜·克雷文。在我模糊的童年记忆中，黛是个讨人喜欢的人，于是我查到了她的电话号码。我想知道 20 号门诊的捐赠者代码是否被彻底销毁，是否有任何秘密渠道可以了解更多信息。我想知道她是否还记得任何线索。即便在我小的时候，我也没跟她说过话，但我相信她会帮我，就像你相信任何一位看着你长大的阿姨或亲密的家族朋友一样。

我花了好一阵子才振作起来。2011 年的最后一天，距离我母亲告诉我身世真相已过去 8 个月，我拨打了克雷文的电话。她接了起来。

她很热情。我小心翼翼地解释了打电话的原因。我希望她能帮我。捐赠者代码在 20 号门诊被销毁了。她还记得什么吗？有没有什么信息可以告诉我？

“我常常设想我会接到这样的电话，”黛·克雷文说，“还有几个和我挺要好的女孩［她指的是 20 号门诊的患者］，她们的情况也一样。”

黛安娜·克雷文对我的电话并不感到惊讶。她早有准备。她知道销毁代码的事，也知道那样做是不对的。

“当时的想法是最好不要掌握这些信息。”她说。我保持沉默。“有一群人觉得这样做不对。”黛·克雷文坦白道。这倒有趣了。“你母亲接受治疗时，”她继续说，“捐赠者是由我挑选的。”

在我生日聚会上在三明治旁欠身的女人创造了我——而不是我的父母。是她选择了用哪管精子来创造出我的特定基因组合。是她从莎拉的各种可能版本中选择了这个版本。我惊呆了。黛安娜·克雷文甚至没有意识到她告诉我的事情有多重大。

如果我不用担心被批量生产，不用担心死于可预防的疾病，不用担心与同父异母的兄弟姐妹同床共枕，也不用担心自己的心理健康——如果我不是与真相休戚相关——我会说，任何人都不应该遇到那个并非他们父母的冷漠的创造者。不是像这样的会面。你永远都不应该见到那个确保你存在并错过了所有其他可能性的人，因为他们对你的重要性永远不会像你对他们的重要性一样。

黛安娜·克雷文还在继续说话。她说：“我们［选择捐赠者］的依据是［社会］父亲的体貌特征。捐赠者都是医学生或大学生。他们与我们现在的捐赠者不同。”还是老一套。我觉得它的初衷是安慰。但我不明白为什么——知道你的生父是从某个特定群体中挑选出来用于繁育的，这真的能让你感觉更好吗？

“有几个捐赠者可能是的，”黛·克雷文喃喃自语，“其中一个可能是你的。”她没有说出口。他们从不说那些词。在这个行业里，没有人愿意使用“生父”或“生母”这样的字眼。他们总是说“捐赠者”，这完全是谎言。如果你拿了钱，你就不是捐赠者。

“他们收到了钱，”黛·克雷文说，“20 澳元——不，60 澳元——不，10 澳元捐一次。”这令人困惑。“那在当时是合理的款项。它不是报酬，是作为‘费用’付给他们的钱。我想他们现在还能拿到费用。”

他们的确还在拿。

根据澳大利亚储备银行（Reserve Bank of Australia）的通胀计算器，哪怕 10 澳元，在当时也不是小数目。1982 年的 10 澳元相当于 2020 年的 36 澳元。这相当于在酒吧喝几杯啤酒的钱。如果你是一个贫困的大学生，这笔钱能让你和朋友们共度一个夜晚。而 1982 年的 60 澳元相当于 2020 年的 217 澳元。这相当于低预算（也就是学生的）合租屋每周的房租——即使不是全部，也是大部分。就为了一次男性性高潮。

如今，通行价格取决于你提供的是精子还是卵子，还取决于在哪个诊所和哪个国家捐献。例如，在澳大利亚，我曾与一名男子聊过，他在 2006 年捐了 10 次精子，每次获得 100 澳元。2015 年据报道，澳大利亚生育企业城市生育中心（City Fertility Centre）向捐卵者支付的费用为统一的 5000 澳元。对于所谓的“捐赠”来说，这是一笔不小的数目，而这种“利诱”也引起了人们的关注。[2]

在美国，研究人员曾报道过征求卵子“捐赠者”的广告，开价高达 10 万美元。捐卵者收到的钱也要由美国国税局（Internal Revenue Service）征税。[3]但与精子或血液不同的是，卵子不能由人体定期补充。每个女婴出生时就拥有了她一生中所有的卵子，而且随着时间的推移，卵子数量会逐渐减少。通过美国国税局，美国政府直接从女性出售自己不可替代的人体组织中分取一杯羹。

对于这些行为的产物来说，问题在于**所有**的钱都是一种诱因，无论高低。知道自己的DNA上有一个价格标签肯定不会让通过供体受孕出生者感觉良好。儿童不应该被买卖。有一个词可以形容这种行为：贩卖。作为一个知情并自主同意的成年人，如果你想捐献就捐吧。但你不应该指望金钱作为回报。顾名思义：捐赠者。在澳大利亚，人们献血是没有报酬的，尽管献血确实能够挽救生命。这符合世界卫生组织的政策，即“最安全的献血者是来自低风险人群的自愿无偿献血者”。[4]这不是一项新的建议。自1975年以来，世卫组织一直呼吁所有国家通过自愿、无偿的献血者获取全部的血液供应。

在澳大利亚，献血是没有报酬的，因为血液是人体组织。事后你可能会得到几块饼干，这很好。多于几块饼干就有问题了。如果献血是无偿的，那么按照同样的逻辑，捐献DNA也绝对不应该拿钱。如果无偿捐献DNA或孩子会给你的钱包或健康带来巨大损失，那就不要捐。所有这些都是完全有选择的。

澳大利亚2002年的全国性法案《禁止生殖性克隆人法案》（*Prohibition of Human Cloning for Reproduction Act 2002*）禁止为捐献的卵细胞、精子或胚胎支付“有值对价”，但允许支付捐赠者产生的“合理费用”。[5]“合理费用”没有完整的定义，也没有金额限制。澳大利亚各州还制定了各自的《人体组织法》（*Human Tissue Act*）。根据澳大利亚法律改革委员会的说法，这些法案“基本相似”。[6]新南威尔士州的《人体组织法》也禁止捐赠者出售自己的人体组织，但表示他们可以报销“与移除该组织有关”的“费用”。[7]就捐精者而言，很难看出看一些色情片和手淫会产生什么费用。

这些法案都坚称支付费用并非向捐赠者支付对价。但是，如果我们看看澳大利亚国家卫生与医学研究委员会有关供体受孕中可以提供什么的规定，就会发现遵照这些法案执行还是过于粗略了。该委员会的《伦理准则》再次包含了一些令人担忧的漏洞。

《伦理准则》声称："澳大利亚目前的情况是配子捐赠必须是利他的，而且法律禁止人类配子的商业交易，或是使用直接或间接的诱导。这一立场反映了对捐赠者（尤其是卵子捐赠者）可能受到的剥削以及各方可能面临的风险的担忧。"听起来不错——但等等。

"虽然禁止直接或间接的诱导，但报销与捐献**直接**相关的可核实的实付费用是合理的。"[8]这些费用包括捐赠前后的医疗和咨询费用。你可能会想：这挺合理的。但它还包括在澳大利亚境内的旅行和住宿费用。难道是捐赠假期？2010年，澳大利亚参议院报告称，一家名为奥尔伯利生殖医学（Reproductive Medicine Albury）的诊所向加拿大男性提供了一个套餐，其中包含往返机票、2个星期的住宿以及每天150澳元的津贴，以换取精子捐赠。[9]"据估计整个套餐当时价值约为7000澳元。"参议院报告称。令人担忧的是，国家卫生与医学研究委员会本身"参与监督了这份套餐报价是否符合伦理"。据《澳大利亚人报》（*The Australian*）报道，在经过6个月的"调查"后，国家卫生与医学研究委员会为该套餐开了绿灯。[10]

更有甚者，国家卫生与医学研究委员会的《伦理准则》还规定，配子"捐赠者"（这个词变得越来越荒谬）如果因捐献而请了无薪假期，其收入损失可以得到补偿。这实际上是允许生育行业在"捐赠者"进行治疗、检查、卵子采集、精子捐献、咨询等操作期间为其支付的工资。生育行业可以成为其雇主，并得到该行业唯一的国家准则的认可。在我看来，这似乎非常接近于州和联邦法律所禁止的行为。

我想知道澳大利亚政府是否也像美国政府一样，针对个人因提取人体组织获得的费用征税？尽管（与美国不同的是）澳大利亚政府规定出售人体组织是非法的。我还想知道澳大利亚税务局（Australian Taxation Office）是否对这些行为进行监督。于是我问了他们。澳大利亚税务局的媒体联络官态度很好，对我的问题一点也不感到惊讶。他四处询问，得到了一个耐人寻味的答案。

澳大利亚税务局的一位发言人说："报销安排是捐精或捐卵的接受者与捐赠者之间的事情。"[11]天哪，我想，这比由诊所向捐赠者支付误工费还要隐蔽，还要不受监管。钱从个人转给个人。我想知道，到底有没有人对这种转账进行监督？

随后，我与澳大利亚税务局的谈话转向了更符合它胃口的话题：收入申报。

与你从实际工作中获得的工资不同，在他人补偿你工资损失的情况下，你的雇主没有扣缴税款。因此"作为薪资损失的补偿而收到的金额应作为普通收入纳税"，澳大利亚税务局的发言人说，"并应计入捐赠者的所得税申报表"。

在我认识的澳大利亚捐赠者中，无论男女，从来没有任何人告诉我，他们在报税时申报了捐献配子的收入。

至少在与我的第一次电话交谈中，昔日的20号门诊护士黛安娜·克雷文给出了很多答案。

"只要健康的婴儿一出生，捐赠者代码就会被销毁，"黛安娜·克雷文平淡地说，"我们把它剪掉，这样就无法追踪了。在内心深处，我知道这样做是不对的——你不应该丢失这些信息。[但是]捐赠者被告知他们不会被找上门。"

然后她给了我一个捐赠者代码。是从她的记忆中挖出来的。实际上是2个代码，她认为它们都有可能是她从我的档案中剪下的那个。

"AFH，"她说，"他的肤色和你爸爸没什么两样。他是个理科生，20岁出头的小伙子。还有一个，ADZ，可能性不大。我认识的另一个朋友，她得到的精子肯定来自ADZ。我从来没忘记这个代码。[但]AFH最有可能。我不记得他的名字了。"

AFH。是他吗？这些字母有什么含义吗？名为安德鲁？姓为哈里斯？我知道20号门诊使用的代码是随机的，与捐赠者的姓名无关，但我还是忍不住在脑子里胡思乱想。ADZ？亚当什么的？我疯狂地写下这两个代码。我一度担心“Z”不够清楚，又描了好多遍，如此情形下笔尖竟然没有划破笔记本真是个奇迹。然后，我再次压下了所有的情绪，专注于我的问题清单。黛心情不错，很健谈。我还能问她什么呢？

“是谁下令销毁代码的？”我问道。

“应该是桑德斯教授下令销毁代码的，”黛·克雷文说，“但当时澳大利亚的每家诊所都是这么操作的。”**什么？**

“桑德斯教授是个可爱的人，”黛说，“我可以给道格·桑德斯打电话索要代码——这样我就可以查看捐赠者的代码列表……如果我查看了这些代码，也许我就能想起有哪些人的身高和发色［与你的社会父亲］相配。”

“他会同意吗？”我怀疑地问。

“我和道格还有联络，”黛·克雷文安慰道，“我和他关系不错。我问他，他会给我一个诚实的答案。给我几个星期时间，我会尽快给你答复的。”

“好的。”我鼓励地说。在我看来，这听起来真的不像是桑德斯会欢迎的对话，但我不打算说出来。

“我们在很多事情上都取得了长足的进步，”黛说，“现在的世界不一样了。那曾是一个非常天真的世界；［你］用手捂着耳朵，希望问题消失。”

然而当然，问题并没有消失。我也没有消失。

黛·克雷文曾说，澳大利亚各地的诊所都在销毁捐赠者代码。究竟为什么这样的事之前没有曝光呢？还有更广泛的记录缺失问题？怎么能让婴儿工厂——其中许多是公共设施——掩盖它们在繁殖哪些人类以及繁殖的频率？这些人是如何继续从业并受到尊敬的？为什么这不是一个全国性的丑闻？

然而，不仅仅是澳大利亚各地的诊所这样做。无论过去还是现在，情况都更加严峻。

如今，我与来自美国、英国、新西兰、加拿大、南非、荷兰、比利时和葡萄牙等世界各地的数千名通过供体受孕出生者保持着联系。我们都是成年人。这个群体中还不包括近年来在热门的生育目的地因生育行业而出生的年轻一代。所谓热门的生育目的地是那些较贫穷的国家：尼泊尔、乌克兰、墨西哥、印度、柬埔寨、泰国、希腊，因为富裕的外国人会在那里从弱势群体中获取DNA和身体。

我发现了很多相似之处。尽管大家来自不同的国家，但生育诊所给我们的待遇却大同小异。我们得到了同样的借口，从不靠谱到难以置信。

有一天，我在一个通过供体受孕出生者的在线群组里提问："这里有谁的记录被销毁了？如果有，你知道它们是什么时候被销毁的，或者是如何被销毁的？（火灾/洪水/粉碎机等都算。）"

数十条回复纷至沓来。

有些人被告知所有记录都在很久以前就被销毁了，更有甚者，他们的生育专家一开始就没有保留任何记录。

"没有需要销毁的记录，因为没有任何记录被保留下来，这是故意的……他们给我的社会父亲画了速写像，而我的父母把自己的要求告诉了他们，医生们就可以扮演上帝了。"来自美国密苏里州的回复。

"他们遗失了有关我的供体的几乎所有记录，而且对此没有任何解释。我在2年前联系他们寻求信息，他们花了1年多的时间才承认他们没有任何记录……他们最终找到了他亲手填写的原始捐赠者表格，但他们没有关于我出生的记录，也没有任何其他来自他的记录。"新西兰奥克兰。

"他们告诉我只会保存极少的记录。即便有，也早就被销毁了……我的父母都不知道供体精子的事情。他们以为他们有了**自己的**孩子。"美国密歇根州。（欺骗社会父母双方的情况并非罕见。）

火灾是对于缺失供体受孕记录的另一个常见的国际性解释。

“当诊所因欺诈被调查时，记录室发生了‘火灾’……我有火灾调查报告的副本。报告称火灾可能是由电路问题引起的，但他们并不确定。火灾发生在2003年。我也不清楚调查的结果如何。”美国洛杉矶。

“不孕不育医生的妻子在他退休后销毁了文件，她把文件烧掉了。这位医生有一家私人诊所（他的妻子也在那里工作）……我从以前的助手那里得知，在他还没退休时，助手们得到的指示是如果他们发生了什么意外（例如事故），他们必须立即销毁文件。”比利时安特卫普。

“当我在［我的生育专家］退休多年后和他对质时，他承认在壁炉里烧掉了大部分文件。”荷兰鹿特丹。

全世界都有珍贵文件被付之一炬。但是，这个行业似乎不仅仅受到火灾的困扰。还有一个相反的问题：水。

“很遗憾，在我知道自己是因供体受孕而出生之前［我的生育专家］就去世了。我和他的妻子聊过，她告诉我，记录在他们的车库里被弄湿了。”澳大利亚墨尔本。

“我被告知我的记录被洪水冲毁，并被扔进了垃圾桶……高等法院法官认为这听起来很可疑。那是伦敦哈利街52号。”这条回复来自英国的乔·罗斯（Jo Rose），一位著名的通过供体受孕出生者的支持者。

然后是三连击：

“我被告知的理由是火灾、洪水以及‘保存15年后被销毁，因为没有必要继续保留’。我在1996年的几个月内给诊所打了3次电话，这是3次分别得到的回答。然而，当我在2013年见到医生时，他告诉我病历就在后面，他从未销毁过任何东西，然后我就找到了！我的病历就在那里（不过他们不肯给我）。”澳大利亚布里斯班。

“我也一样。”同在布里斯班的另一位女士说。

“你的诊所也给了你相互矛盾的答案？”我问她，“而且是同样的答案——火灾、洪水……哦，不，它们就在这里？”

“是的，”她说，“还有‘你不是我们的病人所以你什么也得不到’的老生常谈。”

所有这些故事在地理位置上相距甚远，但由于它们在记录销毁方式上的相似之处，它们可能发生在同一个城市。

比起阴谋，我一直更倾向于怀疑是搞砸了。但是，生育专家对于不提供他们所制造婴儿的记录所给出的种种离奇但又常见的“理由”偶尔会让我动摇。他们中有人互相学习过吗？他们是否曾互相讨论过如何加快繁殖速度并尽量减少文书工作？现在还有人这样做吗？

我等着黛安娜·克雷文与道格拉斯·桑德斯谈完捐赠者代码的事，然后给我回电话。我一直在等。我不想唠叨。

等了几个月后，我终于还是忍不住又给她打了电话。她没有接。后来，她给我留下了一条令人困惑的语音留言，说她一定是弄错了：AFH 和 ADZ 都不是我生父的代码，我应该相信 IVF 澳洲正在尽最大努力帮助我。

他们影响了她，我想。正如我所料。

但这让我陷入困境。我相信我应该得到比语音留言更好的待遇。于是，在我们第一次通话的 4 个半月后，我与她再次通了电话。为了不跑题，我事先写下了一些问题，比如：桑德斯说了什么？你看起来对代码很有把握，为什么又改变主意了？还有，如果谈话陷入僵局，我打算问如果我是你女儿，你会怎么想？

我首先问她为什么会弄错捐赠者的代码。她说：“嗯，我想，我心里想的就是这个人。但当［IVF 澳洲］查阅他们的记录时，他们发现不可能是那个特定的捐赠者。”

“这是为什么呢？”

“我和那个女孩——那位女士——谈过了，我想你曾和她谈过。”（黛·克雷文指的是玛丽，她是我在IVF澳洲接触的第一个人。）“她查看了所有相关日期。而我认为的那个捐赠者在那个特定时间没有被使用。”

“好吧，黛，我要告诉你一件事，”我坚定地说，“他们告诉我，在我被怀上的那几天**没有任何**供体精子使用记录。他们没有记录下来。”

“是的，那就是她，她正在做的，”黛结结巴巴地说，“因为我们以前使用样本时，都会记录在单子上，就像银行的存货记录一样，你知道的，正在使用的存货。”用词真妙。“有些单子她因为某种原因没有拿到，不管是搬家的时候放错了地方还是别的什么原因，但她会给我回复的。”

玛丽可不是这么跟我说的。她没有告诉我她的搜索是不完整的。她告诉我说，她和那位男科医生已经把2个不同治疗周期内所有日期的所有文件都查看了2遍。“如果［玛丽］在那些日期里发现了什么，”黛·克雷文说，“因为没有签名，我说我会去找她，看看她手上的记录，看看那些签名［在所用精子上签的字］里有没有我的笔迹。”

“那你觉得会有多少可能的人选？”我问。如果有更多的单子存在，而黛·克雷文又找到了她的签名，那还会有用吗？“比如3个？4个？5个？”

“是的，可能四五个。”黛说。

“嗯，”我说，“然后呢？”

“我们要做的是排除法，”黛说，“然后他们会联系捐赠者，如果**可以**的话——”

“是的，我知道，”我打断了她的话，“我知道所有的权力都在捐赠者手中。我知道。”

“因为在他们捐献的时候，”黛说，“他们被告知他们不会——”

“是的。”我再次打断她。我没时间再听一轮毫无结果的不透明借口了。“所以，这取决于［玛丽］能不能找到什么东西，尽管她已经说过没什么可找的。”

“嗯。没错，”黛·克雷文友好地说，“她正在努力。”

“你说你要和桑德斯教授谈谈，”我轻描淡写地说，“他怎么说?”

“我说了。他让我去找［玛丽］。”

“所以他其实什么也没说?”

“嗯，他说，他说她就是那个人，那个负责所有调查的人。”黛·克雷文说。

“道格拉斯·桑德斯教授对我找到捐赠者的想法持开放态度吗?”我问道。

“是的，”黛强调说，“非常开放，但你要明白，如果这些人（捐赠者）说不，他们不想被联系上，那他也无能为力。这就是他们当时做出的安排。”这是一个巨大的漏洞：我怎么知道他们是否真的问过任何捐赠者，更不用说以恰当的方式询问捐赠者？我怎么能相信他们会处理好这些事情?

“［玛丽］有没有给你一个回复你的时间范围?”

“没有，她已经尽力了。等她——等一下，莎拉。”黛说。她停顿了一下。然后她又回来了。“抱歉，莎拉。”

“我不打扰你了，”我说，“我知道你很忙。”显然，这次谈话没有别的收获。

黛说一旦她发现了什么，就会告诉我。这话她以前就说过。

第十四章

IVF 澳洲没有给我答复。黛·克雷文这条路也走不通。我还能做什么?

我发现，新南威尔士州政府有一个叫做“中央登记册”的东西，其中有一部分是“自愿登记册”。

自愿登记册是为 2010 年 1 月 1 日之前因供体受孕而出生在新南威尔士州的人（即我们中的大多数）提供的登记册。所有 2010 年之后因供体受孕而出生在新南威尔士州的人，他们的精子、卵子或胚胎捐赠者的身份信息都应记录在中央登记册上，并由政府保存。政府依靠生育诊所提交这些信息。一位幸运地在 2010 年后因供体受孕而出生的人一旦年满 18 岁，就可以在中央登记册上查询到捐赠者的身份信息。这意味着，在撰写本书时，中央登记册的使用次数还是 0。

对于我们这些 2010 年之前出生的人来说，能依靠的只有自愿登记册。

如果你知道自己是 2010 年 1 月 1 日之前因供体受孕而出生的，就可以填写一份表格，申请被载入自愿登记册。然后，新南威尔士州政府将向你的生育诊所“核实”你的说法，并要求他们提供有关你的供体的信息。如果生育诊所有匹配的捐赠者记录，你就走运了。如果他们没有，则只有你本人的详细信息会被登记入册。但是你能联系上血亲家人的可能性几乎为 0，当然这可能性从来都不高。

然后呢？如果你的供体知道自愿登记册的存在，并努力让他们自己被登记在册，而且乐于与自己可能拥有的后代联系，那么政府工作人员可能会为你和你的供体牵线搭桥，你们可能会有某种形式的交流。如果你想找到你那些源自同一供体的兄弟姐妹，情况也是一样的。

当我发现自愿登记册时，我就知道了所有这些限制性条件，但我仍然觉得它很重要。它是有成效的。它是官方的。这是我可以做的事情。我在申请表上填写了自己的详细信息。对青霉素过敏，有轻微哮喘。我甚至写下了 AFH 这个捐赠者代码，并补充说“由于记录保存不全，代码可能有误”。2012 年 12 月，我收到了州政府的正式收据。仅此而已。

大约在那段时间，我查看了 IVF 澳洲的网站。作为不孕不育领域的巨头，IVF 澳洲有一个伦理委员会。它“就不孕症临床实践中的伦理问题向 IVF 澳洲提供建议”。它确保“我们对患者的护理以及我们开展的研究以共同意向为指导”。

道格拉斯·桑德斯教授是 IVF 澳洲伦理委员会的成员。

黛安娜·克雷文也是。

2 年后的 2014 年，我与新南威尔士州卫生部一位态度友好的官员有过一次对话。我提到，我曾将自己的详细资料寄到了他们的自愿登记处。我得到的答复是，州政府会将这些信息提供给将我带到人世的生育诊所，也就是现在的 IVF 澳洲，看看他们是否有与我匹配的供体或是其他信息。[1]之后就没有下文了。政府从 IVF 澳洲那里得到过关于我的答复吗？

她查了一下。结果得到一个奇怪的答案。

“寻求供体详细信息的原始请求被［从 IVF 澳洲］原样退回了，无人认领。”她说。我问，他们的寄送地址是太平洋高速路上那幢闪闪发光的大楼吗？是的。IVF 澳洲还在那里。他们从未搬迁。卫生部知道如何联系他们。为什么就这封信没有被接收呢？[2]

“我们卫生部这边一直没有跟进，所以没有再寄出那封信，”她说，“所以我们一直没有回复你确认你已被登记入册。看来这个进程停滞了。我知道那是 2 年前的事了，情况不妙。我很抱歉。”

面对这种奥威尔①式的超级身份控制，一段时间之后你开始怀疑所有人。这能怪我吗？

2 年过去了。能帮助我找到家人的唯一政府程序卡在一个关键步骤毫无进展，而政府也是在我查询后才知道这一点的。那现在怎么办？我问她。如果没有 IVF 澳洲的核实，她能把我列入登记册吗？

“我们会像刚收到你的申请一样，再次把它寄给 IVF 澳洲，”她说，“你的信息已经在自愿登记册上了，包括你［自己提供］的捐赠者代码与特别提示。”

2015 年，我为澳大利亚广播公司的《背景简报》（Background Briefing）栏目制作了一部调查类广播纪录片《供体侦探》（*The Donor Detectives*）。它讲述了在澳大利亚，因供体受孕而出生的人们如何因为官方系统和医学界的失职转而采用非正统的方法来寻找自己的亲生父母和兄弟姐妹。由此展开的调查被牛津大学出版社的科学期刊《人类生殖》引用了。[3]（虽然这部纪录片讲述的是其他人而不是我的故事，但我在片中披露了自己因供体受孕而出生的背景。）

在纪录片中，我采访了凯·德克尔（Kay Dekker），一位西澳大利亚州因供体受孕而出生的女性。在 2015 年，澳大利亚仅有 3 个州拥有自愿登记册，西澳大利亚州正是其中之一。

凯被记入自愿登记册 10 年却一直没有匹配结果。她有诊所和生育专家的名字，但仅此而已。她在诊所的记录已被销毁。后来，她在互联网上找到一个因供体受孕而出生者的论坛，运营者为同样来自西澳大利亚州的亚当·昆利文（Adam Quinlivan）。

---

① 乔治·奥威尔（George Orwell，1903—1950），英国小说家、散文家、记者和评论家。著有《动物农场》《一九八四》等反极权主义名著。

“然后亚当给我发了一条信息说，科林·道格拉斯·史密斯（Colin Douglas Smith）医生底下的人不多，你有什么信息吗？”凯告诉我，“我提供了基本信息，我们就这样来来回回地聊了起来。我们的信息很相似，那也是我们仅有的信息，所以亚当问我：‘你考虑做个 DNA 检测吗？’因为他已经测过了。”

于是她去测了。DNA 检测证实亚当和凯是同父异母的兄妹。两个人都惊呆了。他们的年龄只相差 5 个月。但问题是：当他们相识时，他们俩都已经在西澳大利亚州政府管理的自愿登记册上登记了 14 年，却一直没有匹配成功。他们都没有任何来自生育诊所的记录可以提供给登记册。这意味着，就政府而言也是无计可施。凯和亚当的详细信息在同一个数据库中存在了 10 多年。

凯和亚当都质疑，如果登记册管理者不采取任何积极措施，那么登记的意义何在。凯说，即使她和亚当找到了对方，情况也没有改变：“［州登记处］说即使有其他与亚当和我信息相似的人再被登记，他们仍然不会为我们建立这种关联。”

“所以你可能有更多的兄弟姐妹，而如果他们知道那些人的存在，也依然不会把你和他们对上号？”

“没错。”凯说。

如果你的记录不完整或被销毁，那就难办了。

我决定修正我的设想——具体来说，就是我关于自愿登记册是否有用的设想。于是，我向新南威尔士州政府询问其自愿登记册有过多少次成功的匹配——对于成千甚至上万的 2010 年之前在我州因供体受孕而出生的人来说，这是唯一的集中匹配点。

答案是：1。在其历史上，成功匹配 1 次。我在纪录片中对此进行了报道。

就我个人而言，我决定忘掉自愿登记册。

多年后撰写本书时，出于好奇，我决定再次向新南威尔士州卫生部询问自愿登记册的情况。

自愿登记册上有多少2010年之前的捐赠者？又有多少在2010年之前因供体受孕而出生的人？我问。

2010年之前在新南威尔士州因供体受孕而出生的数千人中，截至2019年，仅有100人在该州的自愿登记册上登记。

关于这个微不足道的数字，唯一值得庆幸的是愿意让亲生子女找到的捐赠者人数之少（仅85人登记在册）几乎与之相当。

我向卫生部提出的最后一个关于自愿登记册的问题是，他们成功匹配了多少对亲子或兄弟姐妹。我想，《供体侦探》已经播出5年了，是时候对“1”这个答案进行更新了。

结果，政府并不知情。

答复是：“卫生部不保存供体后代与其供体配对的统计记录。匹配成功后，会通知相关各方，并在征得他们同意后促进信息分享。”

我并不想苛难个体公务员，然而，对于一个专门为匹配而设计的登记册来说，跟踪记录其成功匹配数量似乎是一个关键的绩效指标。

那么，为什么他们在2015年告诉我只配对成功一次？

我绝望了。你可以终此一生追寻供体受孕某一个方面的，但你仍然不会得到一个直接或令人满意的答案。

没有积极的登记与匹配服务，没有中央政府的记录整理，没有记录，没有任何支持者或盟友，我所能做的就是自己随机搜索。于是，我开始寻找精子捐赠者。这听起来很滑稽，也有点恶心。实际上，这在情感上是很折磨人的。

我决定采取行动，但随后几个月却什么也做不了，后来找到了一两个人的电话号码，但又不愿意打给他们。被领养人在寻亲时有独立的支持服务、咨询和正式的信息点，这是有道理的。你需要在情感上做好准备去寻找一个可能是你亲生父母的人的名字。你需要有足够的勇气去读出那该死的页面或屏幕上的名字。这不像记者调查别人的故事。我甚至不能假装我是在代表别人做这件事。为了验证这些东西，你必须与陌生人分享个人信息——通常是非常私人的信息，会让你变得很脆弱的个人隐私。

有一次，我在一个随机找到的在线论坛里发现一个人，他说他曾在 20 号门诊捐过精子，时间与我被怀上的时间差不多。他所知道的自己的捐赠者代码也与黛·克雷文想起的代码相似。但她的或者他的记忆都可能有些偏差。我鼓起勇气。然后打电话给他想了解更多情况。我们就叫他保罗（Paul）吧。

保罗告诉我，他是在 1978 年和 1979 年捐的精子。“因为艾滋病，80 年代他们中止了我的捐献，”他愤愤不平地说，“那是一种下意识的应激反应。他们回绝了所有的捐献。”

保罗并不是医学生。他说他学的是工程学，后来成为一名公交车司机。他告诉我：“皇家北岸医院曾经进行过精子交易。”

我不知道“交易”是什么意思，但我知道如果你把一个人的精子送到另一台手术，在没有任何中央记录整理的情况下，就无法知道什么时候会达到捐精使用家庭上限。我还听说皇家北岸医院会把精子送到其他州的诊所。各州关于家庭上限的“规定”各不相同。即使你遵守了一个州的规定，也有可能会违反另一个州的规定——更不用说追踪最终的兄弟姐妹群体的难度了。

“他们让我非常紧张，”他说，“我太天真了。”

天真与否，保罗都一直在捐献精子。他告诉我，差不多 10 年前他又开始捐精了——捐给一对女同性恋情侣，我想你可以称之为诊所系统之外的兼职。然后又捐给了另一对。在我给他打电话的时候，保罗说他捐献给女同性恋情侣的精子已经生出 13 个孩子了，此外他通过生育诊所捐献的精子也产生了许多孩子。保罗估计，他在皇家北岸医院以及兼职渠道捐献的精子所产生的孩子总数大约在 40 到 200 个之间。我感到恶心。我结束对话并挂断了电话。[4]

鉴于保罗在皇家北岸医院捐献精子的日期，并假设20号门诊当时只使用新鲜精子，正如伊林沃思在我们第一次见面时告诉我的那样（但在我们第二次见面时他又否认了这一点），综合看来，保罗不太可能是我的生父。保罗一直很坦诚，他认为他的孩子都有权知道他是谁。但我还是很震撼。我暂时中止了对精子捐赠者的搜寻。

第十五章

新南威尔士州到处都是铜墙铁壁。然而，在隔壁州，像我这样的人的境况要好一些。

在富有远见的维多利亚州，因供体受孕而出生者取得了一些重大胜利。1984 年，维多利亚州成为世界上第一个建立供体受孕信息中央登记册的地方。[1]登记册适用于从 1988 年开始因供体受孕出生的人。它并没有废除捐赠者匿名制，即只有在当事人同意的情况下才能透露身份信息。但这已然是一个巨大的进步。

1995 年，维多利亚州禁止了匿名捐献卵子或精子，比新南威尔士州早了整整 15 年。[2]此禁令适用于从 1998 年开始的所有捐赠。这又是一项重大举措。

因此 1998 年以后，维多利亚州对同一类人存在着 3 种规定。1988 年以前因供体受孕出生的人无权获得任何东西，也往往的确什么也得不到。1988 年到 1998 年间出生的人可以获取其生父（母）的非身份识别信息。如果生父（母）同意，他们才可以获得其身份信息。1998 年以后出生的人无需许可就有权获取生父（母）的身份信息（但不能得到亲兄弟姐妹的信息）。

随后维多利亚州进入了一个非常有趣的阶段。有观点认为，对因供体受孕出生者及其家人设置 3 种不同的规定是歧视性的：所有因供体受孕出生者都应享有同样的权利，无论他们于何时出生。2010 年，维多利亚州议会开始调查研究本州所有因供体受孕出生者（不论何年出生）是否都应有权获取生父（母）的身份信息。

这需要对法律进行追溯性修改。那将意味着维多利亚州捐赠者们曾经认为的“只要他们想，他们就可以保持匿名”的法定权利将被剥夺。

有追溯效力的法律会让律师、国会议员和政策制定者们大伤脑筋。有一些人认为，追溯性法律本质上是不公平的，无论针对的是什么问题。[3]美国禁止追溯性刑法，但允许追溯性民法。在英国，可以制定具有追溯力的民事和刑事法律，但非常罕见。[4]澳大利亚走的是英国的老路：我们允许追溯。

但这并不意味着我们经常这样做。

唇枪舌剑十分激烈。正如卫生法教授索尼娅·艾伦所写，不出人们所料，反对追溯性变更的人中包括一些捐精者，但他们“似乎并不占多数”。艾伦在她的《供体受孕与信息搜索》（*Donor Conception and the Search for Information*）一书中谈到当时维多利亚州的辩论：“值得注意的是，维多利亚州自愿登记在册的捐精者有 120 多人，而且许多捐精者支持信息披露。”[5]另一方面，调查却只听取了 3 名表示反对的捐赠者的意见。[6]其中一人明确表示，他最担心的不是披露身份信息，而是随后带来的任何联系。

这是一个重要的区别。知道谁是你的生父（母）和真正与他们交谈或见面是两码事。在领养方面，已经找到了一种折中的办法：接触否决权。随着各司法管辖区追溯性地开放收养记录，全世界都开始采用接触否决权。在实践中，它们很少被行使。它们的运作原理如下。

以新南威尔士州为例，被收养人有权获得其亲生父母的身份信息。但如果亲生父母不希望与他们联系，（领养令于 1990 年 10 月之前达成的）那些亲生父母可以提出行使接触否决权。作为得到亲生父母身份信息的回报，被收养人必须签署一份承诺书，答应不与亲生父母联系。反之亦然：1990 年 10 月之前被收养的人也可以对其亲生父母行使接触否决权。接触否决权具有法律约束力。

在今天的澳大利亚，很少有人提出行使接触否决权。2018—2019年度，共有2468份与收养有关的身份信息申请。这一年提出的接触否决权总共有多少？3份。在这3份中，2份是被收养人针对其亲生父母提出的，剩下那份是一名亲生母亲针对其后代的。[7]

如果维多利亚州要追溯性地修改法律，允许所有因供体受孕出生的维多利亚州人获得他们供体的身份信息，那么接触否决权就是一种经过实践检验的有助于推进此事的操作。

虽然在维多利亚州的调查中只有3名捐赠者站出来反对终结匿名制，但有许多更强大的组织和不孕不育专家表示强烈反对，它们包括澳大利亚生育协会、澳大利亚医学协会（Australian Medical Association）维多利亚州分会、墨尔本IVF、维多利亚州不孕不育顾问团（Victorian Infertility Counsellors Group）以及维多利亚州的两位"大腕"生育专家——加布·科瓦奇教授和大卫·德·克雷瑟（David de Kretser）教授，后者最近刚刚卸任维多利亚州州长一职。这份声势浩大的名单力撑捐赠者不应受到其行为之后果的干扰，然而值得注意的是尚有一大群捐赠者没有表达自己的观点。

澳大利亚医学协会维多利亚州分会与澳大利亚生育协会都表示，当前根本不应该与捐赠者联系，哪怕只是询问他们现在是否同意任何提供信息的请求。他们不应该有这样的选择。

为什么这些医学专家们会如此强烈地抵制变革呢？这的确是个问题。

另一方面，也有一些精子捐赠者公开支持终止匿名捐献的做法。他们承认孩子的家庭权，同时表示孩子的优先权与福祉应该被放在首位。从本质上讲，这才是好的教育方式。在这种情况下，孩子的基本权利高于你自己的权利，这是一种无私的认知。

伊恩·史密斯（Ian Smith）是一位我认识的精子捐赠者，我与他聊过几次。在维多利亚州展开调查时，他已经知道自己有7个供体受孕带来的子女，他们都是他1988年以前捐献精子的后果——也就是说，这些子女完全无权获得任何关于生父的信息。伊恩也无法找到这7个子女的任何信息，尽管他很想知道。

“我很想知道些什么，至少能和他们见上一面，但我可能永远也做不到了。如果我有机会这样做，是的，我当然愿意。”史密斯在质询中如此说。但他强调他不会强求。“我认为，你必须保护他们，”他说，“如果立法将来发生改变，允许我与这些人接触，我个人会非常谨慎地主动与他们接触，因为我确实想，我很想与他们见面，但我的理念是他们是这件事的核心，他们的人权才是最重要的。”[8]

还有别的捐赠者有此同感。迈克尔·林登（Michael Linden）是我朋友米梵妮·坎默福德（Myfanwy Cummerford，昵称米芙）的亲生父亲。米芙是维多利亚州一位著名的因供体受孕出生者的支持者。她寻找生父的努力比我早几年开始，但和我的一样毫无结果，直到她采取非同寻常的办法，接受了《澳大利亚人报》的采访。该报在头版刊登了米芙的大幅照片，并配发了一篇文章。那天迈克尔碰巧在一家7-11便利店买了这份报纸。在唯一的全国性报纸上露面（并登上头版）成功地解决了其他所有渠道都无法解决的问题。如今，米芙和迈克尔已经相认并定期联系。

迈克尔捐赠的精子还带来了另外4名后代，在调查时他对其中3人仍然一无所知。他在质询中表示：“我觉得我的情况与领养中放弃孩子的亲生父母没有区别。我与孩子们联系的需求，以及我对他们的下落以及生活经历抱有的好奇都与将孩子送给别人领养的父母别无二致，而这些不应该因为我不知何故放弃了孩子们而被轻易否定。”但就接触方面，他的态度客气而简洁：“这得让他们来决定，不是我。”[9]

当维多利亚州议会调查接近尾声时，我偶然注意到这场紧张激烈的辩论。我作为记者的神经一下子活跃起来。供体受孕触及了人之为人的核心问题。生命是如何被创造的，以及谁能做出这些决定？多少是天性，多少是后天培养？作为人类并为了保持理智，你个人应该享有哪些权利？

我想，等到调查报告出炉，这会是个很好的选题。然后，我发现了娜蕾。

娜蕾·格雷奇（Narelle Grech）：棕色的大眼睛，灿烂的笑容，齐腰的脏辫，战斗到最后一刻的战士。我渐渐发现，如果说议会调查有可能是关于某一个人，那么从这点来说这整个调查都是关于她的。她和我同岁。她在 15 岁时发现自己是因供体受孕而来到人世。她成了一名活动家。

“世界上没有足够的语言来描述作为一个匿名捐献的精子的后代是什么感觉……这显然是一种幸运，但也常常让人感觉是一种残酷的诅咒。”成年的娜蕾在 2010 年写下这些话。[10]

少女娜蕾只得到了一些残缺的信息：她的生父身高 1.7 米，棕色头发，血型为 O+。

“当我不可避免地变得更加好奇并想了解更多的时候，帮助我母亲怀上我的教授与机构对此的反应却是强烈的拒绝与缺乏同情心。”她写道。她所说的教授正是加布·科瓦奇教授，他在后来的维多利亚州调查中也反对变革。“‘捐赠者’是匿名的，而我被告知由于我的父母和捐赠者都同意匿名，所以我必须接受这个事实。”

“我无法形容，当我知道我的生父以及整个父系家庭的姓名和详细资料被存放在墨尔本的某个文件柜中，而我却无权查阅时，我感到多么的没有尊严和无能为力。”[11]

这次寻亲的尝试极大地影响了娜蕾的一生。“当我开始积极参与因供体受孕而出生者这个群体的活动时，我意识到有一种方式能让我改变现状，那就是将所有的热情化为事业。有朝一日帮助其他与我处境相同的人们。”她说。她获得了社工专业的学位，并开始从事有关寄养和儿童保护的工作。[12]

娜蕾不知疲倦。她坚持不懈。她从别人那里打听到她的供体是马耳他人。这让娜蕾非常高兴，因为她的亲生母亲和社会父亲也是马耳他人。她发现她生父的捐赠者代码是 T5。随后她和米芙发现在创造出娜蕾的诊所，这代码本身是有含义的：他肯定是该诊所第 5 位姓氏以 T 开头的精子捐赠者。“想到我的姓名首字母其实是 N.T.，真让我高兴！”她写道。娜蕾还发现她有 8 个同样通过供体受孕出生的同父异母的兄弟姐妹——5 个姐妹和 3 个兄弟，他们都出生在墨尔本，出生时间集中在 3 年内。我是在 27 岁得知自己身世真相的，而在这个年纪娜蕾知晓自己的身世已有 12 年。然而她写道：“我仍然不了解我应该了解的自己……我经历了许多阶段：震惊、好奇、愤怒、失落、悲伤、与世隔绝、无能为力和绝望。”[13]

娜蕾总是强调她爱养育她的父母，非常爱，并对他们告诉她真相表示尊敬。这不是问题所在，她写道。

“真正的难题是，没有一个有权力的人停下来好好考虑一下因供体受孕出生者的想法、愿望和需求……我没有签署任何文件表示我乐意让我的生父和父系亲属成为我不知道的秘密。我并不是协议的一方，我认为这些信息应该与我分享。”

对我来说，娜蕾的话道出了问题的根本所在。如果蓄意不让因供体受孕出生者了解自己的亲生家庭，其结果就是对该群体的身份和人性的蓄意扼杀。

那是 2010 年，而娜蕾自己的生活即将发生巨变。

在此之前，娜蕾的健康状况一直很好。“我这辈子从没生过病。”她写道。[14]但情况在 2011 年发生改变。她的大肠破裂了。娜蕾不得不接受紧急手术。她长了一个巨大的肿瘤。这是肠癌，晚期。此时娜蕾年仅 28 岁。

娜蕾的外科医生告诉她，在她这个年龄患上肠癌 4 期有极大可能是由遗传因素造成的。娜蕾母亲的家族中没有癌症病史。“当时我哭了，”她写道，“不仅因为我已病入膏肓，还因为我很可能是从我的父系家族和我的匿名供体生父 T5 身上遗传了这种疾病。”[15]

截至 2011 年 12 月，娜蕾已经接受了 12 轮化疗。[16]“我无法工作，也无法享受曾经熟悉的生活。我感觉我的青春被夺走了，”她写道，“我无法描述不得不在 28 岁时面对死亡是什么感觉。”

然而还有额外的严重打击：“想到这些本来是可以避免的，我感到非常愤怒。”

她写道，如果知道有遗传风险，她本可以更早地接受这类癌症的筛查。

“我本来有接受检查的机会，这是所有一切中最令人沮丧的一点。”她写道，“帮助创造了我的系统也让我无力了解有关我身份的基本信息，以及对我更重要的我自己的健康状况。如果我在 15 岁时就知道这些信息，我应该早就能决定接受这种癌症的筛查……我还没准备好去死。”

娜蕾向州和联邦议会针对供体受孕的质询提交了建议。她恳求说，她需要找到生父和兄弟姐妹。这件事折磨着她：她的时间不多了。她需要提醒他们。

“我还担心我那 8 个同父异母的兄弟姐妹……有可能也已经患上这种疾病却还一无所知，”娜蕾在维多利亚州议会的质询中说，“他们或许也已身患绝症。又或许可能会将这种疾病遗传给他们的孩子。我的诊断影响的不仅是我，还可能影响很多别的人，如果是这样的话，应该让他们知道。”[17]

她的档案仍然被封闭着。

我第一次给娜蕾·格雷奇打电话是在 2012 年。我想为澳大利亚广播公司电视台的全国性晚间时事栏目《7.30》制作一期关于维多利亚州调查的节目。我觉得我必须向自己的执行制片人莎莉·内伯（Sally Neighbour）透露我本人就是通过供体受孕出生的，这让我很痛苦；我仍然不习惯解释这些，尤其是在工作场所。值得称赞的是，她让我继续做下去。这个报道将按照正常的编辑流程进行。没有问题。

娜蕾是我的第一人选，也是我的主要拍摄对象。在电话里她听起来非常有活力，尽管她的健康状况和我们正在讨论的事情都很糟糕。我搭乘飞机前往。

我没有告诉娜蕾我也是通过供体受孕出生的。有些记者可能会认为这是个优势。我坚决地对自己说，如果我无法在不透露自己身世的情况下让被访者吐露心声，那我就是不称职的。我的老板批准了这篇报道并且没有要求我必须披露自己的情况；这篇报道是关于维多利亚州的，不是关于我的。告诉老板已经够痛苦了。我可不想再告诉别人。走这种路线对于我的记者生涯来说是一种全新的体验。它绝对不会让我的工作变得轻松。

娜蕾住在郊区的一栋合租房里。我和摄影师驱车抵达，她将我们迎了进去。她在宽松的裤子外面套了一条裙子，戴着皮绳项链，脏辫垂在背后。

她的室友们都出去了。娜蕾的房间就像一座暗黑宫殿，里面摆满了靠垫、织物、蜡烛和熏香。她带我们穿过整洁的厨房，吧台上摆放着她的药品；她带我们参观了后院和菜地。然后，我们坐下来进行采访。

她很坚强。唯一一次动摇出现在我问起她的诊断结果时。“医生几乎立刻就问我：‘你的家族有肠癌病史吗？’”娜蕾说，“如果家族中有肠癌病史，年轻人在 15 岁左右就可以接受检查，所以如果我知道有患肠癌的潜在风险，我是可以提前发现的，甚至在 1 期之前。”她停了下来，眨了眨眼睛。我们暂停拍摄让她平复情绪。

在接受这样的采访之后人们通常会有些沉默：如此令人难过的事情需要一点时间才能恢复。我让娜蕾和摄影师准备一下厨房的场景——反正娜蕾也该吃点东西了——然后感觉房间里的压力恢复了正常。她吃了饭，我们又聊了聊，然后收拾东西准备离开。我的心里翻江倒海。她已经接受完我的采访。她慷慨地和我谈论了生命和死亡。

她的处境真的很悲惨。我做了一个决定。

“我得回去一趟，”我对摄影师说，“我忘了拿我的外套。”我冲回前廊。

我敲了敲门，她惊讶地又让我进去。我关上门。“我没有太多要说的，”我匆忙地说，“只是必须告诉你一件事。我也是通过供体受孕出生的。”

她的眼睛睁得大大的并尖叫出声。然后她突然说：“我**就觉得**你是懂的！”我们都笑得前仰后合。有好几分钟我们都在说“什么？所以当你说——”“我知道，我简直——”“我简直不敢相信——”，气氛非常愉快。我们约好很快再聊。然后我又跑了出去。

报道完成得很好。娜蕾对此很满意，之后我们一直在 Skype① 上聊天，无话不谈。我们都是 20 多岁的年轻人，一见如故，成了朋友。她是那么风趣，那么有意思，以至于（说来惭愧）我经常忘记她身患癌症。

有一次，我们在 Skype 上聊天时她抱怨自己单身。拜托，我说，外面还是有好男人的。我问起她最近遇到的一个人。她只是看着我。

“你知道带着结肠瘘袋约会有多难吗？”她问我。

娜蕾需要一个善良、聪明、风趣的男人——同时还要能接受她糟糕的健康状况、可能出现的恶化以及对任何恋爱关系而言都是非常有限的结局。带着结肠瘘袋约会很难。在命不久矣时约会也很难。

给予娜蕾生命的生育专家加布·科瓦奇教授是澳大利亚生育行业的另一位“先锋”。从 1978 年起他就在墨尔本亨利王子医院（Prince Henry Hospital）主持供体人工授精项目，直到 20 年后项目结束。在那里，他治疗了娜蕾的母亲以及另外大约 1500 对夫妻。[18] 从 1998 年到 2007 年，科瓦奇教授在私营的莫纳什 IVF（座右铭：“让我们一起

---

① 一款网络即时通信软件。

勇敢”）执业，其间又治疗了大约 1500 对夫妻。2015 年，费尔法克斯市（Fairfax）的报纸称，“在他监督下接受供体人工授精的维多利亚州女性人数比其他任何医生都要多”。[19]

在我为《7.30》制作的节目中也采访了加布·科瓦奇。科瓦奇教授与该行业其他一些人不同，他不惧怕媒体。他不会试图躲在公司或书面声明的背后。

“她是个非常好的年轻人，”他说，“对于她的患病我们感到非常难过，但我实在看不出我们还能做些什么。”

直到最后，娜蕾及其家人仍然坚信“作为她母亲的医生以及能够接触到［捐赠者］姓名的人，科瓦奇设置了障碍”。而加布·科瓦奇则坚持认为他“做了程序所允许的一切”（费尔法克斯市《美好周末》［*Good Weekend*］杂志，2015 年）。

我向娜蕾询问了她与加布·科瓦奇的交流。[20]

“在我年满 18 岁那年，我预约了去见科瓦奇教授。我想知道他能否告诉我更多信息，他说：‘很遗憾，如果我告诉你捐赠者的名字，我会坐牢的。’”她回答说。（我不知道有任何刑事条款规定，生育专家会因为告诉别人生父是谁而坐牢。）

“所以他知道。”我说。

“他的确知道。”她肯定地说。

2012 年我向加布·科瓦奇问起此事。他的回答是：他不记得捐赠者是谁了，而且，不管怎样，他已经无法查阅娜蕾的记录。

但娜蕾即将迎来曙光。维多利亚州议会的调查已经结束。结论为，**所有**因供体受孕而出生的维多利亚州人都应该知道自己的生物学父母是谁，无论过去的法律如何规定，也无论做出过什么承诺。

然而，调查给出的建议并不是法律。那些没有参加听证会，也没有听取所有争论的议会成员还没有被说服。相反，议会决定延长调查时间，以征求更多捐赠者的意见。仅限于捐赠者。

在议会拉锯的同时，娜蕾的生命之火正在燃尽。她被送进了医院。米芙将娜蕾的情况告诉了调查委员会主席克莱姆·牛顿-布朗（Clem Newton-Brown），后者要求维多利亚州州长泰德·百鲁（Ted Baillieu）授权寻找娜蕾的生父。百鲁亲自干预了娜蕾的案例，命令州公共记录办公室寻找 T5，这也是他在任期内的最后几项行动之一。

终于，事情取得了突破性进展。

历经 15 年的寻找之后，维多利亚州州长亲自下达的命令才击败了对娜蕾不利的势力，为她提供了她所需要的东西。

2013 年 2 月，娜蕾收到了维多利亚州总检察长的来信。信中说她的生父已经被找到。他名叫雷·唐纳（Ray Tonna）。住在维多利亚州地区。事情就是这么简单。[21]

得知他的名字后，娜蕾打电话给米芙，米芙立即在谷歌上找到了雷的照片。他们俩惊人地相似。"我记得我对娜蕾说：'就是他，娜蕾，我们找到你的吉卜赛父亲了。'"米芙跟我说，"因为她一直认为她自由奔放的天性一定是遗传自他。"

雷·唐纳丝毫不介意相认。事实上，他让当局把他的电子邮箱和电话号码转告他这个新发现的女儿。他们的第一次通话持续了 3 个小时。

我记得娜蕾告诉我她是如何同她最好的朋友丹妮尔一起开车去雷的家，她才刚离开墨尔本不久就已经兴奋得几乎要跳起来。当她见到雷时，既高兴又惊讶。他们在个性上极其相似：雷很有艺术细胞，富有同情心，是个老派的嬉皮士。娜蕾说她在他家待了好几个小时，开心地翻看他的老照片。她还见到了他的妻子和儿子（"我弟弟！"她笑着告诉我。"我有个弟弟，莎拉！"）。雷很欢迎她的出现。如果 15 年前能认识她，他一定会很高兴。如果能从一开始就认识她，他也会很乐意。

多年后雷·唐纳告诉我："我们真正相见的那一刻就像是美梦成真——没有什么能让你为这样的事情做好准备。我几乎和我［婚内亲生］儿子出生时一样的不知所措。这就像是经历一个我不认识的人的诞生。我从一开始就觉得这是一件美妙的事情。”他们曾拍下一张美丽的照片，照片中两人相拥在一起。

大约 6 个星期后，娜蕾告别了人世。

她一直没能出院并承受着巨大的痛苦。雷每个星期去墨尔本探望她两三次——他们，亲生父女俩，只有大概一个半月的时间来了解彼此。他们本该拥有许多年的时间。这是他们俩都想要的。任何人都不应该阻止这一切。

娜蕾死于 2013 年 3 月 26 日。年仅 30 岁。当时我刚开始和山姆（Sam）约会，他现在已是我的伴侣。那天晚上，山姆和我本打算一起去看电影。到达电影院时，我的状态一塌糊涂，于是我们买了威士忌并转而去了公园。夜幕降临，我和他坐在黑暗的公园中，我痛哭失声。

在娜蕾去世将近 3 年后，维多利亚州终于通过了世界上第一部法律，赋予所有因供体受孕出生者获得其供体身份信息的权利。该法律还提供了接触否决权。娜蕾的家人在旁听席上见证了这部法律在上议院获得通过。

维多利亚州的《辅助生殖治疗法 2016 年修正案》（*Assisted Reproductive Treatment Amendment Act 2016*）又被称为“娜蕾法案”。

如今，雷·唐纳已经摆脱了夺走娜蕾生命的那种疾病，他的家人也是如此。他被告知自己可能携带肠癌的遗传倾向，如果与其他人的类似倾向结合，就可能导致肠癌。

自从认识娜蕾后，雷已经找到另外 4 个由他捐赠的精子带来的子女。他已经提醒了他们每个人去接受肠癌筛查。

第十六章

在维多利亚州议会提出后来演变为“娜蕾法案”的建议之后，我找上了新南威尔士州议会。

我是和一位老朋友莱斯利（Lesley）一起去的。莱斯利看着我长大：她是我三年级时的老师。我上的小学很小，社区关系非常密切。当时，莱斯利还不知道我是因供体受孕出生的。但她认识我爸爸，也认识我母亲，而且她一直无条件地支持我。

我在议会向一群政治家讲述我生活中最私人、最敏感的部分——在那个阶段，我还没有告诉过很多人，包括家人。我打算在一个我同时身为记者的场合把这一切都说出来。以后，我可能还得就其他话题采访这些议员并让他们承担责任。我能想出很多有趣的方法来毁掉我的职业生涯。

登记之后，我们在工作人员的陪同下乘坐电梯，然后来到一个毫无特色的会议空间。会议室的桌子周围端坐着 6 位西装革履的男士，年龄从 30 多岁到 60 多岁不等。一位女性也没有。我去那里是为了表达我对于围绕生物学父亲所建立的保护措施的愤怒，这些措施令我的寻父之旅困难重重，而每一位政治家——每一位在场的掌权者——都是男性。[1]

2012 年初，新南威尔士州议会开始举行听证会对供体受孕的一个方面进行调查。与维多利亚州听证会截然不同的是，此次听证会的重点仅仅针对供体受孕中相当于“第一世界问题”①的一个小问题。

一年前，即2011年，新南威尔士州地方法院的一位法官做出判决，将一名男子的姓名从一名儿童的出生登记上移除。孩子的社会父母，即孩子的主要照顾者是一对女同性恋情侣。孩子的生父是一名精子捐赠者。这对同性伴侣和这位捐赠者是通过在杂志上刊登广告找到对方的。

关于这种为了生孩子而建立的“自由职业式”人脉网络，我想说的是：我关注的是由大型诊所主导的生育行业，以及对该行业进行监管的必要性。你可能会说，总有一些私下的个人安排是不为人知的，那为什么还要盯着这个行业呢？虽然有些人可能会在脸书上随便找个人生孩子，但这并不意味着由政府批准、补贴和征税的价值数十亿美元的全球婴儿产业就可以逃脱监管。但我也想明确一点，我认为自己在网上找个素不相识的供体是个糟糕的主意，对准父母和孩子都是如此。其风险不胜枚举，包括性传播疾病、遗传性基因疾病、晚发的遗传性疾病（供体可能都根本不知道自己有这些疾病，而等到你发现时也为时已晚）、大量的兄弟姐妹、受到剥削的可能性、引发诉讼的可能性、遭遇人身攻击的可能性。更不用说你的孩子依然很可能不认识他们的生父（母）和所有兄弟姐妹。

2011年新南威尔士州地方法院诉讼的这位核心人物曾同意为那对女同性恋伴侣捐献精子。他从一开始就表明希望参与孩子的生活。两位女同性恋之一成功怀孕，并于2001年产下一名女婴。当时的出生证上只允许写一位男性家长与一位女性家长的名字。因此只有生母的名字被登记在出生证上。[2]

---

① 生活在衣食无忧的“第一世界”（发达国家）中所产生的无足轻重的烦恼，与发展中国家面对的严重问题形成鲜明对比。此处指没有迫切性的琐碎问题。

这个女孩认识生父，且两者一直保持密切的关系。在怀孕期间以及女儿出生后的若干年里，生父每个星期都为她提供经济支持。2011年审理此案时，地区法院的沃姆斯利（Walmsley）法官发现，不仅这位精子捐赠者自孩子出生起就一直与她“保持着亲近的关爱关系”，而且“［捐赠者的］母亲和姐姐也是如此”。

但事情并不总是美好的。在孩子出生后的几个月内，两位母亲与精子捐赠者之间的关系恶化，这在私下的供体安排中并不鲜见。于是，他向家事法庭申请接触令，并获得成功。他获准隔周周末可以与孩子接触一次，并且经两位母亲同意后，生父的名字在 2002 年被记录在孩子的出生证上。

女孩长到大约 4 岁半时，两位母亲的关系破裂并分了手。法院下达了新的命令，这也增加了生父与女儿相处的时间。这是一个三方父母教养的情况。

在女孩 9 岁时，她的非亲生母亲写信给亲生父亲，要求他同意从女孩的出生证明上除名，因为她想代替亲生父亲出现在出生证明上。当时曾有一项法律变更，允许同性的 2 个人作为父母出现在出生证明上。但是，登记的姓名数量仍然只能是 2 个。非亲生母亲在给亲生父亲的信中说：“你将永远是她的生物学父亲，你们的关系不会改变，你仍将与她共度时光……这绝不是对你与［她］关系的任何形式的反思，而只是将她出生时就应该写的内容写在上面。”

该男子回复说“为了表示诚意”，如果有可能在出生证明上写 3 个名字，他会同意的。“但我绝不同意去掉我的名字。［她］是我的女儿，就像她是你和［你前任的］女儿一样。”

然而，在出生证明上写 3 个名字无论在过去还是现在都是不可能的。[3]双方对簿公堂。该男子败诉。2011 年 8 月，沃姆斯利法官表示，虽然他对生父“相当同情”，但他必须做出有利于生母的判决。原因在于新南威尔士州的一部法律，即《1996 年儿童地位法》（*Status of Children Act 1996*）。[4]该法规定，如果一个孩子是因受精技术出生的，且所有相关成年人（异性伴侣、同性伴侣、单身女性、捐赠者）都同意接受该受精手术，那么捐赠者为男性时，他将“被推定为不是此次妊娠所生任何孩子的父亲”；如果捐赠者是女性，则“被推定为不是此次妊娠所生任何孩子的母亲”。无论使用的是捐献的精子、卵子还是胚胎，怀有孩子的委托女性都被视为母亲。而她当时的伴侣，无论性别为何，只要同意接受受精手术即被认定为另一方父母。

2011 年这起诉讼的结果是，新南威尔士州议会决定展开一次全面的议会调查，研究是否要在出生证明上包含捐赠者的详细信息，就因为一名男子，一名仍然拥有合法权利探视自己孩子的父亲，为了他的名字不再出现在一张纸上而感到委屈。我可以理解他为什么会感到受伤。但所有这一切都只是一个小问题，只是供体受孕这个黑暗冰山上的一个小斑点。

这起案件再一次只关乎父母，而不是孩子。它并不代表我们大多数因供体受孕出生者所面临的困境。这名男子了解并爱着他的女儿，并与她保持联系。她也知道他是自己的亲生父亲。她可以问他任何有关是否还有其他兄弟姐妹的问题（尽管她没有，他只捐献过一次精子，没有其他孩子）。她还可以向他询问一切有关家族病史的问题。没有秘密可言。从根本上说，这场法律之争是三方当事人为她而战，他们都了解她、爱她。考虑到供体受孕的各种问题，这似乎可以被视为甜蜜的烦恼。

但可想而知的是，媒体对这起诉讼案进行了大量报道。女同性恋！精子捐赠者！一场丑陋的私人口角在公众面前上演！于是，新南威尔士州决定对供体受孕中出现的这一个问题进行议会调查——仅限这个问题。

这不重要。此时此刻，对我来说，任何机会都是好机会。我向议会提交了一份篇幅很长的保密材料。我告诉他们，引发他们调查的问题只是个幌子。我告诉他们发生在我身上的一切，以及我发现的一切：公立医院故意销毁记录、谎言、艾滋病、几十甚至上百批次的兄弟姐妹等等。我很不情愿地补充道，如果他们只打算追究出生证明这件事，那么他们就不应该把谎言写在如此重要的一份文件上——所有其他重要的法律文件都是从这份文件衍生出来的。

在澳大利亚，出生证明可用于办理护照、驾照和医疗卡。它高于一切。它由各州的出生、死亡和婚姻登记处保管，是各州对其公民的记录。它应该包含生物学真相。不论出生证上记录几位父母，3 位还是 5 位，都应该确保包含生父和生母的名字。这不是为了父母。这是为了保护和维护孩子的权利。如果你一辈子都在被欺骗，不知道自己是因供体受孕而出生的，也不知道自己的亲生父母是谁，那么你生命中唯一能告诉你自己真实身份的东西就是这样一份出生证明。我在给新南威尔士州议会的材料中写道，在当下这个放任自流、自我监管的生育行业中，出生证明是政府告诉本国人民真相的唯一机会。

所以这就是我与 6 位陌生男性共处一室，即将吐露我的秘密的原因。

他们盯着我看。我紧紧抓着椅背。我没有坐下。

“感谢你能来讲述自己的故事，”会议主席、国家党国会议员约翰·巴里拉罗（John Barilaro）说，“感谢你到此做不公开的陈述。”

“我叫莎拉，”我说，“我是一名因供体受孕——”突然我的嗓音变尖了，让我羞愧。我立刻闭嘴。我感到喉咙发紧，就像快要哭出来时那种痛苦的紧绷感。我的眼睛刺痛。天哪，不。我还什么都没说呢。

我努力控制住自己，似乎挣扎了很久，然后又试了一次，声音依然高亢而紧张。

我知道我把想说的话都说出来了。我告诉了他们一切，系统中的所有漏洞。所有的曲折和自以为是的告诫都让我无法与自己的家人在一起。

我还带了一份我母亲的治疗记录，并把捐赠者代码被裁掉的那两页递给了他们。当他们一个个传阅文件时，现场一片寂静。

最后，房间里最年长的议员——在整个听证会期间反应最少的那位——突然开口说话了。“我想她应该知道他是谁。”他说。

我大吃一惊。桌子周围出现了一些表达同情的小动作：有人点头，有人微笑。然后他又开口了。“如果，”他说，“出生证明背面再附上另一页呢？或者是纸条，上面写着还有更多的信息？”

我几乎呻吟出声。我小心翼翼地说：“你还是没有告诉人们他们需要知道的信息。如果他们因为这多出来的一页看起来不重要而从未查询过额外信息呢？如果他们的委托父母撕掉了额外的那页呢？”

这似乎并没有说服他，以及其他一些人，于是出现一轮低语和礼貌的异议。不过没关系。我和他们在一起待了1个小时，紧张的1个小时，但这仍然是关于所有问题的一个非常短暂的速成课程。

莱斯利和我随后在一家咖啡馆做了复盘。对于在出生证明上多加一页的建议我们都大翻白眼。“这太荒谬了，”莱斯利说，“我想大喊：‘你们想保护谁？’”

我们吃完蛋糕，最后拥抱了一下，然后我就回家等他们的报告了。

几个月后，报告出炉了，我真的不认为我还能要求更多。[5]

新南威尔士州调查的职责范围——也就是委员会授权调查的焦点——简短而狭窄：“是否应该规定在出生、死亡和婚姻登记处保存的出生登记上列入捐赠者的详细信息。”仅此而已。但我认为，委员会的调查超出了这个范围，表明他们知道还存在更大的问题。

我翻阅了会议主席约翰·巴里拉罗为报告撰写的前言，心情越来越激动。“整个调查过程表明，这个问题很显然是非常复杂的，需要进行大量的研究，”巴里拉罗写道，“由于信息相互矛盾或信息缺失，委员会在立场问题上举棋不定。有时，聆听调查参与者带有强烈情感的个人想法也令委员会感到纠结……”

“委员会认为，因供体受孕而出生的人普遍有权知晓促成其生物构成的人的身份。”我朝空中挥出一拳。“委员会成员赞成的原则为，因供体受孕而出生的人的权利具有更大的价值，而且对该人未来的福祉至关重要。”又是一记重拳。他们听进去了。他们没有把我当成疯子。我呼出一口气，继续往下读：“委员会认为，强制要求在出生证明上注明捐赠者姓名并不是鼓励父母告诉供体受孕带来的子女其身世真相的恰当方式……委员会因而建议，在颁发给成年的因供体受孕出生者的出生证明上附上附录，指出可以获得更多信息。”哦，看在上帝的分上。但还有更多。“对于那些受到供体受孕影响的人来说，有一个关键问题是追溯获取与2010年之前出生的婴儿有关的捐赠者信息……委员会将在即将进行的调查中详细审查这些问题。”

另一项调查！关于对我州法律作出追溯性修改的调查！

委员会报告的末尾有一个附录，列出了所有在为期2天的听证会上亲自公开作证的人。他们有律师、官僚、委托父母、学者。有一些是因供体受孕出生者的忠实支持者，比如卡罗琳·洛巴赫。其余的人则不然。没有一个因供体受孕出生者公开发言。

但最后有一条说明：“委员会还私下会见了一位因供体受孕出生者。”只有一位。那就是我。

这堂课太俗气。说的是一个人就能够带来改变。

第一次调查过后，新南威尔士州议会的第二次调查接踵而至。委员会6位成员（仍然全是男性）中的5位保持不变，包括主席约翰·巴里拉罗，因此从上一次调查中积累的知识得以保留。关键在于是否允许回溯。或者说，正如授权调查范围所述[6]：“2010年1月之前通过供体受孕出生的人是否应该获得供体受孕信息，包括其供体以及供体受孕所生其他兄弟姐妹之身份信息”。授权调查范围的其余部分涉及如何做到这一点——如果要做的话，由谁来管理这些信息，是否应该提供咨询或其他支持，以及“任何其他相关事宜”。这真是一个极好的开端。

当然，我又参加了。他们已经听过我的故事，但我又写了一份保密材料。这次还有别的因供体受孕出生者参加，其中至少有2位来自新南威尔士州——尽管缺乏自我了解，缺乏广告宣传，也很少有媒体关注，但消息还是不胫而走。

遗憾的是，新南威尔士州并没有像维多利亚州走得那么远。第二次调查的报告并没有呼吁在法律中规定所有通过供体受孕出生者都应当有权获取身份信息。令人沮丧的是，也出现了与维多利亚州调查同样的绊脚石：表示反对的捐赠者。那甚至不是真实的捐赠者，而只是存在持反对意见的捐赠者的可能性。最终，只有1位捐赠者向第二次调查提交了意见书。他说，通过供体受孕出生者“有不可剥夺的权利了解其孕育过程、捐赠者、祖先和兄弟姐妹的详细情况”。也就是说，唯一一个愿意作证的捐赠者是支持我们的。

然而，委员会却说：“鉴于缺乏从捐赠者那里获得的直接证据，委员会不愿意建议对供体受孕信息的获取权利进行实质性修改。”

捐赠者哪怕什么都不做（除了作证的那个），就可以推翻为保障因供体受孕出生者的基本人权所做的最大努力。他们什么都不做，就可以压倒我们自己的情感历程、时间、书面意见和亲自出庭。别跟我说这个体系偏袒儿童。

另外我还觉得有点刺耳。为什么不听取我们的意见就没问题，而听取捐赠者的意见却很重要？如果委员会真的想找到捐赠者，为什么不要求生育诊所提供呢？毫无疑问，这个委员会肯定会听取生育行业的意见。

澳大利亚生育协会提交了一份意见书，明确表示它也代表其强大的分支机构的立场，[7]即试管婴儿医务主任小组（IVF Medical Directors Group）、生殖技术科学家学会（Scientists in Reproductive Technology）、澳大利亚和新西兰不孕不育顾问协会（Australian and New Zealand Infertility Counsellors Association）以及生育科护士协会（Fertility Nurses Association）。不出所料，他们都“强烈反对强制性的回溯登记”。一家大型不孕不育诊所东部生育（Fertility East）也提交了自己的意见书称，赋予所有通过供体受孕出生者知晓自己亲生父母是谁的权利“将对医学的各个方面产生破坏性的预期效果……这一概念可以延伸到人类活动的每一个领域，其后果不堪设想”。[8]被收养者获准查阅其原始出生记录并没有导致社会的崩塌，但显然我们获得这个权利就可能造成如此后果。

来自公立协和医院（Concord Hospital）的生育专家戴维·汉德尔斯曼（David Handelsman）教授写道：“成为精子捐赠者被明确地视为一种慷慨的社会行为，但有一项共识，即不会有进一步的接触、身份披露与其他责难。”他把“披露身份”视为一种“责难”，这很能说明问题。

汉德尔斯曼坚定地写道：“认为精子捐赠者的遗传病史对于后代的医疗保健至关重要的说法是不正确的，也是被误导的。”然而在几页纸之前，他刚刚承认自己的诊所曾有2次不得不联系一位从前的精子捐赠者，原因是“在捐献发生很久以后在捐赠者的后代或捐赠者本人身上新近被诊断出的遗传性疾病”。他接着写道：“以后代对族谱的好奇心为由，追溯性地压制无辜捐精者的合法权益和隐私权，这种压迫性的法律手段是毫无依据的。”[9]

因此，调查委员会没有建议进行追溯性修改。不过也不全是坏消息。委员会确实建议，“作为当务之急”，卫生部应当“聘请专家与捐赠者、因供体受孕而出生者以及受捐父母沟通，以便在各方同意的情况下促成获取身份信息一事”。他们还建议成立一个全新的机构来收集和管理供体受孕信息。还有一项建议也让我印象深刻。

“委员会听到的惊人的证据表明，独立机构所掌握的信息有时可能被篡改或销毁，或许出于故意，或许由于缺乏正确的程序。”报告称。

“委员会建议，作为紧急事项，总检察长应修订《2007年辅助生殖技术法案》（*Assisted Reproductive Technology Act 2007*），将销毁、篡改或伪造任何供体受孕记录的行为定为犯罪。”[10]

这是一项胜利。由于显而易见的原因，这与我的心息息相关。如果这项建议得到采纳，今后就不会再有因供体受孕出生者经历我所经历的一切。这也是向问责制和透明度迈进一步。另外，这对我来说是正式地承认我所遭遇的一切是错误的。

然而，一两份报告并不是法律。新南威尔士州政府于 2014 年 4 月对委员会的 2 份报告作出了回应。[11]

政府表示："政府认识到，对于因供体受孕出生者来说，能够获取信息并了解自己的生物起源是何等重要。国际法规定了儿童的权利，包括儿童了解其父母和维护其身份的权利。"到目前为止，一切顺利。但是，在承认这一点之后，政府又开始否认这项权利。

所有因供体受孕而出生者还是无权获得身份信息。不会设立新的机构来管理供体受孕信息。供体受孕记录仍将由诊所保管。若干年后，政府终于将伪造或销毁记录定为违法行为：但你必须在记录被销毁后 2 年之内提起诉讼——可是如果记录都由诊所保管，你怎么会知道有没有被销毁呢？[12]

《悉尼先驱晨报》（*Sydney Morning Herald*）上的一篇文章用 2 句话概括了我最近的生活重心：

"在 2013 年新南威尔士州议会调查提出建议后，新南威尔士州政府同意将捐赠者信息从诊所转移到中央电子数据库，鉴于诊所曾被发现有销毁记录的行为。但试管婴儿行业声称这样做成本太高，因此进行了游说，结果卫生部长吉莉安·斯金纳（Jillian Skinner）本周向新南威尔士州议会提交了一份大幅缩水的法案。"[13]

第十七章

为什么我们无法突破重围？为什么不孕不育专家、诊所甚至更广泛的医疗组织都如此反对我们？

这个问题有 3 种答案，有的答案的可能性更大些。

首先，完全透明化将暴露出究竟有多少规则被破坏，破坏的频率有多高，以及是由哪些医疗专业人士破坏的。有多少庞大的兄弟姐妹群体存在；性病（如艾滋病毒及艾滋病）和遗传病的发病率有多高；以及有多少捐赠者在不该捐献的情况下被允许捐献？有多少诊所故意销毁记录？捐赠者和委托父母是如何被误导的？精子和卵子是如何被交易的？

2010 年维多利亚州议会调查中，一位名叫凯特·多比（Kate Dobby）的女士就此提供了尖锐的证据。多比曾在维多利亚州不孕不育治疗管理局（Infertility Treatment Authority）担任了 4 年的登记官员，负责管理维多利亚州所有集中保管的供体受孕记录以及捐赠者和因供体受孕出生者的登记工作。

“在某家诊所里发生了卵子置换，”多比透露说，“这是一种有多名女患者前来就诊时可能出现的操作，比如说你从患者甲身上提取了 4 个卵子，然后你可能会把其中一个卵子提供给女性患者乙……这种事情发生过，而且据我所知，实施这种做法的那家诊所在这方面的记录保存工作非常糟糕。”多比说，提取卵子是那些女性患者所接受生育治疗的一部分，当时她们被“鼓励”把多余的卵子分给别人。她指出了被剥削的可能性很大：“我总觉得这些不是有计划的决定，因此捐献都是临时的，而且病人没有得到充分咨询以了解其决定的影响……我不太确定一个女人怎么会在知情的情况下对这种操作表示同意……在这种情况下要求她们捐献卵子可以说是剥削。”

多比的叙述让我感到愤怒。人类的卵子并不是医生可以随意分配的公共财产。当然，人类的精子也不是公共财产。但人类的卵子还有一个额外的层面。提取卵子会对女性患者的身体造成巨大伤害，而捐献精子则不会。女性需要注射混合荷尔蒙，以刺激卵巢超量生产。同时，这也是一个令女性精神上脆弱和费力的时期。人类卵子的提取充满风险和痛苦。

多比说：“有一次一位妇女与我们联系，她被告知另一位患者使用她的卵子成功怀孕，而她用自己的卵子却未能怀孕。因此，另一个女人有了她的生物学孩子，而她自己却没有怀上自己的孩子。最终，她在几年后利用捐卵生下一个孩子。”这种巨大的、故意的、不必要的损害应该是犯罪。可想而知，把这些都记录下来会产生一定的责任。多比还说，维多利亚州有 150 或 160 名婴儿是用来自另一个州——南澳大利亚州——的精子怀上的，这些精子没有任何身份信息。与此同时，维多利亚州也在向南澳大利亚州输送精子。也就是说，精子交易是通过“医生和临床医生之间的私人关系”进行的。

这还不是全部。多比揭开了维多利亚州的面纱，暴露了丑陋的事实——维多利亚州本应是澳大利亚监管最严格、最具前瞻性的州，而澳大利亚也本应是世界上生育行业领先的国家之一。多比说：“很多捐赠者向我反映，他们的身份没有得到正确核实，或者他们实际上被鼓励用假名捐献。”医生建议捐赠者使用假名？在任何情况下，这怎么可能是良好的专业做法呢？多比证实说：“据我所知，有些捐赠者在申请自愿登记时会说：‘我可能也曾用这个、这个、这个和这个名字捐献过。’并说诊所有时鼓励他们这样做。”[1]

凯特·多比在工作中接触过很多捐赠者。“捐赠者在捐献时会得到一些好处，我想这大家都知道，”多比说，“我记得在亨利王子医院［项目］中，有一位捐赠者在‘捐赠原因’一栏中写的是‘啤酒钱’。”亨利王子医院的生育门诊正是由加布·科瓦奇教授主持的，也是创造娜蕾的生命之处。

关于“啤酒钱”的故事，我和很多其他因供体受孕出生者都曾听说过。最近，澳大利亚有位因供体受孕出生的女性在我们的小组中分享了一条她生父发来的短信。她问生父多年前为什么要捐献精子。“听起来可能有些冷酷无情，但在当时我只是为了在某个周五晚上能有10块钱去喝酒……仅此而已！我根本没考虑过后果。”他回答道。她很欣赏他的坦率，但还是大跌眼镜。

听说自己的生命是用几杯啤酒换来的，这不是一个人应有的出生故事。就我个人而言，我曾经害怕见到我的生身父亲并发现自己的生命不过是源自另一个用来换酒的决定。我的意思是：我曾经害怕遇到一个我鄙视的人，而这个人又会让我鄙视自己。后来我干脆决定，如果我生命的起源是如此微不足道，如此侮辱人，那也不是我的错。这种认知是一种恩赐。那是生命中难得的一刻，多年的忧虑突然烟消云散，人也变得轻松无比。当然，我走到这一步并没有得到任何一家不孕不育诊所工作人员的帮助。

然而，不仅仅是啤酒换精子。在一个本应利他主义的捐献体系中，捐赠者受到了从酒精到免费手术等各种诱惑。“据我了解，也有捐精者得到了免费输精管结扎手术之类的好处。”多比说。（此处的逻辑是扭曲的：如果你想停止生育，那就先为我们生一堆吧。）“还有一种情况是捐赠者本身是患者。或许有一对夫妇正在接受治疗，而男方被鼓励捐献精子。”任何经历过生育治疗的人都知道它会让人际关系变得紧张，有时甚至会导致人际关系的终结，而且会破坏心理健康。在这种情况下，医生对男性或女性患者提出捐献要求，这符合道德吗？他们又如何能在充分知情的情况下，经过深思熟虑后表示同意呢？

凯特·多比还作证称，家庭数量上限也被打破了。根据维多利亚州的法律，同一个捐赠者的精子只能供给不超过 10 个家庭。但多比说，仅单个案例中的受捐家庭数量就超过这一法律上限 3 倍以上。“据我所知还有其他案例，某个捐赠者的精子在很短的时间内被用于多达 30 个不同的家庭，或者产生 40 多个孩子，”多比说，“这发生在立法之后。捐赠者被重新编码，有时就发生在同一家诊所内。他们把捐赠者的名字记录在案，然后再次使用他们时就会再给他们一个不同的代码。”[2]

这些不光彩的事实被揭露也许就是生育行业（以及更广泛的医疗组织）强烈反对给予所有因供体受孕出生者了解其亲生家庭之权利的主要原因。但还有其他原因吗？

对这个问题的第二种回答就是要捍卫沉默的、被困扰的捐赠者们。这绝对是一种可以公开的答案。

加布·科瓦奇教授在 2010 年向维多利亚州议会调查提交了一份意见书，在捍卫隐私的同时也保护了相关医疗专业人员的荣誉。他写道：“回溯性地取消匿名会让招募这些捐赠者的临床医生成为骗子，其中包括卡尔·伍德（Carl Wood）教授、大卫·德·克雷瑟教授等知名临床医生……以及我本人。”[3]

澳大利亚医学协会维多利亚州分会写道：“1988 年以前的［维多利亚州］捐赠者出于善意同意帮助其他家庭受孕，其前提条件是保护他们的隐私。”根据该协会的说法，这不仅仅是一项协议。

有一种说法是，全澳大利亚所有得到匿名承诺的捐赠者都在经过适当的咨询之后签署了严密的法律协议。澳大利亚医学协会（维多利亚州分会）写道：“1988 年 7 月 1 日之前捐献的人都得到了合同保证，即他们的身份既不会被透露给接受捐赠者，也不会被透露给因供体受孕而出生者，捐赠者能够保持匿名。”[4]听起来很明确，不是吗？一份合约？

让我们将其与凯特·多比的证据进行比较。多比女士没有一概而论地说所有捐赠者都签署了合同，而是在她负责的全州记录文件中进行了深入细致的调查。

多比写道："允许获取这些信息会造成的问题与捐赠者过去曾同意保持匿名有关。然而，有时**找不到这种同意的证据，或者这种同意并不能准确代表捐赠者当时的需求或意愿**。"[5]（强调由笔者添加）那么，就不是一沓具有法律约束力的合同了。

哪种说法更可信？是各地的不孕不育诊所都为捐赠者提供了全面的咨询，附有完美起草的合同，并把它们保存得一丝不苟；还是鉴于我母亲和其他许多人的治疗记录所遭遇的情况，生育诊所的文书工作和专业操作往往非常糟糕，包括对捐赠者而言？多比在 2010 年已经就供体受孕记录的状况向维多利亚州政府发出警示："这些信息被从业者和诊所销毁或胡乱收集的情况一直存在。"

多比认为，在任何情况下都必须考虑同意的比较标准。"需要考虑历史背景，"多比写道，"大多数人现在认为的知情同意与二三十年前的情况大不相同。社会对辅助生殖的态度已经发生了变化，人们现在更愿意公开自己参与辅助生殖的情况。"

即使议会发现了一个巨大的档案柜，里面装满了滴水不漏的捐赠者同意书，我仍然会向他们提出质疑。我仍然会说，当涉及我们和我们知道谁是自己亲生父母与兄弟姐妹的权利时，所有这些文件都是无效的。这不仅仅是由于联合国《儿童权利公约》，以及根据该公约制定的所有国内法律，还因为**我们**从未同意放弃这项权利。我们从未签署过任何文件。我们，即孩子们，是这一切中的弱势方。我们的权利应该是至高无上的，尽管有人在齐心协力地破坏它们。

对于生育行业为什么反对因供体受孕出生者寻找亲人这个问题，第三种答案是一种隐藏在众目睽睽之下的答案。它一直存在，却只是偶尔被提及。但由于没有人愿意将粗暴的唯利是图的动机归于这个披着送子外衣的行业，所以它从未成为头条新闻。

不孕不育行业表示，取消捐赠者匿名制——公开他们制造婴儿的做法——会威胁到他们的供体受孕商业模式。澳大利亚生育协会在给新南威尔士州议会委员会的意见书中写道："本协会担心，配子捐赠方面的追溯性法律可能会破坏捐赠者和受捐者之间的信任，从而危及整个捐赠操作。"[6]取消匿名怎么会有这种后果？他们是什么意思？

协和医院男科专家戴维·汉德尔斯曼详细说明了这一点。"精子捐赠者项目的普遍经验表明，引入强制性的信息披露要求会导致捐精意愿急剧下降，几近于完全消失，"他写道，"这是我们筛选600多名男性的经验，他们之中出现了200多名捐精者，其中90%都是1997年以前捐献的。以前招募精子捐赠者很容易，而且数量充裕，而在强制披露制度下，招募数量减少为涓涓细流。"[7]

按他的说法，取消匿名制会破坏商业模式。它对供应不利。

汉德尔斯曼的意见书有几处值得商榷。首先，在得出任何明确的结论之前，你需要更多地了解筛选过程，并进行详细的民意调查。

其次是"充裕"的问题。以及它的反面——短缺。我们很少听到"充裕"。我们经常听说的是短缺。在网上快速搜索一下，就会发现以下内容：《捐精者短缺如何导致卡莉为了做妈妈而不走寻常路》（SBS 广播公司的访谈节目《洞察》［*Insight*］）、《呼吁建立公共卵子和精子库，以遏制本州的捐赠者短缺问题》（《时代报》［*The Age*］）、《澳大利亚男性捐赠者大量短缺，转而向美国人寻求精子捐赠者》（《每日邮报》［*Daily Mail*］）。

此外，"枯竭"的形象也挥之不去。在澳大利亚，我们理解干旱。干旱等于坏事。很多文字编辑都有同样的偏好：《精子枯竭》（《月刊》［*The Monthly*］）、《一个单身女人的试管婴儿日记：澳大利亚的精子枯竭现状》（kidspot.com.au）、《男性被告知赶快行动，结束"精子枯竭"》（《悉尼先驱晨报》）。

如果记者们的眼光不局限于生育行业告诉他们的、旨在招徕更多供应的信息，他们就会看到截然不同的东西。

要了解取消捐赠者匿名制是否会减少捐赠者数量，你需要取消前与取消后的实际数字。你需要了解趋势，你需要一个对照组。就像生育产业的许多方面一样，这些数字大多不公开，也不受集中管理。不过，2016 年有 3 位澳大利亚学者——达米安 · 亚当斯（Damian Adams）、沙希德 · 乌拉（Shahid Ullah）和谢丽尔 · 德 · 莱西（Sheryl de Lacey）——在国际期刊《法律与医学杂志》（*Journal of Law and Medicine*）上发表了一篇经过同行评审的文章。标题是《匿名制的取消会造成澳大利亚精子捐赠者减少吗?》。[8]

答案是“不会”。事实上，在澳大利亚规定必须登记捐精者的身份信息后，捐赠者总人数增加了。

作者们研究了 2000 年至 2012 年这 10 多年间的数据。大约在中途，即 2005 年，国家卫生与医学研究委员会的《伦理准则》发生了变化。从 2005 年开始，《伦理准则》要求诊所不得接受捐献，除非捐赠者同意将自己的身份信息透露给所生子女。2005 年之前，除了维多利亚州从 1998 年起就在法律中规定了这一要求之外，澳大利亚没有任何其他司法管辖区要求诊所这样做；2005 年之后，全澳大利亚的诊所都必须这样做。因此，维多利亚州是对照组——《伦理准则》的改变对那里没有任何影响。

为了获得捐赠者人数的信息，作者们使用了向当局报告的数据（仅在 3 个州是强制性的并且是公开的），他们还写信给诊所本身。他们致函全国所有获得澳大利亚生育协会认证的生育诊所。共有 80 家。总共有 38 家诊所提供了数据，其中包括 20 家主要医疗机构。[9]

无论从维多利亚州、澳大利亚其他地区还是全国的数据来看，趋势都是相同的：上升。“在国家卫生与医学研究委员会的《伦理准则》实施的第一年（2005 年），所有群体的捐赠者总数都有所增加。”作者写道。事实上，上升趋势最为明显的是那些在过去以匿名捐赠为规范的司法辖区。而且“在整个研究期间，每年的捐赠者人数都有相对稳定的增长”。

类似的现象在英国早有记录。“2005 年，英国从匿名捐赠制过渡为仅使用同意公开身份的捐赠者体系。公布的数据显示，在取消匿名制后，捐赠者的总人数有所增加。” 作者们写道。

“这项研究表明，澳大利亚取消匿名捐献的影响与捐赠者人数呈正相关……［这］与取消捐赠者匿名制会减少捐精者人数，从而损害供体人工授精（DI）治疗的说法相矛盾。”

那么，那些耸人听闻的新闻头条到底是怎么回事呢？当澳大利亚生育协会提出，取消匿名制会危及供体受孕时，它到底在说什么？[10]

当然，我不能代表澳大利亚生育协会回答这个问题。但我可以强调一个关键的区别，很多懒惰的媒体报道都没有指出这一点，但任何经济学家闭着眼睛都能告诉你：供与求是有区别的。

供给是指捐赠者与捐赠数量的具体数字。而需求则是希望获得捐赠人体组织的人数，它受到一系列不同因素的影响。需求受到不断变化的家庭构成的驱动，其中包括出于自愿的单亲妈妈家庭和 LGBTIQ+ 家庭；对“不孕不育”有时过于武断的定义；以及越来越多的女性和男性选择推迟生育，他们将供体配子视为保障措施。此外还有名人宣布产下供体受孕得来的孩子，广告，以及恐惧。

推动市场发展的是一种消费文化，在这种文化中，付出金钱就意味着得到回报——甚至是一个宝宝。尽管我们社会中一部分人会另有看法，然而生孩子并不是一种权利。生孩子是一种特权。

如果每个想要通过供体受孕拥有孩子的人都能自动得到一个，那么你就会面临捐赠者短缺。捐赠者总是会短缺。不论你剥削了多少女性的卵巢，或者不论有多少男性带着色情片被分配到小房间里，也不论有多少夫妻在你施压下交出他们“多余的”胚胎，永远不会有足够的捐赠者来满足人类的需求。你永远无法满足每个人的愿望（什么时候这成了医学的职责了？），除非你同意降低所有标准和保障措施，而这是对深渊的可怕凝视。你说，卵子、精子和胚胎是怎么来的并不重要。一个男人生了多少个孩子或者一个女人生了多少孩子也不重要。如果这个婴儿是在世界的另一端，在你自己都不屑于使用的医疗环境中制造出来的，那也无关紧要。你的孩子是不是买来的，你是否购买了乌克兰的卵子和南非的精子，将它们植入一名希腊女性的体内，并在孩子出生几小时后将其从她手中夺走，然后头也不回地离开这个国家，这些都不重要。你是否在这一切上对孩子撒谎并不重要。如果你从来没有让他们了解一个会让他们感到恶心和震撼的真相，那也没有关系。什么都不重要，除了你，还有你的愿望和你付出的金钱，以及作为回报由机器制造的孩子。

为什么我们难以拒绝那些想利用他人身体生孩子的人——那些面对任何障碍、任何限制都会义愤填膺的人？或许是因为主流社会并不认为那些需求会立即造成危害。人们通常认为想要孩子是件好事——而且，对孩子的渴望能令渴望者本身显得高尚。

然而如果不加管理、不加约束、不加控制，这些欲望就会伤害我们所有人。它们肯定会伤害儿童；它们还会伤害尚未出生的孩子。很多人可能不喜欢我这样说，但正如一位前澳大利亚年度人物经常被引用的话所说：你走过的标准就是你接受的标准。我不能接受一个不维护儿童权利的婴儿产业。所有成年人都应该明白，心想并不总能事成。尤其当你想要的是另一个人类的时候。

关于需求的最后一点：目前，维多利亚州政府正在考虑对其生育法律的整体框架进行修改的可能性。

2018 年，州政府委托对该州生育治疗的监管进行审查，以“加强现行法律，为获得这些服务的女性提供更多保障和支持”。审查范围相当广泛，但关键问题包括现有监管框架对于“一个不断发展的辅助生殖治疗市场”来说是否“合适”。[11]

审查报告的作者迈克尔·戈顿（Michael Gorton）是罗素·肯尼迪律师事务所（Russell Kennedy）的首席律师。在该事务所的网站上，他被描述为“一名专注于健康领域的经验丰富的商业律师”。戈顿的报告（发布于 2019 年 5 月）及其建议主要涉及使用生育治疗的成年人，而非婴儿产业带来的孩子。政府尚未对此报告做出正式回应。

但维多利亚州已经就戈顿的一项建议采取了行动。2020 年，维多利亚州取消了伴侣和个人在接受生育治疗前必须接受犯罪记录调查和儿童保护令调查的要求。因为这一要求触怒了生育诊所的许多客户。据《时代报》报道，患者“认为这些检查是‘不公平的、羞辱性的并造成了困扰’”。[12]维多利亚州卫生与公众服务部（Department of Health and Human Services）告诉我，取消这些调查能让准父母们“更容易、更公平地获得”生育治疗。发言人证实，任何想要获得供体受孕的人也不必再接受这两项调查。

再比照一下收养的情况。你会乐意让没有接受并通过犯罪记录调查和儿童保护令调查的人领养你的孩子吗？如果答案是否定的，那么你为什么要反对让那些希望利用第三方材料创造一个孩子的人接受这些调查呢？他们无法在自己的社会关系中获得的孩子，却可以买来？我权衡了一下孰轻孰重，是可能造成的冒犯重要，还是可能造成的伤害以及孩子的最大利益重要。“冒犯”为轻，总是如此。

供体受孕带来的孩子遭到虐待并非抽象概念。澳大利亚至少发生过 2 起案件引起了人们对此类伤害的关注。其中一起涉及澳大利亚儿童性侵害罪犯大卫·约翰·法内尔（David John Farnell）。他有 22 项此类定罪记录并因此入狱服刑。法内尔过去的性犯罪受害者中包括 3 名分别为 7 岁、10 岁和 11 岁的女童。[13]然而在 2014 年，法内尔和他的妻子在泰国找人代孕生下一名供体受孕带来的女婴，并将其从泰国带回自己家中抚养。“法律专家认为，法内尔先生过往的犯罪前科令他无法在澳大利亚进行代孕安排。”《西澳大利亚人报》（*West Australian*）2014 年报道称。但当时在泰国，法内尔并没有被标记为危险人物。（把孩子带回家后，法内尔先生告诉澳大利亚媒体，他在狱中接受了心理辅导，而他对儿童的性冲动已经“百分之百地停止了”。)

第二起案件涉及另一对澳大利亚异性恋夫妻，他们委托通过供体受孕获得一对双胞胎——同样是在泰国。[14]2014 年，丈夫被控对这对未满 10 岁的双胞胎实施性虐待。在随后的法律诉讼中，法庭文件显示，他还被指控持有虐待儿童的材料。负责管理安全屋的儿童福利组织泰国儿童热线（Childline Thailand）被要求协助调查此案。我联系了该组织并被告知，由于涉及儿童的法庭案件的隐私保护条件，以及泰国儿童热线本身没有参与刑事起诉，因此就连他们也没有被告知案件结果。他们无法透露有关照顾涉案儿童的任何细节。

在这 2 起案件中，孩子都是利用捐赠卵子怀上并由商业代孕者分娩的。在泰国，没有对委托夫妇进行犯罪背景调查的要求。这 2 起案件都在 2014 年成为头条新闻。2015 年，泰国取缔了商业代孕。

我并不经常使用这句话，因为它是一个可怕的说法，但在涉及供体受孕、犯罪记录调查和儿童福利调查的非常特殊的情况下，我不得不说：不做亏心事，不怕鬼敲门。

第十八章

我坐在自家厨房的餐桌前，凝视着外面的街道，审视着自己的处境。新南威尔士州议会的调查历时数年，却没有产生任何改变。我努力理清思绪。我遭遇的一切肯定是错误的吧？医生和护士肯定不能随心所欲地在病历上挖洞吧？更何况是为了掩盖他们所创造生命的身世真相。

我联系了一家知名度很高的律师事务所。我还联系了法律援助机构。（我想不妨做好两手准备。）如果我不可能得到答案，那么也许可以伸张正义。我能起诉他们蓄意破坏我生父的捐赠者代码吗？因为他们这种做法不仅破坏了我与生父、兄弟姐妹的联系，破坏了我的完整身份，还剥夺了我了解有可能攸关性命的家族病史的机会。

我和他们聊了很久。两家机构都说不行。因为我要追究的实在是太久远以前之事。

我争辩说，但我是直到 27 岁才得知自己是通过供体受孕出生的，我怎么可能更早地寻求补救呢？他们说，这没什么区别。

好吧。也许我无法通过法庭打官司。（或许这是件好事：从来没有人因为它既有趣又简单而提起过法律诉讼，更别提有判例案件了。）但这些人的行为肯定可以被称为玩忽职守。你怎么能用纳税人的钱来经营一家婴儿工厂，还故意掩盖自己的行为？怎么就能心安理得地篡改那些医疗记录呢？

在我所在的州，负责调查和起诉医疗投诉的独立政府机构叫做医疗保健投诉委员会（Health Care Complaints Commission，简称 HCCC）。

我向医疗保健投诉委员会正式投诉了 20 号门诊的负责人道格拉斯·桑德斯与护士黛安娜·克雷文。克雷文曾出席我童年的生日派对，对于投诉她，我感到有些难过。真伤脑筋。我仍然挺喜欢她的。但问题是，任何人都不应该故意破坏捐赠者代码，因此那些故意破坏代码的人应该受到公众的谴责。我不相信如此恶劣的行为能成为例外。

在我提交投诉后的 7 个星期内，除了自动收据外，我没有得到医疗保健投诉委员会的任何回音，于是我给他们打了一个电话。我与一位叫米歇尔（Michelle）的评估官员通了话，她被指派来处理我的投诉。她告诉我，新南威尔士州医学委员会（Medical Council of NSW）与道格拉斯·桑德斯就此事进行了“商讨”，随后，医学委员会和医疗保健投诉委员会专员都决定“终止”我的投诉，因为“时效过了”。米歇尔说，医疗保健投诉委员会仍在等待护士与助产士理事会（Nurse and Midwifery Council）与黛安娜·克雷文进行“商讨”，之后他们将就针对她的投诉做出决定。也不太可能有什么结果。

我说，但是桑德斯和克雷文都还活跃在各自的领域——事实上，桑德斯还在美国一所大学任教。而且当代码被销毁时，我说，我什么也做不了，我无法提出申诉。我当时还是个婴儿。

“专员和医学委员会看重的是行为是否对公众安全构成风险，以及是否符合执业医师准则，”米歇尔说，“评估主任告诉我，该行为是伦理委员会批准的。”

以前从来没有人提过销毁代码是得到某个伦理委员会批准的。这个委员会从哪儿突然冒出来的？我问她是哪个伦理委员会。她说她会问问主任，然后给我答复。

“我们有权决定不处理发生超过 5 年的事情。”米歇尔补充说。

“但是，”我慢慢地说，“这意味着你们永远不会调查任何发生在孩子身上的事情。”我的意思是，在没有得到孩子父母支持的情况下。当然，除非出现一个奇迹般的 4 岁天才儿童在某个下午决定不去操场玩耍，而是向医疗保健投诉委员会提交一份正式的投诉。

“哦，”她赶紧说，“我们**一直**在调查儿童遭受性虐待事件。”[1]

1个星期后，我收到了一封来自医疗保健投诉委员会评估经理的正式信函。信中提到了我与米歇尔的通话：“我理解你的不满情绪。”这位经理说。

“只有在采取纪律处分的可能性相当大的情况下，委员会才会对个别医疗从业人员进行调查……我还想指出，20世纪80年代捐赠者信息被毁所引发的担忧对于委员会来说并不陌生，事实上，委员会已经收到过好几起此类性质的投诉。”**哦，是吗，**我想。然而：“经与新南威尔士州医学委员会协商后，委员会决定不再对您的投诉采取进一步行动。”他说。

随后他列举了一大堆理由，但所有的理由都只是让人产生更多疑问。“桑德斯医生当时的行为是一种公认的做法，”这位经理说，“委员会的决定并不是基于桑德斯医生是否销毁了记录，如前所述，委员会的决定是基于这样一个事实，即这在当时是公认的做法；如果这种做法发生在今天，肯定不会得到宽恕，也不会是公认的行为。”经理继续说道。因此，他们并没有质疑桑德斯是否这样做了。尽管还有其他人也抱怨过销毁记录的问题，但这都没问题，因为在某种程度上，这一切都被“认可”了。没问题是因为被创造的人类产品不配与创造他们的人类得到同等对待。我们是被抛弃的人。“在20世纪80年代，”这位经理写道，“辅助生殖被认为是实验性的。”

通过几行面无表情的词句，国家正式确认了我的身份，我想到。浮现在我脑海的是弗兰肯斯坦博士创造的生物。

“委员会被告知，关于销毁捐赠者代码的问题，应该曾得到悉尼北区地方卫生区（Northern Sydney Local Health District）等同伦理委员会之机构的批准。”经理在信的最后写道。[2]

无论是告诉我她剪掉了我生父代码的黛安娜·克雷文，或任何一个生育专家或诊所，又或是新南威尔士州自愿登记处，抑或在任何一次州议会调查中作证或提交任何材料的任何人，从来都没有提到过任何公立或私立诊所的“伦理委员会”曾授权销毁捐赠者代码。事实上，我从未听说上世纪八九十年代新南威尔士州的任何一家不孕不育诊所设有伦理委员会。如果在我出生的公立医院曾有伦理委员会，他们至少应该告诉我委员会的名称。你不能只是把“伦理委员会”几个字大写，就说它一定是真实存在的。能给我看一张印有委员会抬头的信纸吗？委员会成员都有谁？它有哪些权力？何时开会？它做了什么？最后，授权医务人员在治疗档案上开洞的是伦理委员会政策的哪一条哪一款？

收到这封信一个月之后，我又收到了那位评估经理寄来的第二封信：不会对黛安娜·克雷文采取任何行动，因为那是很久以前的事了。

“我们注意到这些记录被销毁对你产生了重大影响，”经理在信中写道，“但这并不代表它对公众健康或安全构成重大的持续的风险。”

我在新南威尔士州卫生部的朋友敦促我对医疗保健投诉委员会的决定提出复审要求。我内心觉得，我已经放弃了议会程序和法律程序，现在又放弃了医疗监管机构。但我的朋友是对的：你应该费尽一切周折。这样会让他们没有任何借口。

“医疗保健投诉委员会认为销毁代码是‘当时公认的做法’。被谁认可？”我写道，“如果是被认可的话，应该能在政府政策文件、医疗法律、临床政策、捐赠者保密声明、公立医院工作守则等文件中找到相关条款。医疗保健投诉委员会能提供哪些文件证明这是‘公认的做法’？你们从谁那里得到认可的？”

“医疗保健投诉委员会认为，销毁代码‘应该曾’（这似乎是偷懒的说法）得到‘悉尼北区地方卫生区等同伦理委员会之机构’的批准。包括桑德斯本人在内，从来没有人这么说过……再说一遍，支持医疗保健投诉委员会这一主张的文件在哪里？……最令人不安的是，医疗保健投诉委员会说20世纪80年代‘辅助生殖被认为是实验性的’。所以，我是一个人类实验的产物。”我写道，“先不谈医疗保健投诉委员会是以何等极不负责任、极具伤害性和破坏性的方式向我传达我是一个人体实验产物的信息：这是涉及人类、创造活体婴儿的研究。医疗保健投诉委员会应该很清楚，一旦有人决定进行涉及人类的研究，就会有一大堆法律和伦理规则发挥作用。我敢打赌，皇家北岸医院的研究绝对没有遵守这些规定。如果医疗保健投诉委员会选择不调查它所说的整个20世纪80年代在皇家北岸公立医院进行的人体实验，即制造数百甚至数千个活生生人类婴儿的实验，我要求知道不调查的原因……我再次请教医疗保健投诉委员会：你们到底是在为谁工作？”[3]

医疗保健投诉委员会没有支持我的复审请求。

一个举世公认的事实是，当你被政府、法律和整个系统辜负之后，你就会向媒体倾诉。甚至对记者本身来说也是如此。对我来说，想要寻求正义并最大限度地增加找到家人的机会，唯一的途径似乎就只有将整件事情曝光。

这可把我吓坏了。

多年来，我一直把自己大部分的个人经历藏在心里。一想到要公之于众，感觉就像在自己的脚上慢慢钻个洞一样难受。但既然要公开，那就尽可能公开。我需要进行2次尴尬的职场谈话：其一是与我当时所在的电台时事部的直接上司；其二是与澳大利亚广播公司编辑政策部主管艾伦·桑德兰（Alan Sunderland）。他们都同意了我的计划。我将成为《澳大利亚故事》（*Australian Story*）的拍摄对象。

《澳大利亚故事》是一档每集半小时的全国性“获奖纪录片系列节目，没有旁白，没有剧本——只有完全用人们自己的话讲述的真实故事”，其网站称，它是一档让“真实”回归“真人秀”的电视节目。这是一档实力派节目。《澳大利亚故事》在全国拥有广泛的影响力，很受大众欢迎。它是讲述个人故事的完美载体，尽管在镜头前向观众讲述的你绝不是未经过滤的。尽管声称“真实”，但《澳大利亚故事》制作精良。任何不使用记者画外音的半小时纪录片节目都必须非常密切地引导被采访对象，以保证故事的发展。

我的那期节目酝酿了好几年。2012 年我就开始和《澳大利亚故事》的一位制片人贝琳达·霍金斯（Belinda Hawkins）谈起发生在我身上的事情。她住在墨尔本，曾经通过邻里关系听说过我的一个朋友劳伦·伯恩斯（Lauren Burns）的事。劳伦也是经由供体受孕出生的，她经过 4 年的努力刚刚找到自己的生父。劳伦之前曾查阅过大量医科学生的资料，想找出其中有没有她的父亲，但都一无所获。那是在维多利亚州的“娜蕾法案”颁布之前，因此劳伦之所以能完成几乎不可能的寻父任务还是由于创造她的医生出手干预。生育专家大卫·德·克雷瑟医生决定提供帮助，并代表劳伦联系了她的生父本·克拉克（Ben Clark）。[4]

“我给本写信，表示他多年前参与的研究项目引起了人们的一些兴趣。”德·克雷瑟告诉《澳大利亚故事》。一个令人不安的用词：研究项目。和其他捐赠者一样，本·克拉克也愿意和后代联系。他和劳伦通了信。然后又通了电话。再然后，本邀请她去做客。

2012 年时劳伦和本已经见过面，聊过几次天，他们的关系非常友好。作为因供体受孕而出生者，你能期望的最好结果就是没有敌意。当然，我们之中也有很多人希望得到更多。并且在某些情况下，你是会如愿的。但据我观察，“友好”已经是一个很好的结果：它有可能会糟糕许多。人们是残忍的。捐赠者可以拒绝一切接触和一切问题。

另一种经常出现的情况——在我看来更伤人——是一开始能与捐赠者有积极的接触，但随后他的直系亲属会表现出极度的敌视，并终止一切接触。据我观察，如果捐赠者是男性异性恋者，那么这样的情形几乎总是由他的妻子主导。有时，捐精者的妻子会感觉受到我们的威胁，尽管我们并不是男方与前任的爱情结晶，甚至不是某次欲望的产物。这些妻子觉得我们对基本答案的渴求对她们的世界构成了威胁。作为回应，她们可以采取焦土政策[①]。即使她们知道自己的丈夫曾经捐献过精子，她们也会这样做：这些女人似乎把这样的认知埋葬在某个黑暗的地方，等到我们出现时，她们就会做出愤怒的反应。我还听说过一个例子：妻子不仅知道丈夫捐过精子，而且当时正是她在和他交往的时候鼓励他去捐精的。然而，当他的孩子，一个活生生的人，试图联系她的丈夫时——尽管这是她和他都明确纵容的行为产生的后果——她的反应是非常激烈的。

最终，《澳大利亚故事》节目成型了。劳伦决定参加。令人惊讶的是，本也同意了。原来，本的父亲，也就是劳伦的祖父，是澳大利亚著名历史学家曼宁·克拉克（Manning Clark）。这种名人关系可以说是为《澳大利亚故事》的观众量身定做的。贝琳达和劳伦会在维多利亚州拍摄，而我的部分在新南威尔士州拍摄。

这期《澳大利亚故事》变成了上下 2 集，一小时的节目被拆分到 2 个星期播出，这在该节目中很罕见。我们曾经等待了那么久——我都半信半疑地认为它根本不可能实现——而现在突然变成了双集节目。它是劳伦的故事（神秘！名人！大团圆结局!)，以及用多年来拍摄的档案片段拼凑而成的已故的娜蕾的故事，还有我的故事（没有答案！可怕的问题！警示故事!)。沦为某人的悲剧案例研究是有点令人不快，但对我来说可能是件好事。每个记者一生中都应该把自己的故事交给别人去写一次。这让你能够深入地理解你每天要求公众

① 一种肆意毁坏作战区和占领区人类文明的野蛮的军事战略。

做的事情：你希望他们对你的信任度有多高。当然作为记者的我也不会完全放弃。在 2 次播出之间的那个周末，我为费尔法克斯的《美好周末》杂志撰写了一篇第一人称的长篇特写。标题为《错误印象》（*Misconception*），里面有所有我想说而《澳大利亚故事》没有涵盖的内容。

“让我明确一点：我不需要另一个家长，”我在那篇文章中写道，“我再也找不到比抚养我长大的那个男人更棒的父亲了。但我需要一些答案，比如为什么我是这样的人，我的家人是谁，以及我应该警惕哪些基因定时炸弹。我想知道我的生父是谁，并与他建立友好的关系。你会认为至少前者是一种法定权利。”

“现实是，我一辈子都将作为独生女生活，但我的兄弟姐妹可能比我认识的大多数人都要多……上世纪 80 年代发生在我身上的事情可能现在仍在发生。没有全国性法律约束这一行业的行为或保护儿童的权利。如果没有权利了解我们基因起源的真相，因供体受孕而出生者将仍然是工业产品，而不是人类。”[5]

电视的力量在于画面和情感，而不是细节。贝琳达在我身上遇到的问题是，除了我自己，没有人能为我说话。《澳大利亚故事》依靠的是家庭，以及甜蜜而带着悲情的形成对比的访谈。如果没有家人就达不到这种效果。我的家人只有我母亲，而她完全是另一种人。

在某种程度上，发生在我母亲身上的事情说明了供体受孕的问题及其带来的危害。我的母亲或父亲没有得到过任何支持帮助他们应对他们亲身参与的一项政府批准的人体实验所产生的问题。没有后续行动。没有对于说真话的鼓励，也没有育儿技巧。事实上，恰恰相反——只有羞耻感，以及积极鼓励他们隐瞒真相。在我出生 27 年后她才告诉我真相，此后的日子也并不好过。

我母亲最初同意参与《澳大利亚故事》的拍摄。我曾表示我不想参与任何与她的商谈：这得是她自己的选择。贝琳达和她在电话里聊了很久。显然成效是正面的。但我很怀疑。你不可能在一次谈话中就抚平所有过去的伤痛和秘密。贝琳达安排了一次拍摄，并亲自飞到悉尼前往我母亲的公寓。我妈妈却说她不想做这件事。就是这样。

后来听说此事时我感到很内疚。我当初决定参与电视节目是不是不合情理的？我妈妈是不是感觉她是被逼着做这些事的？但是，从另一方面来讲，这不正是问题的核心吗？——没有被告知真相的人们，没有被征求意见或是没有发言权的人们。

结果就是，我母亲下定决心完全不想让这一切公开。有很多因供体受孕而出生者在希望更加公开自己的生活时，都会面临至少一次，甚至可能是持续的来自家庭的压力。最常见的是，“我想试着联系我的生父（母），因为这对我很重要，但这会让我的社会母亲/父亲/母亲们/父亲们/每个人感到不安”，或者“我真的支持修改法律，但我不能说，因为这会伤害到……（此处插入家庭成员）”。如果你已经被剥夺了一半（或更多）的家人，你不愿意再冒险失去更多是情有可原的。

这些，一言以蔽之，都是破事。它让因供体受孕而出生者总是处于这样一种境地：试图让天下太平，为的是除了自己之外的所有人，总是忙于为那些给你带来麻烦的人解决问题。即使你爱他们，他们也爱你。这是不会有好结果的。（我想补充一句：你不可能掌控任何人的幸福，除了你自己的。）

我不指望一个不情不愿的人接受记者的采访，尤其是我的母亲。你总是有权利说不的。她没有接受采访其实让我松了口气；我认为她还没有准备好——事实证明的确如此。但是，反过来说，人们也总有权利说“是”，并选择与记者交谈。你不能因为自己不想做某事就阻止别人去做。

这是个糟糕的问题。个人与家庭的边界究竟在哪里？谁拥有你们集体的真相？

每种文化，每个家庭，都有不同的答案。而我得出的并且仍然坚持的答案是，我有权利知道关于我的生命的真相，并且如果我愿意，我有权利说出真相。我的真相就是：27 岁之前相信的一直是个谎言，为获得文件而努力，发现那些文件被故意篡改，没有赔偿，没有正义，没有改变，没有来自医疗部门、法律或政府的道歉。我眼睁睁地看着我的朋友直至死亡都得不到答案，而我还在为自己争取同样的答案。

我和母亲的不同之处在于视角。我试图（只取得了有限的成功）理解辅助生殖行业到底发生了什么，我想搞清楚这整件该死的事情。我母亲则试图完全不去想这件事。这又回到了生育诊所一开始让她做的事情：回家吧，就当一切都没发生过。

我很高兴我公开讲述了自己的故事，因为当我已经被这个体系的所有其他部分欺骗得体无完肤时，如果再被限制讲述自己的故事会让我发疯。但这样做是有代价的。当名为《寻找 C11》的这一期《澳大利亚故事》在 2014 年播出后，我和母亲的关系一度陷入低谷。

《澳大利亚故事》通常都是皆大欢喜的结局，但《寻找 C11》让我感到困扰的是：供体受孕并不是一个幸福的故事。的确有一些因供体受孕而出生者对自己生命的开始和生活的现状都感到非常满意，我很喜欢这一点。他们的故事往往很美，他们的观点也很重要。这些人的共同点是从一开始就和父母完全敞开心扉。他们的家人告诉他们真相，并理解他们想要了解亲生父母，甚至建立联系的需求。这些家庭展示了如何能够做到这一点。

但在我接触过的 2000 名因供体受孕而出生者中，在我看来百分百幸福的人绝对是凤毛麟角。大多数人都曾有过，或者更常见的是仍然有重大的担忧——而这些担忧在很大程度上被忽视了。供体受孕并不是从英俊、聪明、有名的陌生人那里获得奇迹宝宝。它对所有各方来说都可能是非常棘手的问题，但对孩子来说尤其如此。

第十九章

关于《澳大利亚故事》，我不想显得忘恩负义。《寻找 C11》引起了巨大反响。该节目的影响力和覆盖面是毋庸置疑的。我认为对于许多观众来说，《寻找 C11》让因供体受孕出生者这个群体变得人性化。在此之前，我们在人们的心目中还是永恒的婴儿形象。在《澳大利亚故事》播出之前，对于主流观众来说最重要的是父母：要么是不孕不育的悲惨夫妻，要么是拥有供体受孕带来的孩子的幸福“现代”家庭。在《澳大利亚故事》之后，观众开始意识到婴儿会长大——对他们撒谎是不对的。

上集播出时劳伦已经去旅行了。她决定休息一段时间，所以媒体们就找到了我。我做了现场问答（作为一名记者，这没什么问题），谈论我的私生活（这很痛苦）。“你妈妈如何看待你做的这些事?”是一个意料之中的问题。

幸运的是，为《美好周末》杂志撰稿不仅让我觉得说出了自己真正要说的话，而且还迫使我想出了该怎么说。用我自己的话解释一切，我就能毫无痛苦地重复这些话。嗯，基本上是这样。

采访一个接一个。下集播出后，我请了几天假躲了起来。当然，社交媒体的情况更糟——至少所有与我交谈的记者都还保持了文明，而网上有很多男性发表了很多关于精子的言论，典型的粗鲁守旧的男性言论。我屏蔽了这些人。

事情再来一次我还是会做出同样的选择。将自己的故事公之于众让我内心的某些东西得到了释放。我不再觉得自己有什么阴暗而重大的事情需要隐藏，无论是在工作中，还是在朋友和家人面前。一切都已经公开了。我不必再为某些事情难以启齿而感到沮丧，也不必为解释原因而伤神。如果有人错过了节目，或者没有读过我的文章，或是我之后发表的关于供体受孕的其他文章、故事或采访，那也不是我的错。我就是这么直白。

我做这些的原因之一是想将此作为寻找生父的最后努力。我已经试遍了所有其他途径，包括我自己的研究（换言之，我已经厌倦了在网上与合不来的人交谈）。每集《澳大利亚故事》都会吸引上百万观众，我以为会有一些人站出来。然而现实并非如此。

在所有这些观众中，只有一位男性与我取得了联系。结果，他只是个自私自利的怪人。我发现，他想做的只是向我抱怨他与亲生儿子之间的法律纠纷。他在某段亲密关系中生下了这个儿子，然后抛弃了他。这孩子想要被承认是他的孩子，这让他很愤怒。这跟我或者供体受孕一点关系都没有。我心里对他越发鄙视，他真以为他有王位要继承呢。我挂断了电话。

不过，好事远远多于坏事。出乎我预料的是，在我的故事登上《澳大利亚故事》和《美好周末》之后，会有那么多因供体受孕而出生者与我联系，他们感谢我分享了一些不那么完美的故事，更重要的是向我问好，并和我分享一些他们的情况。他们中的大多数以前从未与其他因供体受孕而出生者交流过。鉴于我们这个群体有多庞大，这一点有多奇怪就无需我强调了。这就好比一个被领养者长大成人，组建自己的家庭，并且一直以来以为自己是世界上唯一的被领养者，从未认识其他被领养者，甚至从未读到过其他被领养者的故事。把一切都藏在心里，给别人留面子，自己却要付出代价。但这么大的事情不应该让某个人独自隐藏或承担，尤其是在有很多同类的情况下。

达米安、米芙和我的其他同为因供体受孕而出生者的朋友们几年来一直在经营一个在线论坛，但我们需要一些更直接的东西。我建议利用脸书。我们在脸书上为因供体受孕而出生者建立了一个专门的群组。没有准父母（他们挤占了大多数网上空间，不停地恳求得到精子、卵子或胚胎）；没有供体受孕者代替自己的孩子发言。没有中介机构。没有“专家”。只有我们。仅限澳大利亚人。每次有人联系我时，我都会问他们是否愿意加入这个群组。他们通常都愿意。围绕因供体受孕而出生者的问题在媒体上引起了关注，我们之中有越来越多的人开始接受采访。每当这时，就会有更多的人加入。后来，这个群组扩大到也接受新西兰人。毕竟，我们是跨塔斯曼海的近邻。

我们也有过一些反思的时刻：我记得有一次我们收到一位母亲的入群申请，她 12 岁的孩子是通过供体受孕得来的。她觉得孩子太小还不适合有自己的脸书账户，所以她想代表孩子加入，这样她孩子就可以向我们提问了。我们考虑了一下。我们中的很多人在成长过程中都不认识其他因供体受孕而出生者，并因此遭受了一些痛苦。当你身处复杂情况中，没有同盟并不是一件好事。而且突然间有可能要承担一个 12 岁孩子的心理健康问题，这也是一件大事。但最终我们还是拒绝了。规则就是规则。我们有一个只属于我们自己的安全空间，没有父母。我们不确定这位母亲为什么想加入：外面有很多疯子，相信我。网上有很多委托家长只是想让我们把他们的选择合理化。他们想让我们说一切都很好，如果我们不说，他们就想把我们贬为不正常的人。我们当中有不少人因为试图谈论孩子的权利而遭到攻击、被拉黑甚至被人肉搜索。网上有不止一个群组简直就是专门为供体受孕幸福人士而建的，成员中有许多接受供体受孕的委托父母以及捐赠者。如果你在那个群里表达对自己供体受孕经历的不满，你就会被踢出去。他们不想听到这样的声音，他们视其为巨大的警示信号。[1]

我们自己的脸书专属群组不断发展壮大。目前已有 450 多名成员，是世界上最大的因供体受孕而出生者的国民团体之一。

在《澳大利亚故事》播出后，有一位叫丽贝卡（Rebecca）的女士与我联系，她也是通过供体受孕在皇家北岸医院出生的。**好吧**，我说。接下来我们就 20 号门诊展开了长时间的讨论。

丽贝卡在 11 岁就得知了自己的身世。从理论上讲这是件好事：越早知道真相就越容易应对。然而就像我们中的许多人那样，丽贝卡是以一种可怕的方式得知真相的。她的父母没有告诉她，而是告诉了他们的一些成年朋友。那些朋友又随口跟他们自己的女儿提了一下。那个女孩和丽贝卡同龄。后来丽贝卡的父母离异，然后她的父亲再婚了。

“那是我爸爸再婚后的第二天晚上，我和［那个女孩］住在一起。”丽贝卡告诉我。那是一次在朋友家过夜的聚会。“我当时情绪有点低落，因为说白了，我猜我的新继母并不喜欢我的存在……而这个小朋友……只是看着我说：‘嗯，我不明白你为什么这么难过。反正他也不是你的亲爸爸。’”

11 岁的丽贝卡不知道该怎么理解这句令人震惊和难过的话，于是就把它放在了一边。过了一段时间，她向妈妈问起这件事。当时她妈妈正在准备晚饭。

“我妈妈僵住了，”丽贝卡说，“她停止切菜，瞪着前方大概有一分钟。那是我第一次意识到，天哪，这是真的。直到那一刻我才真正把它当回事。”

丽贝卡的母亲尽力解释：她说因为丽贝卡父亲的精子数量不多，所以他们借用别人的精子来“提高数量”，这是丽贝卡的原话。丽贝卡说，诊所告诉她母亲，她父亲的精子会与捐赠者的精子“混合”在一起，所以她的父亲仍然“有可能”是她的亲生父亲。

“但是随后我妈妈说［20 号门诊］从未提取过我爸爸的精子样本，”丽贝卡说，“所以尽管我不是遗传学家，但我很确定这意味着可能性微乎其微。”

丽贝卡没有皇家北岸医院或 IVF 澳洲提供的文件，所以我告诉她可以让她妈妈去申请。最终，她拿到了档案。里面的捐赠者代码也被剪掉了。她是我遇到的第一个同样在皇家北岸医院通过供体受孕出生的孩子，而且她的遭遇与我的一模一样。

我们在城里的一家咖啡馆碰面，带着各自的档案文件，然后进行比较。这张纸是一样的，那张表是你妈妈的，没找到我妈妈的表格，等等。真是令人兴奋，也很有趣。我们成了好朋友。丽贝卡很可爱。她身材高挑，棕色鬈发，绿色眼睛，地中海橄榄色肌肤——她母亲是意大利人。我们的年龄只相差2个月。丽贝卡在一家公立医院担任作业治疗师，她比我更了解国家医疗系统的变化无常。她热情大方，而且还非常敏锐——在拿到那份文件后，她几乎立刻就想到一些非常好的问题。

"你知道吗，"她有一天在电话里对我说，"新南威尔士州有一条法律，就是规定我们在法律上不是精子捐赠者的孩子那条。"

"是啊。然后?"我说。她指的是《1984年人工受孕法》，它旨在防止因供体受孕而出生者向捐精者提出经济要求。这条法律以前也曾被提起过，通常都是由当权者提及，目的就是为了回绝像我们这样的人。

但丽贝卡想到了别的，而且非常聪明。

她说："那份法案是1984年通过的。但我们俩是1983年出生的。这是否意味着我们是精子捐赠者的法定子女?"

我眨了眨眼睛，然后放声大笑。"你应该去当律师。"我说。她的回答不宜发表。

《1984年人工受孕法》在新南威尔士州一直有效，直到被（包含类似条款的）《1996年儿童地位法》取代。如果你对20世纪80年代初新南威尔士州就有这样一部法律感到惊讶，我也一样。因为无论是远见还是立法都不是生育治疗的特征。然而，读懂这部（简短的）法案就会明白这是正常情况：这部法律保护男性，忽视女性，还顺带纵容了令人不安的精子混合做法。

《1984 年人工受孕法》是一部令人震惊的法律，它规定，当女性使用捐献的精子怀孕时，应推定捐赠者不是导致怀孕的原因。

如前所述，1983 年墨尔本报告了世界上第一例使用捐赠卵子怀孕的案例，而 1984 年一个美国团队报告了世界上第一例使用捐赠卵子的活产案例。然而，《1984 年人工受孕法》并未提及卵子捐赠者——所有捐赠者都是指“精子捐赠者”。这就形成一个有趣的问题，即那些在 1984 年至 1996 年间在新南威尔士州捐献卵子的女性是否仍然是所生孩子的法定母亲呢（假定她们可能会被供卵带来的后代索要钱财）？该法案还规定，即使女性使用的精子“是混合精液，即其中一部分来自其丈夫，其余来自丈夫以外的男性”，该法案依然适用。是的，精子混合得到了法律的承认。

丽贝卡的想法——因为我和她都是在《1984 年人工受孕法》颁布之前出生的，所以我们是精子捐赠者的法定子女——真是聪明绝顶。但当我通读该法案后就发现我们显然忽略了一些东西。“本法案的条款适用于……无论怀孕发生在本法生效之前还是之后……［以及］无论孩子出生于本法生效之前还是之后。”

《1984 年人工受孕法》适用于所有时间。

可笑的是，不孕不育诊所并没有大肆叫嚣这一部具有追溯力的法律存在不公平性。

《澳大利亚故事》节目播出后，我在新南威尔士州成立了一个因供体受孕出生者的支持小组。我与“大赦国际”（Amnesty International）聊了几次，他们对我们的寻亲权利表示支持，并同意让我们使用他们的办公室。他们的办公室位于中央商务区的中心地带，总有至少一位“大赦国际”的工作人员在那里工作到很晚，以保持办公室的开放。

于是，我在脸书上发布了消息。小组聚会时间定在一天晚上下班后。我带了杜松子酒。丽贝卡更明智，带了饼干和蘸酱。然后我们等待着。很快就有人来了；最后一共来了8个人。8个！而就在几年前，我还一个同类人都不认识。新南威尔士州政府在州内除了我也找不到其他因供体受孕出生者。更引人注目的是，来的人中有不止一位男性，而是两位。

在墨尔本参加过因供体受孕而出生者的聚会之后，我知道参加此类聚会的男性可谓凤毛麟角。因供体受孕而出生的男性似乎比女性更不愿意谈论这些事情，更不愿意公开身份或寻求答案。男性将其掩盖起来的情况更为普遍。即使他们在成长过程中知道了真相，他们中的许多人也会把它埋藏心底，要么是因为无法面对，要么是因为不想面对，又或是两者兼而有之。当然，我现在认识了许多因供体受孕而出生的男性，他们的情况恰恰相反。不过你认识的同类人越多，你就越有可能觉得谈论这一切没什么问题。

墨尔本的聚会由维多利亚州辅助生殖治疗管理局（Victorian Assisted Reproductive Treatment Agency，简称VARTA）主办。它的前身是不孕不育治疗管理局，代表辅助生殖领域的各方：委托父母、捐赠者、诊所，以及我们——治疗的产物。在墨尔本举行的因供体受孕而出生者聚会上，通常会有一名VARTA顾问参加。我对此不以为然。新南威尔士州没有与VARTA相当的组织，但即使有，我也不会让他们参加。我之所以成立这个支持小组是因为这个体系内的其他一切都让我们失望了。我厌倦了看门人和调解员。我组织聚会当然不是为了让外部“专家”坐在那里进行心理分析。我们都是成年人，但没人把我们当成年人看待。我们的小组只对因供体受孕而出生者开放，大家可以在这里发泄，畅所欲言，而不必像在其他任何场合一样进行令人疲惫不堪的自我审查。所谓其他场合包括在公共场合发言、与医生和政府对话，以及与家人交谈。

我肯定不能透露大家在这些聚会上都说了些什么——没有一个互助小组会公布它的秘密。每周参加的人数都有变化，但总是包括不定期参加者、临时加入者和常客，这很好。我能说的就是我们喝了很多金汤力，开了很多糟糕的玩笑，还分享了很多东西。可以说，供体受孕并不是一件可以说忘就忘的事情。它已经被刻入你的家庭中。无论承认与否，它始终存在。因此，它会以各种方式影响整个家庭的生活。

如果家庭中存在复杂的问题——例如长期疾病、任何形式的虐待、糟糕的离婚或分居、吸毒成瘾、悲剧——供体受孕几乎总是会令一切变得更糟。我们小组的成员各有各的故事，但每个故事都有相似之处。没有人是一帆风顺的。迄今为止，小组中还没有人能够找到他们基因的供体来源或同源的兄弟姐妹。

在国家电视台讲述我的故事所带来的影响仍在持续。我的工作邮箱中收到一位女士发来的电子邮件，我叫她露西（Lucy）。

露西写道："80 年代，我曾在皇家阿尔弗雷德王子医院（Royal Prince Alfred Hospital）工作过。"皇家阿尔弗雷德王子医院是悉尼的另一家大型公立医院，毗邻悉尼大学。露西说，她曾是这家医院的法医摄影师，她的部门与悉尼大学也有合作。她和她的同事们"与不同领域的许多科学家和医生成了好朋友，他们在午餐时讲述的一些故事会让你大吃一惊"。

"员工之间热议的话题是科学家和医生们成为体外受精的主要捐赠者，因为他们对生物、健康和身体特征的了解使得他们经常被父母们筛选出来，"她写道，"皇家阿尔弗雷德王子医院和皇家北岸医院［20 号门诊］之间的交流和互动非常频繁，双方经常交换意见并庆贺成功。基于人工授精的成功率，或者说精子的健康状况，以及内部捐赠者的可得性，将捐精者的数量保持在最低水平是一种公认的做法。"呃。"内部捐赠者"，是啊，他们何必踏出医院大门？

"在皇家阿尔弗雷德王子医院，只有少数实习医生或员工会定期捐精，"露西坦言，"谁知道这些人成了多少孩子的父亲。"

我非常感谢这位女士与我取得联系。但是像往常一样，我了解得越多就越感到厌恶。医生们让同事捐精比让自己的学生捐精更糟糕吗？或者最糟糕的是医生们亲自给自己的女病人授精？也许，很可能如此。但这些都很糟糕。

“我觉得你的故事并非孤立事件，”露西写道，“或许可以仔细查查在你被怀上那段时间参与过体外受精项目的那些技术人员和医生们。”

哦，天哪。我的心揪紧了。

露西说，她之所以给我写信是因为我揭露皇家北岸医院销毁捐赠者代码的行为令她深受触动。她写道：“你的故事敲响了警钟，当皇家阿尔弗雷德王子医院的医生或技术人员离职或发生部门重组时，他们的记录也经常被毁坏。”还有更多销毁信息的情况？在另一家公立医院？我们现在到底发现多少家这样的医院？我快速地把从其他因供体受孕而出生者那里听说的，曾有过销毁记录行为的澳大利亚生育诊所一家一家列出来。新南威尔士州有 6 家；昆士兰州最大的生育诊所；至少 2 位维多利亚州生育专家的私人诊所；南澳大利亚州的另一家大型公立医院，伊丽莎白女王医院（Queen Elizabeth's Hospital）——4 个州至少有 10 家婴儿工厂故意销毁证据。我想，这已经超出了任何州议会的调查范围。这是全国性的。这是皇家委员会的事。我无权让这些医院、诊所和个人透露他们的秘密。我只是一个被他们一路践踏的人。

在邮件末尾，露西进一步解释了她写信的原因。她是一名被收养者，在 20 世纪 60 年代初被新的家庭接纳。

“我也想找到我的生父，”她说，“他的名字没有记录在案，但我知道我的亲生家人知道他是谁，只是以‘世代保密’为由将其掩盖——他们说‘没必要翻旧账’。我一生都不知道自己的生物学身份。这太残忍了。”

“婴儿不是商品，”她告诉我，“他们是人。法律需要重写。我们有权像其他人一样拥有自己的身份，了解自己的基因构成。”我完全同意，露西。

露西坦言：“外面的世界很小，就我的亲身经历而言，我曾遇到我的亲哥哥（当时我并不知道）并被他吸引，如果我们成为恋人，后果不堪设想。医学界似乎在制造所有这些反常现象，却不太关心未来的致命后果，无论是情感上的还是身体上的。”[2]

被自己的亲人吸引，这令人毛骨悚然。而这也是医学界不愿提及的供体受孕的另一个方面。

第二十章

意外乱伦。其礼貌术语为“遗传性性吸引”（简称 GSA），由美国作家芭芭拉·冈尼娅（Barbara Gonyo）在上世纪 80 年代创造。[1]冈尼娅是一名被收养者的亲生母亲。40 年后的今天，遗传性性吸引的风险（至少在领养的背景下）正逐渐得到承认。我在英格兰西北部的坎布里亚郡议会（Cumbria County Council）看到的一份领养扶持文件谈及遗传性性吸引：

“一些被领养者和他们的自然亲属之间所缺乏的是共同的童年经历，这能为他们的情感提供一个共同的参照系，”文件表示，“将一个孩子抚育成人，或者与其他兄弟姐妹一起由父母一方抚养长大，让我们能够在家庭环境下安全地给自己的情感贴上标签。当没有这些共同经历的血缘亲属在成年后相聚，然后试图重建家庭关系，而又无法为自己的情感贴上熟悉的标签时，危险就出现了。”[2]

现在想象一下，我们正在讨论的这类人中有高达 90%不仅是在与自己的亲生家庭隔绝的环境中长大的，而且还不知道自己在外面有几个、几十个甚至上百个同父异母的兄弟姐妹。“遗传性性吸引……发生在 2 个自愿的成年人之间，他们在相遇之前可能对自己的家族关系一无所知，在某些情况下，甚至相遇时他们也不知道彼此有血缘关系。这种现象被认为是由若干因素造成的，主要是人类对那些与自己身体特征相似的人有一种基本的吸引力。”坎布里亚郡议会提供的领养扶持材料如是说。

我绞尽脑汁地把所有前男友回想了一遍，然后慌乱地想，我很可能没事。这里有个小建议：约会对象以外国人为主会有帮助。亲爱的读者，这是我送给你的礼物。毕竟，你的父母也可能在骗你。不幸的是，根据粗略的经验法则，与外国人约会只对 20 世纪出生的人有保护作用。由于本世纪全球配子贸易的兴起，这种做法对于年轻的因供体受孕而出生者来说不再是安全的保证。

坎布里亚郡议会网站列出了至少 4 个不同的英国支持团体和热线电话，它们都可以帮助被领养者解决关于遗传性性吸引的一切担忧。当然，还有被领养者的“专属支持社工”。

像我这样的因供体受孕而出生者有什么呢？我们什么都没有，只能直面恐惧。

我在澳大利亚的一位因供体受孕而出生的朋友曾经告诉我，她担心自己与一个同父异母的兄弟短暂交往过。她还没找到她的基因捐赠者，也没有找到对方的亲生家人，但至少她知道了自己的身世真相。在关系刚开始时，当她意识到她的约会对象也是因供体受孕而出生的那刻，一切就都结束了。然而，能够这样保护自己，并不能减轻她的不安。

遗传性性吸引的各种后果都很严重。它不仅会损害你的心理健康，遗传畸变的风险也很高。

产生乱伦（或称“近亲［同一血缘］亲密关系”）后代的风险始于堂表亲。2011 年出版的《遗传疾病研究进展》（*Advances in the Study of Genetic Disorders*）一书中一篇名为《近亲繁殖与遗传疾病》（*Inbreeding and Genetic Disorder*）的文章说，近亲结婚“通常被定义为有第二代堂表亲或更近亲属关系的两个人之间的结合”。“一般来说，”作者说，“疾病越罕见，患者父母为近亲结婚的比例就越高。同样，血缘关系越近的近亲繁殖，其影响越大。”文章的大部分内容都在讨论第一代堂表亲结合所生子女的结局。而比这还要近的血缘亲密关系在全世界都是禁忌，作者指出：“关于直系血亲（父女、母子、兄妹）之间的乱伦结合，所有社会都将核心家庭通婚视为普遍的禁忌。”[3]

是的，这是禁忌，而且是非法的，包括在我国。《1961 年联邦婚姻法》（*Federal Marriage Act 1961*）[4]规定，一个人与同父同母、同母异父或同父异母的兄弟姐妹之间的婚姻是无效的。但是，没有人向因供体受孕而出生者提供他们所需的信息以避免触犯这条法律，或者帮助他们充分保护自己免受这种毁灭性行为的伤害。

几年前，我曾在为澳大利亚广播公司制作的节目中称，我得到了悉尼某位精子捐赠者的个人捐精记录。他看起来是个细心、喜欢写日记的人。我称呼他为约翰（John）。

“在 2 张粉色的便条纸上记录着一个单身男性在悉尼捐献精子的次数。准确来讲是共 318 次。”我在报道中称。

约翰曾在 6 家不同的生殖诊所捐献过精子。6 家！其中包括悉尼最大的 5 家公立医院的生殖门诊。

“约翰的一系列捐精行为并非发生在遥远的过去，而是在 90 年代，”我写道，“约翰是匿名捐献的。这意味着他的亲生孩子永远不会知道他是谁，或者（在这种特殊情况下更糟糕的是）他们不会知道自己同父异母的兄弟姐妹都有谁。”

约翰的捐精热情并没有被任何澳大利亚全国性的登记册记录在案，因为根本没有这种登记册。也没有被任何州的登记册记录，因为新南威尔士州在 2010 年之前还没有登记册。

约翰的行为究竟导致了多少孩子的出生，我们不得而知。一切都取决于约翰的生育能力。单次捐献可以产生多管精液。（一位著名的生殖专家告诉我，一次射精产生的精子可用于完成 7 到 8 次人工授精。其他不孕不育诊所的说法为 5 至 20 次不等。）每次治疗使用一管精液。每管都有可能产生一个孩子。而且说白了，如果约翰的精子完全没用，这 5 家公立医院似乎也不会热衷于让他捐献数百次。我们有理由假设约翰能够生儿育女。

那么，约翰可能有多少个孩子呢？约翰可能至少（！）已有几十个孩子。而如果他生育力特别强，他可能已经有了上千个孩子——还都在同一个城市，我的城市。这样看来意外乱伦的风险是不是更真实了？约翰还只是一个人。像他这样的持续捐精者，过去和现在都有很多。

在第一个试管婴儿诞生 40 周年之际，记者罗斯·克拉克（Ross Clark）为英国杂志《旁观者》（*The Spectator*）撰文称，在英国有很多因婚外情出生的孩子是不为人知的："不过这是政府难以防范的风险。而用捐献的卵子或精子——一种受到国家监管的行为——孕育的孩子越来越多则是另一回事……最近发现，有 17 名男子通过捐献精子每人至少创造出 30 个孩子，还有 104 人每人创造了 20 到 29 个孩子。"[5] 或者，正如《每日电讯报》（*The Telegraph*）所说："新的数据显示，17 名英国精子捐赠者被确定为 500 多个孩子的父亲。"[6]

在英国，只有 2005 年 4 月以后因供体受孕出生的人在年满 18 岁后才有权获得捐赠者的身份信息。[7]（但如果他们使用的是 2005 年 4 月前匿名捐献的配子，获取信息依旧很难。）与澳大利亚除新南威尔士州和西澳大利亚州之外的大多数州一样，英国也规定了 10 个家庭的捐赠配子使用上限。我们知道在澳大利亚，这一限制即使已被列入法律也会被打破，正如 VARTA 前员工凯特·多比在 2010 年告诉维多利亚州议会的那样。

不过，让我们假设英国的情况好一些。让我们假设这一规则在英国得到了遵守。即使所有诊所都遵守 10 个家庭的上限，17 个捐精者每人至少有 30 个孩子似乎也不足为奇；相反，这是可以预见的。这些孩子全都无权知道他们因供体受孕而出生的兄弟姐妹都有谁。

在英国，因供体受孕而出生者年满 16 岁后就可以知道自己有几个同样身世的兄弟姐妹、他们的年龄和性别。仅此而已。年满 18 岁后他们可以在“供体兄弟姐妹链接”（Donor Sibling Link）注册，这将方便他们与已注册的兄弟姐妹联系。但如果他们的兄弟姐妹没有登记，那就又难办了。

不过，英国还有另一种为部分因供体受孕出生者提供的令人惊讶震骇的资源。那些年满16岁或更大的人，如果担心自己与同父异母或同母异父的兄弟姐妹发生性关系，可以向一个政府监管机构提出申请，以查明自己与新的对象是否有血缘关系。英国的人类受精与胚胎学管理局（Human Fertilisation and Embryology Authority）在其网站上愉快地表示：“如果你年满16岁并打算与某人开始一段肉体关系，你可以向我们提出联合申请以确定你们是否有血缘关系。”[8]

我很难接受竟然存在这样的程序。到底是谁认为这样就能解决问题？想想你认识的那些16岁的少年们吧。他们正在努力解决青春期后期带来的种种烦恼，寻找自己喜欢的人，正要或者还只是考虑发生他们人生中第一次性关系。有哪个可怜的孩子会对新男友或新女友说，嘿，让我们向政府部门正式申请查查看我们是不是兄弟姐妹？

虽然我认为，让青少年孤身处于这种缺乏自我保护所需基本信息的情况下是特别不合情理的，但相对而言，英国的措施还是不错的。因为至少有一个针对生育行业的全国性政府监管机构，还有一个网站提供的机制可以让一些人检查他们是否犯了意外乱伦的错误。

澳大利亚没有这样的服务。美国也没有。更不用说世界上其他国家了。

2010年，澳大利亚有位政治家在联邦议会敲响了警钟。乔安娜·加什（Joanna Gash）长期担任吉尔莫尔（Gilmore）选区议员，该选区位于新南威尔士州美丽的南海岸。2010年10月25日，乔安娜·加什起立发言——但不是关于旅游业、渔业或农业。相反，她要谈的是一件完全出乎意料的事情。她的选区出现了一些令她担忧的事情。[9]

“几个月前在我与吉尔莫尔选区本地分部的首席执行官进行例行叙谈时，我们偶然聊到了一个有趣的话题：兄弟姐妹之间的意外婚姻及其对子女的潜在副作用。有人说，随着试管授精技术的普及以及社会对子女和婚姻的态度发生改变，这种特殊情况的发生率正在上升。”加什女士告诉联邦议会。她呼吁受到影响的人们与她的办公室联系。

加什向吉尔莫尔的《伊拉瓦拉水星报》（*Illawarra Mercury*）表示，她的担忧并不是抽象的。“加什女士说，据她所知，在她的选区就有一个案例，同父异母或同母异父的兄妹在不知道彼此有血缘关系的情况下结了婚。据了解，他们还没有怀上孩子。”《伊拉瓦拉水星报》报道称。[10]

“你会想知道有多少人［遭遇这种情况］……除非验血，不然你不会发现，”加什说，“我认为是时候提出这个问题。也许这会让人们开始思考自己的出身，因为有些人了解得不够，而后果可能相当严重。”

这是我所知道的第一个也是唯一一个人公开警告说，因供体受孕而出生的兄弟姐妹之间发生意外乱伦在澳大利亚不仅是真实存在的风险，而且已经出现了真实的事例。10 年过去了，我致电乔安娜·加什想了解更多情况。那对可怜的夫妻分手了吗？发生了什么？她告诉我，这个案例是从一位资深医学专家那里了解到的。我联系了那位医学专家，他无法透露更多细节。哪怕在最好的情况下，医患之间的保密和隐私都是需要协商的大事，更何况是如此令人苦恼的情形。

2010 年时杰玛·特里布（Jemma Tribe）是乔安娜·加什的一名重要员工。她说，在联邦议会提出意外乱伦的可能性引起了办公室的极大关注。[11]

“乔安娜希望就此展开讨论，”杰玛·特里布告诉我，“大多数国会议员都会对自己选区的某项服务赞不绝口，这也会让他们在当地报纸上赢得版面。提起这样的话题不一定是每个人都想听到的。”（这算得上年度最含蓄说词。）“我们从业内人士那里听说，有两位因供体受孕而出生的人已经结婚并希望组建自己的家庭。如果我们没有任何机制来防止意外乱伦的发生，这意味着什么？”

然而，意外乱伦对于任何对话来说都是一个可怕的话题，更不用说政治对话了。杰玛·特里布说，《伊拉瓦拉水星报》的文章发表后“……事情并没有真正深入下去……我想当时很多人都对此感到很不舒服”。

至少乔安娜·加什说了些什么。至少她尝试过。

供体受孕的兄弟姐妹之间发生意外乱伦的风险有多大？答案取决于捐赠者、诊所和国家。即使在有监管（且情况较好）的地方，风险也可能比你想象的要高。

罗斯·克拉克在发表于《旁观者》的文章《乱伦陷阱》（*The Incest Trap*）中对这个风险进行了估算。“以［一个］创造出 30 个孩子的［英国］男人为例，他的孩子中至少有一人陷入乱伦关系的风险就会上升到 1/18000。”克拉克写道。克拉克确实做了一些关键的假设：为了简单起见，他假设那些孩子中一半是男孩，一半是女孩，所有孩子都是异性恋者，并且都会与同他们自己相差 5 岁以内的某个英国人结婚。然后在这些参数范围内，克拉克估计：“这 17 名精子捐赠者中至少有一人的孩子会发生乱伦关系的风险上升到了 1/1060。”

不过，还需要考虑一些别的因素。“这个［1/1060 的比率］是假定捐献精子的使用在全国范围内广泛分布，而且亲密关系是随机的。然而这两点都不符合事实。”罗斯·克拉克写道。这当然是正确的。我们已经讨论过遗传性性吸引的问题。在英国、澳大利亚、美国或其他任何地方都不存在供体精子等距分布的情况。你不能假定所有的委托父母都会自然而然地在全国范围内自行拉开他们因供体受孕形成的新家庭的距离，令他们之间保持均匀的距离。然而，这是一个广为流传的神话。

2019 年，布里斯班的一对家长震惊地发现，他们自己通过供体受孕得到的孩子竟然有 3 个同父异母的兄弟姐妹与他们住在同一个街区，而不仅仅是 1 个。这对同性伴侣香农·阿什顿（Shannon Ashton）和丽莎·奎恩（Lisa Quinn）为了生孩子借助了一位名叫“蓝眼睛冲浪者”的精子捐赠者。事实证明，还有很多人也选择了这位捐赠者。阿什顿和奎因的家中有 5 个孩子。这 5 个孩子还有 43 个源自同一供体的兄弟姐妹，其中 3 个就住在本地，甚至有一个与阿什顿和奎因自己的女儿在同一个托儿所。突然之间，遇到同父异母兄弟姐妹的可能性就成了必然性。[12]

阿什顿和奎恩是在昆士兰州最大的生育机构——私营的昆士兰生育集团（Queensland Fertility Group，简称 QFG）——使用这位捐赠者的精子进行了体外受精。当她们发现孩子们的兄弟姐妹就在附近时，QFG 的戴维·莫罗伊（David Molloy）医生不得不轻描淡写地告诉媒体：“通常的计划中孩子们的母亲彼此都相距千里。”（他怎么可能有这样的计划？医生是在强迫孕妇们住在散布于辛普森沙漠［Simpson Desert］①里的房子吗?）他说：“一个家庭中的 5 个孩子都来自同一位捐精者也是非常罕见的情形。”什么？最初就是 QFG 帮助她们做到了这一点。

除了假定彼此完全不认识的委托父母们会以某种方式互相保持距离这种荒唐想法之外，还有身体条件匹配这一混杂因素需要考虑——委托父母和诊所本身都有这种操作。就我的个案而言，这完全是由 20 号门诊的工作人员完成的。他们记录了我爸爸的身高、眼睛颜色、发色等等，然后找到一个“匹配”的精子捐赠者。这其实是为了方便稳固“我是我爸爸的孩子”这个谎言。英国的罗斯·克拉克在《旁观者》的文章写道：“捐赠者往往会与接受捐赠的对象进行身体

---

① 位于澳大利亚中部，跨越南澳大利亚州、昆士兰州和北领地，为澳洲第四大沙漠。

条件的匹配。其结果就是，［捐献的材料］更有可能在捐献发生的那个地区和社区使用。”

克拉克认为，英国政府应该对供体受孕施加更严格的限制以防止乱伦，但他说，政府甚至不愿考虑乱伦这个问题。“没有哪个政府敢于干涉能让单身女性和同性伴侣（伴侣中有一人会是孩子的生父或生母）生儿育女的程序。”他写道，“为什么不限制精子和卵子捐赠者只能捐给一个家庭？而且最好是从没有自己孩子的家庭中选择。”我可以想象，如果每个捐赠者只能捐给一个家庭，生育行业会发出怎样的抗议声。与取消匿名不同，这很可能会毁掉他们的供应链。[13]

但是，说到政府不愿与希望成为父母的同性伴侣或单身女性作对，这并非事情的全貌。人们倾向于认为，接受供体受孕的仅有或大部分为同性伴侣和单身女性。但事实并非如此。我接触过的大多数因供体受孕而出生者都是异性委托夫妻的孩子。事实上，从过去的岁月直到现在，单身人士和同性伴侣被明确排除在供体受孕之外，这种状况在某些司法管辖区甚至至今依旧。[14]

数十年来，供体受孕的害处都完全是由异性委托父母制造并承担的。忽视这一点就等于忽视了大多数像我们这样的人。

也没有政府有足够的勇气来保护异性夫妻的供体受孕子女免受伤害。而且，正如我们所见，与同性伴侣不同的是，异性夫妻从一开始就可以在接受生育治疗的事情上撒谎。

我也想同克拉克那样，对澳大利亚因供体受孕而出生者的意外乱伦风险进行粗略估算。但我办不到。我手头没有任何数据。尽管 17 名英国男子在全国各地造出 510 多个孩子的情况很糟糕，但至少英国知道这件事。

在澳大利亚，我们没有记录这些数据，也从未记录过。

第二十一章

随着越来越多的澳大利亚人加入我们的在线群组，我也开始了解其他因供体受孕而出生者的大型网络——有很多和我们一样的人遍布世界各地。这是最奇怪也最令人高兴的安慰。突然之间，我可以提出我想到的任何关于供体受孕的问题，并得到来自不同国家的许多人的回复，他们中的大多数人可能本身也有同样的疑问。在这些论坛中，作为因供体受孕而出生者的任何方面都不是禁忌，包括我们这些人自己是如何看待意外乱伦的风险的。

我在脸书上的一个国际群组中提了问题："你是否曾经担心过自己实际上*已经*和同父异母/同母异父的兄弟姐妹（即有理由认为对方是同父异母/同母异父的兄弟姐妹）约会过？——或者是否曾有险些成真的与兄弟姐妹约会的经历？"[1]

将近30人作出答复，有些回答颇有深度——这似乎是一种普遍的担忧。大多数人对于第二个问题的回答是"没有"，同时还提供了一些有趣的自我保护措施（总是与外国人或明显属于不同种族的人约会是一种有意无意的降低风险的策略）。但也有几位美国网友分享了令人担忧的故事。一个人回复："我在高中时和一个男孩交往过，多年后发现我们都是因供体受孕而出生的。我们被怀上时，蒙大拿州只有一家精子库和少数几个捐精者。他没有做过DNA检测或其他检测。"另一人写道："当我亲眼见到我的生父时确实有一种似曾相识的感觉。他和我高中时约会过的一个人是**如此**相像，太不可思议了。""是的，我曾有过这种担心，"第三个人回答道，"结果证明我并非杞人忧天，我同父异母的哥哥和我是同年级的，并且他就在我们隔壁的镇上。我的同胞兄弟和我都与移民结了婚，我不认为这是巧合。”

第四个人向我提及《华盛顿邮报》网站（washingtonpost.com）与网络杂志《石板》（*Slate*）主办的“亲爱的普鲁登丝”（Dear Prudence）①知心建议专栏。《大西洋月刊》（*The Atlantic*）的特约编辑艾米莉·约菲（Emily Yoffe）在某一期“亲爱的普鲁登丝”中给一位男性读者提供了建议。这位读者写道：

“我和妻子在大学相识并一见钟情，很快就变得形影不离。我们有很多共同点，我们来自同一个大都市，并且都想在毕业后回到那里，所以我们之间的一切都是水到渠成。毕业后我们很快就结婚了，搬回了离家人更近的地方，30岁时我们已经有了3个孩子。”这位男士和他的妻子都是通过供体受孕而出生的。妻子已经知道自己的生父是谁，并认为她的丈夫也应该知道，但他从来没费心去寻找过。你可以猜到接下来会发生什么。

“我们的结婚纪念日快到了，作为给妻子的礼物，我决定去试试我的生父是否也有兴趣和我联系。”（哦，不。）“他的确有兴趣。尽管我们的父母使用了不同的精子库，但我们的生父看来也曾向不同的精子库捐赠，因为那就是同一个人。”

同一个捐赠者，在不同的地方捐献精子。只有通过强制性的、有监管的、基础广泛的捐赠者登记系统才能避免这种情况。

“现在每次看到［我妻子］，我都会情不自禁地想‘这是我妹妹’。”这位男士继续道，“我还什么都没有告诉她，我不知道应不应该坦白。我该何去何从？我很想把从精子银行得到的所有东西都烧

① 该栏目名称可能来自甲壳虫乐队的同名歌曲。这首歌是写给乐队在1968年印度冥想之旅中认识的普鲁登丝·法罗（Prudence Farrow）的，她是著名女演员米娅·法罗（Mia Farrow）的妹妹。普鲁登丝长时间闭门不出地冥想，大家因而担心她的身心状态，这首歌便是用以安慰和鼓励她的。

掉，然后试着忘记这一切，但我不知道自己能否做到。”

艾米莉·约菲回答说：“我理解你想烧掉一切的愿望。但如果你现在看着你的妻子就会想‘嘿，姐妹’，我不明白你如何能把这些信息藏在心里。”

约菲建议他“咨询一位处理生殖技术问题的顾问”，令人震惊的是，她在最后补充道：“我不明白为什么要让你们健康的孩子们知道这件事……我觉得人们太过于强调 DNA 了。是的，你们俩会受到惊吓，但当惊吓过去后，你们还是从前的你们……我认为你们俩应该可以把你们的基因起源放在一边，然后继续生活下去。”[2]

我绝对不同意欺骗下一代，也就是这对夫妻的孩子们。不应该对他们隐瞒身世真相以及有关他们身体健康的关键信息。我不知道约菲所谓的把这些信息放到一边并继续生活下去是什么意思。继续和你的同父异母姐妹发生性关系，因为反正你们已经有孩子了？

我觉得很难下笔。对不起。我知道读起来也不好受。

防止遗传性性吸引与意外乱伦的最佳方法是搞清楚你的亲生家庭中有哪些人。这包括**所有的**亲兄弟姐妹。对于委托父母来说，“如果我的孩子问起，我不会对他们隐瞒其身世真相”这种说法，以及认为孩子们会很安全的想法都是不够的。如果在这世间有 200 个不认识的兄弟姐妹，他们永远也不会安全，更何况还有捐赠者本人。这些委托父母就是把问题留给孩子们自己去解决。

坎布里亚郡议会为被领养者提供的信息很有意思。该资料称，遗传性性吸引现象“在家庭内部会受到韦斯特马克效应（Westermarck effect）的压制。该效应是指当人们作为一家人一起长大时，他们的大脑会关闭亲属之间的性吸引部分，并以不同的标签标记对彼此的情感。如果家庭内部很早就发生分离，这种效应就不会出现。”

因此，为了充分确保通过供体受孕得来的孩子不会陷入遗传性性吸引，他们需要知道所有基因同源的兄弟姐妹的身份，并在成长过程中与他们有某种形式的接触。没人指望委托父母有足够大的房子来容纳所有孩子。但通过供体受孕得来的孩子需要见到兄弟姐妹，看见他们的照片，与他们交流，听委托父母谈论他们并承认他们的存在。因供体受孕而出生的孩子需要委托父母向他们解释他们与所有（而不仅仅是一部分）兄弟姐妹作为家人的联系。

在“认识捐赠者”的养育情形下是能够做到这些的，也的确有人做到了。例如，一些同性恋人请求第三位朋友作为捐赠者。只要这种友谊继续存在，而且捐赠者出现在他们孩子的生活中，那么就有很大可能知道捐赠者是否还有其他孩子以及有几个。如果捐赠者突然患上某种晚期遗传性疾病，他们也会知道。他们的孩子还能向捐赠者提出任何想问的问题，并与捐赠者和其他兄弟姐妹建立联系。

在由生育诊所提供捐赠者的案例中你是否遇到过这样的育儿情形：所有后代都明确知道所有的兄弟姐妹，并在成长过程中对他们有所了解？

我没遇到过。

尽管英国或澳大利亚的制度或许问题重重，但总有别的地方情况更糟。在西方供体受孕世界里，更糟糕的情形往往来自美国，在那里，你能想象到的所有事情几乎都已经发生了，包括曾经有一个所谓的诺贝尔奖精子库，就是为了制造新的（白人）超级天才种族而建立的。

“供体受孕同胞登记网”（Donor Sibling Registry）是一个帮助人们寻找兄弟姐妹的私人组织，其成员来自世界各地，但以美国为主。截至 2011 年，“供体受孕同胞登记网”已经登记了父亲为同一名捐精者的一群 150 个兄弟姐妹。看来，这还远未达到上限。[3]

2015 年，我首次采访了因供体受孕而出生的美国人马特·多兰（Matt Doran）。他出生于上世纪 80 年代，但直到成年后才发现真相。

马特说，他总觉得事情不太对劲。然后到了 2012 年 6 月，他目不转睛地盯着屏幕上显示的20周大的胎儿的声波图。

“当我们第一次看到我的孩子在子宫里的图像时，那一刻改变了我的生活，我心想‘哇哦，我要当爸爸了’。”马特告诉我，“我看到了心跳，这唤醒了我压抑已久的问题，一个从我大约12岁起就萌生的问题。”于是他打电话给抚养他长大的父亲。他问父亲：“关于我被孕育的过程，你是不是有什么事情瞒着我？”他父亲于是如实相告。

“那感觉就像灵魂出窍，”马特回忆说，“突然之间，我生命中的一切都说得通了。然后我也感到了找到生父的紧迫感。我的第一个问题是：‘你知道他是谁吗？’［我爸爸］说不知道，他是匿名的。”

马特被告知他的记录已被烧毁。不过，通过他自己的调查，马特最终找到了自己的生父，一名在堪萨斯城堪萨斯大学医学中心出售了精子的“捐赠者”。“我不会称呼他为捐赠者，因为在我看来这是一个行业为了让人觉得它是件好事而杜撰出来的词语，”马特在第一次采访中告诉我，“实际上它主要是一个赚钱计划，而他，我的父亲，就是这么做的。他用自己的精子换来了医学院的学费。”

被马特称为父亲的人名叫基普·温德勒（Kip Wendler），但他也被称为“医生爸爸”。1992年，全国时事节目《硬拷贝》（*Hard Copy*）对基普·温德勒进行了调查。主持人大声说道：“今晚来到《硬拷贝》节目的温德勒医生也许是多达500个孩子的父亲。”“这怎么可能？”一位女士惊呼道。

许多年后，马特在一位男性表亲家的客厅里观看了他用录像机录下的这期节目。他看着温德勒估算他通过捐献精子所生孩子的数量：“保守估计，9年下来大概有几百个。”是最少的200个同父异母的兄弟姐妹，还是最多的500个？2015年时马特告诉我，鉴于温德勒的捐精行为持续了10年，他的孩子数量不太可能仅有200个。此后，温德勒拒绝了“医生爸爸”这个绰号——他说这是另一位捐赠者的昵称——他还说他只捐过30次，每次获得5美元。马特至今仍不清楚真相究竟如何。

但是，一想到自己可能有500个同父异母的兄弟姐妹，马特就很受伤。“老实说，这对我来说简直是生活的重创，我的心情完全跌到了谷底，”他坦率地说，“我借酒消愁。”健康风险、遗传性性吸引的风险，这些都是具体的、身体上的危险。不过，供体受孕——尤其是大规模供体受孕——还可能会带来一种不那么明显的诅咒：一种完全被剥削的感觉。

出人意料的是，马特说如今他和温德勒的关系不错。这花费了好几年的时间。马特说，回想起来，他第一次接触温德勒时“心里惶惶不安”：“我有一份他的背景报告，说他坐过牢，丢过行医执照，还离过两次婚，纸面上看起来很糟糕。所以我抱着这种心态去找他，这让他有点抗拒。”第一次接触的结果并不好。

马特说，从那以后，每年他都会在父亲节给温德勒发信息：“有时是‘父亲节快乐’，有时是带点怨气的‘匿名父亲节快乐’。”好几年温德勒都没有回复。“然后在2017年，收到我的短信之后他回复了一大段文字，那感觉就好像，哇，好吧，这不一样了。”马特说。

温德勒告诉马特，他的母亲，也就是马特的祖母即将去世。“我说，那好吧，为什么不给我们第二次机会呢？”马特回忆道。温德勒询问是否可以6个月以后再谈：他身患绝症的母亲和他一起住，他需要先渡过眼前的难关。“最后我们终于通了电话。我想那是在我祖母去世之后。”马特说，“那真的很难，因为我本可以见到她，而且我真的去过他家，站在街上看着他的房子。那时我没有勇气上前敲门。”

电话交流很顺利。“我们聊了大概1个小时。我们有很多共同点……现在我们每天都要聊天。”马特说。

马特现在如何看待温德勒的捐精历史？马特说：“我爸爸告诉我他［只］捐过三四十次。”但马特说，温德勒曾是一名学生，后来担任住院医生，时间长达10年左右。“我不知道其中有多少年他活跃在［堪萨斯大学医学中心］和精子库。”

马特还没有遇到几百个兄弟姐妹。“我内心希望能尽量相信［温德勒］。但有时又认为，也许他是个彻头彻尾的骗子，他在撒谎，他确确实实捐献了数百次。我真的不确定。我也永远不会知道。所以我只能试着相信他，而不是心怀愤怒或怨恨。”

成为因供体受孕而出生者和自主选择加入某个俱乐部不同。事实上，这是一种与生俱来的身份。因此，在这个群体之中对任何事情都会有各种各样的看法，包括对供体受孕本身。在 2015 年的第一次采访中，马特说出了所有委托父母都不愿意听到的话——一些像我们这样的人内心深处的想法，一个人们不愿面对的真相。

“我反对整个行业，”马特简单地说，“我认为所有（供体受孕）行为都应该被禁止。”

这句话与我们谈话时马特的生活状况毫不相干：当时他早已摆脱了酒精刺激下的崩溃状态。他有深爱的妻子和孩子。他很幸福。但是，你可以在对当下生活感到满意的同时，仍然认识到你所感受到的不公正。

“这个世界和这个行业想把家庭这个概念推销得好像是杂志上的东西，或者把我们当成宠物，比如小狗什么的。”马特直截了当地说，“我们不像商品一样可以交易，并且应当受到监管。那样还是把我当作一件物品。我向你保证，不管是谁来制定这些法规，都**不能**做到让人们享有充分的人权。”

就是这样。这就是连我都要小心处理的事实：无论父母付出多少金钱，无论诊所给予怎样的保证，无论接下来会有怎样的生活，有时候甚至连我们都觉得受到了严重的剥削，以至于我们认为自己不应该存在。为什么要如此对待一个孩子？

5 年过去了，我问马特是否仍然有同样的感受。如今，马特已经认识自己的生父。他还找到了一个同父异母的弟弟，他很喜欢这个弟弟：他给我发了在弟弟婚礼上他们的合影。两个人长得非常像。

但马特说，他对供体受孕本身的看法并没有改变。

“我是说我不应该存在，”他斩钉截铁地说，“但既然我已经在这里了，这并不意味着我应该**不复**存在。我可以有自己的人生目标，让它变得有意义。”

“然而由于我的身世，我在生活中不得不经历异常艰难的事情。可以说是在不同时期经历了不同形式的创伤。我不希望任何人经历这些。而且有很多原因让我认为这是错误的。”

马特是由一对异性恋夫妻抚养长大的，但尽管他拥有一个社会学父亲，他说，他仍然需要了解自己的生物学父亲：

“我认为父亲是非常重要的。我不觉得父亲是可有可无的。我认为，如果一个人不能以健康、有爱的方式与他的亲生父母建立联系，就会导致他在各方面的发展不足。这就是我的观点。我无法想象有了孩子却不能每天陪伴他们的生活。我的孩子对我来说太重要了。

“我甚至无法理解。人们是怎么做到的？”[4]

第二十二章

悉尼歌剧院大礼堂座无虚席，我很紧张。与我同台的还有 7 位女性，包括法国作家妙莉叶·芭贝里（Muriel Barbery）、艾美奖获奖艺术家丽奈特·沃尔沃思（Lynette Wallworth）、诗人兼评论家菲奥娜·赖特（Fiona Wright）和创作歌手 Sampa the Great。这是“女性节”（All About Women Festival）的“文学女性”（Women of Letters）环节。[1]我们在台上各自朗读了《致我未竟事业的一封信》。我们这些人中，Sampa 很强悍，丽奈特很风趣，菲奥娜既风趣又辛辣。

文学行家玛丽耶克·哈迪（Marieke Hardy）制定了规则：不准录音，不准录像，没有播客。虽然有很多观众，但我们的想法是每封信都可以生于那一刻终于那一刻；如果作者自己选择不发表，那么它们将永远不会被任何人在任何地方复制。我选择了只存在于那一刻。我坚持了很多年，直到我决定写这本书。

“敬启者，”我开始朗读，“我知道这个开场有点冷淡。我叫莎拉。尽管我的问候含糊不清，但请你们务必相信我真的很在乎你们。这就是我写信的原因。你们已经在我心里了。”

“我不知道你们长什么样子。我不知道你们爱听什么音乐。我不知道你们最爱喝什么酒，甚至是否喝酒，但这都不重要。你们就是我未完成的事业。”

歌剧院里静悄悄的。

“我还活着，如果你们还在读这封信，那你们也还活着，因此样本就不是艾滋病毒呈阳性的，因为如果是的话，我们早就死了。这是医生后来告诉我的事情中令人欣慰的一件。

“这也是我能确定的少数几件事之一……”

我凝视着歌剧院里的黑暗。我的信快结束了。重点要来了，我想。

“这封信是写给你们所有人的，”我读道，“我亲爱的兄弟姐妹们。”

“你们可能还不知道自己是因供体受孕而出生的。很抱歉给你们带来痛苦；很抱歉让你们的世界变得支离破碎。

“但你们需要问问父母，你们是否真的是他们的孩子。”

就是这句话，这就是为什么我又一次在公共场合做了一件折磨人的事情。其他的一切都是诱饵。如果我们的父母欺骗了我们，如果社会抹杀了我们，我们就需要追问真相，因为真相永远不会向我们走来。我想让每一个听我说话的人都产生疑问。我想让他们怀疑自己。

“这间屋子里有不少人——可能就是你。”我注视着观众说，“他们与我年龄相仿。他们正看着我，却并不认为这封信与他们的生活有关，或者与他们所知的任何事情有关。他们也被骗了。据估计，在过去几年里，澳大利亚有超过 6 万人是因供体受孕而出生的……所以你可能根本没有意识到你的父母不是你的父母。或者你可能知道，但你可能没有意识到你和我有很多共同的 DNA。你可能和我同岁。他们使用精子的方式让他们创造出一窝一窝的孩子。**很大**的一窝一窝。”

“因供体受孕而出生的人各不相同，有些人比我更可爱、更善良，”我坦率地说，这引起了一些人的微笑，“但如果你们是我的兄弟姐妹，也许你们会理解我。让我愤怒的是从根本上的对人类的缺乏尊重。在实验室里被制造、被培育出来，在无知中长大。我并不是说完全不要这样做。我是说，对待人类要比对待小狗更好。我养的狗拥有的文书都比我多。”

“那我就不多说了，朋友们。不要觉得你必须联系我。但如果我不在乎，就不会给你们写这封信。我已经尽量把我知道的都写出来了。更多的，我就需要你们的帮助了。”

“有一件事是肯定的，”我对着观众恶狠狠地咧嘴一笑，“我们的爸爸是个混蛋。”

笑声。掌声。

自从我在《澳大利亚故事》和《美好周末》杂志上公开身世之后，形势变得越发严峻。生育行业中不会再有任何人对我抱有善意，愿意帮助我寻找家人。我揭露了他们销毁医疗档案的行为。我指责他们“胆大妄为”。

我宣称不孕不育医生使用艾滋病毒呈阳性的精子杀害了妇女，却没有得到任何反击。但护士黛安娜·克雷文告诉我的那 2 个捐赠者代码——她认为可能是我的基因供体的代码 AFH 和 ADZ——似乎触动了某些人的神经。IVF 澳洲的医疗总监彼得·伊林沃思在我的手机上留了条语音留言说，有些事情应该和我讨论一下。我给他回了电子邮件问他是什么事。

他回复说：“在《澳大利亚故事》节目筹备期间，我们确实发现了一两个小细节……我很乐意和你在电话里谈谈。”

好吧。那是什么意思？什么“小细节”？我已经不想再打电话、聊天和走后门了；不管是什么，都要用书面形式写出来。

我回复说：“很遗憾，电话交谈对我来说不是最好的方式，因为我现在的工作时间很长，想必您也能理解我不希望在工作时接到这些电话。您能用电子邮件告诉我这一两个小细节吗？谢谢。”

得到的回应是沉默。沉默了好几个星期。好在我已经把期望值设定为 0：现在我只是好奇地想知道事情会如何发展。

过了一阵子，我又给他发了封邮件。

“距离我上一封邮件已经过去 3 个多星期，我还没有收到您关于这些‘小细节’是什么的回复，”我写道，“贝琳达·霍金斯向您提供了黛·克雷文告诉我的2个可能代表我生父的捐赠者代码。最有可能的是AFH。据我所知，IVF澳洲打算通过查找与这个代码相对应的捐赠者档案等途径对此展开调查。您有什么发现吗？”

又是10个星期的沉默。

最后，终于有了回复。

“嗨，莎拉，抱歉耽搁了，”伊林沃思轻快地写道，“我现在发给你的是AFH和ADZ的捐赠者记录的最后一页。”

什么？

没有我母亲的书面许可，我都无法查阅有关自己被孕育的医疗档案，但我却可以查看其他人的档案？

哪个医生会随心所欲地分发患者的个人医疗档案？更何况是在澳大利亚证券交易所上市的国际公司旗下的旗舰生育企业的医疗总监？

“在这几页上你会看到，两位捐赠者的所有样本的使用日期都在1982年4月和5月，而且下面每个样本都有‘已完成’的字样，”伊林沃思写道，“这似乎是当时用来表示该捐赠者的样本已不存在的标记。在那之后我们当然不再有关于这两位捐赠者的记录。”

我百思不得其解。我看着这2页。它们的顶部都有“皇家北岸医院冷冻精子活力研究”的字样。这是……一项研究？还是实际使用的记录？一页是供体AFH的，另一页是供体ADZ的。每一页都有一个表格——尽管这些栏目的填写实际上似乎是很随意的。“细管编号”一栏似乎没有数据。“捐赠编号”也是类似的，除了AFH的这一栏有一个注释是“2次外面”，ADZ这一栏的注释是“4次外面，2次中心”。这是什么意思？我大胆猜测。这些人是不是大多在家里（即“外面”）自慰，然后把罐子带过来？还是完全另有含义？在“冷冻前活力%”一栏中似乎填写的是本应属于“细管编号”的数据。例如，在ADZ的表格中这一栏只记了从1到10的数字。而表示“冷冻前活力”的数据显然根本没有记录。“冷冻前活力”即指冷冻前样本中所有活动精子所占百分比，是反映精子质量的一个常用指标。

还有一栏是“收到日期”，另一栏是“提取日期”。后者可能是指精子被用于给女性授精的日期。又或者正如页面抬头所示，精子被提取只是为了“研究”。这些又能证明什么呢？而且，在AFH的页面上，几乎所有的“收到日期”都比“提取日期”晚五六个月——也就是说，这份文件似乎在暗示，精子是在捐赠者还没有捐献之前就被从库存中提取了。

这有点乱。

“我们认为这是一个转录错误，”伊林沃思在提到“提取”与“收到”日期的混乱时写道，“解冻样本的技术人员输入了错误的年份。”如果是这样的话，技术人员就将年份写错了6次。

在这2份文件的数据栏下面确实有“已完成”的字样。但根据伊林沃思的说法，这只是那两位捐赠者档案中的一页。要是还有记录着更多受精日期的其他页面呢？事实上，在AFH的那张复印页面的下沿露出了另一页的内容，它的数据一直填到最下面一行——可能是另外36次供体人工授精的记录。当然我无从得知。伊林沃思只给我发了他想要强调的内容。

“从理论上讲，皇家北岸有可能还有其他记录表明在此之后从这两位捐赠者那里收集了更多样本，但我们没有发现这样的证据。”伊林沃思写道。

“所有这些都让我们觉得，AFH或ADZ都不太可能是在您的个案中被使用的供体。”

这就是这一切的目的。忘掉你手上的代码吧。“尽管如此，我们还是进一步调查了这两位捐赠者并试图与他们取得联系，”伊林沃思补充道，“然而，我们无法联系上他们中的任何一个。”

我把碎片拼凑起来。伊林沃思不仅寄出了他认为与我无关的两个人的私人医疗文件，而且他自己也承认，他这样做并没有征得这两个人的同意。我感到非常震惊。那些即便发布非身份识别信息时都要遵守的，关于捐赠者及其绝对的、不可侵犯之隐私权的严正行业声明又是怎么一回事呢？

“鉴于我们认为这两个人并不是你的基因供体，我们决定就此打住，”伊林沃思最后写道，“很抱歉再次告诉你一个令人失望的消息。”

如果他以为这样就能了结此事，那他就错了。我当天下午就回了信。

“嗨，彼得，”我写道，“我一时还接受不了，尤其是仅从一份文件的单页来判断，而这份文件显然包含了更多细节，包括精子使用情况的潜在细节（我看不到整个文件，所以我不知道）。”我又列出了 7 个关于栏目和数据的问题。

一个半小时后，他回复了我。很简短。“嗨，莎拉，我同意。有很多东西需要消化，尤其是当这个问题对你如此重要之时。我更愿意和你坐下来一起讨论，而不是邮件往来。你看可以吗？”

我在 20 分钟内就发送了回复。“嗨，彼得，”我说，“你选择通过电子邮件发送这些相当混乱的捐赠者信息，却没有做太多解释，所以在这样做了之后又要求会面似乎有些奇怪。无论如何，我马上就要出国度假了，所以我希望能得到邮件回复。你能发送 ADZ 和 AFH 这 2 人文件中的其他页面吗？”

一个半星期没有回音。

圣诞节前 3 天，我收到了几行字：“我想我们最好见面进一步讨论这个问题。你回来后告诉我一声……我看不出再用电子邮件讨论有什么用。”[2]

在《澳大利亚故事》节目即将播出之际，制片人贝琳达·霍金斯给我发了一封电子邮件。她说，伊林沃思在接受节目组电视采访的当天告诉她，他刚刚发现 IVF 澳洲有我母亲治疗档案的复印件，但没有原件。贝琳达想，原件可能还保存在皇家北岸医院。我又惊呆了。

“［IVF 澳洲］有没有告诉过你他们只有记录的副本，而没有原件?”贝琳达问我。此时距离上集播出还剩 3 天。

“不论是伊林沃思、IVF 澳洲或皇家北岸医院的任何人或任何医生从来没有告诉过我，皇家北岸医院有可能保存着关于我被孕育的完整记录。唯一告诉我这一点的人就是你。”我回复道。[3]

我向皇家北岸医院紧急申请查阅原始档案。对方的答复是他们还是需要得到我母亲的许可。真是老生常谈。我母亲当时在日本，没带手机，住在我的一个舅舅家里，而他对这一切一无所知。真是糟糕的时机。因此，皇家北岸医院的健康信息服务部经理打算打电话给我在东京的舅舅（他不知道我是因供体受孕而出生的），以便联系上我母亲（她讨厌谈论我的身世），再次尝试征得她的同意，而这件事（如果被拒绝）可能会影响几小时内即将播出的纪录片、我为《美好周末》撰写的即将付印的文章，更重要的是，可能会影响我与母亲的关系以及我的余生。

在寻找家人的问题上哪怕能有一次机会让我自己做主，而不是完全依赖于好运和其他人，那该有多好。

我不会把钱押在积极的结果上——不过那样我就输了。我母亲在日本给出一个绝妙的反转——她同意了。

在签署同意书的问题上经过紧张的来回折腾之后，在《澳大利亚故事》上集播出后的第二天，皇家北岸医院最终提供了档案。医院发给我母亲的电子邮件也抄送了我，邮件中包含皇家北岸医院保存的原始医疗记录的扫描件。[4]

毫无意外，原始文件不是完整的。代码被剪掉了。

皇家北岸医院与 IVF 澳洲给我的 2 份文件的主要区别在于颜色。皇家北岸医院的文件是全彩色的，而不是黑白的。这在 99%的情况下都是无关紧要的，除了捐赠者代码被销毁的那关键的 2 页。在这 2 页上，你可以看到用胶带将白纸粘在文件上被剪出的小洞上而留下的淡黄色的痕迹。这证明代码销毁工作已经完成。

健康信息服务部经理给我母亲（不是我）写了一条备注附在文件后面："皇家北岸医院健康信息服务部对这一发现深表关切，因此将对医院从前辅助生殖治疗门诊的所有记录进行全面的内部审计……为此可能给您带来的任何困扰我深表歉意。"

内部审计。**很好**，我想，**正是时候**。纪录片播出和我的文章刊登之后，我的小世界被炸开了。

播出几天后，我从被曝光的最初狂躁中恢复过来并开始重新思考。内部审计听起来不错，只是没有详细说明这究竟意味着什么。他们当然也没有告诉我这个举报人兼受害者。为什么我对此一无所知？难道不应该至少让我了解他们在做什么以及相应的时间安排吗？

我给皇家北岸医院的健康信息服务部经理妮可·斯坦泽（Nicole Stanzer）回了信。"感谢您寄来的记录，"我说，"我想你是想把我也包括在你表达的关切中，因为这破坏了我找到生父和同父异母兄弟姐妹的机会，而不是我母亲的机会。"我要求了解审计的最新进展，并补充了一系列相关问题。

一个星期过去了，没有任何回复。于是我又发了一封邮件，表达了我对她保持沉默的担忧："……对于参与我的受孕过程及相关记录保存的任何专业人士或机构我都非常不信任。销毁医疗记录，尤其是像这样的基本记录，是严重的医疗过失。"

3 天后，我收到了回复——不是她的回复，而是来自悉尼北区地方卫生区媒体小组的回复。有众多迹象表明他们是把我作为记者而不是受害者来对待。而由媒体小组给我回复是这其中的第一个。

高级通讯官梅丽莎·钱恩（Melissa Chain）写道："我可以告诉您的是，目前正在根据法定义务对皇家北岸医院从前的辅助生殖治疗门诊的医疗记录（包括试管授精记录）进行全面的独立审计。审计工作将审查体外受精记录是否存在篡改、编辑或遗漏信息的物理痕迹。审计预计将于 2014 年 9 月底完成。"一个结束日期。至少这是一个具体的信息。但她显然不知道自己在说什么。我不是试管婴儿，和我同时代的大多数婴儿也不是。我是通过供体人工授精这种完全不同的医疗手段被怀上的。

“我们会向您母亲提供审计结果。”钱恩写道。

在过去的3年半我做了那么多努力并经历了那么多之后——包括在全国电视上揭露了我的生活之后——他们准备进行内部调查却竟然不打算告诉我结果，而只告诉我母亲？

我再次发送电子邮件，对他们不承认我的权利表达愤怒，尽管我母亲已经同意让我了解情况。我重复了我的问题清单，询问这次审计到底涉及什么。“我希望能很快收到您的回复。”

沉默。一个星期过去了。

我又写了一封邮件。重复我的问题。然后在末尾，我补充了一些我想到的关于隐私权的问题。如果他们如此担心隐私权，为什么不担心我的隐私权？

为什么我的案例被转给了媒体小组？我问道。“我也不知道悉尼北区地方卫生区现在有谁或有多少人在处理有关我案例的个人信息。正如我就皇家北岸医院内部审计提出的问题一样，我希望得到解释并将不胜感激。”

又是3天的沉默。然后是官方的回复，用的是悉尼北区地方卫生区的信笺抬头：这还是第一次。梅丽莎提到了捐赠者代码被删除一事，并表示“很抱歉给您和您的母亲造成困扰”。“我想向您保证，我们正在尽一切努力彻底调查此事……一旦调查结束，我们将向悉尼北区地方卫生区[①]的健康信息服务部经理妮可·斯坦泽提交报告，供其考虑。”

我们就这样荒唐地绕了一圈。调查报告会交给当初把我的案例介绍给媒体小组的那位女士，但仍然不会交给我。梅丽莎·钱恩写道：

---

① 原文如此。

“关于您对自己的事情被提交给悉尼北区地方卫生区媒体小组的担忧，处理此事的人员已获得适当授权，并且了解自己的隐私和保密义务。”[5]

重重复重重。无论我做了什么，无论我从档案中发现了什么明显的错误，什么改变都没有。这么多的经理、官员、授权、程序，但没有明确的答案。我休息了几个星期，暂时远离这些挫折和抗争。它开始变成一份全职工作，而我已经有一份工作了，一份事实上颇具有挑战性的工作。

9月29日，我查看了IVF澳洲的网站。

我注意到IVF澳洲更改了网站上关于其伦理委员会的详细信息。道格拉斯·桑德斯教授和黛安娜·克雷文以及其他所有人都被从IVF澳洲伦理委员会的名单中除去了。

他们不再公布伦理委员会的成员姓名。现在，IVF澳洲的伦理委员会成员信息是完全不透明的。[6]

同一天，我再次投入战斗，又给梅丽莎·钱恩发送了一封电子邮件。

“［你的］信完全没有提供任何有关皇家北岸医院内部审计的信息。也依然没有提及我会被告知审计结果，”我在给钱恩的信中写道，“你甚至没有告诉我独立审计员是谁。”

“这是在掩盖事实。我要求获得完整的内部审计报告。你最初说会在9月底完成审计。那么，完成了吗？……如果你能回答我所有的问题就好了，但实际上你一个问题都没回答。我再次把它们粘贴在下面。”

又是一个星期的沉默。我再次给她发邮件。“亲爱的梅丽莎，距离我上一封邮件又已过去一星期。我的所有问题仍未得到解答。”[7]

又是一个月的沉默。

我在所有邮件中都抄送了国家党国会议员约翰·巴里拉罗和工党国会议员盖伊·赞加里（Guy Zangari）——他们是新南威尔士州供体受孕调查委员会中对此事最感兴趣的两位政治家。（巴里拉罗曾对我说："我和盖伊，我们作为意大利人理解家庭的重要性。"）现在我决定加上第3个人——绿党国会议员杰米·帕克（Jamie Parker）。虽然他没有参与新州的调查，但他当时是我的地方议员。我给帕克发送电子邮件告诉他发生了什么（或者本该发生而没有发生什么）。我在信中写道："这个程序显然应该是调查医院承认发生的、针对我本人的极端渎职行为，但我却找不到有关调查的任何信息……这让我很容易认为他们在撒谎，其实什么都没有做。"我告诉他此事牵涉的不只是我，据我所知还有其他人的捐赠者代码也被销毁了，比如丽贝卡，她也是20号门诊制造的生命。[8]

事实证明，选择帕克是正确的。在那封电子邮件发出后仅仅不到2天，杰米·帕克就在新南威尔士州议会的议席上提起我的案件。"许多议员可能都知道我的一位选民，她的故事曾出现在澳大利亚广播公司的《澳大利亚故事》、电台节目和费尔法克斯的杂志《美好周末》上……我们不知道谁在进行审计以及何时出审计报告。我们不知道是否会联系与我的选民身世相同的其他人，向他们告知任何程序或风险……［悉尼北区地方卫生区］说她无权了解详细情况，因为她不是患者，而他们只会联系捐赠受体，例如母亲。这是个大问题，因为我的选民不仅是在皇家北岸医院被怀上的，而且是在那里出生的，基本上没有人比这位年轻女性更应该被视为患者。"[9]

帕克讲话之后又过了2星期，我终于收到了健康信息服务部经理的回信。她没有给我提供进度报告，也没有回答我关于审计的问题，只是告诉我一切都已经结束了。

"亲爱的莎拉，感谢您一直以来的来信，"她写道，"如您所知，皇家北岸医院……启动了一项独立审计……"

然后我停止浏览，转而仔细阅读每一个字。"这次审计由新南威尔士州档案馆开展，涵盖了1979年至2005年期间的所有医疗记录。”（什么？但这家门诊不是在20世纪90年代就被出售了吗?）“这次审计并没有解决捐赠者代码被删除的原因、发生的时间以及可能的责任人等问题。”

“显然还需要进行一次全面调查，而皇家北岸医院将致力于完成这项工作。因此，我们目前正在任命一名独立的外部调查员来开展这项工作。”另一项调查？“我明白这并不能解决您的个人困境，我对这种情况造成的持续困扰表示歉意，但是皇家北岸医院仍然无法回答您的许多问题。”[10]

我的反应可想而知。我给妮可·斯坦泽发了一大堆关于第二次调查的问题。她简短地回复了我，对无法提供进一步信息表示遗憾，并对我的耐心表示感谢。

几个星期后，她主动与我联系并提供了最新消息——这是第一次有人这样做。

“截至今日，我们已经为针对皇家北岸医院辅助生殖治疗门诊的调查任命了一名外部调查员。外部审计方是IAB，调查将立即开始。”她说。

IAB。我从未听说过他们。我查了一下——内部审计局（Internal Audit Bureau），隶属于州政府。

我搜索了一下她给我的调查员姓名。他的主要专长似乎是职场霸凌。

对此我的感觉不太好。

第二十三章

我去与内部审计局调查员会面时带了一位支持者：我朋友史蒂夫（Steve），他也是一位律师，拥有丰富的与州政府打交道的经验。我带上了我母亲治疗档案的副本。我还带上了我与黛安娜·克雷文、彼得·伊林沃思等人的所有对话记录的副本。[1]

史蒂夫和我在一间狭小的办公室里见到了调查员，他是一位中年男子。我把所有书面材料都交给了他。调查员不停地安慰我说不用担心，他会找到相关记录的，他会找到的，他会把事情查个水落石出。他的话产生了相反的效果。难道他根本没在听吗？我不停地解释说，事实上根本查不到什么，资料已经被销毁了，这是一桩大丑闻。

我真的不认为这位调查员懂得如何处理这种情况。毕竟，我们谈论的是渎职问题、人命问题，以及不知道有多少人从受孕开始就遭受的长期创伤。很明显，内部审计局只处理与成年公务员有关的职场问题。

我很高兴史蒂夫也在场。这不仅是为了寻求支持，也是为了在会面后交换意见。

“他……看起来并不在状态，是吗？”我问史蒂夫。

史蒂夫皱着眉头。

几个月后，所有线索都枯竭了。内部审计局也没有任何消息。于是我试着另辟蹊径。因供体受孕而出生者经常受到的告诫是，任何人都不能破坏与捐赠者之间的协议。那么，要使这成为一个正当的理由，就必须有一份真实的协议存在。

事已至此，你可能已经猜到我是个喜欢自讨苦吃的人。我给彼得·伊林沃思发了电子邮件。“我写此信是为了正式要求获得一份公立医院系统在 1982 年和 1983 年期间与精子捐赠者所签订之合同或协议的副本，”我写道，“该门诊的记录，后来连同门诊本身一起被 IVF 澳洲接管。我想要一份皇家北岸医院当年向捐精者提供并由他们签署的任何协议的副本。这并不违反隐私法。”

5 天后，我仍然没有收到回复。当时是 2015 年 2 月中旬。此时，我已经消化了伊林沃思发送给我的捐赠者 ADZ 和 AFH 那 2 页档案的奇怪之处。既然他希望和我见面讨论这 2 页纸。为什么不呢？

于是我再次给他发送电子邮件，建议见面讨论这 2 页纸。他在 2 天后回了我一封深思熟虑的邮件。

“我确实理解您对这一切有多生气。另一方面，我也理解您来诊所和我们讨论这些令人非常痛苦的敏感问题对您来说是多么大的创伤。”伊林沃思写道。

“就我个人而言，如果最终我们能为您提供您需要的所有答案，并帮您联系上您的基因供体，我绝对乐意之至。但是，鉴于已经发生的事情，我对这一可能性并不乐观。

“我会带上我们所掌握的与您的问题相关的所有文件的副本。随着时间的推移，我无法断言当时皇家北岸医院一直让捐赠者签署的同意书是什么样的，但我会带一些那个年代的同意书样本，以便您了解当时部分捐赠者签署的是什么。”

太好了，我想。他还提议了几个会面时间。我查看了我的工作安排，试着弄清楚自己什么时候能清醒并做好情绪上的准备。我暂时不去管它，静下心来准备一下。

两个半星期后，在我们见面之前，伊林沃思又抛出了一颗重磅炸弹。

“自从我们上次通话以来，事情有了重大进展，”他在电子邮件中说，“皇家北岸医院联系了我们。他们提醒我们，所有这些记录都与皇家北岸医院提供的治疗有关，因此是他们的财产，而不是我们的……他们现已找到并收回了所有的捐赠者记录。

“现在，我们手头没有任何 1995 年 12 月 31 日之前接受治疗的病人或相关捐赠者的记录。因此，我们无法提供更多信息，只能将您转回皇家北岸医院以获取更多信息。”[2]

至此，我只能厌恶地举起双手。

不过，这似乎有点奇怪。难道规模庞大的 IVF 澳洲实际上遭到了卫生部的突击检查？我发邮件询问我在卫生部的联络人：“皇家北岸医院从 IVF 澳洲收回了所有捐赠者记录，没有给 IVF 澳洲留下任何副本，这是真的吗？”[3]我还给《澳大利亚故事》的制片人贝琳达发了邮件：“我坚持不下去了。这帮人真他＊的狡猾。”

我还回复了伊林沃思。“他们有没有给你留下 1995 年 12 月 31 日之前的病人或捐赠者记录的副本？”我问道。

“他们把所有东西都拿走了，”他迅速回复道，“我希望这不会对您寻找想要的信息造成任何妨碍。”

谢谢你哦，我想。显然，伊林沃思也觉得整个情况相当奇怪：“皇家北岸医院的安排相当独特。它是唯一一个由公立医院项目转变为私立医院项目的……我仍然不清楚 1996 年 1 月皇家北岸医院的门诊搬到私立诊所之时，为什么公立医院的病历可以被从皇家北岸医院带走。”他写道。[4]

我向贝琳达汇报了最新进展。

“情节越来越复杂。就像惊悚片一样。”她回复道。

关于 IVF 澳洲遭到的突击检查，我的卫生部联系人给我回信称她对此一无所知。“IVF 澳洲没有向新南威尔士州卫生部通报这一情况……新南威尔士州卫生部将致函 IVF 澳洲，以确认他们不再持有皇家北岸医院的记录。我建议您与皇家北岸医院联系确认。”这到底是怎么回事?[5]

在公共官僚机构中，有时左手完全不知道右手在做什么。我给皇家北岸医院的妮可·斯坦泽发了电子邮件。一个月后，她回复了一些非常具体的细节，告诉我究竟发生了什么。

在伊林沃思给我发了那封体贴地建议会面日期与时间的电子邮件后，第二天他就迎来了内部审计局调查员的到访。这次拜访是为了商谈“披露IVF澳洲保存的精子供体临床记录之事宜，这些记录可追溯到1977年7月，原先是由［皇家北岸医院］辅助生殖治疗门诊保管的”。这些记录“已于2015年3月9日（星期一）连同捐精者数据库的副本一并移交给皇家北岸医院，以供检查和安全保存”。[6]

也就是说，当我在为选择哪天与伊林沃思会面而纠结的2个半星期里，他一直在商谈、整理和移交我将要去查看的档案。他却完全没有向我提及此事。直到它们全部被带走。

妮可·斯坦泽表示，如果我想查看20号门诊的精子捐赠合同副本，必须通过州政府的隐私官（Privacy Officer），他负责处理正式的信息自由访问申请（在新南威尔士州被称为GIPA申请）。GIPA申请的受理需要很长时间，而且如果有记录可以公开，还需要花钱。最后，你得到的可能只是几页有删节的文件。作为对媒体申请的另一种挑衅，有时政府机构在将文件交给付费的记者时，还会同时将它们公开披露——这样一来，你付费购买并等待的所有文件突然间就免费送给了你的竞争对手。

我暂时搁置了提交GIPA申请的想法。我有太多其他的事情要跟进。比如说，内部审计局的调查员到底是怎么回事。距离我和史蒂夫上次与他见面已经过去了4个半月，我还是不知道他应当何时完成调查，如果有期限的话。

“你有内部审计局完成报告的时间表吗?”我问妮可·斯坦泽。

以及："既然 IVF 澳洲现在肯定没有精子捐赠者记录了，我希望皇家北岸医院能调查一下代码为 AFH 或 ADZ 的捐赠者是否是我的父亲，如果不是，请提供能证明为什么不是的全部文件。"[7]

没有任何回应。

9 天后，我正在墨尔本北部的一家咖啡馆里。我飞来维多利亚州出差。当天我马不停蹄地早起、赶路、采访，眼看就要到傍晚了。一整天都没吃东西的我已经饥肠辘辘。

饿得头昏脑涨的我正在狼吞虎咽地对付一个三明治时，我的电话响了。来电的是皇家北岸医院的妮可·斯坦泽。内部审计局的报告已经完成。他们将于第二天上午在悉尼举行新闻发布会公布调查结果。新闻发布会？

"可我在墨尔本啊，"我不敢相信地说，"我去不了。"

对方的回答是，那么也许其他记者可以去。

其他记者？难道她真的忘了我是谁？我是引发这整件事的受害者。

"我能拿到报告的副本吗？"

不能。

"但你们会在新闻发布会上公布？"

她解释说，他们不会发布报告，只是讨论一些调查结果。没有人会拿到报告。当然，会有一份新闻稿。

"好吧，"我愤怒地说，"我能得到一份新闻稿吗？"

是的，她说，我会得到一份新闻稿。我会得到一份关于我的生命的新闻稿。

我挂断了电话。谢天谢地，我已经完成了当天所有的采访。真是一团糟。我甚至不能直接飞回家。第二天我在墨尔本还有更多采访工作，我不能就这样取消出差行程，把事情推后。或许我应该这样做了再说，以后再自己解决问题，但我当时的状态不适合作任何决定。

这是一个奇怪的夜晚，我孤身一人在墨尔本。

结果，我等了又等。什么也没等到。媒体见面会定于第二天上午9点半举行。我的收件箱里没有收到新闻稿。上午9点34分，我给妮可·斯坦泽发了一封愤怒的邮件。

“事实上我没有得到任何关于调查结果的信息，也没有任何书面信息，更不用说报告的副本了。”我写道。

“我问你是否至少能好心地先通过电子邮件向我发送一份有关此次公告的新闻稿，因为我是受影响的一方，是我的情况引发了此次调查以及之前针对皇家北岸医院明显存在严重渎职行为的调查。

“我完全没有收到你们的任何消息，甚至连新闻稿都没有，我知道新闻发布会马上就要开始了。

“你们对我的做法应该受到谴责。我是一个人。你们甚至没有像对待其他记者那样对待我。我连新闻稿也没收到。相反，作为这一切的受害者，以及损失最大的人，我既没有被当作受害者，也没有被当作记者。我只是被忽视了。

“我希望得到一份完整的报告。”[8]

当然，澳大利亚广播公司派了一两位记者参加新闻发布会。毕竟，这是该公司节目《澳大利亚故事》衍生出的重大新闻。我的同事琳迪·凯林（Lindy Kerin）代表澳大利亚广播公司时事广播节目出席了发布会。

琳迪把新闻发布会的情况告诉了我。内部审计局发现20号门诊销毁了3160份文件中88份文件的捐赠者代码。[9]88份。为什么？为什么？内部审计局还发现，关于捐精者“没有正式成文的政策或主要立法”。显然，在没有任何此类成文政策的情况下，身为公务员的诊所工作人员销毁了代码，而这一切都没什么问题。这种销毁是“永久性的”。没有人被点名。没有人对此负责。没有证据表明存在“恶意管理”。悉尼北区地方卫生区对于这些调查结果会给以前的患者“以及他们通过供体受孕获得的孩子”造成的困扰“深表遗憾”。

仅此而已。

琳迪要为《今日世界》（*The World Today*）报道此事，她想采访我。

“这显然是在粉饰太平，”我冷冷地说，“我是说，他们说已经发现了 88 份捐赠者代码被删除的记录，他们还说显然没有人要为此负责？我觉得这很难让人相信。我已经向针对皇家北岸医院的公立医院调查组提供了销毁代码的人的名字。我还向医疗保健投诉委员会投诉过这些人。但他们拒绝对这些人进行任何调查。”

安德鲁·蒙塔古（Andrew Montague）是悉尼北区地方卫生区的业务执行主任，他在新闻发布会上的发言也是老生常谈的借口。如果我在场一定会严厉抨击他。但当天到场的记者没人像我一样精通此领域。

“1977 年至 1984 年期间，辅助生殖技术正处于早期阶段，就像许多新技术一样，没有相应的立法，那在很大程度上是当时的做法。当然，通过调查我们发现这是一种标准操作，而且当时最关键的一点是，所有捐赠者都得到了无条件的匿名保证。”蒙塔古说。

一项没有明文记载的销毁记录的政策：一切都光明正大，显然没什么可查的。如果对捐精者的匿名保证如此重要，为什么也没有写下来？为什么几十年来，医生、政府、官僚以及现在的调查人员都要不遗余力地为这项既应受到谴责又完全不可见的政策辩护？

我甚至不相信在数千份档案中只有 88 份受到了影响。毕竟，我没有理由相信他们所说的任何其他话。为什么现在要突然开始相信呢？

据《今日世界》报道，皇家北岸医院“敦促那些担心自己医疗记录的人与院方联系”。

对于他们声称遭到蓄意破坏的治疗档案，他们甚至不打算通知另外那 87 份档案的主人发生了什么事，更不用说她们的孩子了。安德鲁·蒙塔古和皇家北岸医院是要让这 87 位（或更多）女性首先听说代码被破坏的事，然后了解这意味着什么，然后克服恐惧和羞耻感——最后，她们将一个接一个地与皇家北岸医院的官僚主义做斗争。

当然，所有这一切都意味着很可能不会再有其他人被公开认定为受到影响，或引起任何大惊小怪。这样一来，整个事件就会偃旗息鼓。广泛的、蓄意的捐赠者代码被破坏事件，就只剩下我一个人在制造噪声。

当天晚上，妮可·斯坦泽回复了我的邮件。

"我告知过您，我们的企业公关部门正在处理媒体声明事宜，"她说，"他们无法在新闻发布会之前提供任何信息。昨晚，所有媒体的请求都得到了同样的回复，所有媒体的采编部都在今天一早收到媒体提示。除了直接向企业公关部门提出请求的两个人，没有别的个人收到提示。"那么，为什么我不是那两个人之一呢？这不是最起码的吗？

"在我们通话时，我曾向您提供媒体声明中的内容。"我不知道这是否属实，因为我还没有拿到那份该死的声明。"新闻稿已于今天上午发布，并上传到了我们的网站上。"她说。

"我可以确认，您将作为受到调查影响的一方收到一封正式信函。您也可以提交 GIPPA［原文如此］申请以获取一份报告。"

最后，她在邮件末尾附上了新闻稿。[10]

当时是 2015 年 4 月底。我不得不停下来。我知道我必须停下来。我在很多方面都用力过猛。现在，我忍气吞声并试图忘记这一切。所有的一切。我曾试图纠正制度中的错误，纠正一个对婴儿们犯下的大错。我在多个领域为之奋斗：议会、卫生法规、法律、媒体。最后，真正关心此事的当权者的数量一只手就数得过来。由于傲慢和官僚主义的侵害，所有系统都令我失望。我永远不会得到关于我的家人是谁的答案。我永远不会得到改变、补救、解释或道歉。我们都不会。而我需要照顾好自己。我受够了。

圣诞节临近。我再次来到墨尔本参加沃克利新闻奖（Walkley Awards）的颁奖仪式。那一年我投入了完全不同的工作，拍摄了一部2集的纪录片，关于激进化、去激进化和伊斯兰国崛起。这部纪录片获得了2个奖项的提名，让我感觉很棒。至少我还有事业。至少我还能工作。

我正在姐夫家睡觉时，我的手机响了。我滚到床边。“喂?”我嘟哝着。

来电的是《悉尼先驱晨报》负责卫生领域的记者哈丽特·亚历山大（Harriet Alexander）。我以前从未和哈丽特说过话，但我读过她的文章。她解释说，她根据信息自由法向政府申请了一份内部审计局调查报告的完整副本。像所有此类申请一样，前后花了数月时间，但她现在拿到了被部分编辑过的内部审计局报告。她能就这份报告采访我吗？我裹着乱成一团的床单从床上滑到地板上。

“我从没读过这报告，”我说，“他们从没给过我一份。他们不让我靠近它。上面写了什么？我的天啊。你能把它发给我吗？我会接受采访的。我只想先读一下。”

几分钟后，它就出现在我面前的屏幕上，而我再次陷入一派光怪陆离。

第二十四章

第一页的标题是："严格保密。安全等级：受保护。关于辅助生殖技术临床记录可能被篡改的调查报告"。[1]

内部审计局的报告显示，第一次审计——除了被告知它突然结束之外，我没有得到任何此次审计的信息——"发现有 84 份临床记录的捐精者代码被删除或可能被篡改"。这些记录的时间跨度为 1979 年至 2005 年，其中包括 20 号门诊在 1994 年 4 月被私有化之后的那段时间。新的所有者将公立医院在过去 17 年中的患者临床记录、员工和"材料"都带走了。

他们为什么能够这样做？为什么不说出这些人的名字？新的所有者为这些文件和精子支付了多少钱？为什么 20 号门诊要私有化？是否进行了招标？报告没有回答这些问题，甚至连问都没问。

内部审计局的报告说，公立的 20 号门诊有"截然分开"的两类记录。一种是受捐者的"临床记录"，另一种是捐精者的"临床记录"。因此这两类人都被归类为患者。没有提到捐卵者、卵子捐赠或胚胎捐赠。我不确定这是否意味着 20 号门诊只处理精子捐赠，抑或是内部审计局的报告只是漏掉了它们。

按照精子捐赠者到达的顺序，20 号门诊的系统为他们每个人分配了一个 3 个字母的代码。系统从 AAA 开始，下一个是 AAB。一旦 AAZ 出现，3 个字母中的第二个就会开始轮转：ABA、ABB、ABC，以此类推。

有趣的是，内部审计局的报告指出"捐精者协议和同意书文件在总体上是一致的”，尽管“与目前的记录保存标准相比，1977 年辅助生殖治疗门诊成立之初在捐精者记录方面的操作极其简单”。所以说 20 号门诊擅长令自身免责，却不擅长实际的医疗文书工作？内部审计局找到了“IVF 澳洲保存的大量保密的精子捐赠者记录”。正如妮可·斯坦泽告诉我的那样，这些是 IVF 澳洲掌握的属于公立 20 号门诊的 700 多份精子捐赠者记录，它们已被“实际转移”回皇家北岸医院。

内部审计局审查了 3160 份受捐者档案和 700 多份捐精者档案，共计“约 4000 份”。这些档案的时间跨度超过 20 年，从 1977 年至 1996—1997 年度——那时已是 20 号门诊被私有化**之后**数年。

“有必要确保继续维持捐赠者的代码身份，以限制每位捐精者造成的可能成功怀孕的数量，”报告称，“所审查的记录表明，当时辅助生殖治疗门诊的政策是将任何一名捐精者导致的最高怀孕次数限制在 10 次以内。还有一项要求是，保留捐精者的身份信息，以备临床工作人员在有需要时可以联系捐精者，例如，在发现使用供体精子的禁忌症时。”

内部审计局说，捐赠者的精液可以在 20 号门诊低温保存，“在某些情况下可以保存 10 年以上”，部分捐赠者“多次捐献……并提及个别捐赠者的精液被保存了多管（有些达到数百管）”。**数百管**。每管都有可能孕育出一个孩子。

内部审计局说，大约在 1985 年 1 月，20 号门诊将捐赠精子的隔离期从 3 个月加倍至 6 个月，“大约也在那时，艾滋病毒检测似乎已被纳入医疗筛查范围”。令人费解的是，报告引用了 1985 年 2 月寄给某位潜在精子捐赠者的一封信。此人对“艾滋病以及一位医生与医保的纠纷”表示担忧。20 号门诊回复说：“不管是艾滋病的流行还是医生的纠纷都不会影响体外受精项目，因为我们是一家私立医院。”然而，皇家北岸医院是公立医院，一直都是。我把这一条加入了我的“令人费解的事实错误”清单。

“从20世纪70年代末到80年代初，”内部审计局的报告说，“已查明的记录和信件表明，辅助生殖治疗门诊关于匿名捐精的政策是（当时没有明文记录），如果受精者成功怀孕，那么受精者临床记录中标明的捐精者代码就会被移除并销毁。”

可找到它了——销毁代码。这种做法显然没有明文记录，但不知何故仍被公认为一项“政策”。事实上，销毁行为与其他既定政策完全背道而驰，但内部审计局对此并没有进行调查。

“在1994年辅助生殖治疗门诊私有化之后，”内部审计局继续道，“以前由辅助生殖治疗门诊保管的捐精接受者记录被关闭，并为在私营的NSART继续接受捐赠精子的患者创建了新的记录。”这种记录链条的中断无疑加剧了10次怀孕次数上限被打破的可能性。“受捐者的临床记录以及捐精者的记录都是严格保密的新南威尔士州卫生部记录。”那么，伊林沃思绝对不应该通过电子邮件向我发送精子捐赠者的档案页面。

有趣的是，其中有一段关于伦理委员会的内容简短而吸引人。“我们还注意到，在多份临床记录中都提到了向伦理委员会的转介，涉及将供体精子提供给受捐者所需的各方面审批事宜。”当然，报告并未提及伦理委员会的成员都有谁，也没有提到该委员会是否在20号门诊运营的所有年头里都在发挥作用。唯一提到的委员会决策是针对一对未婚伴侣的可谓多管闲事的决定：“不批准将供体精子发放给未婚受者（随后在提供结婚证明的情况下发放）。”

在搜索关于伦理委员会的更多细节时，我还注意到另外一件事。在某一页的底部，内部审计局莫名其妙地加了一句漫不经心的话：“我们进一步检查了这些精子捐赠者的档案，并注意到他们自1977年以来所捐献的精子仍然存活并可用。”

什么？1977年捐献的精子仍被留存使用？内部审计局的报告是2015年提交的。那就是38年前的精子。这都快成僵尸精子了。如果这样的精子在2015年，或者即便更早些被解冻并使用，那么有很大可能其捐赠者（即生父）已经入土为安了。关于年代这么久远的精子的退化程度，在医学和伦理方面都有很多问题需要解决，此外我还想到一大堆别的问题。这些精子捐赠者中是否有人签署过同意书，同意他们的精子可以被永久保存并使用吗？我对此表示怀疑。

这个例子很好地说明了生育行业是多么不严谨。没有公开的法律或准则禁止使用这些没有死亡的配子。新南威尔士州目前的法律规定，捐献的配子最多可以保存 15 年，但你可以取得卫生部部长的授权，将配子保存“更长时间”。所谓“更长时间”并无上限。[2]（内部审计局没有提及是否有人为这些精子寻求过授权。）

由澳大利亚国家卫生与医学研究委员会发布的《临床实践和研究中使用辅助生殖技术的国家伦理准则》也没有对配子的储存和使用做出任何有意义的限制。《伦理准则》规定，“如果配子捐赠者不同意在将来所有治疗中披露其身份信息”[3]，不孕不育诊所将不得使用 2005 年之前收集到的其捐赠配子。但是有两大例外情形。如果想使用成熟配子为已经因供体受孕而出生的孩子再创造一个兄弟姐妹，或者如果胚胎已经培育完成并被储存，但“无法联系到捐赠者”，那么就可以无视前述规定。

这是一个惊人的漏洞。谁来监管？诊所必须努力到什么程度？他们会漫不经心地拨打某个人在 1977 年提供的座机号码吗？如果我们说的是一家销毁了捐赠者代码和记录的诊所呢？而这的确就是我们正在讨论的。如果是诊所自己蓄意破坏医疗档案从而导致无法联系到捐赠者怎么办呢？

20 号门诊销毁了捐赠者代码。然而，捐献给这家公立诊所的精子在几十年后仍然掌握于私人手中，随时可以被解冻并被用于让毫不知情的女性受孕。

这就是侏罗纪公园。在你的子宫里。

内部审计局找到了一份 20 号门诊使用的捐精者同意书。报告中只收录了其中的两段。其中一段是让捐精者同意永远不知道谁是受捐者，也不让受捐者知道捐赠者的身份。另一段写道："我同意永远不探寻接受我精液者通过人工授精后所生任何子女（们）的身份，也不在任何情况下对任何此类子女（们）提出任何要求。"

因此，受捐者和捐精者都永远不会知道对方是谁，而且捐精者也不应该寻找自己的孩子。这是医生们强加的一个僵化的安排。但没有任何内容是关于我这样的供体受孕带来的后代的。看来我可以随心所欲了。考虑到迄今为止我所采取的行动，我认为这是幸运的。

尽管发现了销毁捐赠者代码是20号门诊"深思熟虑"却又"没有记录在案"的做法，但内部审计局显然无法查出是谁干的。报告称："在精子捐献导致怀孕之后将捐赠者代码删除的一方或多方的身份尚未确定。"报告还发现："任何采取删除捐赠者代码等行动的工作人员都是按照管理层的指示行事的。"

内部审计局就让此事这样不了了之。

我不应该对调查的浅薄程度感到惊讶。我告诉过你们黛安娜·克雷文承认做过这事，我想。我给了你们我的笔记。我还告诉你们怎样联系她。此外，如果你们再努力一点，你们就能发现道格拉斯·桑德斯自费出版的书，就像我一样。

在那本书中，黛安娜·克雷文承认与20号门诊的其他员工一起删除了捐赠者代码。克雷文的叙述是由桑德斯本人编辑的。然而在2014年，即该书出版后的第二年，道格拉斯·桑德斯教授通过一份声明向《澳大利亚故事》表示，"他'本人并不知晓代码被删除一事，即使真有此事，他也不知道是何时、由何人、在何种情况下删除的'"。2015年，内部审计局发布报告，没有点任何人的名，从而为所有人开脱了罪责。

报告在关键问题上小心翼翼的处理方式本身就很有意思。内部审计局的审计证实，销毁记录的行为不仅发生在20号门诊，也发生在其他诊所，并将所有这一切称为"永久匿名"——这个词令其听起来是一种周到的而不是非法的做法。对内部审计局来说，问题在于记录是否被“**蓄意**篡改”：

“我们特别注意到‘篡改’一词的贬义性质，因为它暗示着存在欺骗的意图……我们没有发现此种意图的证据，并注意到在1984年之前，所有成功怀孕的案例中都存在删除捐赠者代码的操作。”

因此，销毁捐赠者代码并不是“篡改”，因为他们对每个婴儿都是这样做的。按照内部审计局的推断，20号门诊不知何故脱了身是因为他们将损害最大化了。

“在几乎所有案例中都删除捐赠者代码的操作基本都发生在（1984年3月5日获批的）《1984年人工受孕法》颁布之前。在该法颁布后的3个月内，删除捐赠者代码的做法就停止了。”内部审计局报告称。

他们怎么可能知道这些？随后，内部审计局描述了在《1984年人工受孕法》实施若干年后，仍然有捐赠者代码被删除的情况，但却似乎并没有对这一矛盾状况感到困扰。在1989年的一份受孕者档案中，有一个捐赠者代码“似乎被‘涂白’而模糊不清”。显然这份档案中的代码“甚至从文件的反面看也模糊不清”。内部审计局认为，这“很可能是一个文书错误”，因为在顶上写了另一个代码。

内部审计局认为，随着《1984年人工受孕法》的出台，销毁捐赠者代码的做法变得不再有必要，因为该法断言我们不是亲生父母的子女。据内部审计局称，“最后一批捐赠者代码被从临床记录中删除发生在1984年6月”。嗯，除了前述1989年那次；还除了内部审计局发现的一封20号门诊写给某位捐赠者的信，信中说由于代码被销毁，他们无法确定他是否有孩子，而这种做法“在1986年前后得到了实质性审查”。不过让我们先姑且相信内部审计局的说法。让我们假设，最后一批被删除的是1984年6月的临床记录中的捐赠者代码。当时还发生了什么？

一波医疗传播艾滋病毒的案例。

有可能，甚至有很大可能是由于艾滋病的流行，20 号门诊的工作人员才被吓得不得不保存 1984 年 6 月之后的捐赠者代码——之前的代码已经被他们销毁。从更阴暗的角度来看，20 号门诊的工作人员销毁 1984 年 6 月之前的治疗档案中的捐赠者代码，也有可能是为了掩盖谁在治疗中接受了谁的精子。如果这些妇女或其生下的婴儿中有人像韦斯特米德项目中那样通过受污染的精子感染了艾滋病毒，那么就无法证明这是 20 号门诊的过错。任何代码的被毁究竟在何时发生，我们永远无法知道。我们最多只能知道记录缺失的时间段。

在内部审计局的报告中确实提到了韦斯特米德医院发生的一起事件。它与艾滋病毒无关，但它确实凸显了“永久匿名”可以是多么无情。

内部审计局的调查员发现了一些皇家北岸医院的内部通信，是关于韦斯特米德医院的某位精子捐赠者的。日期是 1991 年，内容并不乐观：

“……此后，韦斯特米德将他从项目中除名，但没有告诉他，他某次捐献的精子曾产生一个畸形胎儿。××××××小姐告诉我，他们当时的政策是在项目中保持绝对匿名性。”

这位韦斯特米德捐赠者的精子制造了一个“畸形”胎儿，但没有人告诉他。然而，“畸形”足以让韦斯特米德放弃他。

在不知情的情况下，这名男子可能会在自己的社会关系中生育更多的“畸形”胎儿，或者在其他地方向其他家庭捐献精子。让他知道他的精子在韦斯特米德产生一个畸形胎儿，这会破坏他的匿名性吗？并不会。

韦斯特米德是否承认对该男子后来所生的任何“畸形”婴儿（无论死活）负有责任？韦斯特米德是否承认对该男子或接受其捐精的委托父母可能遭受的任何巨大痛苦或终生心碎负有责任？

内部审计局的报告没有讨论这些问题。毕竟，韦斯特米德的畸形胎儿并不在他们的职权范围之内。

看来，即使是州政府指定的专业调查员也不会询问我认为重要的问题。

剩下的办法只有一个：询问桑德斯教授本人。我给他的私人邮箱发了一封邮件，告诉他我是谁（以防此时他对我的名字还没有印象）并请求他接受采访。邮件没有被退回，但也没收到回复。[4]

将近 4 个星期后，一个陌生号码拨通了我的电话。电话那头是一位老妇人短促而沙哑的声音。她是道格拉斯·桑德斯的妻子，玛格丽特（Margaret）。[5]

她解释说，道格拉斯·桑德斯无法提供任何帮助，因为他身体太差了。但她可以尝试解答我的问题。

我不知道玛格丽特·桑德斯是否知道是我揭发了 20 号门诊销毁捐赠者代码的事情，因为实际上她看起来对销毁操作本身一无所知，而且也不知道媒体对此的报道，以及政府随后发起的 2 次调查。

她说："即使作为一名产科医生，道格也必须将他的病人的记录保存 25 年。"

"那是……完整的记录吗？"我问，"还是说他可以把其中的一些页面处理掉？"

"哦，天哪，不，"她回答说，"没有一个有道德的人会这样做。"

我解释说，之所以这么问是因为有一份为卫生部撰写的报告发现皇家北岸医院生殖门诊的记录遭到了系统性的破坏。

"我肯定现在就可以告诉你，不是道格干的。他可能是我认识的最有道德感的人之一，这并不是因为我是他的妻子，"她回答道，"但是，"她承认，"如果真有其事，根本从来就没有人跟我们提起过。"什么？"所以，我怀疑那一定是后来的事。"

完全莫名其妙。澳大利亚广播公司曾经就 20 号门诊销毁捐赠者代码的问题向道格拉斯·桑德斯提问，他也给出了回答。除此之外，IVF 澳洲的彼得·伊林沃思、20 号门诊的黛·克雷文以及医疗保健投诉委员会都告诉我，他们曾代表我向他提出过关于销毁捐赠者代码的问题。政府调查也发现20号门诊曾经销毁捐赠者代码。道格拉斯·桑德斯一直在20号门诊工作。她说的“后来”到底是什么意思？

我说，道格拉斯·桑德斯在2013年出版了一本书，书中一名受访者黛·克雷文提到了20号门诊销毁代码的事。

“我不这样认为。”玛格丽特·桑德斯说。

但事实就是如此，我说。“她是为了这本书告诉他这件事的。然后他把它出版了。”

“好吧，那么，呃……我只能说，那就以书为准吧。”她回答道。

至少，她承认捐赠者得到了匿名的承诺，而且理由充分。我问为什么。“如果允许在记录中保留他们的身份［代码］，他们就可以在20年后再找回来，”她回答道，“如果你是个出生后有一些残疾或问题的孩子，你可以回来找到生父说，你欠我的。”她这样说。

“所以这是为了保护精子捐赠者，避免他们因为孩子有残疾而被索赔？”

“是的。”她回答道。

在将话题转向海外捐赠者提供的卵子质量较低（“他们中的大多数人都饥贫交迫”）之后，玛格丽特·桑德斯说如果我还有其他问题，可以以书面形式寄给她。她会请道格拉斯·桑德斯提供意见，虽然她不能保证他能说多少。她把他们的私人通信地址给了我。

我写下我能想到的所有问题，包括一大堆关于桑德斯多年来私人执业和教学的问题，然后寄了出去。

大约一个月后，我收到了回复。

这不是道格拉斯或玛格丽特·桑德斯的回信，而是来自皇家北岸医院的医务部主管，用的是新南威尔士州政府的信笺抬头。

“亲爱的丁格尔女士，”上面写道，“桑德斯夫人将您提出的一系列问题转发给了我。”

皇家北岸医院的医务部主管突然擅自介入了我与桑德斯夫妇的

通信。

他似乎对几年来的曝光和调查一无所知，建议我直接向悉尼北区地方卫生区的负责人提问。又是这样。

“进一步联系［桑德斯教授］和桑德斯夫人是不合适的，”主任提醒称，“由于健康原因，他无法提供帮助。”[6]

看来，即使我想询问桑德斯的私人执业情况，公共卫生系统仍在抵抗。

主管在信的末尾指出，这封信已抄送玛格丽特·桑德斯夫人。

第二十五章

内部审计局的报告没有给出任何关于我个人情况的答案。我不知道我的供体是谁，不知道他为什么要捐献精子，也不知道他捐了多少次。

我也不知道他对整个过程了解多少。他知不知道诊所会销毁捐赠者密码，这样就永远找不到他了？他有没有意识到，没有法律禁止他们无限期地保存和使用他的精子？他对这一切认可吗，还是他也被骗了？

我正在和一位男子聊天，我称呼他鲍勃（Bob）。如今他是澳大利亚一所大学的副教授。他要求我不要用他的真名。

鲍勃是一名捐精者，然而他直到最近才意识到这一点。

“这真的是一个奇怪的故事。你可能不会相信。”他说。你可以试试，我想。

20 世纪 80 年代初，鲍勃是悉尼大学的一名学生。

悉尼大学从一开始就与生育领域有着紧密的联系。20 号门诊的负责人道格拉斯 · 桑德斯于 1972 年创立了悉尼大学的妇产科学系。然后，除了管理 20 号门诊之外，他一直在这个系工作了 31 年。在上世纪 80 年代曾见证过艾滋病毒传播的韦斯特米德医院的生育门诊如今也已完全归该校所有。

1981 年的一天，鲍勃在校园里时发生了一件不寻常的事情。

“悉尼大学出现了一大群拖车和卡车，”他说，“这与某家大医院有关，他们说他们有这样的问题：他们找不到合适的捐精者，他们只有酒鬼和瘾君子。”真够可以的。“他们打算在院系之间进行竞争，看谁招到的捐赠者最多……所以有人会记录有多少捐赠者是文科生、多少理科生以及多少工科生，诸如此类。”

这听起来像是某种迎新周的活动。

“他们在院系之间营造了一种竞争的氛围，”鲍勃说，“那个年代有一些很流行的想法，比如，你知道的，‘文科生很蠢’等等。而且你知道，工科生过去会进来痛打文科生，诸如此类的事情以前经常发生。所以他们可以在此基础上做文章。学生之间存在这种敌意。”

“哇哦。”我说。我很无语。这听起来极其荒谬。多么有男子气概，多么有兄弟文化，而且十分理直气壮。

“这场［竞赛］发生在大学校园里，很像官方性质的，”鲍勃说，“而且在当时那个年纪，我觉得自己是不会结婚的。我还是参加吧。”

于是鲍勃上了一辆拖车。“一切都发生了，所有的一切，”他小心翼翼地说，“而且他们只稍微检查了下每个人的健康状况。我想只要你还走得动路，”他笑了，“他们就会接受你。然后我就把这件事抛之脑后。”

鲍勃记得这些拖车来自一家大型公立医院，但他记不清是哪家了。

我放不下比赛这件事。“那么这场比赛该比什么呢？”我问，“仅仅是捐赠者的**数量**吗？还是他们会把精子拿去检测一下，然后告诉你它有多棒？”（有时候我忍不住。）但鲍勃在想更严肃的事情。

“不，我认为他们没有检测任何人。什么都没测试。”他坚定地说。

只有两条要求。“只要研究生，”鲍勃说，“没有婚约或其他类似安排的研究生。”整件事都被包装为，照他的说法：“你在为女性做一件好事。而且你做的当然是好事是因为你很**聪明**。我想，嗯，这和，你知道的。当然，和他们想要更优质的孩子有关。”他终于说了出来："我想这是某种实验，我猜是**优生实验**。"

鲍勃尴尬地笑了。好极了：优生学非常不受欢迎。而他描述的是公立医院医务人员在没有任何法律监督的情况下实施的优生学。1981年，新南威尔士州还没有关于供体人工授精的法律。

"它大概发生在几天之内，"鲍勃说，"然后整件事就消失了，再也没听说过。很明显，这里有很多问题，有的人生着病，以及诸如此类的事情。"

之后，鲍勃再也没有想起过这件事，他基本上忘记了曾有这么一件事——这听起来可能挺奇怪的，但想想这个所谓的医疗流程的情况，以及当时的氛围。对鲍勃来说，这件事直到几年前才重新浮现在他的脑海里。

"这是一个非常不道德的过程，"鲍勃说，"但它确实发生了……实际上，这很难想象。"

"越想越觉得疯狂。"

2017年左右，鲍勃收到一封电子邮件，来自一位叫劳兰·瓦塞尔（Lauran Wassell）的女性。劳兰是因供体受孕而出生的，与我同龄。她是在皇家女子医院（Royal Hospital for Women）的生育门诊出生的。这所公立医院位于悉尼东部。

"劳兰说，'我觉得你可能是我的父亲'。"鲍勃说。

不夸张地说，这让他大吃一惊。

劳兰在很小的时候（大约5岁）就知道自己是因供体受孕而出生的，多年来她自己也做了大量的调查工作。她还得到了其他因供体受孕而出生者的帮助，包括在同一家生育门诊被怀上的杰拉尔丁·休伊特（Geraldine Hewitt）。两位女性都表示，关于她们的供体受孕记录已被销毁。皇家女子医院隶属于悉尼东南区地方卫生区。悉尼东南区地方卫生区拒绝回答我的任何问题，包括记录是否被销毁。[1]

劳兰和杰拉尔丁联手调查后发现劳兰的基因供体可能是鲍勃。于是劳兰在网上找到了鲍勃的联系方式，并给他发了一条信息，上面提供了她的联系电话。

“他真的打来了，”劳兰告诉我，声音听起来很开心，“他在收到邮件后大概不到15分钟就打来了电话。这太疯狂了。他说：‘我不认为我有可能是你的父亲。我都忘了我捐过精子了。那是很久以前的事了。’”

鲍勃挂了电话。想了想。然后他再次拨通劳兰的电话。

“然后他说‘我确实记得我捐过精子’，”劳兰说，“他说‘但我捐赠不是为了**孩子**’。”鲍勃又把拖车和院系竞赛的事情给她讲了一遍。“［他说］一切都是为了测试，”劳兰回忆说，“看看谁是最聪明的，看看他们如何操纵它，看看他们如何制造出这些超级婴儿。”

“我告诉自己，”劳兰说，“尽量不要太生气，劳兰，因为我觉得他这样说并不是推断出**婴儿是被制造出来的**。”

劳兰和鲍勃一起去测了DNA。结果显示他们是近亲。但鲍勃不是劳兰的父亲。他的另一个亲戚才是。

鲍勃并不是家中唯一捐献精子的人。

尽管供体受孕已经存在了超过一个世纪，并且在过去的40年里变得特别普遍，但我们仍然没有意识到它的规模已经增长到多么大的地步。以及它已经如何深深地渗透到我们社会的各个层面。它离我们到底有多近。我们接受它，参与其中，保持沉默，并且不采取任何行动来解决它的代际后果。

你读这本书可能是因为你觉得它有趣——这当然是我的希望——但也可能是你认为它的内容只与他人有关。事实上，考虑到社会长久以来如何允许供体受孕激增，除了DNA测试，没有什么能保证你的父母真的是你父母。如果你有任何疑问，我建议测一下DNA。

供体受孕隐藏在众多家庭中，你有可能是一个接受供体受孕并撒谎的委托父母，或是一个捐赠者——一个像鲍勃这样的捐赠者（事实证明捐精是其家族癖好），又或是一个从未被告知真相的因供体受孕而出生的人。

有时候，你的身份可能不止这其中的某一个。

2005 年，20 多岁的澳大利亚男子罗伯（Rob）决定成为一名精子捐赠者。罗伯当时正处于一段稳定的恋爱关系中。他和伴侣已经有了孩子，而且罗伯不想再与伴侣生育更多的孩子。

有一家不孕不育诊所碰巧在罗伯所在大学的健身房打广告招募精子捐赠者。罗伯曾经献过血。“为什么不捐献精子来帮助人们组建家庭呢？”他当时想，“这个过程很简单。你打电话说你有兴趣，然后和他们团队的一名成员见面做一个家族健康史检查，接下来再预约一位咨询师，他会问你，如果你的家人发现了这件事他们会怎么想，以及你自己将来会怎么想。”

那时候，罗伯感觉这些都不是困扰。“我想如果孩子们想找到我，他们必须得拿到书面记录，而当时我还不明白他们为什么要费力寻亲。”他说。

“即使他们真的找到我，那也要等到 20 年后他们长大成人之后。我觉得我的家人不需要知道。我相信，如果有人不辞辛劳地前往一家合法的生育诊所，那么他们一定是真心想要孩子，并且会把孩子照顾得很好。所以孩子们有望对自己的生活足够满意，不会想要找我。”

罗伯当时是“一个穷学生，在全日制学习的同时还做着 3 份兼职”。作为捐赠者，他每次捐精就能得到整整 100 澳元。有一个为期 6 个月的隔离期：每次捐赠你会收到 20 澳元的先期款，6 个月后，如果你的第二次血检结果合格，就会收到剩下的 80 澳元。罗伯捐了 10 次。总计相当于 2020 年的 1400 澳元左右。

生活仍在继续。罗伯的恋情结束了。他毕业了。他的父母最初都是从美国搬来澳大利亚的。罗伯的做法正好相反：他回到美国，寻根，找到一份工作，遇到一个女孩，结婚，并在这段婚姻中生了孩子。

“我一直对家族史很感兴趣，我想部分原因在于我和父母的关系不是很好，”罗伯说，“更多地了解我的家族史让我感觉自己与更广泛的人际网络有了更紧密的联系。”于是，他在2016年通过一家大型家谱公司接受了直接面向消费者的DNA测试。

几年后，罗伯收到了一个人的消息，此人与罗伯在同一家公司做的测试，并且他与罗伯的DNA有一定比例是相同的：他们是同父异母的兄弟姐妹。

罗伯觉得难以置信。

“我以为这是俄罗斯黑客的攻击，因为我一直在用的一款面部老化应用，”罗伯说，“然后他们给我发了更多的照片。所以我打电话给我妈妈，而她证实了这一点。”她第一次告诉罗伯真相：他是因供体受孕而出生的。此时罗伯36岁。

罗伯的经历——通过DNA检测发现自己是因供体受孕而出生的——在世界各地都很常见。这些DNA测试最终揭示了真相。真相当然是我们所有人应得的。

2020年，“我们是通过供体受孕出生者”调研了481位来自世界各地的参与者，年龄介于13岁至74岁之间，其中有整整三分之一（34%）的人表示，他们是通过DNA测试才发现自己的身世真相。[2]

他们的父母在他们童年、少年或成年后都没有告诉他们真相，也没有其他人告诉他们。

科学不会说谎。但是，从一个网站上找出身世真相并不符合一个人的最佳利益。

社会有义务避免让因供体受孕而出生者以这种方式发现真相。

当我第一次和罗伯聊起他的发现时，距离他得知身世真相还不足

2 个月。他在很大程度上仍在消化这个事实。他说，第一个月他完全处于震惊中。

“现在我在悲伤和失落之间摇摆，但有时是愤怒。我选择定居美国的部分原因在于我认为自己是美国人的后裔，”罗伯解释说，“但现在发现这是一个谎言，而我已经在这里结了婚成了家，再想回到澳大利亚不太容易。”罗伯说，有时候他觉得很生气——他感觉自己被愚弄了。

“不要误解我的意思，我现在的生活很棒，但我以为那是我自己的选择之一，”他说，“我现在才知道我的部分选择是建立在谎言之上的。”

发现身世也改变了他与父母的关系：“我对父母的尊重减少了。他们选择不告诉我真相，我认为这反映了他们的软弱、不安全感和心胸狭窄……不告诉我不是为了我好，而是为了他们的利益……我把我爸爸看作我的社会父亲，而不是我的生父。他对我来说同样重要，永远都是‘我爸爸’，只是现在有了不同情境。”真相也解释了很多事情：“［它］暴露了我在成长岁月中感觉到的但从未能理解的秘密，直到一切真相大白。”

如今，当罗伯回想起 20 多岁时曾 10 次捐献精子的经历时，他的感受变了。他从来没想到**他自己**就是这种行为的产物。他说，那时候“我无法想象不认识自己的亲生父母会是什么感觉。我对我家庭的理解是想当然的”。

他现在正从完全相反的角度思考捐精这种行为——它对产生的孩子意味着什么。

“如果当时我知道自己的身世，我是不会捐献精子的。”他说。

“我会了解经历这一切的悲伤和困难，我想这会让我不想把这些强加给别人。世界人口已足够多了，所以我现在认为如果你不能生孩子，那就去别处寻找生活的目标和意义吧。我已经向诊所提出，如果我的样本还有剩余的，请销毁它们。”

罗伯说诊所同意了，但提醒他说，如果有使用他的精子培育出的胚胎，那是不能被销毁的。（这是澳大利亚的标准做法。）诊所还告诉他，他捐赠的精子已经给他带来了 7 个孩子。罗伯说如果这些孩子中有人向他寻求信息，他会提供的。这至少让他感觉好点。

罗伯捐献精子时才 24 岁。“我认为人没法在年轻时做出那些长远的决定……你不可能在年轻的时候考虑这些事情。所以我确实认为这些服务瞄准的就是贫困的年轻男性，他们还不能完全理解自己的选择造成的后果。”

罗伯说，另一件事是，如果他知道自己是因供体受孕而出生的，他可能根本就没有资格捐赠精子。“我无法向诊所提供准确的病史，因为当时我自己也不清楚。”

捐赠者可以说是一个慷慨的群体，有时会对他们自己造成损害。捐赠者也容易受到剥削。当这种情况发生时，我们必须提出一个问题：谁没有尽到照顾这些人的责任？

澳大利亚声称拥有世界上最慷慨的卵子捐赠者：费丝·霍（Faith Haugh）。“世界上最棒的婴儿卵子捐赠者”，《先驱太阳报》（*Herald-Sun*）惊呼。“墨尔本超级妈妈”，阿德莱德报纸《广告人》（*Advertiser*）吆喝着。[3]

维多利亚州女性费丝·霍从 23 岁就开始捐卵，捐了 17 年。[4]此事引人注目有几个原因。首先，这是一段非常长的时间。其次，维多利亚州辅助生殖治疗管理局即 VARTA 表示，精子或卵子捐赠者的年龄“最好”处于 25 至 40 岁之间，并且已经组建了自己的家庭。[5]也就是说，在捐赠之前，捐赠者应该在自己的社会关系中已经拥有了他们想要的所有孩子。但这些保障措施并非强制性的。VARTA 指出，生育诊所“可能有自己的政策”。而维多利亚州是澳大利亚在供体受孕方面监管最完善的司法管辖区之一。

费丝·霍并不符合这两项标准：她开始捐赠时还不到 25 岁，而且她从未组建过自己想要的家庭。

费丝·霍的捐卵始于 1993 年。她总共接受了 42 个激素促进和卵子提取周期。除一个周期外，其余都是在澳大利亚生育诊所进行的。42 次对于任何女性来说都是一个惊人的数字。几乎每一次，都是为了其他人。

提取卵子对女性身体有很大影响：它是一个艰巨的过程。女性会连续数天或数周每天注射激素来刺激卵巢，这样每个月经周期就会排出更多卵子，而不是通常的一个。这些卵子可以由生育专家成批提取，这一过程有时被称为“取卵”。注射的激素混合物，以及卵巢的受刺激程度，取决于生育专家开的处方。例如，有一种注射用激素品牌名为果纳芬（Gonal-f）。它是从中国仓鼠的卵巢细胞内提取的。[6]一旦女性注射了果纳芬，她在该促排周期中排出的卵子数量就取决于刺激的量和卵巢本身。果纳芬的制造商在其网站上提出的“目标卵母细胞产量”为 8 至 14 个。[7]

注射此类激素的女性面临着副作用的风险，从头痛、恶心到卵巢过度刺激综合征等。[8]这是由于过量的激素导致的卵巢肿胀和疼痛。卵巢过度刺激综合征有各种轻重不一的症状：从腹痛和呕吐到血栓、腹部肿大和体重迅速增加。严重的卵巢过度刺激综合征可能会导致住院治疗。

费丝·霍注射的就是果纳芬。这是一种生育行业常用的处方药。此外，她还服用了一些不孕不育诊所开具的其他药物，在不孕不育专家的指导下，每个周期的药物种类和剂量都有所不同。

费尔法克斯有报纸报道说，费丝·霍首次捐赠卵子“是因为看到了一对不孕不育夫妻在《时代报》上刊登的广告。她通过一家公立医院的体外受精门诊匿名向他们捐赠了自己的卵子，令他们得到一对双胞胎女儿。”[9]

当时，费丝还没有遇到后来成为她一生伴侣的男人——格伦·沃森（Glenn Watson）。她在年仅 18 岁时曾生下一个她自己的女儿。格伦告诉我，费丝23岁时的第一次捐卵“［对她来说］起到非常积极的作用。当时她的情绪不是很稳定。我猜她的自尊心很弱。她觉得自己真的在帮助别人。所以我想，这提升了她的自我价值”。

VARTA表示，捐赠者“最好”保持“身心健康”并且应当“有责任心与决心。建议捐赠者最好生活稳定，有良好的支持网络”。不过还是那句话，这些都不是“必要条件”。

费丝一直在捐献卵子。遇到格伦后她也没有停止。“就这样一直捐，一直捐。”格伦·沃森说。费丝并不总是告诉格伦她捐了几次。他喜欢她的慷慨，但不希望她做得太过分。“如果你有10个孩子在外面，为什么还要追求，比如，13个呢？……你已经给了一定数量的人一份礼物。而且这是一个侵入性手术。”所以费丝有时会把所有细节都藏在心里。

在费丝的建议下，格伦自己以前也捐过精子。他知道他捐的精子已经诞生了4个孩子。“这对我来说已经足够了……但是当有人打电话给你说，‘哦，我们这儿有个人，你知道的，他们需要这个那个’，事情就得继续下去。”

格伦说，这就是发生在费丝身上的事。他说医生们“利用了费丝善良的天性”。而她生产了那么多卵子，“就像一棵摇钱树”。格伦·沃森说，莫纳什IVF的一位生育专家会亲自打电话给费丝，游说她再捐一次卵子。一而再，再而三。“他只会冷不防地给她打电话。”

“你觉得这样合适吗？”我问。

“不合适，”格伦马上说，“而且我觉得费丝是，嗯，她是很多人的金奖券。因为他们知道她捐了很多卵子，还都是高质量的卵子。而且只要一个电话就能说动她。”

费丝是一个不懂拒绝的人。从照片上看，她有一头笔直的金发和精致的五官：她拥有令人舒服的母性特征。她的面容年轻而亲切。“我敢肯定，”格伦说，“她接受过32或33次激素治疗。”

我停顿了一下。我翻阅过格伦好心给我看的有关费丝医疗背景的官方文件。他保留着这些文件，但他并不经常看，也不想看。“文件上说，”我小心翼翼地说，“她经历了42个周期。”

“**42次**？”格伦重复了一遍。

“是的。”我尴尬地说。

从费丝在墨尔本IVF建立的医疗档案中，你可以看到事情的一部分。有一个周期从她体内提取了6个卵子。下一个周期取卵7个。在某间澳大利亚机构接受的最后几个周期中，有一个周期她被提取了9个卵子，时年38岁：在生育游戏中这算得上是高龄了。

费丝的卵子捐赠并非都在同一家诊所实施。她主要捐给了墨尔本IVF和莫纳什IVF，维多利亚州最大的两家生育机构，她还说她的第一次捐献是在一家公立医院的门诊部进行的。但维多利亚州所有的诊所都必须将捐赠者及其捐赠情况汇报至本州主管机构，即VARTA。

鉴于捐卵过程之艰辛，要理解费丝为什么捐这么多次就有点困难了。格伦坚称，费丝在澳大利亚的捐卵行为从未得到过报酬（她还在印度捐过一次卵子，并得到了报酬）。利他主义是一回事，但42个周期的激素治疗，其中许多细节都对她自己的伴侣和其他人保密，这就让人费解了。

2003年，在捐卵整整10年之后，费丝被介绍给一位内分泌专家，因为她受到体重增加和骨盆疼痛的困扰。超声波检查显示她患有多囊卵巢（从长远来看这种疾病会增加患糖尿病、心血管疾病和子宫内膜癌的风险）。[10]但内分泌专家对她的评估报告中没有提到她正在接受促排卵的荷尔蒙刺激。事实上，这位内分泌专家似乎并不知道费丝在捐卵。相反，他对她紊乱的荷尔蒙水平感到困惑。他写道，他无法解释这些状况。[11]

毫无疑问费丝·霍是一位慷慨的女性。但仔细一想，格伦关于费丝如何从第一次捐卵中获得自我价值的描述却有一种可怕的意义。随着她继续秘密地捐赠卵子，她的行为看起来更像是上瘾——向爱你和担心你的人隐瞒的事情，能让你感觉良好一小会儿，而这一小会儿支撑着你直到你需要重复这件事。

但与烟瘾或赌瘾不同的是，每一次捐卵费丝都是在参与一个生育体系，而系统内的人们（接受她捐卵的生育诊所以及州主管机构VARTA）应当铭记她的行为，这既是为了她，也是为了她的行为可能带来的孩子们。

格伦还在消化费丝接受过42次激素治疗的事实。

“是啊，这……这太疯狂了，”格伦缓慢地说，“那是疏忽，真的。你不会这样对待一只小狗，对吧。”他停顿了一下，“说到底，他们（他指的是费丝的医生）只会说，这是她自己的选择。但这其中总得有某种照顾的义务。必须有人担起责任告诉她，不，你已经做得够多了。”

费丝·霍在2011年告诉《星期日邮报》(*Sunday Mail*)，她捐赠的卵子诞生了19个孩子，而她只给自己生过1个孩子。只有1个自己的孩子并非她所愿。[12]

几年前，在长期帮助他人组建家庭之后，费丝决定再要一个孩子，她和格伦的孩子。但后来她发现了一件事使得她突然搁置了这个计划。2007年，她去看全科医生，主诉是腹部持续疼痛和嗜睡。根据一份正式的报告，最初的扫描和检查结果显示她的肝脏上有“小面积的局灶性结节增生和一个巨大的肝腺瘤”。

这是两种不同的病症。局灶性结节增生通常无症状，没有长期后果。而另一方面，根据墨尔本肝脏专家克里斯托弗·克里斯托菲(Christopher Christophi）教授的说法，肝腺瘤“有出血、破裂等潜在的并发症，并有恶变为肝细胞癌的可能性”，而肝细胞癌是一种恶性肝脏肿瘤。肝腺瘤的形成与口服避孕药（也是捐卵过程中医生给费丝开具的处方药）和其他雌激素的使用密切相关。[13]费丝·霍的记录中引用了一位肝脏专家的话：“多个体外受精周期加上口服避孕药的使用，可能会产生基因毒性［即肝腺瘤发病的基因驱动因素］。”

然而，之后的若干检查将费丝肝脏上的大肿块诊断为局灶性结节增生。包括克里斯托菲教授在内的至少两名澳大利亚外科医生告诉费丝，切除它是不安全的，也是没有必要的。虽然局灶性结节增生是良性的，但在费丝·霍的医疗文件中，肿块被反复称为“肿瘤”，这可能有助于解释费丝接下来的行为。她想让它消失。她确信它会癌变。

“一旦我战胜了癌症，我要做的第一件事就是怀孕，”2008 年她接受《时代报》采访时说，“但我要冷冻一个胚胎，以防万一。”

费丝再也没能养育自己的孩子。

格伦说，费丝经历了很多痛苦。她肝脏上的肿块一直在扩大。她想利用栓塞技术使它缩小。她确信她需要这个手术。格伦·沃森说，她确信这个肿瘤是危及生命的。

2009 年，费丝去泰国找医生做手术。手术显然成功地缩小了部分肿瘤，她在 2010 年和 2011 年又分别前往泰国接受了两次手术。她的身体不好。2011 年有位专家指出，她有很多严重的健康问题，包括肥胖、肝功能检查结果持续异常以及肝脏肿块。

2012 年，费丝再次不顾澳大利亚外科医生的意见，在曼谷医院（Bangkok Hospital）找到一位泰国外科医生愿意帮她切除部分肿瘤。5 天之后她出院了。出院一个半星期后，费丝和格伦飞回墨尔本。他们是傍晚到达的，第二天费丝就开始呕吐。手术后才过了两个半星期，她就因肝功能衰竭等多器官功能障碍被皇家墨尔本医院（Royal Melbourne Hospital）收治。她病得很重。她在重症监护室住了几个星期，经历了几次手术，但最终于 2012 年 12 月 1 日去世，享年 42 岁。

费丝每一次去泰国做手术的决定都与澳大利亚的生育诊所没有任何关系，包括最后那个致命的手术。这些决定看起来像是一个绝望的女人的行为，事实也确实如此。但你也可以说，费丝决定四处出击寻求现成的医疗手术，是遵循了 **17 年**来捐赠卵子的模式。我找不到任何文件表明，这 17 年间曾有任何生育专家拒绝过她的捐献——或者对她说不。

在供体受孕中，有个人的选择，还有医疗上的照管义务。同样存在的还有内疚、责任、脆弱性和正面强化的力量，它们虽然未被承认但却很强大。

2007 年 8 月，不孕不育治疗管理局曾向墨尔本 IVF 发过一封关于费丝·霍和捐赠者限制的警告信。

根据维多利亚中央捐赠者登记处，截至 2007 年，费丝的卵子已经帮助组建了 9 个家庭（没有详细说明每个家庭生育了几个孩子）。“有资质的中心不得故意允许将一个人捐赠的配子用于超过 10 个家庭的后代孕育。”不孕不育治疗管理局的首席执行官路易丝·约翰逊（Louise Johnson）警告说。她还说，很有必要检查费丝是否跨州捐赠过卵子。

约翰逊提到的 9 个家庭不包括费丝自己生育抚养的女儿。如果算上她，费丝的卵子已经达到了 10 个家庭的使用上限。

不孕不育治疗管理局并没有要求墨尔本 IVF 停止使用费丝作为供体。相反，它让诊所自行决定。

“墨尔本 IVF 应当在考虑到《1995 年不孕症治疗法案》（*Infertility Treatment Act 1995*）的指导原则以及相关各方的健康和福祉的情况下，就是否使用费丝·霍作为卵子供体做出临床决定。”路易丝·约翰逊写道。

同一天，墨尔本 IVF 给费丝·霍发信，要求她完成一份法定声明。在声明中费丝宣称，除了现有的 9 个家庭——7 个经由莫纳什 IVF，2 个经由墨尔本 IVF——她的卵子没有在澳大利亚任何其他生育诊所诞生任何其他的供体受孕后代，她在澳大利亚或海外也没有任何剩余的胚胎储备。

然而，这份声明似乎没有包括《时代报》报道的费丝在某公立医院完成的第一次捐卵，那次捐赠的结果诞生了一对双胞胎女孩。如果算上这个的话，费丝已经帮助了 10 个受赠家庭。

多年后，我联系了不孕不育治疗管理局，也就是现在的 VARTA，想弄清费丝·霍捐赠的卵子最终为多少个家庭带去了多少个通过供体受孕出生的孩子，以及她在那家公立医院的捐赠是否包含在统计之中。对方答复说，他们无法向我提供这些个人信息，甚至无法找出这些信息。不过，VARTA 表示，没有任何卵子捐赠者打破过 10 个家庭的上限。

在做出法定声明 5 天后，费丝·霍签署了墨尔本 IVF 的同意书，再次捐赠卵子。

文件显示墨尔本 IVF 后来又从费丝·霍的卵巢中提取了 22 个卵子。

我向墨尔本 IVF 提出了许多有关费丝·霍的问题。对于所有问题，墨尔本 IVF 的回答都是："很遗憾，出于保密原因，我们不能就个别患者的情况发表评论。"

墨尔本 IVF 隶属于行业巨头维尔图斯健康。维尔图斯首席执行官凯特·芒宁斯（Kate Munnings）说过："我们对患者的护理和治疗结果以及我们的供体项目都十分认真负责，并引以为豪……我们致力于领导一个现代的、对社会文化负责任的供体项目。"

我也向莫纳什 IVF 提出许多关于费丝·霍的问题，其中包括他们的生育专家是否曾亲自打电话给费丝募捐。莫纳什 IVF 的回答也是："出于隐私原因，我们无法对任何个案发表评论。"莫纳什 IVF 还补充道："我们的一切行为都是以我们的患者以及所有通过辅助生殖技术出生的孩子的安全和福祉为重。这符合我们所遵守的严格的立法和监管准则。"

第二十六章

今天，世界上无论富有还是贫穷的国家都有无数的精子、卵子和胚胎捐赠者。广告和媒体把捐赠者描述为礼物赠予者。如果捐赠者是女性，她们通常也会被誉为“天使”（尽管是拥有正常生殖系统的天使）。

但是，如果说媒体仍然很少报道因供体受孕而出生的成年人（一个因供体受孕而出生的成年人，接受采访时背景中没有父母的身影）的声音，那么请想一想，你从那许许多多的捐赠者那里又听到过多少消息呢？尽管他们人数众多，但你是否听见过他们中的任何一个人说后悔吗？或者说他们对自己达成的交易不是百分之百的满意？

如果没有：你真的相信他们每一个人都没事吗？

2014 年，悉尼一位名叫娜塔莉·帕克（Natalie Parker）的女士偶然观看了以劳伦、娜蕾和我为主角的那两集《澳大利亚故事》。她一直在酝酿一个重大决定，而她现在告诉我，是我们的节目让她下定了决心。

我只能说这是我的行为带来的完全无法预料的后果。听她这么说，我感到非常震惊。

娜塔莉·帕克和她的丈夫曾经通过体外受精生下了他们的亲生孩子——2 个男孩，并最终剩下 3 个胚胎没有使用。他们不想再要更多的孩子了。娜塔莉发现自己陷入了全世界许多夫妇都会遇到的伦理窘境。

“我们培育这些胚胎的目的是让它们成为我们的孩子，”她在电话中告诉我，“那现在我们是要毁掉它们，还是仍然给它们生命的机会？”[1]

大约就在娜塔莉思考的同时，我表姐也问了我同样的问题。我现在已经知道如果按血缘定义，她并不是我的表姐。她是我（社会）爸爸的侄女。在《澳大利亚故事》播出之前我打电话预告她，最重要的是我想先亲口告诉她真相。在我成长过程中，在我所有的表姐妹中，我最崇拜的就是她和她的姐姐。小女孩总是崇拜大女孩们。有趣的是，事实证明，她们是唯一和我没有血缘关系的表姐妹。

她的反应正是我所期望的。“你当然是我表妹，”她惊呼道，“你永远都是。”我们都流泪了。她告诉我这并不重要。然后，猝不及防地就发生了一件我意想不到的事。很多时候当我告诉人们我所看到的生育行业的黑暗真相时，他们也会给出同样的反馈。这种情况发生之频繁已到了令人不安的程度。

我表姐和她丈夫也是通过体外受精才得到自己的亲生孩子的。在治疗结束时，他们也有剩余的未使用的胚胎储备。而他们对随之而来的情感风暴毫无准备。他们面临和娜塔莉一样的选择：捐出去抑或销毁。但我表姐和她丈夫多年来一直选择了第三种令人痛苦的方案：每年向生育诊所支付一大笔钱，继续储存胚胎，这样他们就不必作出决定。然而每到年底，他们都知道这个问题并没有消失。

我表姐去的那家诊所规定胚胎存储最长期限为 10 年。10 年后，诊所将根据自己的政策自动将胚胎销毁。我表姐和她丈夫倾向于默认到期销毁的结果。这将花费他们一大笔钱。但如此一来就无需他们做决定了。他们会持续向生育诊所支付 10 年的费用，只为了避免抉择时意想不到的痛苦。但是我表姐问我是不是觉得他们应该捐出去。

“唉，”我无奈地说（这出乎我的意料），“根据我了解到的有关自己身世的一切情况，我只能告诉你我的感受：不要把你的遗传物质给别人。”我的意思是：不要把你的孩子送人。

她低声说：“我也是这么想的。”

娜塔莉·帕克的丈夫则完全赞成捐赠他们多余的胚胎。

“我先生不像我那样投入感情，而且他情商也不太高，”她坦率地告诉我，“他非常支持捐献，给别人一个组建家庭的机会。”他就是这样看待这个选择的：在帮助别人和不帮助别人之间做出选择。娜塔莉则认为事情没那么简单。

但她对胚胎的需求量是有所了解的。她曾在《悉尼先驱晨报》上读到一篇文章，介绍了澳大利亚未经使用的胚胎存储量。[2]它指出，任何一年都有大约12万个胚胎被储存起来。文章援引一位学者的话说，据他估计，这些胚胎中多达30%最终不会被使用。（在文章的最后，澳大利亚生育协会的负责人反驳了30%这个数字，他说随着时间的推移，只有5%的胚胎最终会被培育胚胎的夫妇闲置。）

12万的胚胎储存量以及（据称）高达30%的废弃率令人震惊，但这并不是这篇报道的重点。重头戏在于那位学者提出的一个激进的解决方案：“针对诊所冷冻柜中成千上万个无人问津的胚胎，有一项建议提出，如果准父母们承诺将部分胚胎捐赠给他人，他们就可以获得生育治疗的优惠价格。”

上帝啊，我边读娜塔莉发给我的文章边想。这是个典型的例子，能够说明辅助生殖技术是如何在未经深思熟虑或未经讨论的情况下冲破所有社会规范的，然后——为了“纠正”这种情况——它的啦啦队火速摇旗呐喊，更加剧了这种破坏。

如果人们同意把自己的孩子卖掉就可以享受生育治疗的费用折扣，我们暂且不谈这其中可疑的伦理问题——就像现代的侏儒怪①一

① 指格林童话中的坏侏儒朗普斯金（Rumpelstiltskin），它与磨坊主的女儿做交易，教她如何把麦秆纺成金线，作为回报，它要求磨坊主的女儿把自己的第一个孩子给它。

样——也不谈由此产生的法律问题，包括人体组织交易的概念，而这是被澳大利亚《人体组织法》和反人口贩运法所禁止的。冷静的反应是**为什么**？为什么会有这么多没有使用的胚胎？

我们是否对生育领域的部分患者进行了过度治疗——就异性恋夫妻而言，他们或许根本不需要接受昂贵的体外受精？我们是否应该让一些人转而选择干预程度较低的方案？

生育行业资深医生罗伯·诺曼就秉持这样的观点。2013 年，超过 3.3 万名澳大利亚妇女有过一个生育治疗周期。当我在 2016 年采访他时，诺曼教授告诉我，这些女性中有很大一部分本可以不采用体外受精，而是通过更简单、更便宜、创伤更小的方法怀孕。“我认为有些人做了不该做的体外受精，”他说，“我估计可能有 40%到 50%的人无需体外受精就能怀孕，他们可以通过了解自己的生育窗口期、正确跟踪自己的生理周期、减肥和［做］运动或促排卵来实现怀孕。”

他说，在澳大利亚，体重是排在年龄之后的影响男女生育能力的第二号因素。

对于那些最终接受体外受精的人来说，我们是否制造了太多的胚胎？莫纳什大学妇产科学系的循证女性保健研究小组负责人本·莫尔（Ben Mol）说，接下来要问的是：如果要做体外受精，那么究竟应该培育多少胚胎，以及医生们该以多大的力度刺激女性的卵巢？

在这之后还有更多的问题接踵而至。我们是否提醒过患者培育出过多的胚胎所造成的风险，或让他们做好准备，在生下他们想要数量的孩子后，他们可能会发现自己正面临着或许是一生中最艰难的道德困境？

最后，不孕不育诊所是否年复一年地从患者夫妻们的情感痛苦中获利，从而导致大量永远不会被使用的胚胎被储存着？毫无疑问，问题是系统性的。解决的办法不是建立一个交易站，用胚胎换取生育治疗折扣券。

娜塔莉是在《悉尼先驱晨报》上读到这篇关于胚胎存储量的文章。她注意到的不是提供更便宜的生育治疗，因为毕竟她已经不再需要了，她注意到的是未使用胚胎的数量以及这是何等浪费的信息，还有急于接受捐赠的夫妻是如何的悲伤。随后，她在《澳大利亚故事》上看到了我和我的朋友们。

她在电话里对我说："《澳大利亚故事》播出后，我想，只要我们维持开放的关系并且［所有用捐出去的胚胎生出的］孩子都将知道他们来自哪里，然后理论上，只要你勾选了所有选项就好了，因为你给了那个潜在的生命一个出生的机会，你明白我的意思吗?"我感到震惊和意外。这真的不是我希望节目传达的信息。

"我们决定最好［与孩子］建立一种半开放的关系，这样他们在成长过程中就会知道身世，而不是以后受到冲击。"娜塔莉解释说。她说得没错。但我公开我的遭遇并不是为了鼓励更多人采用供体受孕。我告诉自己，停一下，把它放在一边。这不重要。这只是当时的情况。更重要的是，娜塔莉在那之后经历了很多。她现在生活在一种怪异而痛苦的现实中，这是任何人都不应该承受的。一旦你创造了某种东西——胚胎或故事——它们就会拥有自己的生命。

2014 年 8 月，就在《澳大利亚故事》纪录片的上集播出 2 天后，娜塔莉·帕克在上网冲浪时发现了一个名为"胚胎捐赠网络"(Embryo Donation Network) 的网站。那是一家位于悉尼的小型注册慈善机构（抵税状态：否)。[3]其网站设计采用蓝色、绿色和紫色等柔和色调，并莫名其妙地配有大量鲜花和林间小道的照片。"胚胎捐赠网络"通过提供服务来募集资金：它的服务包括信息资源（似乎包含其他网站的链接)、回复用户可能提出的任何问题的电子邮件地址、访问封闭式脸书群组的权限（在群里你可以"认识其他境遇相似之人"），以及——至关重要的——一个分类广告页面。胚胎分类广告。本质上，这是一个婴儿交换场所。

那个网站上有一则广告引起了娜塔莉·帕克的注意。安娜（并非真名）和她丈夫正在寻求胚胎捐赠。安娜的广告听起来“积极、乐观、真诚”，娜塔莉说。“我很确定她提到她和丈夫愿意在未来保持联系……她把她丈夫描述成‘脖子上挂着酒桶在雪地里行走的圣伯纳犬’，把她自己描述成‘吉娃娃’——也许是因为我对狗情有独钟吧。”

是什么让你与一个陌生人在特定的某天产生共鸣，而不是另外一天？你的心情、某个字眼、他们提到了狗狗。或许那个网站上的每个人都喜欢狗，但不是每个人都这么说。

“这有点像对约会广告的反应。”娜塔莉说。

我浏览了“胚胎捐赠网络”上的分类广告。“我们建议您在使用分类信息之前，就胚胎捐赠问题寻求独立的不孕不育咨询，以及法律和医疗建议。”网站上这样说。随后是一些简短的说明和一个“捐赠”按钮——不是捐赠胚胎，而是向“胚胎捐赠网络”捐钱：银行转账、Paypal、VISA 卡和万事达卡均可接受。

作为婴儿行业产物的我，浏览这样的网站会感到毛骨悚然。不出所料，所有内容都是关于父母的，包括准父母和亲生父母：几乎没有任何内容是关于所生育的孩子的。与生育行业其他领域一样，被创造出来的真实的人类被排除在讨论之外。胚胎捐赠者们可能认为他们在“做正确的事”。问题是，他们是在为其他成年人，而且是陌生人，做正确的事。这并不是为了他们自己的孩子。要想为可能产生的孩子做正确的事，首先必须把**孩子们的**福祉和最大利益放在首位。说到这，希望人们好好想想为什么要在网上给自己的孩子打广告。

“胚胎捐赠网络”上的一些分类广告读起来就像给小猫小狗打的广告。“我和妻子有 5 个冷冻胚胎，希望捐给一个好人家。我们都是白种人，身强体健，没有健康问题。我们用这同一批冷冻胚胎所生的 2 个孩子分别为 8 岁和 4 岁，而且健康状况良好，聪明又漂亮！”长得好看的白人小孩要找个好家庭，做好收件箱被挤爆的准备吧。其他广告比较简短，并引起我的疑问：“胚胎在南非。我们希望捐赠给附近的某个家庭。胚胎将被运往另一个国家，供该家庭进行体外受精。”为什么？是澳大利亚的医疗水准太高了吗？一些广告突出了有趣的“卖点”：“这孩子将是个混血儿！”另一则：“我们在全球各地旅行……如果我们认为您符合我们的要求，我们会与您联系。”在我访问该网站那天，分类广告总计 17 条，其中只有 3 条要求让孩子的亲生父母知道孩子的情况。

进一步的安排是通过双方私下联系进行的，但不难想象在某些情况下，钱款是会转手的——也包括人体组织本身。在网站的常见问题页面上写道：“在澳大利亚，用金钱交换身体部位（包括器官、精子、卵子和胚胎）是违法的。不过，捐赠过程中产生的所有费用通常由受赠方支付。”谁知道“费用”是如何定义的？谁知道这些费用是如何细分的？毫无疑问的是，这种一对一的交易并没有受到监管。

在“胚胎捐赠网络”的分类信息中看到安娜的广告后，娜塔莉·帕克决定与她取得联系。她给安娜发了一封电子邮件：“我在胚胎捐赠网络的分类广告上找到您的联系方式和广告。在告诉您我的整个故事之前，我想我应该问一下您是否还在寻找胚胎？……我想了解一下您和您丈夫的情况。”

安娜当天就回了信。她给娜塔莉发了一份她的“简介”——她填写的一份 IVF 澳洲的问卷，目的是希望能被列入他们的等候捐赠名单。婚姻状况：婚姻幸福，“异性恋”；没有孩子，“但不会放弃……”；从事的运动：体操（20 年），障碍赛跑，全能型运动健将；“在各种慈善活动当志愿者”；最喜欢的食物：三文鱼和家常菜，巧克力，附带一个笑脸符号——不讨人厌的个性痕迹；主要优点：永不放弃。安娜说她尝试了 8 年都没能成功怀孕，曾用过自己的和（大概是）她丈夫的遗传物质以及一轮捐赠精子。在“您是否愿意与配子或胚胎的捐赠者或捐赠者的子女保持联系或交换信息”这一问题下，安娜同时勾选了“愿意，直接联系”和“愿意，通过诊所”。

最后，安娜在“个人留言”下写道：“您的胚胎将永远感受到被需要和被爱。我愿意跋山涉水，竭尽所能以确保他们在生命中的每一天都幸福快乐。谢谢［笑脸］。”

首次联系后过了2天，娜塔莉又给安娜发了一封电子邮件：“我们很高兴来悉尼预约医生和咨询服务……看起来一切已经开始了，这让人既兴奋又有点紧张！”安娜再次立刻回复：“哇，我简直不敢相信。我太太太激动了。有什么需要我做的尽管告诉我。我现在正收拾行李准备去巴厘岛……我可以根据你的时间来安排。需要我做什么尽管开口。娜塔莉，我非常敬佩你所做的一切。再次感谢你。你让我们太太太高兴了。我现在觉得自己很幸福。”

“我很难不沉浸在兴奋之中。”娜塔莉现在告诉我。她形容安娜的语言为“迷人”：“她很讨人喜欢。”他们通过IVF澳洲完成了整个过程，其中包括一次联合咨询，2对夫妻在这次咨询中首次见面。“他们看起来真的很好很真诚，”娜塔莉说，“在联合咨询中她说的话都很对，恰到好处，为了达到她的目的。”娜塔莉和她丈夫必须做血液检查，费用为140澳元，这笔钱需由受赠方支付。“这有点尴尬，”她说，没有其他费用，“我不知道［安娜和她丈夫向IVF澳洲］支付了多少费用，但我猜这是他们‘捐赠套餐’的一部分。”

在按部就班办理胚胎捐赠手续的同时，娜塔莉和丈夫还在处理生活中另一项重大变故——他们带着2个儿子搬到了另一个州。安娜的邮件一直没断过，语言依旧“迷人”，但也有点无休无止。娜塔莉开始对整件事有些疑虑。

“［安娜］态度很强势，如果我不马上回复她就会反复地联系我，那时我就此与一位咨询师讨论过，我有点不确定，因为这毕竟是个重大的决定，”娜塔莉说，“咨询师告诉我：‘在真正移植胚胎之前你随时可以退出’。我跟丈夫说：‘我们应该继续吗？’而他说：‘我们现在不能退出，我们让他们燃起了希望。’”

先是奉承，后是内疚：供体受孕过程中的两种强烈情感，却被医生们忽视，也不被法规认可。但在娜塔莉的个案以及其他许多人的情况中，正是这两股力量使整个过程得以进行。

娜塔莉说，在联合咨询中她被告知，最坏的情况下她也会在孩子（她和丈夫的亲生孩子）出生时得到通知。这是娜塔莉所期望的最起码的联系。捐赠 2 个胚胎的事情继续推进，胚胎于 2014 年底被移交给安娜和她的丈夫。

来自安娜的电子邮件从源源不断变成无影无踪。

娜塔莉说，捐赠完成后“我们就再也没有她的消息了”。这似乎很奇怪，但对患者来说，生育治疗是一个影响深远的过程。娜塔莉确实做过小心的尝试。“我问她情况怎么样，她没有回复，”娜塔莉说，“我有自己的生活，我就没去想这件事。”直到 12 个月后，她接到了诊所打来的一个非常公事化的电话。

“他们说她移植了 2 个胚胎，但都没有成功。而［我们］还剩下第三个胚胎，问我想怎么处理它。”娜塔莉说。显然，安娜已经告诉诊所她不想用这最后一个胚胎再做尝试。“我觉得这真的很奇怪，因为她是那么渴望拥有一个孩子。我想知道她为什么就这样放弃了。”

于是娜塔莉在脸书上找到了安娜的账号。令她惊恐的是，她还发现了另一个人的照片。

第二十七章

娜塔莉瞪着安娜的脸书页面。那里有张非常熟悉的面孔也在回望着她。

“照片里有个小孩子，应该是在我捐赠的差不多时间怀上的，”娜塔莉说，“他长得很像我的小儿子雨果。”她立即致电 IVF 澳洲。“我说，发生了什么事，她回来验血了吗？他们说没有，她出血了，所以没有回来。”

对娜塔莉来说，这显然是个谎言。移植并没有失败。她的一个胚胎已经成功移植给了安娜。安娜就这样切断了与 IVF 澳洲的所有联系，以另一个孕妇的身份进入了医疗系统。委托父母可以随时从生育诊所的雷达上消失，诊所也不会对他们进行跟踪。这就是为什么没有人知道这个国家因供体受孕而出生者的确切数字，更不知道我们都是谁的原因之一。

“没有按照程序来是不对的，”娜塔莉现在说，“我打电话给 IVF 澳洲告诉他们发生了什么，他们让彼得·伊林沃思给我回了电话。他说‘看来她没有向任何人透露这件事，这令她自己陷于不义之中’，然后我跟他说‘我真的很担心其他人也遇到过这种情况’，而他说‘据我所知这种情况以前从未发生过’。”这样的回答没有让娜塔莉感到安慰。“我说我刚刚通过脸书发现的，而他的态度高高在上，让我感觉他在拍拍我的头。”

我向 IVF 澳洲的母公司维尔图斯健康询问这是否准确反映了娜塔莉·帕克和彼得·伊林沃思之间的对话，以及他们的诊所以前是否发生过这种情况，还有他们对娜塔莉·帕克的个案是否有任何评论。

他们在一份声明中回答说，医生有义务为病人保密。“由于我们有责任照顾每一位当事人，因此我们不便发表任何公开评论。”

现在被安娜冒充为自己孩子的那个宝宝，从生物学角度来看百分百是娜塔莉和她丈夫的孩子。

“你认为她偷走了你们的孩子？”我问道。娜塔莉觉得这个问题有点直白，答案也比较复杂，但从本质上来说，是的。“这有点像是当你走进一家商店，无论买了什么你都必须付钱——我并不是说整件事应该像逛商店一样。”她回答说，“但条件是她必须遵照要求做。所以，如果细说起来这种做法就像偷东西一样。”

最起码，根据新南威尔士州的法律，这个婴儿应该在本州的“中央登记册”上登记，并且娜塔莉和她的丈夫也应该被登记为捐赠者。这些要求不会让安娜和她的伴侣付出任何代价，却能给孩子带来巨大的好处：获得亲生的第二对父母，以及由此带来的所有重要保护。

但这一切都没有发生。是对受捐父母的要求过于繁重，还是仅仅因为撒谎更容易？这是一种可怕的欺骗。由此造成的伤害不仅针对宝宝本身。娜塔莉说：“这很难受。”她仍然可以在脸书上目睹那个宝宝（现在已是名幼儿）的成长。她知道安娜住在哪里。“我丈夫说，哦好吧，我们知道他的名字，等他年满 18 岁，我们就可以去找他。而我的态度是不！事情不该是这样的！他需要在成长过程中知道自己的身世。”娜塔莉也很担心她的 2 个儿子，他们知道自己有个弟弟，但却不能联系或见到他。她坦言：“我不太确定随着他们的成长，在这件事上我该如何给他们提供支持。”我能理解她的担忧。对于父母，这是一个非常痛苦的难题。

娜塔莉拥有的精力和决心令人印象深刻。“事情刚发生的时候，我感觉自己受到了极大的侵犯，”她说，“于是我决定要让这一切产生好的结果。”

在意识到自己第三个孩子的存在后，娜塔莉便开始行动起来。她写信给政府，并向媒体发声。娜塔莉告诉《悉尼先驱晨报》，安娜有“生育渴望”，这是一个在生育行业流传的术语。它是一个耐人寻味的短语，听起来就像一个适合上千名博士研究的课题。但是“生育渴望”又是一种委婉的说法，把一切都归结为父母的欲望。更准确的描述是“胚胎盗窃”。像“生育渴望”这样软绵绵的粉红的词汇只是提供了一个借口。而发生的这一切是不可原谅的。这是偷窃孩子。

娜塔莉不明白，安娜隐瞒怀孕的做法是如何逃脱法律责任的。“我只是想堵住新南威尔士州的这个漏洞，这样以后就不会再发生这种事了。”她说。她指的是监管的缺失，使得委托父母能在治疗后销声匿迹，即使在所谓的法律保护措施出台后也并没有规定强制诊所进行后续跟踪，不知道有多少因供体受孕而出生的孩子因此没有被记录在案。新南威尔士州终于在 2010 年出台了法律，规定 2010 年之后的捐赠者不能再匿名。他们的身份信息应该被记录在中央登记册上，一旦他们的供体产生的子女年满 18 岁就可以查阅这些信息。然而，整个系统仍然依赖于委托父母们要首先将真相告诉他们的子女。正如我此前所讨论的，对许多人来说这种情况是少数。

于是，娜塔莉写信给当时的新南威尔士州卫生部长吉莉安·斯金纳。新南威尔士州政府那时正在考虑修订《2007 年辅助生殖技术法案》，在此之前，州政府曾就供体受孕问题举行过 2 次议会调查，而我曾向调查委员会讲述我的故事。

“感谢您分享您通过 IVF 澳洲捐赠胚胎的经历，”卫生部长斯金纳在给娜塔莉的回信中说，“卫生部也将考虑各种方案，以解决您提出的与现行制度中可能存在的漏洞相关的问题。”[1]

娜塔莉·帕克还将发生的事情告知了中央登记处，告诉他们她的第 3 个亲生孩子应该作为因供体受孕而生的孩子被登记在册——而且按照法律规定，她和她丈夫也应该作为捐赠者记录在案。卫生部下属法律与监管服务处的监管与合规科开始对此展开调查。

2018 年临近年底时，新南威尔士州政府提出了一项《2007 年辅助生殖技术法案》的修正案。他们听取了娜塔莉的情况并作出了回应。由于发生娜塔莉的个案，从那时起，生育诊所和从业人员必须收集有关供体受孕治疗结果的信息。此外，对于辅助生殖技术提供者的信息收集要求，如果有人提供虚假信息也将构成犯罪：也就是说，如果假装不孕不育治疗无效，也将构成犯罪。

娜塔莉告诉我，她的案件终于有了正式裁决。州政府认定娜塔莉那可怕的怀疑是正确的：安娜在失联后所生的孩子确实是娜塔莉和她丈夫生物学意义上的孩子。2020 年 3 月，监管与合规科主任给娜塔莉写了一封信："我确信，一名女性使用您和您丈夫捐赠的胚胎在接受辅助生殖治疗之后，于［×年×月×日］产下一名男婴……我建议在辅助生殖技术中央登记册中记录这名婴儿出生的详细信息。"

主任说，这一决定意味着这个男孩的全名和出生日期将被登记在册，同时被登记的还有生母安娜和她丈夫的详细资料，捐赠者娜塔莉·帕克及其丈夫的详细资料，以及娜塔莉的 2 个儿子的性别与出生年份。"这样做的目的……是为了确保因供体受孕而出生的孩子在年满 18 岁时能够找到他们血缘父母的详细信息。"

娜塔莉致电监管与合规科进行了跟进。她说她得到了口头确认，这个男孩——她的生物学儿子——最终将在未来几天内被添加到记录因供体受孕而出生儿童的中央登记册上。

"我们没办法知道［安娜］是否会告诉［这孩子］他已被列入中央登记册，但至少如果他想查找的话，这些信息是存在的。"娜塔莉说。

比较一下我们俩的遭遇。因供体受孕而出生的我，花了数年时间与新南威尔士州的政客和官僚会面，向他们讲述我的故事，揭露一家公立医院存在的系统性问题，这些问题影响了数十个甚至更多的儿童和家庭，迫使官方展开调查。系统性问题的存在没有争议。但没有人被追究责任，也没有任何补救措施。

作为一名家长和捐赠者，娜塔莉讲述了自己的故事，揭露了一个严重的问题，但事实证明，这个问题只影响了一个孩子。一个月后，她收到了来自卫生部长的亲笔信，信中承诺将考虑弥补“系统漏洞”的方案。她的个人问题得到了解决，并成功地改变了州法律。

2018 年颁布的修正案据说是在我参与的 2 次议会调查之后提出的。它们解决了娜塔莉的处境，却完全忽视了我的处境，以及议会调查委员会针对因供体受孕出生者的困境提出的建议。修正案中的任何内容都无法防止 20 号门诊的行为再次发生。

为什么州政府愿意听取一位家长的意见，却不听取这个行业的产物的意见？

我又回到利益动机上。生育行业游说了政府，而州政府也有自己的生育诊所。显然，捐赠者是供体受孕的关键，从某种程度上说他们对整个行业的其他环节来说也是关键，无论是公立还是私人诊所。没有捐赠者就没有供体受孕，因而也就没有了在穷尽其他治疗方案之后诊所能够推销的最终生育保障措施：没有快乐的捐赠者，就没有他们可以推销的终极解决方案。

公开表达不满的捐赠者会威胁到一切。他们会让整个生育行业以及声称监督该行业的政府形象难堪。你可以将因供体受孕而出生的孩子当作“儿童”打发，你也可以对因供体受孕而出生的成年人“愤怒的”或“受伤的”情绪嗤之以鼻。而他们的确是这样做的。但必须让捐赠者满意。

另一方面，因供体受孕而出生者并不代表任何盈利活动。相反，我们代表着经济成本以及声誉风险。维护我们的记录会产生财务成本。无论你是来自生育行业还是卫生部门，应付我们以及我们恼人的询问都会有时间成本，以及随之而来的金钱成本。

对于私营和公立系统来说，维护因供体受孕而出生者的家庭人权会带来真正的风险，因为它涉及真相。有确凿证据表明，过去和现在为制造我们而做的许多事情都是相当不光彩的。如果其中某个细节让真正的相关人员感到不安怎么办？那会是公共关系的噩梦。

因此，因供体受孕而出生者最好被忽略。

但这也并不意味着每个人都会听取捐赠者的意见。当娜塔莉投诉时，政府可能采取了行动，但她说胚胎捐赠界的其他人却用手堵住耳朵装聋作哑，甚至是那些在娜塔莉的困境中占有一席之地的人。

“我曾联系过‘胚胎捐赠网络’，”她告诉我，“我对他们的印象不太好。”娜塔莉曾经在该网站的在线支持小组中发布了所发生的事情，所以她说“他们当然知情”。“然而，当我正式发邮件告诉他们发生了什么事时，他们只是表达了同情并说，他们也提倡为捐赠者和因供体受孕而出生的个人提供更有力的支持。”娜塔莉质问他们这种提倡具体指什么。“我向他们明确指出，提供‘分类广告’服务是将这些潜在的生命视为商品……［而且］他们不应该在没有立法的州和领地推广胚胎捐赠。我不记得他们是怎么回答的了——反正他们没有停止这些做法。”

我通过电子邮件向“胚胎捐赠网络”提出了一些关于娜塔莉·帕克的问题。我问该网站，鉴于娜塔莉的胚胎捐赠是通过其分类信息系统匹配的，他们是否对娜塔莉胚胎的遭遇承担任何责任。

“胚胎捐赠网络”回答说：“我们非常感谢娜塔莉能够为我们网站记录她的故事，因为这有利于帮助潜在捐赠者在充分了解情况的前提下为其胚胎作出选择。我们期待与娜塔莉在未来继续合作，努力为胚胎捐赠过程提供更好的保护，并最终为捐赠产生的因供体受孕而出生的孩子们提供更好的保护。”[2]

娜塔莉对“胚胎捐赠网络”的观感自然也已经改变：现在，当她翻阅该网站的分类信息版块时，她看到了截然不同的东西——将潜在的生命商品化。

“我真的不喜欢这样，”她说，“人们点开那个网站之前没有做过任何适当的咨询。他们可以发布任何他们想发布的东西，让它看起来光鲜亮丽，但背后却没有实质内容。”

如今，看到那些支持供体受孕的报道，娜塔莉的反应与许多因供体受孕而出生者是一样的，可以说是“一点就炸”。“最近电视上又播出一个故事，”她补充道，“另一期《澳大利亚故事》。讲的是一个人把胚胎捐给了别人，于是他们如何变成一个幸福的大家庭。现在当我看到这样的事情时，我只觉得反感难堪。”

自从报道了劳伦、娜蕾和我的故事后，《澳大利亚故事》又陆续制作了几期关于“生育行业”的节目，都是正面的，而且大多是迎合特定受众的。（这并非《澳大利亚故事》的独家行为。似乎没有一家媒体能抵挡住快乐父母故事的诱惑。）有一期讲述了一名单身女性借助匿名捐赠的精子生下孩子之后，她找到了这位捐赠者，两人之间产生了性的吸引，一拍即合，开启了现实生活中的亲密关系。“真的有点像童话故事。”这名女士的母亲说。[3]我对此的想法大多不宜刊印，但我确实好奇这位精子捐赠者是否关心过那些没有和他发生性关系的女性借助他的精子所生下的孩子们。

还有一期讲的是一名单身女性飞到美国，利用捐精和捐卵培育了一大批共计 26 个胚胎（“我之所以选择圣地亚哥是因为他们提供退款保证。”），生了一个女儿，然后决定把其余胚胎全部送人。尽管这些胚胎与她没有任何血缘关系，但她仍然有权处理它们——因为她付过钱了。[4]

《澳大利亚故事》详细介绍了这名女性的宏伟计划：只把胚胎送给那些愿意让所生的子女和她的女儿做兄弟姐妹并一起长大的人，她的想法是为自己的女儿创造一个“村庄”。这也许是溺爱独生子女的一种新形式吧。

还有娜塔莉在电话里提到的那一期。讲述的是一对不孕不育的夫妻与一对拥有“备用”胚胎的夫妻协商胚胎移植的故事。诡异的是，这一期的名字叫“完美的陌生人”。[5]

“亨利是成功的胚胎捐赠的代言人，”在新生儿亨利的巨幅特写镜头上，《澳大利亚故事》的标题猛然浮现。成功与重要之处在于，拍摄“完美的陌生人”时所有成年人都相处融洽而愉快。

“小亨利出现在我们的生活中令我如此激动，完全沉浸在爱的泡沫中。”受捐母亲在亨利出生时如是说。

“这是送给他们［另一对夫妻］的礼物，因为你们经历了这么多。这是你们应得的。我们可以免费把它送给你们。”捐赠胚胎的母亲对受捐夫妻俩说。

在“完美的陌生人”中，捐赠胚胎的夫妻俩在亨利出生后不久到医院探望受捐夫妻。捐赠者带来了他们自己的孩子，也就是亨利的同父同母兄弟姐妹。

“抱着他的感觉非常棒，孩子们也非常喜欢他。”亨利的生父说。

亨利的生母坚定地说：“我从不认为这是我的孩子。我们并不是轻易地做出捐赠的决定。一旦我们决定，那就是它了。而且它是最终的决定。”

娜塔莉在家里看着电视上播放“完美的陌生人”时感到很吃惊。“有些观众可能会觉得它很好看，”她现在说，“但归根结底，那只是说说而已。”她的亲身经历让她明白这些情况变化起来能有多快，以及成年人之间的约定有多么不牢靠。

我也感到惊骇，但原因不同。如果你是捐赠者，你就无权决定“这不是你的孩子”。如果那是你的生物学孩子，就永远是你的孩子。至于这一点有多重要或多不重要，并不是由你来决定的。你没有权利随意安排他们的生活、人性和情感。是你造就了他们。作为他们的血缘父母，你永远都有责任。生物学是永恒的，无法被抹去。如果你不明白这一点，你一开始就不应该捐赠。

我的意思是，亨利的父母是谁只能由亨利自己决定。（尽管没有十足的保证，但我假设亨利的父母会继续诚实地告诉他，他是如何被怀上以及如何出生的。）无论亨利是决定自己有双亲，还是有 4 位父母，抑或是想摆脱他们，这都是他自己的选择。他会及时做出选择的。而且终其一生，只要他想，无论多少次他都可以改变自己的决定。

在亨利还在襁褓中时就庆祝亲子关系成功转移，这似乎也为时过早。

娜塔莉 · 帕克没有得到圆满的结局：现实生活不是这样的。现在已经通过了法律修正案，希望还是有的。她希望发生在自己家人身上的事情不会再发生在其他人身上。

但对于娜塔莉来说，还有一个痛苦的决定。

娜塔莉还有一个储存着的胚胎，她仍旧面临着同样的窘境。

“我肯定不想捐了它，除非有更多的规定确保这个可能产生的孩子会被中央登记处记录在案。”她说。尽管她已经实现了这一改变，而且修正案现在已经成为法律，但她还没有采取任何行动。

“我不知道。我还没有决定。”

信任，一旦被彻底破坏，就很难恢复。

第二十八章

我小的时候总是渴望有兄弟姐妹。有好几次我试图声称我最好的闺蜜是我的姐妹，或者隔壁家的孩子是我的兄弟。毕竟，我们是如此相似：我们都有秘密、宝藏、玩具小屋以及一整个错综复杂的虚构世界。每次我都会满怀希望地想，一件事也许说够多次就会成真。

有一次，丽贝卡和我去见国家党国会议员约翰·巴里拉罗，讨论皇家北岸医院的问题。丽贝卡发现她的捐赠者代码也被销毁了。我很高兴她陪我一起去。皇家北岸医院承认发生代码销毁是一回事，但政治家会见多个活生生的受害者是另一回事。

会面结束后，丽贝卡和我在阳光下走向火车站。我们开玩笑说刚才的会面很松弛。穿过马丁广场（Martin Place）时，我们俩在同一时刻分别从各自挎在肩上的藏青色手提包里拿出一支润唇膏涂上。然后我们面面相觑，有点慌。我们的润唇膏甚至是同一个牌子的同一款。

很有趣的情形，但仅仅是巧合。在“正常”的友谊情景中我很可能不会注意到这一点。

哪种情况更糟糕：有关你基因来源的记录上被故意挖洞，还是完全没有记录?

除了丽贝卡，我在新南威尔士州因供体受孕出生者支持小组结识的另一位最亲密的朋友是佐伊（Zoë）女士。佐伊也和我同岁。创造佐伊生命的是从业已有数十年的生育专家大卫·麦考特（David

Macourt）医生。他是悉尼南郊赫斯特维尔（Hurstville）一家私人不孕不育诊所的唯一负责人。这是一家很有名气的诊所。

20 世纪 80 年代，佐伊的父母拜访麦考特医生，希望他能帮助他们怀上孩子。“我的父母那时候还没有结婚，”佐伊说，“所以他们没有资格参加［公立］医院的供体受孕项目。”

而大卫·麦考特对受助者没有任何这样的限制。佐伊说，这种态度贯穿于他的许多工作领域。“他的标准比较宽松。更像是‘你想要个孩子，好吧，我们可以帮你’。”佐伊说，“我想［我的父母］可能知道他比其他医生更大胆。”

佐伊发现了一份她父母在麦考特诊所接受治疗期间的神秘的早期文件：她父母在怀上佐伊之前签署的一份表格。表格上没有任何关于麦考特将如何创造佐伊的细节，但有一条非常突出。

“如果孩子生出来是另一个种族，他们不会追究他的责任。”佐伊实事求是地说。毫不夸张地说，当她看到这句话时着实被吓了一跳。“这读起来就很奇怪。看到这样的条款，把它视为一笔交易，这都很古怪。”

这是件需要消化的很奇怪的事情。

“对我来说，”佐伊说，“这让我感觉他知道自己的记录保存工作做得不太好。”

尽管她千方百计地努力，那份“非白种婴儿免责协议”几乎就是佐伊能找到的关于她如何被怀上的所有文件。

佐伊的父母是在她成年后不久让她了解自己身世的。那是她大学一年级结束后的暑假。一天晚饭后，她的父母表示有事情要告诉她。“我的心沉了下去，因为这听起来就不太妙。”她已不记得他们的确切用词。

“但我确实记得当时的感觉就像地毯被从我脚下扯走了一样，因为这实在是太不真实了。”她回忆道。对佐伊来说，真相完全出乎她的意料，并让她很受伤。“我和父母的关系一直很好。我一直认为他们对我非常开诚布公。我没觉得他们隐瞒了什么。结果他们隐藏了这么大的一个秘密，是关乎我是谁的根本。我简直不敢相信他们隐瞒了它。我记得我当时泪流满面。”

佐伊的父母解释说，从来没找到一个“好时机”告诉她真相，对此佐伊也表示理解。但是，我们理解别人的立场不代表认同他们。在随后的几个星期里，“我和爸爸一起做了 DNA 测试，”佐伊说，“只是以防万一。”万一这一切都是一个可怕的错误；万一麦考特的治疗没有奏效而她的父母还是自然受孕了。

“和自己的爸爸一起做 DNA 测试是什么感觉？”我问她。

“很难过，”她慢慢地回答，“得到结果……很难过。”真相颠覆了她的身份。当时，佐伊并不认识其他因供体受孕而出生的人，她把悲伤和困惑藏在心里。“我不知道该怎么办。我不知道该如何面对。我没有告诉别人。直到三四年后搬到国外，我才开始告诉朋友们，因为他们并不认识以前的我。”

“10 年间，一谈起这事我就忍不住要哭。”

29 岁那年，佐伊开始寻找答案。她打电话给大卫·麦考特。她发现他已经把诊所卖给了另一家诊所——生育第一（Fertility First）。她也给他们打了电话。他们根本没有佐伊如何被怀上的记录。而且佐伊说，看起来她这样的情况绝非唯一。

“我猜测没有任何记录。我知道生育第一收购他的诊所时曾留下一部分记录。”她告诉我。

“只是没有你的记录？”我问。

“他们说找到了一些，但是，是的，据他们说那只是个盒子。”

佐伊被激怒了。“整个过程就像一次次撞南墙，又像是一扇扇门砰然关上……好像没人站在你这边。”

大卫·麦考特医生于 1983 年将佐伊带到人世。你可能会说，那是个糟糕的旧时代。不幸的是，在辅助生殖技术领域，糟糕的旧时代仍在继续。

麦考特医生因一场官司而闻名于生育行业之外，这场官司一直打到了本国的最高法院。这场斗争与他的临床诊所圣乔治生育中心（St George Fertility Centre）有关。它揭露了麦考特的诊室里发生过的令人不安的细节。但这场斗争只是医生之间关于钱的争斗，与人无关。每个阶段的法律判决所暴露出的关于人的问题都是重大的。

2002年，麦考特决定退出这个行业，并将诊所出售给另一位不孕不育专家安妮·克拉克（Anne Clark）医生。克拉克医生已经有了自己的诊所生育第一，又从麦考特医生手中买下了圣乔治生育中心。这桩买卖涵盖了圣乔治诊所的资产。根据协议中的定义，资产包括“记录、胚胎（在其所有权依法可以转移给买方的范围内）和精子……记录是指企业的所有记录，包括捐赠者和患者筛选记录的所有原件和副本……［以及］精子捐赠者名单和患者名单、所有患者记录、同意书以及卖方的患者名单”。所有文书工作都应该井然有序。圣乔治生育中心保证“精子捐赠者的同意书、筛选检测……和身份信息（包括身份、联系方式和体貌特征）……都是按照［澳大利亚生育协会的］准则操作的。”[1]

一个令人不安的现实是，麦考特和克拉克把精子和胚胎当作后勤物资那样买卖。每当有生育诊所转手时就会发生这种情况。然而，接下来发生的事情更令人不安：这场官司暴露了麦考特对文书工作的草率态度。从他创造佐伊的生命却几乎没有留下任何记录之时到他2002年出售诊所之际，将近20年间这种态度并没有什么改变。

收购麦考特的诊所后不久，安妮·克拉克医生发现并非一切都合她的心意。麦考特的诊所里有3513管冷冻的捐赠精子，理论上每一管都可以培育一个孩子。不幸的是，其中有3009管（即86%）无法使用。并不是因为它们失效了：这从来都不是问题所在。无法使用的原因在于克拉克医生不知道这些精子是谁的，是否携带任何病毒，已经用它们培育了多少个孩子，以及这些精子最初是不是按正确程序获得的。

2010 年，新南威尔士州最高法院的助理大法官麦克雷迪（Macready）列出了这数千管捐赠精子存在的大量问题。[2]麦考特的诊所没有遵照行业行为准则的要求确认精子捐赠者的身份。麦考特的诊所没有向克拉克医生提供所有捐赠精子的记录，也没有提供捐精者的详细资料或是捐精者签署的同意书；诊所没有提供捐精者筛查的详细结果，也没有给克拉克医生提供一份患者名单的副本。

那么，麦考特在他的诊所里做了什么？令人费解。

对麦考特的惩罚还在后面。但这与婴儿的人权无关。一切都是围绕着生意。

作为麦考特诊所的新主人，安妮·克拉克医生下令清点诊所的资产，包括精子。清点从 2004 年 1 月开始。其结果是只给克拉克医生剩下 504 管可用的精子，其余的都被销毁了。[3]到 2005 年 12 月，这些可用的精子已全部用完。

于是她开始采购精子。过去，克拉克医生曾在澳大利亚的一些诊所购买过精子，市场上的精子交易十分活跃。尽管澳大利亚的捐赠者不得出售自己的精子、卵子、胚胎或者从中牟利，但克拉克医生还是成功地从韦斯特米德生育中心（Westmead Fertility Centre）、昆士兰生育集团（与 IVF 澳洲一样隶属于国际巨头维尔图斯健康）和丹麦精子库克瑞奥斯（Cryos）买到了精子。在全球因供体受孕出生者中，克瑞奥斯颇有名气。它是一家大型全球零售商，其“库存”经受住了各种公开丑闻的考验，包括出现来自患有遗传病的捐赠者的精子，以及来自一名杀人犯的精子，此人因杀害自己 2 个年幼的女儿而被定罪。[4]

很难理解这样明显的精子销售市场如何能够符合禁止人体组织交易的法律规定。

让我们退一步。为什么必须禁止出售人体组织，包括配子、器官、血液和其他身体部位，并保持这种交易（表面上）的利他性？有些人可能会说：如果卖方愿意，谁会在乎呢？不幸的是，这种欠考虑的说法是富裕的第一世界的奢侈品，而在发展中世界，肾脏却是从贫民窟的青少年身上采集的。[5]以下文字来自澳大利亚皇家病理学家学会（Royal College of Pathologists of Australasia）制定的现行的《澳大利亚和新西兰人体组织使用相关伦理和法律问题指南》（*Guideline on Ethical and Legal Issues in Relation to the Use of Human Tissue in Australia*），其措辞更为正式：

"人体组织的金钱交易被认为是将人体商品化。这被认为是不道德的，因为这可以说是降低了对人体的尊重，使易受伤害的个人受到剥削，违背了组织捐献所体现的利他助人的'精神'，并可能降低他人捐献的意愿。这些可能会共同破坏依赖于人体组织捐赠的治疗和研究所产生的社会资本。"[6]

当克拉克医生采购精子时，相关的州法律——至今仍然有效的《1983 年人体组织法》（新南威尔士州）——禁止"以有价值的对价交易……出售或提供来自任何此类人身体或任何其他人身体的组织"。[7]我已经介绍过捐赠者如何报销定义不明的"费用"，而这一过程是不受监管的。但人体组织交易禁令还有一个重要的例外。"如果人体组织已经过加工或处理，并且销售或供应的目的是将其用于治疗、医疗或科学目的"，则不适用于该禁令。

这意味着诊所和医生从理论上讲不应该向捐赠者付钱；但一旦人体组织经过"处理"，诊所和医生就可以互相付钱购买。因此，我们声称人体组织不是用来出售的——但实际上，它是的。尼古拉斯·通蒂-菲利皮尼（Nicholas Tonti-Filippini）和尼古拉杰斯·泽普斯（Nikolajs Zeps）在《澳大利亚医学杂志》（*Medical Journal of Australia*）上撰文指出："法律和伦理上的实际区别可能已经出现，而这在任何法律或指导方针中都没有明确阐明。似乎有一种假设，即人体组织一旦成为一种组织产品……就可以标价出售，而生产和销售该产品的人也可以从中获利。”这是一个问题，因为“人体组织捐赠者通常假定捐出的组织将通过移植和研究用于造福社会，而不是用于个人牟利”。[8]

克拉克医生想要替换她从麦考特医生手里买来却无法使用的冷冻的捐赠者精子。但是，她不能回头去找以前的那些供应商。国家卫生与医学研究委员会已经出台了 2005 年版的《伦理准则》，如果她想遵守指南——她也的确这么做了——那么从现在开始，克拉克医生需要确保其购买的精子来自那些同意向后代提供身份信息的捐赠者。克拉克医生找上了一家美国供应商：Xytex。

Xytex 自身的争议就不少。全球金融危机爆发后，Xytex 为使用“精选”精子捐赠者的准家庭提供 200 美元的“折扣”，有报道将此称之为“清仓大甩卖”。[9]所谓“精选”捐赠者包括那些已经捐过许多许多次的捐精者。最近，有一名 Xytex 声称身体健康、有大学文凭、智商 160 的捐精者被揭露实际上没有大学文凭，而且还有躁郁症病史，并曾因入室盗窃被捕。Xytex 公司已经出售了这名男子的精子，并已在全球范围诞生了 36 个孩子。其中一些家庭已经报告他们的孩子有严重的心理健康问题。[10]

然而，Xytex 提供的精子确实附有捐赠者的照片和讲话录音。“患者可以浏览 Xytex 的网站……如果他们愿意，还可以购买更多的信息和照片。”法官格泽尔说，他负责主持克拉克和麦考特之间的法庭诉讼。在任何其他宇宙，这样的地方都会被称为“市场”。

克拉克医生在收购了一家诊所后又不得不更换接手的几乎所有存货，可以想象这让她感到沮丧。然而，3 场关键的法庭诉讼中的第一场并不是由她起诉麦考特医生，而正相反，是麦考特医生针对她的诉讼，因为她没有付清收购诊所的全部款项。[11]克拉克医生随后对麦考特医生及其企业提出反诉：她指控他们违反了保证条款。

在接下来的几年里，麦考特医生的旧诊所受到了谴责，但不是因为医疗过失，也不是因为他糟糕的记录保存工作，而是因为违反保证条款。一些国内最优秀的法律人才就“损害”的构成问题大展所长——不是对任何出生的孩子的损害，而是对克拉克医生，因为她不得不另外向 Xytex 下订单。

在这场斗争的第三轮也是最后一轮中，高等法院裁定麦考特应向克拉克支付赔偿金。[12]麦考特最终收到了超过 100 万澳元的账单。克拉克医生仍在执业。从 Xytex 购买的精子大概已经分发完毕。对于麦考特制造出的孩子，却没有答案。

第二十九章

这场从 2010 年绵延至 2013 年并在多家法庭上演的争斗并不是麦考特的临床实践首次受到指控。此前，当时的新南威尔士州医疗法庭（后改为医疗保健投诉委员会法庭）曾受理过一起案件。其裁决似乎已从公共领域消失，无处可寻。但有两个人告诉我，与法庭上的争斗不同的是，其裁决直接关系到妇女和儿童的健康与安全。

20 世纪 90 年代末，一位叫简（Jane）的女士很担心她的孩子们。简有 2 个儿子，都是通过供体受孕怀上的。

20 世纪 80 年代，简和丈夫在尝试怀孕未果后前往他们的全科医生处就诊。“他们给我丈夫做了检查，并找到了问题所在，”简说，“基本上没有再查别的。”这对夫妇被告知要么收养，要么接受供体受孕。他们选择了后者。“我去看的全科医生联系了好几家不孕不育诊所，但都得在他们的等候名单上排队，”简说，只除了一家，“麦考特医生没有等候名单。就这样我选择了麦考特医生的诊所。我应该多研究一下的，我那时对供体受孕了解不多。”

当时 28 岁的简对他们的选择并不完全放心。“我非常害怕，完全不确定这是不是我想要的。我觉得获得一些咨询可能会对我有所帮助，然而什么都没有。我和麦考特医生见了几次面，但他不是心理咨询师。他只是简单介绍了现有的程序……他很冷静，并不太关心我的感受。‘我们会让你怀孕的，照我说的做。’”

简果然怀了孕并生下一个男孩，名叫汤姆（Tom）。几年后，她和丈夫想再要个孩子，于是再次接受了麦考特的治疗。1990 年他们的小儿子出生了，名叫本（Ben）。

简说，麦考特医生和其他许多不孕不育专家一样，让简和丈夫在孩子们的身世问题上撒谎。“他说你们不要告诉孩子，”简说，“我就是觉得这样做不对。”

不同寻常的是，简决定反其道而行之。“从孩子们 2 岁懂事起我就告诉了他们。”她说。30 年前，在没有接受任何咨询的情况下，她做到了今天的父母仍然完全做不到的事情。我由衷地佩服她。

“如果他们知道真相，那就没什么好隐瞒的了，他们会接受的。”她说。

然而，简无法告诉他们她自己也不知道的事情。

当长子汤姆长到 10 岁左右时，“他开始不断地问起他会不会掉头发，会不会提前谢顶，”简说，“他肯定想知道更多关于精子捐赠者的信息。”于是，经过一段时间的纠结，简说她再次拜访了麦考特的诊所。

简说，按照麦考特诊所的一条规定，他们应该把记录保存 10 年。不幸的是，汤姆刚好在 10 年期限之外。“他只想知道他会不会谢顶，以及其他无关身份的信息，比如捐赠者是否聪明之类的。”简说。但简说这一切根本没有答案：没有汤姆的档案。简认为这已经够糟糕了。但汤姆的弟弟本又是另一回事了。本只有 8 岁，简说应该有本的档案的。

“我的小儿子还不满 10 岁，但也没有任何关于他的记录，”简说，“我［从供体受孕支持小组那里］听说麦考特根本不保存记录，并对此沾沾自喜。”简说，这样做的目的是，如果没有记录就永远找不到任何东西：“他不希望我们联系捐赠者，他向捐赠者承诺了匿名性，保证他们的生活不会被我这样的人打扰。”

简无法接受没有关于汤姆和本的任何记录的事实。简说，1998 年她与另外几位接受过麦考特治疗的不育症患者一起向新南威尔士州医疗法庭提起针对麦考特的联合申诉。

根据供体受孕支持小组的共同创始人莱奥妮·休伊特的回忆，法庭审理过程“旷日持久”。休伊特和供体受孕支持小组参与了这一过程，为这些家庭提供支持。简说，在莱德医院（Ryde Hospital）举行了一次审理听证会：“有一个 3 人小组，我想他们都是医生，他们从不同的方面询问了我。麦考特和他的律师坐在我对面。”

“［法庭］不愿意对此采取任何行动。”莱奥妮·休伊特说。[1]

根据简和莱奥妮·休伊特的说法，参与申诉的另一个家庭是一位带着 4 个孩子的母亲。她们说，这位母亲有一个令人信服的理由来寻找她孩子们的供体受孕记录。莱奥妮说，她的孩子中至少有一个患上了地中海贫血症，这是一种遗传性血液疾病，最严重时需要定期输血并会导致骨骼畸形。治疗最严重的地中海贫血症的唯一方法是骨髓移植，但即使能找到捐赠者，手术本身也可能是致命的。[2]如今，所有被认为可能携带地中海贫血症特质的夫妇都被建议在生育前接受检测。

简说，对那个家庭来说，寻找记录“是生死攸关的事情……而麦考特医生仍然不愿意帮助他们”。

她说麦考特医生没有提供在他的诊所里被创造的婴儿的医疗记录。相反，据简说，在法庭上发现根本没有病历可以提供。

我无法告诉您这次申诉的结果，因为新南威尔士州医疗法庭本身——即如今的医疗保健投诉委员会——找不到该申诉的裁决。医疗保健投诉委员会发言人告诉我，他们“确实向当时的新南威尔士州医疗法庭提交了一起针对麦考特医生的投诉”。他们说，这种裁决在当时是公开的。但“由于时间久远”，无论在公开资源或者他们自己的记录中都无法找到这起申诉的裁决副本。

人们会认为，如果该裁决对公众健康有严重且持续的影响，那么它应该一直是公开的。

有一天，在几次尝试联系都遭到拒绝后，我拨通了一个号码，结果竟然和大卫·麦考特本人通上了话，大出我的意料之外。不仅如此，他当即就同意回答我的问题。

大卫·麦考特说，他从 70 年代开始在他的生殖诊所提供供体受孕服务，捐精者是医学生——他的学生们。

“那你是不是在课堂上告诉他们可以捐赠精子？”我问道。

“哦，是的，我问过他们。”他立刻回答道。他说他可能付给了他们 10 澳元或者类似的东西，但他记不清了。“我当然在辅导班上提过。”他说他当时在乔治五世国王纪念母婴医院（King George V Memorial Hospital for Mothers and Babies）教书，这家公立教学医院如今是皇家阿尔弗雷德王子医院的一部分，而皇家阿尔弗雷德王子医院就是露西过去的工作单位。露西，正是她写信提醒我注意曾捐过精的医务人员，也是她建议我在 20 号门诊的工作人员中寻找我的亲生父亲。

“你开诊所时的记录保存系统是怎样的？”我问道。他停顿了一下。

“哦，我记笔记，”他最终说道，“就像其他医生一样。我做了笔记。可能还记下了当时的捐赠者姓名。但它们很早就被销毁了。因为他们没有继续捐赠。一旦他们停止捐赠，我就会销毁他们的名字。呃，这就是你想要的一切吗？”

我请他再说清楚一点。

“一旦他们成为捐赠者，我就会记录下来，”他说，“但一旦他们停止捐赠，我就销毁他们的档案。”

“为什么这么做？”

“为了保持他们的匿名性。”

“好的，”我说，“但是你怎么能知道，比如说，如果一个捐赠者有任何健康问题，如果你销毁了档案，你怎么能知道呢？”

“哦，这些都是健康的医学生，”他说，“他们 20 岁出头。不太可能有重大的健康问题。我是说我很早就询问过他们……除非是先天性的，或者是家族性的疾病。”

“是啊，没错，”我说，“如果有先天性问题，那你怎么能——”

“那我不会接受他们的捐献，”他打断了我的话，“不会接受。”

“但你怎么能知道？”

“我会问，”他说，“他们是医学院的学生，他们不是白痴。”

好吧。

我向他问起有关安妮·克拉克医生提起的诉讼，该案件揭露了在麦考特的旧诊所里有数千管没有标签或标签不全的精子。

“如果你不给精子试管贴上标签，你怎么知道自己是否突破了捐赠精子的使用家庭限制？”我问道。

“你说的是我的诊所被卖掉之后。我立即销毁了所有东西。”

“你卖掉诊所后销毁了所有东西？”我惊讶地说。

“是的，”他说，“哦，好吧，是关于我的捐赠者的所有东西。”

作为通过供体受孕而出生者，听到这些事情是很难过的。而如果你有个好朋友正是此人创造的生命，那就更难了。佐伊理应得到更好的待遇。汤姆和本，还有麦考特制造的所有生命都是如此。

“既然你销毁了信息，你怎么会知道，或者说怎么会有人知道，你是否违反了家庭上限？”我问道。

“首先，什么是‘使用家庭上限’？”

我感到恶心。

“其次，”他补充道，“我的意思是，我有大量的捐赠者，所以我不太可能因为移交他们捐赠的精子而违反使用家庭限制。”

“你们诊所有任何固定的家庭限制政策吗？”

“哦，呃，我想我们有，是的，”他说，“但我不记得了……我想那是业内公认的限制，而不是我制定的。”

我看了看我的笔记。

“1998 年，医疗保健投诉委员会是否就你的病历状况进行过法庭审理？”

“我不记得了。也许有吧。”

我说，曾经的供体受孕支持小组告诉我，有两位他从前的病人、接受过捐精的女性投诉说，她们的孩子没有任何相关档案，而其中一位女性因供体受孕而得到的子女还患有地中海贫血症。

“你对此有什么印象吗?”

“没有，”他回答道，“我不知道你在说什么。我的意思是，你说的是20多年前的事情，都是陈年旧事，”他说，“但我很难说我不记得了。但我不记得了。不过这并不意味着什么。因为那是20年前的事。或者不止20年了。”

好吧。

我问简，你有没有收到任何关于此次审理的正式文件？“我想我收到了一封信感谢我的出席，”简说，“就这些。”

简留下了一个强烈的印象，那就是医疗系统保护的是他们自己。几十年来，汤姆和本不得不面对关于他们亲生家庭的信息真空。直到今天，简和莱奥妮·休伊特都不知道患有地中海贫血症的那家人后来怎样了。

第三十章

2005年，海伦·埃德尔（Helen Edel）和她的双胞胎妹妹安妮（Anne）出现在国家电视台的调查类节目《四角方圆》名为“父亲的秘密”那一期。也正是在这期中，道格拉斯·桑德斯教授就20号门诊违反家庭上限的问题受到盘问。

当时，海伦和安妮已经40多岁，她们不久前才发现自己是通过供体受孕而出生的。她们也知道了自己的生父是谁。他就是她们母亲的生殖科医生。

在节目播出15年之后我找到了海伦。她住在澳大利亚偏远地区。安妮已经去世。海伦说，她们的童年并不快乐：“对我们来说爸爸并不是一个称职的父亲。他总是讽刺我们，还会在我们淘气时用皮带抽打我们。令人震惊的家庭暴力。妈妈出去工作，我们就被皮带控制着。”

两姐妹21岁时，她们的父母已经分居。她们的母亲再婚了。继父“是个可怕的人，他是个真正的变态”，海伦说。在一次激烈的争吵中，继父告诉她们，她们的爸爸不是她们的亲生父亲，这令她们大受打击。原来，双胞胎的父母曾求助悉尼巴尔曼医院（Balmain Hospital）的约翰·多尔蒂（John Doherty）医生，而她们的母亲接受了人工授精。

海伦告诉我：“我妈妈写了一本关于她生活的书。”令我惊讶的是，她在电话线的另一端四处翻找，终于找到了这本书，并给我读了其中的片段。“这是一个能够怀孕的机会，”海伦读道，“要使用捐赠者的精液，我丈夫也同意了……合适的时机终于来临，做了个小手术。”（用战后语言来描述不孕不育治疗，其奇特之处令人震惊。听起来就像 1950 年代的家庭主妇杂志。） “这个秘密维持了将近 20 年。”

但后来真相大白。“我被吓坏了。”海伦告诉我。那个殴打她和妹妹并囚禁她们的男人，甚至不是她们的亲生父亲。“这让我感到非常愤怒。我再也没见过我父亲，甚至没有参加他的葬礼。我非常恨他。”

随后的 20 年岁月这对双胞胎“一直在寻找”，从 20 多岁直到 40 多岁。海伦说，童年遭受家庭暴力的影响是导致“严重的异性问题”，而真相大白之后的那几年尤其糟糕。“我们姐妹俩 20 多岁时都曾遭受过性暴力，”海伦说，“强奸、虐待、暴力，我们经历了一些可怕的事情……70 年代的澳大利亚是一个种族歧视和性别歧视非常严重的国家。作为女性，生存不易。”海伦不知道这与童年的殴打、自卑或供体人工授精有多大关系，也许三者都有关系。“你能把家庭暴力归咎于人工授精吗？”海伦在电话那头问道。“我不知道。”

知道身世 3 年后，安妮写信给多尔蒂医生，小心翼翼地询问有关她们生父的信息。令她惊讶的是，1983 年 2 月收到了他的回信。海伦给我寄来了这封沾有污渍的打字机所打信件的复印件：“捐赠者是一位非常聪明的年轻医生，后来成为一名成功的实验医学专家，因此智商方面没有问题，”信中写道，“除了花粉热之外，没有其他家族病史。我认识他时，他还是单身，但现在已经结婚生子。”

到目前为止，还算正常。然后，信的内容就变得有点日间肥皂剧的味道了：“从外表看，他是个粗犷帅气的年轻人，脸型方正，笑起来牙齿很整齐。他很有运动天赋。”最后，他对安妮进行了训诫：“真正的父亲是那些从你被孕育之时起就开始培养你、爱你、想要你的人。生父为你提供一半的基因，帮助你起步。”

海伦说，安妮一收到这封信就给多尔蒂医生打了电话。“他对我们非常粗鲁。”海伦说。安妮问多尔蒂医生捐赠者是谁。他的反应是对她大吼大叫。“他对安妮说，‘你怎么有胆子问你的亲生父亲是谁?’”海伦说。安妮哭了又哭，最后放弃了寻找。

40多岁时，这对双胞胎联系了莱奥妮·休伊特和供体受孕支持小组。她们给莱奥妮看了多尔蒂医生的信。莱奥妮觉得这封信很古怪。她对《四角方圆》说：“我极其小心地用非常温和的方式［对这对双胞胎］说：‘你们有没有想过这位医生可能就是捐赠者?’”

这个爆炸性的设想激起了姐妹俩的斗志。这对双胞胎追踪多尔蒂医生到了一个乡村小镇，却发现他已在10年前去世。她们找到多尔蒂的儿子，问他是否愿意做DNA测试。儿子同意了。海伦把测试结果发给了我。就像双胞胎告诉《四角方圆》的那样，测试证明已逝的约翰·多尔蒂医生就是她们的生父。他用自己的精子给她们不知情的母亲做了人工授精，而她以为是匿名捐精者。“他在另一个房间里打飞机捐献自己的精子。在那个年代使用的是新鲜精子。”海伦坦率地说。此时，姐妹俩的母亲已经去世——她永远不会知道自己的医生是如何欺骗了她。

“在《四角方圆》播出后，我接到了两个人的电话，他们都是我同父异母的兄弟姐妹，”海伦·埃德尔告诉我，“其中一位女士是悉尼的律师。她简直不敢相信自己和我长得有多像。她的母亲也是多尔蒂医生的患者。他们一家人坐在沙发上看了节目，所以她知道了真相。”

同意做DNA鉴定的那位同父异母兄弟在双胞胎上了《四角方圆》节目后对她们大发雷霆。“他再也没跟我说过话。”15年后海伦如是说。她对此毫不介意。“我的生活可能太疯狂了，这样的事情对我影响不大。另外，我忙着组建自己的家庭……我有了3个漂亮的孩子和4个孙辈。我是一个部落的首领。去他妈的多尔蒂家族。我才不在乎他们呢。”

治疗不孕不育的医生用自己的精子为患者实施人工授精的做法在世界各地都有发生。这是一种更高级别的越轨行为。许多道德和职业底线遭到践踏。谎言层出不穷。突然之间，黑暗和恶心的因素缠绕着整个过程。是否存在任何性方面的满足？权力感？如果一位澳大利亚女性想就她的生育医生用自己的精子为她人工授精的行为向法院起诉，她有什么求助途径吗？答案是不清楚。

这是强奸吗？

其他国家的司法管辖区已经不得不考虑这个问题。一位美国学者给出的答案是：也许是。这很复杂。在美国，不孕不育医生被揭穿为精子捐赠者并不是什么遥远的丑闻，不论人们是否意识到这点。一切都太真实了。

1987 年，美国一些医生向美国国会的技术评估办公室（Office of Technology Assessments）承认，他们曾使用自己的精子为患者实施供体受孕治疗。他们说，他们使用的是新鲜精液，而不是冷冻的。

技术评估办公室的报告中调查了数百名生殖科医生。调查发现，22%的医生完全使用新鲜精液，还有更多的医生使用混合精液。医生们的“新鲜精液来源”包括医学生、医院工作人员、其他医生，“有很少数医生报告使用过自己的精液（2%）”。而每一名承认使用过自己精液的医生都表示，他们曾在多名患者身上使用自己的精液，具体来说是 4 至 50 名女性患者。

当时是 1987 年。从那时起，越来越多的美国生殖科医生被指控通过自己的生育诊所制造自己的亲生孩子。这份名单遍布全美各地：印第安纳州的唐纳德 · 克莱因（Donald Cline）医生、爱达荷州的格拉尔德 · 莫蒂梅尔（Gerald Mortimer）医生、康涅狄格州的本 · 拉默利（Ben Ramaley）医生、弗吉尼亚州的塞西尔 · B. 雅格布森（Cecil B. Jacobson）医生、佛蒙特州的约翰 · 博伊德 · 科茨（John Boyd Coates）医生、得克萨斯州的金 · 麦克莫瑞斯（Kim McMorries）医生。[1]

至少在美国两个州已经有人起诉不孕不育专家克莱因和雅格布森。但令人不安的是，起诉时还没有针对他们此种行为的具体法律。2019年，《异视异色》（*Vice*）杂志的头条报道为《大多数州的医生可以使用自己的精子为患者合法授精》。[2]

现在，美国立法者正开始着手解决这一问题。

加拿大记者艾莉森·莫特卢克（Alison Motluk）撰写有关生殖技术的报道已有15年之久。她经营着自己的网络刊物《嘿，生殖科技》（*HeyReprotech*），它对这一行业的报道始终发人深省，而几乎所有主流媒体机构都缺乏这样的报道。[3]（另一个值得注意的例外是网络杂志《石板》。）

2020年2月，莫特卢克在报道中直指"医生即捐赠者"的问题。"受捐家庭的一大苦恼是很难追究医生的责任。没有任何法律明确禁止医生用自己的精子为患者人工授精。"又是个老问题，是法律实际上已经预见到的潜在问题。

莫特卢克采访了印第安纳大学（Indiana University）研究这一难题的法学教授乔迪·马德拉（Jody Madeira）。马德拉说，不将这些医生绳之以法不是办法。让他们逍遥法外"会给人造成这样的印象，即这种行为在法律上不会受到惩罚，而且与知情同意等法律框架背道而驰"。

马德拉提出了骇人的"三次插入"理论。第一次插入是医生将自己的精子标本注入患者的子宫腔。"患者同意接受手术，但没有同意使用医生的精子。"马德拉说。第二次插入是"当医生的生物材料与病人的生物材料结合，植入她的子宫内膜，形成胎盘，以最亲密的方式突破她的生理屏障"。这读起来很不舒服，但这很重要。"第三次插入……发生在孩子出生后。由此诞生的孩子被欢迎加入患者的家庭，并被视为他们自己的孩子，获得情感、社会和经济支持方面的合法权利和特权。"马德拉说。因此，第三次插入是养育一个生物学上医生自己的孩子，就好像杜鹃让别的鸟替它孵蛋那样。

这绝不是否认母亲对她怀上并分娩的供体受孕带来的宝宝的爱意。正如对待供体受孕本身一样，要理解这一点，我们就不能只用“好与坏”或“是与否”的方法来处理复杂的情况。

你可以爱你的孩子到地老天荒。孩子显然是无辜的。但这并不意味着你遭遇的一切就是对的。目的并不能证明手段的正当性。母亲并不同意这种手段，她完全有权利感到自己被侵犯了，而且她会不断地被提醒所遭受的侵犯。

“这是强奸吗？这还不清楚……很难找到类似的行为。”乔迪·马德拉。“不过，她想知道，最接近的违法行为是否是医患之间的性行为，”艾莉森·莫特卢克在《嘿，生殖科技》杂志上写道，“不鼓励医生与患者发生性关系是因为人们普遍认为两者之间存在着权力的不平衡。这使得患者很难给予有意义的同意。”

你可能会说，这件事涉及的不是性，而是一个临床操作。“但是，当执行人工授精等医疗程序的医生在附近的房间手淫射精，采集样本，然后走到病人等候的检查室，通过注射器和导管将样本注入她的阴道，这样的医疗程序还是临床操作吗？”马德拉问道。她认为，单纯为了帮助患者受孕而进行的临床接触“很容易越界成为性接触，至少在某种程度上是为了医生的自我满足”。

莫特卢克对此表示赞同。“这种行为带有性的意味，甚至是强奸意味。它在很多方面似乎比医患之间的性行为更糟糕。患者在情感和身体上都很脆弱……患者是被欺骗的受害者……患者在假象中继续她的生活……患者爱孩子，但却憎恨把孩子带到这个世界上的手段。患者永远无法摆脱这一切，因为这种行为就铭刻在她所爱的孩子身上。在我看来这就是犯罪。”

美国一些州的立法者也得出了同样的结论。这种行为被正式定义为“生育欺诈”或“生殖暴力”，是一种犯罪行为。

1996 年，加州大学位于尔湾（Irvine）的生殖诊所爆出丑闻，其生殖内分泌专家在未经患者同意的情况下使用了他们的生殖材料。随后加州就出台了一项法律，规定除了材料提供者同意的目的之外，任何人不得为了任何其他目的故意使用或植入生殖材料。如有违反将被判处 3 至 5 年监禁，或最高 5 万美元的罚款，或两者兼有。[4]

2019 年，印第安纳州和得克萨斯州分别成为第二个和第三个颁布生育欺诈法的州。这两个州能有这样的变化都是拥有“医生爸爸”的供体受孕后代和他们的母亲公开宣传的结果，他们在 DNA 检测后意识到了生育医生们的所作所为。[5]

得克萨斯州于 2019 年 6 月出台了生育欺诈立法，这主要归功于因供体受孕而出生的伊芙·威利（Eve Wiley）和她母亲玛戈·威廉姆斯（Margo Williams）的勇敢呼吁。年过 30 的威利向调查节目《20/20》讲述了她的故事。她的母亲以为自己是凭借匿名捐赠者的精子怀上她的，但当威利做了一次商业 DNA 检测后，结果却指向了她母亲的主治医生金·麦克莫瑞斯。

麦克莫瑞斯向伊芙·威利承认了他的所作所为，但坚称他曾跟她母亲说明了一部分情况。麦克莫瑞斯告诉伊芙：“我和我的一位导师谈过……他说他们使用混合样本取得了更好的成功。”[6]麦克莫瑞斯说，所以他把自己的精液与威利母亲选择的供体精子混合在一起。他说他与威利的母亲讨论过这个问题，后者同意麦克莫瑞斯混入一名本地匿名捐赠者的精子。当然，麦克莫瑞斯混入的是他自己的精子。他承认他没有告诉威利的母亲，所谓的本地捐赠者有多么本地：就是他本人。

玛戈·威廉姆斯断然否认她曾同意此事。相反她说，她告诉过麦克莫瑞斯她不想使用本地的捐赠者，因为担心所生的孩子会有发生意外乱伦的风险。她选择了一位非本地（也非麦克莫瑞斯）的捐赠者。[7]得克萨斯州的立法者同意威利和威廉姆斯的观点：这种欺骗行为现在已经构成犯罪。

如今，得克萨斯州的受害者可以在任何此类生育欺诈犯罪行为被发现后的 2 年内对其提起法律诉讼，从而避免了所谓“一切都发生在很久以前”的陈词滥调。[8]如果被认定有罪，医生将面临 6 个月至 2 年的监禁和高达 1 万美元的罚款。[9]

威利在庆祝这部法律通过时说：“我有责任告知其他潜在的受害者。”供体受孕通常被不容置疑地说成是女性获得生育机会的福音，在这样的环境中，威利引用了女权主义的语言来庆祝她的成就。

“我这样做并不是针对［那个医生］，而是为了保护女性的生育权利与同意的重要性。”[10]

撰写本书之时，美国已有 5 个州制定了生育欺诈法或生殖暴力法：加利福尼亚州、印第安纳州、得克萨斯州、科罗拉多州和佛罗里达州。[11]

回到悉尼后，我与一位女士谈了谈，我称呼她为凯瑟琳（Catherine）。她有一儿一女，均已成年，她很爱他们。他们知道自己是因供体受孕而出生的，但无权知道捐赠者的身份。最近，她儿子又多了一层身份。

凯瑟琳说，80 年代末她和丈夫在悉尼一家很受欢迎的诊所接受了 5 个月的供体受孕生育治疗，但没有任何结果。她对后来发生过什么有所怀疑。“到了第 6 个月，我觉得［医生］一定在想，我们还是用新鲜的［精子］试试吧。于是他就这样做了。我还遇到过他的另一位患者，他对那位患者用的也是新鲜精子。”

我无法根据任何文件来核对这一点，因为凯瑟琳又是一个没有任何记录的患者，她在那名阿隆斯（Aarons）医生那里接受的任何治疗都没有记录可循。事情发生在 1987 年，那时澳大利亚所有生育诊所对精子进行艾滋病毒检测已有 2 年之久。只有冷冻精子才能被隔离以预防艾滋病，新鲜精子则不行。[12]

第 6 个月，凯瑟琳成功怀孕并生下了她的儿子，名叫乔希（Josh）。

几年后，她和丈夫决定再要一个孩子。所以再次造访那家诊所。

“我要求再次使用同一个供体，”凯瑟琳说，“阿隆斯说绝对不行，那个捐赠者已经不在了，他出国了，我不知道他在哪里，也联系不上他。一堆废话。”凯瑟琳和她的丈夫考虑了一下，然后“天真地”决定无论如何都要再生一个。他们又生了一个女孩，名叫艾娃（Ava）。

艾娃和乔希有不同的生父。乔希在成长过程中一直在寻找关于自己亲生家庭的答案。2019 年，乔希通过短信给凯瑟琳发来一个问题。她的世界崩塌了。

当时凯瑟琳正坐在剧场里昏暗的观众席上。她的手机响了。是乔希发来的短信。“妈妈，阿隆斯这个名字你有印象吗？”他问，“因为他就是那个捐赠者。”

“**该死！**”凯瑟琳脱口而出。人们盯着她看。“我不得不走到外面，我哭了。我很难过。我想，你一定是在跟我开玩笑。”

乔希在一家大型商业公司做了 DNA 测试，这家公司帮助那些对谱系学感兴趣的人建立家谱。一旦你做了测试，如果你的亲属中有人已经把他们的 DNA 发送到这些网站上，那么你就会被自动与他们联系起来。乔希获得了一些血缘关系非常亲近的匹配结果。

凯瑟琳说，从这些匹配结果来看阿隆斯医生似乎就是乔希的生父。如果结果正确的话，那就意味着阿隆斯医生用自己的精子给凯瑟琳授精了。

凯瑟琳说她觉得遭到了侵犯。

“可恶。太可恶，”她激动地说，“发现供体就是我的医生，这太不道德了。”

一年过去了，凯瑟琳的心情仍然不好：她爱她的儿子，这是毋庸置疑的，但一想到阿隆斯用自己的精子给她授精，她就极度反感。“我觉得被骗了。被愚弄了。我觉得这件事完全不对。我感觉被欺负了。这有点像科学怪人，”她说，“事情不应该是这样的。”她在乔希身上看到了阿隆斯的影子。“当我看着我儿子时，我可以看到他的头型和他站立的方式很像［阿隆斯］。这对我来说挺明显的……我记得当我们走进阿隆斯医生的办公室时，他［对乔希的社会爸爸］说‘我们俩肤色一样’。我一点也不知道这会成真。”现在她用不同的眼光来看待她在阿隆斯诊所接受治疗的很多方面。“我记得阿隆斯对我说，［治疗］已经进行了4个月了，”凯瑟琳回忆说，“他对我说，‘你还年轻，’然后拍了拍我的手腕，‘我们会让你怀孕的。’”她的声音里透出厌恶。“每次授精时我丈夫都在房间里陪着我。”她说。凯瑟琳和她丈夫几年前分居了。乔希后来告诉了凯瑟琳的前夫，他认为阿隆斯是他的供体生父。“我不知道［我前夫］会怎么想。我想他只会更担心。”

一个男人当着多名女性丈夫的面，用自己的精子给她们人工授精，这听起来像是邪教的行为。凯瑟琳说，当乔希把阿隆斯的名字发给她时，她有了一种可怕的真实感。她说这并非她第一次听说阿隆斯的这种做法。

“我知道我们一家不是唯一有此遭遇的。”她现在说。当她的孩子们还小的时候，凯瑟琳曾自愿去一家医院做演讲，关于父母应该如何将孩子们的身世真相告诉他们，即他们是因供体受孕而来到人世的。

“有个女人走过来对我说：‘我是一个单身妈妈，我孩子出生在1990年，阿隆斯用的是新鲜精液。阿隆斯就是孩子的父亲。’”凯瑟琳说。

“她到底是怎么知道的？”我问。

“因为他告诉她了。”凯瑟琳简短地说，“她说，‘我不得不接受新鲜的精液，因为我就是无法怀孕。’”（新鲜精子比冷冻精子更有效的说法仍然存在，尽管证据显示的结论相反。[13]）

“她完全清楚阿隆斯医生［给她］用了自己的新鲜精液。我不得不保持沉默。我是说，她刚刚跟我吐露此事。我惊呆了。她算一个。那还有多少人和她一样?”

阿隆斯医生仍然健在，不过已经不再行医。凯瑟琳没有与他对质，没有向他求证，乔希也没有。

我要求就他诊所的供体受孕治疗进行采访，阿隆斯同意了。他告诉我，他销毁了关于供体受孕的记录。这与凯瑟琳所说的没有任何治疗记录是一致的。

“这么多年来，您通过供体受孕一共培育了多少婴儿?”我问阿隆斯医生。

“我不记得了，我不知道。我想我从来也不清楚。”他回答道。

我记着笔记。

“您有没有用自己的精子给患者人工授精过?”我问他。

“没有。”他平静地回答。

“是新鲜的精子还是冷冻的?”

“没有。”

“因为我遇到了你以前的一个患者，她说DNA检测显示她儿子在生物学上是您的孩子——”

“她怎么会知道我的生物构成是什么?”他打断道。这个问题很合理。我花了一点时间解释DNA数据库和家谱技术的爆炸性发展。

“所以这位女士的儿子说您是他的生物学父亲。您有没有可能用过自己的精液?”

“嗯，我不记得了。”他说。

这回答本身就令人吃惊。

“这位女士还说，她曾遇到过另一个女人，”我继续说，“也是您的患者，她是位单身母亲，她说您在她知情的情况下用自己的精子给她人工授精——”

“嗯，这不是真的。”

“有印象吗？”

“不，那不是真的。”

谈话似乎陷入了僵局。但指控是严重的，这种行为在生育游戏中绝非没有先例，而且阿隆斯医生也向我承认，他销毁了供体受孕治疗记录。我突然想到：如果他**不是**乔希的父亲，那么他能证明这一点吗？无论如何，这无疑会给凯瑟琳带来极大的安慰。

“您愿意测试 DNA 来解决这个问题吗？”我问他。

他短促地笑了笑。“不，我不愿意到处为了别人做 DNA 检测。那太荒唐了。”

“哦，好吧。”

“**你**愿意吗？”他问。

“嗯，如果是一对一的话，我觉得没什么不可以的。如果没什么要隐瞒的话。”我说。

“首先，我本来就不喜欢验血，”他说，“更不用说是应别人的要求而做了。”

“我想他们现在可以用唾液来检测。”我说。（他们可以。）

“如果有人在我身上做测试，我肯定不乐意，”他说，“我觉得这干扰了我的生活方式。”

我顿了顿。“好吧。因为不方便吗？”

“因为这会干扰我的生活方式。”

“哦。”

整件事中唯一值得庆幸的是，乔希终于找到了关于自己生物学起源的答案。他获得了一种平静。

这个现在困扰着凯瑟琳的想法结束了乔希数十年来的不确定性和挫折感。

“老实说，莎拉，他非常高兴，”凯瑟琳说，“他很高兴因为他有了答案。他对这一切都无所谓。他只是为知道了真相而高兴。”

“我确信阿隆斯认为我们是为了钱。［乔希］想要的只是信息。他想和阿隆斯谈谈。但这绝不会发生。”

这是凯瑟琳第一次向记者讲述她的故事，她很紧张，这可以理解。她告诉我这件事相当于迈出了一大步。这是第一次有人指控阿隆斯医生使用自己的精子为澳大利亚女性实施人工授精。

他是有史以来第二位被公开指控此类行为的澳大利亚医生。但是，与多尔蒂医生和双胞胎姐妹的那第一例不同的是，阿隆斯医生还健在。阿隆斯还在就还有获得答案的可能，不管答案为何。而且如有必要，还有伸张正义的机会——如果有任何当局敢于这样做的话。

在世界各地，越来越多类似案件不断涌现。

英国，2012 年。电影制片人巴里·史蒂文斯（Barry Stevens）和大律师大卫·戈兰茨（David Gollancz）透露，伦敦巴顿诊所的创建人贝托尔德·维斯纳（Berthold Wiesner）本人可能是在该诊所出生的 300 至 600 名儿童的亲生父亲。“保守估计，［维斯纳］每年会捐赠 20 次精子。”戈兰茨 2012 年说。[14]维斯纳于 20 世纪 70 年代去世。2007 年，对 18 名于 1943 年至 1962 年间在巴顿诊所经由供体受孕而出生的人进行 DNA 检测，结果显示其中 12 人是维斯纳的后代。

加拿大，2015 年。DNA 测试发现，加拿大生育协会（Canadian Fertility Society）前主席、曾经备受推崇的加拿大勋章（the Order of Canada）获得者诺曼·巴温（Norman Barwin）医生曾使用自己的精子为其诊所的患者进行人工授精，他在该诊所执业 30 年，直至 2014 年。[15]在承认职业不端行为后，他归还了自己的勋章。

南非，2018 年。据《星期日泰晤士报》（*Sunday Times*）报道，一位名叫菲奥娜·达罗克（Fiona Darroch）的女性和她的 2 个兄弟姐妹（均来自澳大利亚）发现，他们的生父是他们母亲的生殖科专家，南非的诺曼·“托尼”·沃克（Norman ‘Tony’ Walker）医生。[16]菲奥娜·达罗克说，她是通过与沃克的一个侄子进行 DNA 比对才确认了她与沃克的亲子关系。她说，她还在美国找到了另外 2 个同父异母的兄弟姐妹。据《星期日泰晤士报》报道，沃克家族的一位代表驳斥了这种说法，称“没有任何沃克承认的子孙接受过基因检测”。沃克本人于 1977 年自杀身亡。

因供体受孕而出生者在长大成人后追寻身世真相的过程，揭露了医生们使用自己精子进行人工授精的行为。然而，在出现这种情况的国家中，没有一个颁布法律来保障所有因供体受孕而出生者了解其生物起源的权利。[17]知情权——如果在法律中存在的话——仍然是零碎的，取决于你出生的年份或你出生的地区。

相反，无论过去还是现在，法律和制度仍在支持对捐赠者匿名性的保障。那么，如何确定生育欺诈不再是个问题呢？我们无法确定。如果历史可以作为指引，我们将把这个问题留给现在出生的婴儿，等他们长大成人并花费数年时间寻找答案。我们将把这个烂摊子留给他们去处理。

第三十一章

有一天在外面遛狗时我打电话给我的朋友丽贝卡。我们一边聊天，我一边漫无目的地穿过街道、树丛，走过平房和工厂仓库。没有任何部门愿意追究 20 号门诊及其工作人员的责任，也没有任何部门愿意帮助我们找到答案。我们走入了死胡同——除非比我们更了解我们身世的众多外部人士中有人能实现一次质的转变。

“你和我应该做一次 DNA 检测。”丽贝卡说，这已经不是她第一次这样提议。

我停下来等着过马路。“是啊，”我不确定地说，“我想是的。”

她是对的，就像她对大多数事情的看法一样。但我需要一段时间才能明白。

过去，DNA 鉴定是一项昂贵的检测，通常由法院下令进行。在那个年代，这是严格的一对一鉴定：两个人一起去实验室，花费成百上千元，就可以正式揭示彼此的遗传关系。如果你是因供体受孕而出生的，这种程序在理论上有助于找到你的亲生家庭，但在实践中却有很大的局限性。首先，你必须知道要和谁一起鉴定——也就是说，你几乎必须在开始之前就知道答案——而且对方必须同意和你一起检测。

但是最近发生了一场革命。直接面向消费者的 DNA 检测试剂盒已经席卷了无聊的退休人员市场（以及其他市场）。这些试剂盒适用于所有对建立自己的大家族谱系感兴趣的人。它们很容易使用：你会收到一个邮包，让你在自己家里提供样本，然后邮寄回去。它们的价格也相对低廉，在 100 美元左右。

不过，最棒的一点是这种直接面向消费者的 DNA 检测以一己之力终结了匿名性。这股热潮悄无声息地为我们带来了身份权，也就是联合国《儿童权利公约》的第 8 条。但这是有代价的。

代价就是你要将自己的 DNA 交给一家私营的商业实体。目前有几家这种大公司：祖先 DNA（Ancestry DNA）、FTDNA、23 与我（23 and Me）。你可以选择最大的那家，或者其中几家，或者全部。这意味着这些实体中可能有不止一家可以获取你独特的遗传密码，而正是这些密码造就了你。对于这点我很不喜欢。

一旦你交出你的 DNA，这些公司会怎么处理呢？当然是想从中牟利。以最大的公司之一祖先 DNA 为例。祖先 DNA 利用你的检测结果来研究“汇总的遗传信息，以便更好地了解与人口和种族相关的健康、保健、老龄化或身体状况”。它可能会与（非营利性或商业性的）研究机构共享这些信息，而这些机构可能会在研究安排中获得经济利益。[1]未来，执法机构可能为了调查犯罪而获取你的基因信息，尽管迄今为止祖先 DNA 一直拒绝这样做。[2]但该公司对于这些事情或其他任何事情的规定都有可能会改变。在点击“同意”之前，你是否读过那份冗长的隐私声明？你会坐下来仔细阅读最新版本，检查是否有更新吗？如果公司被出售或接管了怎么办？祖先 DNA 声称其所有隐私条款都将继续有效，但谁知道你的 DNA 会被如何处理呢？

这也不仅仅是 DNA 的问题。如果我们查看一下祖先 DNA 从每位客户那里获取的数据集，就会发现其意义重大。祖先 DNA 会收集你的姓名、电子邮件地址、密码、付款信息（如信用卡号）、账单和送货地址、性别、出生年份、任何用户提供的内容（如手机号码、照片或自我披露的家庭情况）、你的设备 IP 地址、你在浏览祖先 DNA 网站前后访问过的网站、你手机的地理位置信息（如果你允许的话）、你的互联网服务供应商或移动运营商的名称，当然还有你在祖先 DNA 网站上的所有搜索请求，以及在祖先 DNA 网站上与其他用户的交流和活动，还有一些别的信息。这是一个相当大的数据包。

不过，你用自己的 DNA 片段换来的东西可能会让这一切都物有所值。

做 DNA 检测的过程是这样的：你寄出唾液样本，等待几个星期，然后公司会把结果寄给你。最重要的是，公司会把你的结果加入它的数据库。突然之间，你就有了一个账户，还有一大堆推荐的关系人——大部分都是与你有一定共同基因的陌生人。

现在，祖先 DNA、23 与我或 FTDNA 等公司的数据库已经非常庞大，如果你来自西方国家（这些公司的大部分用户都来自西方国家），你肯定会直接收到与你匹配的亲戚信息。他们可能是你非常远房的亲戚，例如第八代堂表亲；事实上，匹配到的亲缘关系会遥远到难以想象的地步。你可能会有很多这样的远房亲戚。我说的“很多”是指数百个。如果你从未听说过他们也不用担心。

对于因供体受孕而出生的人来说，梦想中的场景是这样的：你拿到结果，然后“砰”的一声！一个同父异母的兄弟姐妹，抑或你的亲生父母已经做过测试，然后你们就直接匹配成功了。有一部分因供体受孕而出生者的确能在检测后立即得到答案，这种情况可能比你以为的要多。

然而，对于我们其余的人来说，前方还有一些工作要做。你掌握了一份远亲名单。你选择其中最亲近的，给他们发信息，礼貌地询问是否可以查看他们在这家公司网站上建立的家谱。这就是每个人访问这个网站的目的：人们为族谱而疯狂。族谱常常被认为是仅次于色情内容的最热门的网络爱好，这或许并不准确，但确实能说明问题。通常情况下，你在这些网站上联系的人都会善意地允许你访问。毕竟，如果你是他们的亲戚，你也总得被加入他们的家谱。

现在你得到了一堆不同的家谱，它们都以某种方式与你联系在一起。你要按时间倒推，找到你与远亲们的共同祖先。一旦你找到了共同的起点，也就是能让你的所有联系都吻合的那个起点，你就可以利用网站上其他人的 DNA 以及历史记录中的线索，如出生和死亡通知、结婚证书、报纸文章、送货通知、州际和海外迁移等，为这个特定的祖先建立一个向下传承的家谱。直到你找到你自己。

这意味着，即使你的亲生父母从未做过 DNA 检测，你也可以找到他们。

你只凭借自己的 DNA 就能找到你的亲生父母。

这是一项艰巨的工作，需要大量的时间和艰苦的研究。随着越来越多的人寄出 DNA 试剂盒并加入数据库，这项工作的难度降低了，但仍可能需要投入全部的精力。我采访过的一位因供体受孕而出生者每天晚上都要花几个小时研究她自己的案例，如此持续了一年。你可能会遇到死胡同，你可能会被卡住，等待着世界某个角落的某个远房亲戚做了 DNA 检测后，更多的关键链接会被上传到数据库。不过你迟早会有突破的。与此同时，你还可以尝试其他公司的数据库，也许能在那里找到掌握关键信息的其他亲戚。或者，你也可以试试借助某位“搜寻天使”的力量，他们已经为自己或其他人完成了族谱的建立，因而经验更为丰富。由于遗传系谱学——也就是这种方法的全称——是如此令人着迷，因此有很多纸上谈兵的专家（此处决非贬义）。无论你是需要一点帮助，还是想把整个工作外包出去，友善的建议都比比皆是。

直接面向消费者的 DNA 检测还有其他几大优点。首先，这些 DNA 检测结果是持续有效的。只要你愿意，你的结果就会一直存在这些数据库中。算法在后台滴答作响，而你无需拉拢更多的人和你一起去实验室花费高昂费用测 DNA。你可能马上就会找到一个兄弟姐妹，然后几年后又会惊喜地找到第二个、第三个，他们做完测试后就会被匹配给你。其次，搭建基因谱系是一个你自己可以开始、继续和放弃的过程。最后，这是因供体受孕而出生者自己的选择，他们对其有一定的控制权。这是第一次，你不需要完全依赖于他人的许可、他人的善意或他人基本的专业素养和履行职责的能力，就能向答案迈出一大步。你需要的只是自己的DNA。

因供体受孕而出生者对DNA的兴趣相当浓厚。2018年，我在我的一个脸书群组中针对澳大利亚和新西兰的因供体受孕而出生者进行了一次（完全不科学的）民意调查。大约有60人做出了回应。并不是每个人都回答了每个问题：毕竟这是脸书，不是考试。不过，结果还是挺有趣的。61人中有57人（占93%）表示，为了找到自己的亲生父母，他们已经做了DNA检测。其余的人说他们将来可能会做。没有人说他们绝不会做DNA检测。

在测过DNA的人中，有三分之二已经找到了自己的亲生父亲或兄弟姐妹。在一个几乎没有人知道自己生父（母）是谁并且被剥夺了答案的群体中，这是一个非比寻常的成功率。而那三分之一在2018年尚未通过DNA找到亲人的人，或许后来也已经成功了。

DNA打破了所有谎言和欺骗。供体受孕不再拥有匿名性。对于那些不安的“匿名”捐赠者，请允许我说：你们完蛋了。

但这并不一定是件可怕的事。请看我的民意调查中的另一个主要趋势。在那38位已通过DNA检测找到生父或兄弟姐妹的人中，有32位（占84%）表示这是一次正面的经历。其余6人中也没人说这是一次负面的经历：也许他们选择不回答，也许他们错过了问题，也许他们认为这次经历既不正面也不负面。我还问了是否有人做过DNA检测并为此后悔，没有人选择这个答案。

在最好的情况下都很难控制自己的期望值，更何况当一个人像大多数因供体受孕而出生者一样被人踢来踢去时。我认为，在最基本的层面上，大多数成年的因供体受孕而出生者希望从他们新发现的亲人那里得到的是开放的态度、答案以及文明的沟通。

直到现在，这些答案都很难得到，或者说从未得到过。对于大多数因供体受孕而出生者来说，交出自己的DNA是一个高昂的代价，但这是由自己选择付出的代价。

在得知我的父亲不是我生父的 5 年后，在碰壁很多很多次之后，我买了一个祖先 DNA 检测试剂盒。我往透明的小试管里吐了一口唾沫，然后把它寄了出去。

仅仅 7 个星期后，我的收件箱里就收到了初步的 DNA 检测结果。我快速浏览了一遍。我得到的匹配结果中血缘最亲近的是一个第三至第四代的堂表亲，意味着我和此人有一个共同的高祖，或者是曾曾祖。此外还有一大堆更远的堂表亲。遗传系谱学社区的书呆子性质意味着大多数人以全名示人——没有“cupcaaake99”之类的网名。这一点很重要。即使是远亲的全名也是一条线索。

但是匹配结果中没有我的亲生父亲或是亲兄弟姐妹。丽贝卡和我同时做了祖先 DNA 的测试。我的匹配结果中没有她。我就知道是不可能的，我想。什么时候你的朋友会变成你的家人？

当然，我早就与丽贝卡和佐伊开过玩笑说她们和我可能有血缘关系。（当你和你的朋友们都是因供体受孕而出生的，你们很快就会开这种玩笑。）佐伊比我高一点，皮肤苍白，蓝眼睛，长长的微卷的浅金色头发。她看起来像北欧人。丽贝卡比我高一大截，她有着绿色的眼睛，紧紧卷曲的棕色头发，肤色是继承她母亲地中海血统的橄榄色。我的外表看起来很像日本人，以至于在日本时当地人都用日语和我打招呼。我们 3 个在一起就像一张关键词为“多样性”的俗气照片。但事实的确如此，因供体受孕而出生者的友谊总是带着现实的残酷。如果我们是姐妹会怎样呢？我们相处融洽是因为我们脾性相投——这其中有什么原因吗？经过一段时间的相互了解，你们甚至可以交换终极赞美：“我真希望你是我的姐妹。”

我给祖先 DNA 匹配的那些远房堂表亲中与我血缘关系最近的几位都发送了礼貌的电子邮件，请求查看他们的家谱。我说我在寻找父系家族的信息，但没说为什么。我不想第一封邮件里就说原因。谁知道其中潜藏着什么偏见呢。不过，我的特殊基因组合也为我的搜索提供了第一条重要线索。我的生母毫无疑问是马来西亚华人。祖先DNA的用户几乎都是白人，当然我的匹配结果也全都是白人。因此，我在祖先DNA上的匹配结果肯定都来自我生父的家族。于是，我写信给这些新发现的远房堂表亲，解释说我们一定是父系亲属。我发出好几封邮件，然后暂停了搜索。

我不能过于沉浸在自己的结果中。我没有尽情享受那一刻。没有在祖先DNA提供的种族细分中流连忘返（这是我见过的自我满足拖延症最丰富的资源库）。没有为自己是26%的苏格兰人而反复琢磨，也没有在谷歌上搜索外赫布里底群岛（Outer Hebrides）坚韧的牧羊人的图片。我收到祖先DNA的电子邮件之时，正值我第一次为澳大利亚广播公司的《四角方圆》节目做报道之际。

我要在几个月内为一个要求极高的节目完成一部40分钟的电视纪录片而且不能搞砸。我忙得不可开交，生活中大多数与工作无关的事情——比如洗衣服和吃饭——已经被我抛到九霄云外。因此，在收到祖先DNA结果的那天晚上，喝了太多咖啡并和剧组一起开车从拍摄地赶回来的我，除了给几位血缘最近的匹配对象发了邮件之外，没有时间做更多的事情。我在后座上拨通了祖先DNA的求助热线，只想确认是否还会收到更多信息。

接听电话的女士显然曾经处理过类似问题。“可能还会有更多，”她耐心地说，“这些是您的DNA检测结果，但算法需要一到两星期的时间才能计算出您的所有匹配结果。”显然他们有一种新的计算方法。我挂断了电话。

第二天，我给丽贝卡打电话询问情况。她也拿到了她的祖先DNA的结果，而我也不在她的匹配名单上。我耸耸肩。这正是我一直以来的想法。我们聊了聊她的最亲近匹配对象。他们的血缘距离和我与我的匹配结果之间的差不多。我们还聊了一些可能成为线索的人名。

随后发生了一件事。我们发现丽贝卡最亲近的匹配结果——一位第三到第四代堂表亲，也是**我的**第三到第四代堂表亲。同一个人。血缘远近程度相同。

这意味着什么？我们有某种（远缘）关系。我不是专家，我试图梳理可能导致这种情况的其他途径。或许不是父系血统。我们俩可能通过母系血统与同一个人有关系。

但至少在我身上可以排除这个可能性。我得到的所有欧洲的匹配结果都只可能来自我的父系。如今，祖先 DNA 会将您的匹配结果标记为“父系”或“母系”，但当时它还没有这样做。所以我的匹配是关键。

当然，这并不能排除丽贝卡的母亲。她是意大利人，但她和我的父系之间可能有一些共同的欧洲血统。因此，我和丽贝卡如果有血缘关系，要么因为她的母亲和我的生父有血缘关系；要么因为我们的生父之间有血缘关系；要么因为我们的生父是同一个人。

然后我就放弃了。不等到两个星期后的最终确认结果，我什么也做不了；猜测对我来说毫无用处。工作占据了我的大脑。

我在墨尔本进行另一次拍摄时接到了丽贝卡的来电。

“你好呀。”我心不在焉地说。我避开摄制组，走进市中心的格子间。

“姐妹！”她喊道。

“什么？”

“打开你的应用程序，”她说，“查看你的匹配结果！”

我不相信她的话。于是我查了。我的匹配对象的最顶端发生了一些变化。那里出现了丽贝卡，她的头像照片（一张她婚礼当天的照片），以及系统计算出的我和她之间的关系：第一代堂表亲。

“什么？”我说。我很兴奋，但也很谨慎。我天生不信邪，这无论如何都说不通。“堂表亲？”

“不，我认为这是错的，”她说——此时丽贝卡已经完成了 DNA 分析的速成课程——“因为如果你看看我们共享的厘摩（centiMorgan）

数，太高了，不可能只是堂表亲。”

厘摩是遗传学中的一个计量单位。在遗传系谱学中，根据国际遗传系谱学家学会（International Society of Genetic Genealogists）的说法，它“用于测量遗传距离，它通常用来表示基因在染色体上的距离”。[3]

我查看了一下。丽贝卡是对的。尽管我们在身高、肤色、五官或其他身体特征上完全没有相似之处，但我们共享的厘摩数却接近1800，表明我们的遗传关系是最密切的。尽管算法得出了结果，但我们的关系太密切了，不可能是第一代堂表亲。（我的理论是，祖先DNA仍在不断进化的算法将我们标记为可能的堂表亲是因为它被我们的出生日期迷惑了。丽贝卡和我的出生日期只相差2个月——这对于同父同母的姐妹，甚至是非供体受孕的同父异母姐妹来说都不太可能，但对于堂表姐妹来说却完全正常。）

不过，如果你看一下厘摩计数，答案就一目了然了。根据我们共享的DNA数量，我们要么是同父异母的姐妹，要么是姑侄，要么是祖孙。我们俩边说边笑得前仰后合。

祖孙关系根本不可能。即使新南威尔士州对捐赠的配子进行了漫长得可怕的冷冻保存，我显然也不可能是丽贝卡的2个孩子的孩子。他们分别还只是一个幼儿和一个婴儿。丽贝卡也不可能是我的后代，因为我根本没有孩子。

姑侄关系也行不通。要做到这一点，她必须是我的某个兄弟姐妹的孩子，而我恰恰没有兄弟姐妹。或者我必须是丽贝卡某个兄弟姐妹的孩子，而她只有一个弟弟，比我们俩都小很多。幸亏我们生活在世俗宇宙中，让我至少能排除我父亲比我小的可能性。

这样只剩下一种可能：同父异母的姐妹。

“我就说嘛。”她调侃道。

“你是对的，”我笑道，“你说得太对了。”

我有一个姐妹。

拥有一个姐妹意味着什么？她们在你的生活中处于什么位置？

关于姐妹关系的研究、理论和贺卡比比皆是——不过我猜真正的答案是有多少姐妹就有多少种姐妹关系。这些研究和理论中有些是好消息。至少有一项美国研究得出的结论是，所有的孩子都认为，相比兄弟而言，在童年时期与姐妹的关系更亲密，陪伴更多。[4]英国一项针对 4 到 8 岁的兄弟姐妹的研究表明，在所有可能的组合（兄妹、兄弟、姐弟、姐妹）中，与弟弟妹妹关系最亲密的是有妹妹的姐姐。但是，姐妹之间的竞争似乎也无处不在：大量研究人员和作家，无论是小说还是纪实作品，都在关注姐妹关系所产生的爱恨之间的特殊摇摆。然而，2010 年的一项研究发现，无论拥有姐姐还是妹妹，都会促进青少年的心理健康：姐妹会成为一个保护因素，防止 10 至 14 岁的青少年（无论性别）感到孤独、缺爱、内疚或自卑。[5]

所有这一切都令人着迷，其中有些令人感动，但却都不适用于我和丽贝卡。我们不是一起长大的。我们没有共同的童年经历（除非你把我们在互不相识之时就都被公共卫生系统毁掉我们的捐赠者代码算在内）。而且当我们相遇时，我们都已经成年，有了自己的事业、伴侣和人生目标。我们不需要竞争。我们是朋友。姐妹身份还能为我们的关系增加什么？

说到因供体受孕而出生的姐妹在成年后相认的情况，这方面的研究、理论和贺卡都是空白。如果说对于我们的生命如何被创造的制衡机制很少，那么对于我们成为什么样的人的规则或规范就更少了。丽贝卡和我有多像？从外表看来一点也不像。但最大的问题是：我们的内心有多像呢？我想，这一点还不得而知。这可能需要我们用余生来回答。

不得不承认，我也感受到了一定的压力。我们是朋友，然后突然变成了姐妹，只是我根本不知道姐妹是怎么回事。丽贝卡至少是和她弟弟一起长大的。我该怎么办？从现在起我该怎么做？如果你用外向的标准来衡量我，我怀疑我甚至不是一个好朋友。对我来说，不断与人保持联系是一件很累的事情，我喜欢离开，随意露面，然后再离开。我爱我的朋友们。但我真心感激他们的是，无论我消失多久他们都愿意和我重续友情。我真的很不擅长定期维护友谊。

关于丽贝卡和我，你需要知道的是我觉得她的表现更好。她非常体贴、善良和慷慨。她的情商和智商都很高。在一个任何人都可能是我的兄弟姐妹的世界里，我赢了。如果没有规则，没有社会对这种关系应该如何发展的期望，那么我想我不会搞砸这段关系。希望如此。

我们是什么样的姐妹是一回事，而找到姐妹后的我是什么样的又是另一回事。从纯粹自私的角度来说，自从5年前发现身世真相以来，找到丽贝卡这个姐妹是我遇到的最棒的事情。即便不是解药，它也是解药的主要成分。有了一个相识的姐妹令我打开了心结。我赢回了自己人性的一部分。我从关于婴儿工厂的无休止的纷扰中找到了一个答案。我突然间快乐了许多。我是完整的。我是一个人，对我的家庭有两面性，而且我很重要。

我证明了自己是真实的。

第三十二章

当我还在试图厘清姐妹情谊时，我的收件箱里又收到一封祖先DNA 的电子邮件。它来自我的一位第五至第八代堂表姐。她叫海瑟（Heather）。海瑟是位 60 多岁的和蔼女士，在郊区过着勤劳的生活，完成了硕士学位，喜欢数独，还在当地医院做志愿者。

所有这些都是事实，但却掩盖了她的真实面目。海瑟是不折不扣的自然力量的化身。她将永远改变我们的生活。

"嗨，莎拉，"海瑟写道，"很高兴收到你的来信。我有几份族谱，其中不止一份里有一些人姓丁格尔。你是在研究这个姓氏吗?"（绝对不是。）"如果你能给我一些关于你父亲姓氏的线索，我也许能给你发一个我的族谱的链接……我手头的族谱里大概有 18000 多人，你能提供的任何其他信息都可能是个开始。"（好家伙。）"如果你能提供更多细节，我也许能帮到你。我们一定在不远的过去有着某个共同的祖先。"

我想，这听起来很不错。然后我意识到，在我还没回复第一封邮件时，她在同一天又发来 3 封邮件。显然，她的头脑非常活跃。"嗨，莎拉，我终于在我一个堂兄约翰的 DNA 匹配关联中找到了你的谱系，他是我家谱中的一员而且我掌握了他的 DNA 检测结果……看来你与他的基因距离更近，这或许能给我们提供线索……""嗨，莎拉，你可以点击约翰与你的匹配关联右侧的按键查看约翰的父系族谱……""莎拉，对不起，今晚再次打扰，约翰的父亲是以这个名字出生的。

我认为另一个名字可能是他的祖父。”

我完全不知道她在说什么。我甚至还没有真正查看过祖先 DNA 网站的全部内容，而海瑟显然是个专家。

“海瑟——这太神奇了！太感谢您了！丁格尔是我的姓，但不是我生父的姓——很遗憾我真的不知道生父是谁，也不知道他是住在澳大利亚还是世界上的其他哪个地方。我只知道我身上所有的欧洲血统都来自他。我希望能从各种堂表亲的家谱中进行三角定位，然后找出答案。”我回信说。她立即回复了我，并且不是 1 封，而是 2 封。

“嗨，莎拉，我有望能在 3 到 4 个星期内见到约翰的妻子，看看她能否帮上忙。我会问她是否可以把她的名字告诉你……”太好了，我想。第二封邮件更吸引人：“顺便提一下，莎拉，我找到了我父亲的父母。他不知道他们是谁。我还找到了 DNA 证据来支持我的发现……所以你可能还是很幸运的。”

我快速地回复了她，表达我的谢意。关于她父亲的那部分很有意思，我思索着。她可能会明白：她可能会是我的盟友。也许我应该告诉她我的处境到底是怎样的。

DNA 检测不仅是许多因供体受孕而出生者最后（也是唯一）的希望，也是被领养者的指路明灯，包括上一代或上几代的被领养者，他们那个年代的领养方式可以说是很粗放的，甚至可以说是赤裸裸的抢夺婴儿。我猜测海瑟的父亲可能是被领养的。就我的情况而言这是个好消息。我从来不必向被领养者解释我想找到家人的愿望，或是我碰壁后的愤怒。海瑟很有可能已经理解了我的想法。

很久以后，我发现我的猜测基本正确。海瑟的父亲 3 岁时被送到寄养家庭，58 岁时去世。“终其一生他都不知道自己的父母是谁，也不知道自己为什么会被遗弃。”海瑟告诉我。

在他去世多年后的 1980 年，海瑟开始寻找这些答案。那时还没有像祖先 DNA 这样的 DNA 检测公司。海瑟采用了老式的方法：公开的信息和人类智慧。她找到了父亲的出生证明，上面有他母亲的名字，但没有父亲的名字。她调查了他母亲的生平。然后她拨通了社区服务部的电话，查询她父亲的寄养安置情况。出乎意料的是，他们把她亲生祖父的名字告诉了她。（“或许不应该，但他们的确这么做了。”她坦率地告诉我。）而他们提供的他的联系地址是工会的工人办公室。

不走运的是，海瑟祖父的名字和姓氏都很常见。当海瑟在选民登记册之类的档案中搜索祖父的姓名时，她告诉我“找到了无数个”。于是，海瑟试图从她祖母的生活、住址和其他零星信息中找出祖母最有可能遇到并与之育有子女的人。她锁定了一个住在悉尼内城，与她父亲出生地仅一街之隔的男人。海瑟将这些信息与出生、死亡和婚姻登记办公室的记录、此人曾在工人办公室工作的确认信息、照片中极其相似的外貌以及多年后的祖先 DNA 测试结果进行了交叉对比。就这样她找到了父亲的亲生父母。

海瑟联系了他们的后代，包括她父亲的同父异母姐妹，也就是她自己的姑姑。海瑟告诉我，她为父亲找到了答案，“他是一个非常敏感、善良和温柔的人，却有着非常艰难的生活和非常悲惨的过去。多年来他不得不与私生子的耻辱名头和遭遇的排斥作抗争，而这些并非他的过错。”

我问海瑟，最终找到她父亲一生都不知道的真相，这让她感觉如何。“欣喜若狂，”她立刻说，“就像曾经有个大洞，然后它被填满了——我爸爸不是从天而降的……感觉真的非常非常棒。”

而且海瑟并不只是为了父亲而高兴。“就好比一个拼图，我找到了最后一块将它拼好。”她向我解释道。

“这对我来说也意义非凡。我认为它填补了我身份上的空白。”

在与海瑟开始联系的第二天，我的收件箱又收到 5 封她发来的新邮件，其中包含了大量令人困惑的信息。我惊呆了。她显然不知疲倦。

“好消息！我们可以进一步缩小范围了！我也找到了与你的 DNA 关联（在 70 页中的第 21 页!）” 70 页的 DNA 结果？老实说，到了这一步，我只是假装明白发生了什么事。

“这样就排除了［A 家族］的远祖，剩下的就是约翰和我共享的共同联系……即［B 家族］。”接下来是一连串的名字和历史花絮。某人的祖先来自爱尔兰的多尼戈尔。我是多尼戈尔人和他第一任妻子的后代，而海瑟是多尼戈尔人和他第二任妻子的后代。

我几乎无法消化这一切。但有一点非常清楚：海瑟在时间的长河中不可阻挡地向前迈进，越来越接近 20 世纪 80 年代，越来越接近悉尼的皇家北岸医院，也越来越接近我生命初始的那一天。她以迅雷不及掩耳之势从虚无中撷取答案。第二天结束前，又一封邮件到来。她请来了堂兄约翰的妻子加入搜寻的队伍：

“如果我们能知道你母亲的名字或至少是姓氏以及她居住的地区，那就太好了。另外，你能告诉我们有关她的历史的任何信息也会很有用。如果你是被领养的，那么社区服务部会有相关记录。如果你不是被领养的，那么如果你能获得你母亲的出生证明，将会是一个很大的帮助。”

他们要找的是社会线索：我的父母是如何相遇并生下孩子的。对于任何一种孩子来说，这都是一个非常合理的问题——除了因供体受孕而出生的孩子。

是时候坦白了。海瑟给过我她的电话号码，于是我打了过去。

我说会把我为《美好周末》撰写的那篇文章发给她，它可以解释整件事。以往的经验证明那篇文章非常有价值：把所有事情从头再说一遍（包括我的个人经历以及供体受孕造成的普遍混乱，还要解释“系统”为何根本就不是系统）实在让人筋疲力尽。往往会有人突然联系我，告诉我他们是通过供体受孕出生的，并想知道如何开始寻找自己的基因供体，这时我就会把这篇文章发给他们。他们是应该联系政府，还是诊所？除非他们来自维多利亚州，否则我通常会回答说这两种途径都无济于事，并附上这篇文章作为证据，然后告诉他们加入我们的互助小组，可以来参加线下聚会或在线交流。

不过这次我把文章寄给了海瑟，并暗暗祈祷。她身边会不会有人是精子捐赠者并从他的视角看待一切呢？她会不会认为我的情况太混乱，不想让我查看她的家谱呢？

事实证明我多虑了。为父亲寻找答案，也是为自己寻找祖父母的经历令海瑟非常理解我的感受。“我没有评判你，”几年后当我问她时，她这样告诉我，“我更多的是在想你被剥夺了对自己生父的了解，我觉得这太可怕了。”而且她天生的好奇心开始冒头：“我对这个挑战感到兴奋，心想‘好吧，我也许能在这件事上帮帮忙’。”她回忆道。

在我把《美好周末》的文章通过电子邮件发给海瑟后，她没有让我提心吊胆。不到半小时就回复了。“一篇好文章！我会给约翰的妻子发一份拷贝，我们会一起努力看看能想出什么办法。我已经在你身上看到了一些与［B 家族］的相似之处。”

26 小时后——我想，这位女士真是媲美猎犬——海瑟又给我发了一封邮件。“嗨，莎拉，又是我。我附上一份文件，因为我发现了一些令人兴奋的消息，有 2 个非常贴合你的可能性。”就这样。2 种很强的可能性，她的意思是……？我打开了附件。里面有 2 个人名，海瑟认为他们都有可能是我生父。

我会称他们为蒂莫西（Timothy）先生。每位蒂莫西都附有领英（LinkedIn）简介、工作地址、推特（Twitter）账号和脸书账号，以及学校名称和父母职业等详细信息，甚至还有一位蒂莫西在近期某老年网球比赛中获胜的报道。一位蒂莫西是高中英语教师，另一位在州政府的道路和海事服务部门工作。

我看得目瞪口呆。看着他们的信息我感到左右为难：我该相信多少？我和这 2 位先生有多大关联？还是告诉我自己他们都不是我生父？

海瑟的研究很广泛。但她也指出这一切都不是绝对的，还有更多的线索有待追查。因此，我在脑海里稍微一转念就把这 2 人都排除了。他们都不是我的父亲：这只是漫长过程中的第一步。至于这个过程本身，我觉得自己有点没用。研究是我工作的核心部分。但海瑟手头有一大堆共享的族谱，其中包含了成千上万的关键人物。她是这次搜索的牵头人，在我们两个人中，她显然最有能力胜任这项工作。不过，当我从 2 位蒂莫西带来的震惊中缓过神来后，我意识到我可以做些什么。“我要联系我认识的一位 80 年代的精子捐赠者（他人很好，愿意让他的孩子与他联系），向他请教如何接近男性，有什么好办法等等。”我在给海瑟的邮件中写道。当然，我所谓的“男性”指的是精子捐赠者。她回复说：“不错，我认为这是个好主意……也是个非常敏感的话题。这也许是个等一等的好理由，等到其他人都被淘汰了……在此期间，我会继续给你发送我的发现，为你提供思考的选项。”

我必须说，海瑟无疑是一位速度和技巧都令人惊叹的遗传系谱专家，虽然她借助的都是公开的信息。她翻阅的所有资料——旧的选民名册、婚礼通知、社交媒体——都是公开的。她为自己的家谱建立了许多分支，并积累了大量有关 19 世纪澳大利亚作为囚犯流放地时期的知识。简而言之，她正是丽贝卡和我所需要的人，也是这么多年来，第一个能够获得如此多信息并且真正有兴趣帮助我们的人。感谢上帝让我们遇见海瑟。

我们约好在下个月见面一起查阅海瑟的笔记，而且我向她介绍丽贝卡是我姐妹。当然，丽贝卡也在海瑟的匹配结果中出现过，是她的远房堂表妹。会面扩大到 4 个人：海瑟、我，还有丽贝卡和她的小女儿艾米丽——我的外甥女，真棒。我有一个外甥女！还有一个外甥！这意味着什么？又一轮困惑和自我怀疑接踵而至。

到现在为止，我很清楚自己正处于一场疯狂的旅程之中，如果没有电子邮件和书面文字，我根本没法搞清楚到底发生了什么。几个月之前，澳大利亚放映时间公司（Screentime Australia）的几位制片人曾联系我了解供体受孕的情况，他们希望制作一部与荷兰播放的系列节目类似的节目。荷兰的那个系列跟拍了一群因供体受孕而出生者通过 DNA 检测找到兄弟姐妹的故事，整个系列非常可爱、真实而温馨。我向放映时间团队介绍了海瑟和丽贝卡、我们的会面，以及过去两个星期经历的完全疯狂的寻亲之旅。制片人询问能否让他们拍摄我们的会面过程。令人欣喜的是，海瑟和丽贝卡对此都没有意见。我想，此时此刻，我们都已经脱离了正常生活的范畴。

我们决定在悉尼大学的费舍尔图书馆（Fisher Library）会面。放映时间的制片人设法在费舍尔图书馆预定了一个氛围适宜的地方，给我们创造了一些私人空间。结果证明，这个决定非常正确。会面的前几天，海瑟又发来一封重磅邮件。

“只是确认一下周六的会面，”她写道，“顺便提一下，这次我相信我是真的可能找到了你的父亲！我交叉比对了你在祖先 DNA 上匹配到的包括我在内的 7 个人的信息……我已经整理出图表来解释我的推断，还包括了其他信息。”

什么？我心绪不宁。或许只是另一个不错的猜测，并不意味着什么。用海瑟的话说很久以前——其实也就是大约一个星期前——她在狂热地梳理历史信息的过程中把那 2 位蒂莫西先生都排除了。当时，我很庆幸自己没有对 2 位蒂莫西投入真情实感。我想，这次我也应该采取类似的谨慎态度。“好吧，在我们见面之前我不会问任何问题，你可以仔细地完成所有的推理过程。”我回复道。

与往常一样，除了告诉我们她找到了我们的父亲，海瑟还贴心地在邮件中发送了详细的停车建议，还建议我们带上午餐，并快速介绍了图书馆周边的咖啡供应情况。她还附上一张照片以便我们能认出她来。照片中的金发女士正开心地轻拍着一头成年母狮。（她告诉过我她经常去南非旅行。）至此，我已经见怪不怪了。我把它转发给了丽贝卡。

距离周六还有几个小时，似乎格外漫长。

那是个初冬的雨天。我在悉尼大学四方庭院的石拱门下和丽贝卡碰头。在广场的一角，雨水从一棵参天古槐上滴落到修剪整齐的草坪上。丽贝卡穿着黑色夹克，戴着围巾，推着一辆婴儿车出现在我面前。车里，裹得严严实实的小艾米丽探出头来。她非常可爱，气定神闲，仿佛在地下室挖掘祖父的身份线索就是她的常态。

而我则显得有些神经质。丽贝卡也是。我们紧张地开了几个玩笑，然后走向费舍尔图书馆。我们走下楼梯进入充满阴影和玻璃的地下楼层，直到来到一个亮着灯的房间。房间中央有一张大桌子，上面仔细地摆放着各种纸张：零散的文件、完整的活页夹、好多张纸粘在一起形成的蜿蜒的家谱。桌子后面，海瑟正在整理一些文档。这位拥有披肩金发的容光焕发的女士满脑子都是秘密。我们兴奋地互相打了招呼，然后海瑟就开始了她迫不及待的分享——关于我们是谁的答案。

第三十三章

海瑟花了好几个小时整理出她认为是属于我们仨的共同族谱，从6代之前一直梳理到现在，列出了每个分支、每段婚姻、每个孩子。她甚至翻遍了档案材料，尽可能地找到族谱上人员的照片打印出来。当我们俩从邮件沟通来到现实中的这个房间时，所有东西都已摆在桌子上。

后来，很久以后，海瑟说她第一次看到丽贝卡和我的时候就在想："……天啊，还真像。你们俩都是。"

海瑟在开始讲解的时候把这个想法藏在了心里。我们已经决定，与其直接告诉我们生父的名字，然后回答一大堆杂乱无章的问题，不如让她逐条逐代地解释她的推断。（制片人在一旁静静地拍摄，他们非常喜欢这种方式。）这是最合乎逻辑、最有效的做法。但这也要了我的命。

海瑟的讲解从詹姆斯·摩尔（James Moore）开始。他是盗马贼，多尼戈尔人，也是我们共同的"老祖宗"。我们3个都和摩尔有亲缘关系。传说他偷了一匹马（并给它染了色），虽然有点小聪明，但没有成功。他被捕之后被定罪，并被流放到澳大利亚。

詹姆斯·摩尔于1829年乘坐载满流放犯的弗格森号（*Fergusson*）抵达澳洲。这不是一次愉快的航行。据船上的主管外科医生说，从爱尔兰出发时，船上的216名囚犯已经"由于营养不良和情绪低落而健康状况不佳"。[1]随后又遭遇了恶劣的天气，可怕的晕船以及严重的坏血病爆发，并伴有痢疾和"肺部疾病"。停靠悉尼湾时，这艘船上只死了2个人：这在当时来说算是个不坏的结果。活下来的詹姆斯·摩尔于是准备在殖民地开始他的无期徒刑。据海瑟说，他就是我们的烈祖（即高祖父的祖父）。

"好吧。"我说。太久远以前的祖先很难引起有意义的思考：我只想知道最近期的先辈，其他的都留待以后再想。海瑟继续讲解着。摩尔家族子子孙孙地繁衍下去。我们的祖上与澳大利亚最早的白人诗人之一查尔斯·哈珀（Charles Harpur）有血缘关系，海瑟对此感到很兴奋。她给我们看了一张泛黄的老照片。照片中的人留着长长的胡须，斑驳的花白头发，他给鬓角打了蜡，让它们像粗短的翅膀一样支棱出来。当着海瑟和丽贝卡的面，我对于有关哈珀的发现惊叹不已。但我内心却几乎什么也没听进去。

海瑟关于肯尼护士的发现则更能引起我的兴趣。伊丽莎白·肯尼（Elizabeth Kenny）于1880年出生在新南威尔士地区。海瑟说，她是我们隔了好几代的远房表亲。我通常不会对自己与名人的微弱关联感到兴奋——但她是个**了不起**的人。

肯尼护士是一名自学成才的"野路子"护士，她住在达令山丘（Darling Downs）的自家产业里，经常骑马外出给病人免费治疗。第一次世界大战期间，她曾在军舰上从事护理工作并被晋升为"护士"（Sister）①。回国后，她为救护车设计了一种新型担架并申请了专利，但她的名气源于她在治疗脊髓灰质炎（俗称"小儿麻痹症"）方面的成就。小儿麻痹症是一种残酷的传染度很高的疾病，患者在幼年时期就会发病，并可能造成永久性瘫痪，至今仍是一种无法治愈的疾病。那个年代还没有脊灰疫苗。尽管面对医学界的强烈反对，肯尼护士仍然彻底改变了小儿麻痹症患者的治疗方法，从而提高了他们的生活质量。

20世纪30年代，肯尼护士在昆士兰创办了一家诊所，采用她从

① 澳大利亚陆军护理队中相当于中尉的军衔。

实际经验中总结出来的实用细致的技术治疗小儿麻痹症患者：热水浴、热敷、被动运动、摒弃支架和夹板、鼓励主动运动等等。她受到了医生和按摩师的大肆嘲笑。“意志坚强的肯尼……遭到了保守的医学界的反对，他们认为她提出的放弃固定装置的建议是犯罪，而她毫不留情地抨击了他们。”《澳大利亚人物传记大全》（*Australian Dictionary of Biography*）如是说。我想，我喜欢这个女人。

肯尼护士将她开创性的小儿麻痹症治疗方法带到了英格兰，然后又带到布里斯班。医疗主管们注意到她的病人恢复得更快，肢体也更加柔软。然而澳大利亚主流医学界仍然对她视而不见。她说：“我完全没想到医学界的态度如此离奇，他们随时准备谴责一切带有改革色彩或与认可的实践方法不同的做法。”[2]

于是肯尼护士于1940年前往美国。她开始是在明尼阿波利斯综合医院（Minneapolis General Hospital）治疗病人，之后为来自世界各地的医生和理疗师们开设课程。1942年，明尼阿波利斯成立了第一家伊丽莎白·肯尼诊所（Elizabeth Kenny Clinic），它后来变成了伊丽莎白·肯尼研究所（Elizabeth Kenny Institute）。肯尼护士的方法为我们今天所知的康复医学奠定了基础。[3]她与人合著了一本名为《他们将行走》（*And They Shall Walk*）的自传，在纽约出版，还有一部电影是关于她生平的。1950年，美国国会授予她免办入境手续自由进入美国的殊荣。

时至今日，勇气肯尼研究所（Courage Kenny Institute）及其基金会仍在为美国的残疾人和慢性病患者提供治疗。澳大利亚没有这样的机构，也没有对她的方法给予同等高度的认可。但根据各种流传的说法，肯尼护士对此可能并不在意。据说她曾经说过：“做一天狮子，胜过做一辈子绵羊。”

海瑟还带来一本书。书名是《肯尼护士，挑战医生的女性》（*Sister Kenny, The Woman Who Challenged the Doctors*）。丽贝卡和我拿着那本书，咧嘴笑着拍了一张照片。

肯尼护士虽然很迷人，但离我们的生父还是很遥远。

不过她的故事把我们带入了20世纪。海瑟将话题转向我们的直系祖先。这么多家族，这么多姓氏相互碰撞，一半的姓氏被淹没，另一半则胜出。最终，查尔斯·哈珀的一位女性后裔嫁给了来自新南威尔士州的一位小镇男子。这对夫妇有3个孩子。其中一个就是我的祖母。

海瑟给我们看了她的照片，我一直，一直盯着它看。照片来自澳大利亚战争纪念馆（Australian War Memorial）的档案。我的祖母是澳大利亚皇家空军（RAAF）的一名中士，在大后方服役。照片中的她身着衬衫和外套，系着领带，一只袖子上有RAAF的雄鹰图案。头上戴着一顶RAAF军便帽——别致的深蓝色帽子以一个活泼的角度戴在她的鬈发上。

这身行头非常考究，但让我目不转睛的是她的脸。

从她脸上能看到我的脸。还有丽贝卡的。

在我身上无疑能看到我母亲的血统。我的发色、眼睛、身材、颧骨都显示我是毋庸置疑的亚裔。因此我能明白我**就是**我母亲的女儿，但我看不到我俩的长相有任何真正的相似之处。我一生都在研究其他欧亚混血儿的面孔：看看哪里反映了白种人基因，哪里是亚洲基因占主导地位，试图弄清楚我自己的情况，但从未能真正理解。但当我看着这位女士，我找到了答案。我看到的就是一个穿着皇家空军制服的略微圆润、更白一些的我。同样的脸型，同样略尖的下巴，同样的嘴巴和酒窝。鉴于她与我隔了一代，我真不敢相信我们竟能如此轻易地融为一体。还有丽贝卡——如果你在街上遇到我们，你绝对想不到她和我是亲戚。但有了这个突然出现的祖母，你就能理解了。她是我们之间的桥梁，是直观的解释。

这是我有生以来第一次看到一个真正和我长相相似的亲人。

我们都愣住了。我不记得我是否大声说出了我的想法，我只是惊呆了。这就是海瑟在我们走进房间的那一刻看到的相似之处。“我在你俩身上都看到了她的影子，”海瑟后来告诉我，“颧骨、面部结构。

丽贝卡的鼻子看起来和她的一模一样。”

在我们默默研究照片时，海瑟对我们说：“她有 2 个儿子。”他们都出生在乡下。“但在 70 年代末和 80 年代初，他们中只有一人住在悉尼，所以我想他一定是捐献精子的那个。”

当然，海瑟也有那位儿子的照片：这是她拿出的第一张彩色照片，是一张脸书上模糊的个人资料照片。如果说祖母的照片深深地触动了我，那么这张照片的效果恰恰相反。我完全蒙了。这似乎是一张假日快照。一个年约 50 的男人穿着熨烫过的黄色 Polo 衫，戴着金属框眼镜，棕色头发，留着小胡子，站在一艘似乎是停靠在海军基地码头的德国 U 型潜艇前。我感到莫名其妙。此人看起来和我一点也不像。

他怎么可能是我的亲生父亲？我怎么会和他共享一半的 DNA？

我知道丽贝卡也在思考同样的问题——就是这个人？我为了寻找答案抗争了这么多年……他竟然长得有点像内德·弗兰德斯（Ned Flanders）[①]？这个人本身绝对没有任何问题。他看起来很友善，很开心。海军基地之行一定很精彩。但他看起来和我们不像。盯着他看时我什么也感觉不到：0 联系。我不是一个迷信的人，但是当你第一次见到自己的亲生父母时，难道不应该有一些感应，一些火花吗？我能看到的他和丽贝卡唯一的相似之处就是棕色的头发，也许还有脸的长度（虽然我怀疑她不会认同这点）。他和我唯一的相似之处就是我也喜欢黄色。

现在，我明白了海瑟按时间顺序逐一展示所有出生、死亡和婚姻等线索的重要性。如果她以这张照片作为开场白，我绝对不可能相信她。即使她已经做了充分的推演，我仍然不觉得这是真的。DNA 是不会说谎，但也许海瑟在岁月的长河中找错了方向？

可怜的海瑟站在那里，看着我们困惑的反应（后来她告诉我“我感到有点沮丧”），然而她的表现还是一贯地仔细周到。她甚至

① 美国动画情景喜剧《辛普森一家》中虚构的常驻角色。

为我们每人准备了一个文件夹，里面有 30 多页的研究和计算结果。还有那张身穿皇家空军制服的女性的照片：看着她就好像看着我自己的脸，真是不可思议。

我将称呼这位身穿 Polo 衫的男子为史蒂文·麦肯齐（Steven McKenzie）。而他，显然就是我们的生父。

制片人单独采访了丽贝卡和我，记录下我们的反应。在纪录片中，你的反应会被真实呈现——我不知道我内心的汹涌澎湃和困惑迷茫是否被记录了下来。我无法立即表现出喜悦和满足，也不觉得我应该这样做。那是电视真人秀的陈词滥调，不是现实生活。在现实生活中，当你终于得到自己长期以来一直被剥夺的如此基本的东西时，你无法立即消化它。我说不清自己的感受。我需要时间。尽管我上了国家电视台，尽管我发表了自己的故事，尽管我从被怀上的那一刻起就被陌生人利用——但不知何故，我仍然是一个相当注重隐私的人。一个内心快要崩溃的注重隐私之人。

还有另一层考虑。如果我们和史蒂文取得了联系，而他后来看到了这段纪录片怎么办？**万一我说错话怎么办？**如果这反过来危及了我们未来的关系呢？风险很高。影响很大。

让整个情况更加复杂的是海瑟对待研究的认真态度，尽管我们现在对她的认真已不感到意外。她不仅为我们找到了这位生父的姓名和照片，还找到了他的生活片段，包括他在悉尼的旧住址和教育细节。他曾就读于悉尼大学，多年后丽贝卡也在此求学。海瑟还找到了他哥哥的姓名以及他侄女和侄子的姓名。还有最后一条重磅线索：他的联系方式。

在海瑟为我们准备的最后一张纸上，整齐地抄写着从电话目录上找到的史蒂文·麦肯齐的姓名、街道地址和电话号码。

作为数字时代的青年，我和丽贝卡盯着这些联系方式，然后做出了任何同时代的人都会有的举动：我们挤到海瑟的笔记本电脑前上网搜索他。我们找到了他在昆士兰的家。我们找到了他在脸书上的个人资料。我们还找到了很多很多以他的名字写给编辑的信，发表在都市日报、社区报纸、期刊和新闻网站上。我们之所以确定这是他而不是别人写的，是因为他署的是全名和他所在的郊区。看来我们的父亲是个相当出色的通讯员，关注点从道路状况到联邦政治，无所不包。我开始怀疑我们的父亲是不是个键盘侠。如果是的话，那他就是一个更早、更礼貌的版本：他写给编辑的所有信件都措辞礼貌，甚至包括讽刺的部分，或者说尤其是讽刺的部分。他写过的主题包括支持澳大利亚成为共和国；关于沥青的内容；对时任总理马尔科姆·特恩布尔（Malcolm Turnbull）的褒扬；对澳洲偏远地区传统政党国家党的抨击；还有一篇观点鲜明的短文论述"伙计们"一词的使用并不排斥女性。总之，非常高产。

接着我们又搜到了大量他写的书评，评论对象从马基雅维利（Machiavelli）到塔西佗（Tacitus）的作品，应有尽有。其中有一篇对澳大利亚作家克里斯托斯·佐尔克斯（Christos Tsiolkas）的评论引起了我的注意。佐尔克斯写过许多畅销书，最著名的作品是国际畅销书《耳光》（*The Slap*）。他本人是同性恋，他笔下的许多人物也是。我仔细阅读了他对佐尔克斯的评论。然后，我避开制片人把海瑟拉到一边。

"海瑟，"我说，"我刚刚注意到一件事。我觉得他是个同性恋。"

"我也这么认为。"她立刻说。海瑟在他的社交媒体资料中发现的一两样事情让她有此怀疑。"但我什么都不想说，我想让你们俩形成自己的观点。另外，对于我们这一代人来说，有些人对这种事还是很保密的。"

我耸了耸肩。"这对我来说无所谓，"我说，我在想别的事情，"如果他是同性恋，或许他会更愿意和我们交流。因为他不会有自己的妻子和孩子。"

她点了点头。"是的，我觉得有这种可能。"

剩下的事我记不清了，还有到家以后和随后几个星期的事情我也只有模糊的记忆。我真的不知道自己是如何度过那些日子的。但我确实记得一种非常强烈的平静感。他是真实的——我们是真实的。关于我们如何来到人世以及在我们之前发生的一切都有了解释。突然间，我与人类紧紧地联系在了一起。如果你从未感受过这种错位，如果你一直安于自己的家族身份，你可能无法理解这有多么令人安心以及它给我带来了什么。我只能说，我心里那个又紧又黑又痛苦的结彻底松开了，解开了，捋顺了，让我大松了一口气。

丽贝卡礼貌地让我休息几个月。我告诉她我觉得给他打电话不是最好的办法。既然我们有他的地址，我想也许手写一封信会是更好的自我介绍方式，也更有可能被接受。如果他不回信，我们再考虑更直接的方式。

但我没有动笔，也没有采取任何行动。我很高兴地只是飘浮着，知道自己手上有一张写着他名字的纸。如果这是寻找的终点，我也没意见。几年前为《美好周末》杂志所写的文章中都是我的肺腑之言：我不需要另一个父亲。他把我抚养到 15 岁，我再也找不到比他更好的父亲了。一群所谓的专业人士能够让我知道自己的亲生家人是谁，却又故意拒绝让我知道，这让我出离愤怒。这种侮辱让我无法忍受。但我打败了他们——我找到了那个名字。我只想沉浸在这一刻。

我觉得我终于享受到了快乐。我找到了关于自己的答案。我的恋情也很顺利：山姆和我刚刚订婚。而且不知怎的，尽管我个人的身世带来了一堆麻烦，但我的工作还挺顺利。

另一方面，丽贝卡却急疯了。她从 11 岁起就知道自己是通过供体受孕出生的，她终于有了生父的姓名，可**你现在却想放慢脚步？**

可怜的丽贝卡。我让她失望了。我去德国做节目。然后回到家又开始紧锣密鼓地编写脚本。在费舍尔图书馆的会面过去几个月后，我给她发了一封邮件，现在看来它的内容似乎是令人恼火的冷漠：“我还在消化史蒂文是我们生父这整件事情，几乎没想过其他家庭成员，不知道你怎么样。”她当时可能已经沮丧得失去理智了。丽贝卡不想在没有我的情况下继续推进，而在我们两人中，我可能是最适合写信的人。毕竟，联系陌生人是我的工作。

老实说，我觉得我不愿意和他联系也是源于一点点害怕。不是害怕他的任何具体反应，更像是害怕失去我已经拥有的东西。如果他是个彻头彻尾的混蛋，那就真的毁了这一刻。我不想再陷入另一段沉重的存在焦虑之中。我花了好几年才度过上一次这种痛苦。

但我能理解丽贝卡的立场，我明白她需要继续下去。而好奇心是我的弱点。

当我和山姆在塔斯马尼亚岛度假时，我决定我已经准备好了。我已经休息过并且满怀喜悦。我现在能够承受更多我的身世带来的绝对疯狂。一天早上，在霍巴特一家小巧可爱的咖啡馆里，我点了一杯超大杯咖啡并打开笔记本电脑。在山姆看报纸的时候，我草拟了一封致史蒂文·麦肯齐的信。我会把草稿发给丽贝卡征求她的意见，然后手写最终的版本，并在末尾写上我们的电子邮件地址。

亲爱的史蒂文·麦肯齐：

给您写这封信的是丽贝卡和莎拉，我们正在寻找有关我们家族历史的信息，我们认为您也许能帮上忙。很抱歉这样突然找上您，但我们认为最好还是写信与您联系。

我们今年都是 33 岁，是同父异母的姐妹——我们不久前才知道这个令人高兴的事实。莎拉是澳大利亚广播公司驻悉尼的记者和主持人。丽贝卡是一名作业治疗师，在悉尼的一家急症医院工作。乍一看，除了脸型和下巴外，我们长得并不相像。莎拉有一半马来西亚华裔血统，而丽贝卡则有意大利血统。但是，我们写这封信是想告诉您我们的共同点。我们认为，这些共同点可能来自您。

我们的母亲都是在悉尼皇家北岸医院通过捐赠的精子怀上了

我们。我们有共同的生父，也就是同一位精子捐赠者。

DNA 检测让我们发现我们是同父异母的姐妹。我们还找到了大量的远房表亲以及他们的家谱。通过追踪新发现的亲戚及其家谱，我们注意到您和我们俩都有亲缘关系，并相信您可能就是我们母亲的精子捐赠者。我们还了解到 80 年代初您就在悉尼居住。

如果您当时确实曾在皇家北岸医院捐过精子，我们要感谢您这一举动。因为没有您的捐献就没有我们。我们想告诉您，我们俩现在都生活得美满幸福：丽贝卡有丈夫和 2 个年幼的孩子，莎拉刚刚订婚。

在此我们想澄清一点，我们联系您肯定不是为了钱，以后也不会，而且也没有任何法定权利这样做。很抱歉我们说得这么粗俗，但我们认为这一点值得说清楚，因为社会上对这个问题有很多误解。我们只想知道一些基本的家族病史，以便我们规划自己的生活。丽贝卡有 2 个年幼的孩子，也就是您的亲孙子，所以这对她非常重要。莎拉患有慢性病，她希望了解更多信息以便能够控制病情。

皇家北岸医院无法向我们提供任何信息，因为他们在几年内故意销毁了大量医疗记录。这是一起令人震惊的渎职事件，新南威尔士州已对此展开了 2 次调查。因此，我们甚至无法掌握关于亲生家人的非身份识别信息——包括最重要的基本家族病史。这让我们都很不安。我们俩是凭运气才彼此相认的。当我们相识后得知我们是在差不多同一时间出生于同一家诊所，就立刻意识到只有测一下 DNA 才能确定我们是否是姐妹——结果证明我们的确是。

我们非常希望收到您的回信，如果您能提供任何家族病史，我们将不胜感激。

第三十四章

8月的一个下午，家住布里斯班的史蒂文·麦肯齐回到家，从蹲踞在车道半腰的信箱中取出我们的信。

“信封鼓鼓囊囊的，”他回忆道，“我以为又收到了一封来自疯狂君主主义者的疯狂抨击。”

他并不急于阅读这些疯言疯语，所以没有立即打开信封。但等他打开后就发现，这封信很显然不是关于捍卫君主立宪制的。

“我意识到它是什么之后就给自己冲了一杯咖啡，并坐下来读了起来。”他说。最后，当他读完时：“我非常高兴，但也有点紧张。”

8月底，我和丽贝卡收到一封电子邮件。是史蒂文·麦肯齐的回信——一封彬彬有礼、充满好奇、既平凡又惊天动地的信。

“亲爱的丽贝卡和莎拉，感谢你们最近的来信。根本不必为突然联系我而道歉，我很高兴收到你们的来信。我也很乐意收到更多你们的来信，但以后请寄到我的通信地址……只要下雨，塞到我家信箱里的东西就容易被淋湿。”他选择以邮政说明开头？不过等等，这是个好兆头吗？

“莎拉，我刚刚拜读了2014年8月那期《美好周末》上你的文章，感到非常震惊。不仅仅是对于你失去父亲感到震惊，也是对你从皇家北岸医院那里受到的刁难感到震惊。既然你是记者，我想我们之间有很多话要谈。我对文章中的部分内容持有不同意见。”（我的记者头脑立刻活跃起来。我想，那篇文章提到的事实都是经过广泛核实的。一秒钟后，我的常规自我浮现出来：等等，他的不同意见是针对诊所的行为吗？)

“现在来聊聊具体的。莎拉，《美好周末》的文章说，你拜访了IVF澳洲并被告知相关记录上的代码已被销毁。之后，皇家北岸医院的一位联系人说你的捐赠者是一名医科学生，他的代码是AFH。这些细节都与我不符。我从来没有学过医，而且我长得也不像你父亲(我的头发是黑色的，牙齿也不那么整齐，脸型和身材也都不一样)。”好吧，我想，但这些都不是决定性问题。他的信还没完。他说，根据我那篇文章中写的内容，也有一些更“正面”的细节。他也学过德语，去过德国；他和我一样酷爱橄榄。“我在皇家北岸医院的代码是AKH。我希望这一个字母之差不会造成不必要的心痛。我碰巧知道IVF澳洲有一份我的档案，里面有我的照片，还有一封我早在1997年写好的给我捐精带来的所有子女的信。”

是他。

一定是他。他是一名捐精者。而且是悉尼皇家北岸医院的捐精者，尽管他现在住在另一个州。他的捐赠者代码和黛安娜·克雷文从30年前的记忆中挖出的代码几乎一样：AKH，而不是AFH。肯定是他。而且——还有一封信？一张照片？据说存放在IVF澳洲，等了我们20多年？那个曾如此恶劣地对待我的机构？这到底是怎么回事？

“莎拉和丽贝卡，我愿意接受DNA检测以确定我是否是你们的亲生父亲。因为我们之间的关系还存在一些疑问，所以我选择暂不回答你们的问题，因为我不想让你们心存很大的希望之后又让你们失望。但如果测试结果是肯定的，对于你们想知道的一切我会知无不言，言无不尽。我也非常非常乐意与你们保持《美好周末》一文中提到的友好关系。”

我的全部反应就是：我的天呐。

剩下唯一的事情就是确定最终检测的地点与方式。我给他发了一封电子邮件介绍各种可选择的 DNA 检测——法院使用的，昂贵的一对一实验室检测；价格适中的家庭亲子鉴定；以及最便宜的选择，即类似祖先 DNA 这样的家谱公司。丽贝卡随后也发了一封邮件，礼貌地建议我们继续选择祖先 DNA 这样的公司，因为又熟悉又省钱。聪明的丽贝卡。祖先 DNA 是一对多的公司：一旦做了检测，史蒂文的 DNA 结果就会被存入数据库，方便他的其他供体受孕后代以后寻找他。我们都愿意等到 DNA 检测结果出来之后再进行任何更深入的交流，无论是当面的或是电话交流。我认为这是完全合理的；我当然不想在错误的人身上投入感情。

我和丽贝卡商量好由我们出钱购买祖先 DNA 试剂盒并邮寄给他。我并不认为我们有任何义务这样做——孩子们不应该为了了解自己的身世而付钱给父母或任何人——但我认为善意可能很重要。与此同时，尽管他仍保持谨慎，但也似乎越来越自信，甚至有点兴奋。丽贝卡发送了几张她的照片。这似乎向他证实了我们并非捕风捉影：他显然也想提供他手头的照片作为回报。

“我正在制作一个小型影集，里面有我从 1980 年到现在的照片，还有一些我直系亲属的照片，”他写道，“我不想在检测前把它寄给你们，但我不妨现在告诉你们，我认为检测结果会是肯定的。”（哇，我想，你保持小心谨慎的边界线已经消失了。）

“我仔细看了莎拉的网络照片和你的照片，现在我比较自信我就是你们的生父。你们长得和我的一些近亲非常非常相像。”

这一点我们已经知晓了。多亏了海瑟，我们比他领先很多。我们对于祖先们的了解甚至超过了史蒂文·麦肯齐。他知道自己与诗人查尔斯·哈珀的血缘关系，但不知道还与其他的名人有关。他说：“如果能和肯尼护士扯上关系那就太令人高兴了！”（私下里，他会告诉我他被我的哪张照片打动了：一张我戴着墨镜的推特旧头像。他说：“我看到时就想，哦，是的。那看起来就像我妈妈心情不好的样子。”）

9月中旬，祖先DNA的试剂盒抵达了史蒂文的邮政信箱。（公司给我发了一份到货通知——这是由我们订购的另一个悄悄的好处。）他在电子邮件中告诉我们他提供了口水样本，并立即把试管寄了回去。

一个月后，他在凌晨4点半给我们发了一封电子邮件。

> 嗨，莎拉和丽贝卡，
>
> 已经收到DNA检测结果。证实我就是你们的生父。
>
> 你们想见我吗？如果想的话，我可以来悉尼，我们可以聚一聚，时间长短由你们定。

海瑟是对的。

圆环闭合了：整个脉络中松散的最后几缕终于找到着力点收紧了。他是我们的生父。我们找到了他。此刻距离我妈妈告诉我身世真相已经过去了5年半。

电子邮件末尾还有一个附件。那是20多年前，也就是1997年，史蒂文·麦肯齐写给他捐精带来的孩子们的信，给我们的信。

> 亲爱的“由我而生”的孩子：
>
> 你好！恭喜你决定来找我！我很高兴你迈出了这一步。
>
> 这些年来我时常想起你，我希望你和你的父母生活幸福，但直到最近我才想到你有可能对我感到好奇。谢谢你这么做……

信是用打字机打的，上面有手写的敬语和签名。他写此信时想到收信人有可能还是未成年人，因此，我认为这封信取得了很好的平衡，既解释了困难的部分，又不过分简单化。他还在信中附上了一张自己的照片。

是的，你的一半来自我：你父亲想要你却办不到，是我提供了他最需要的帮助。是的，我会让你知道我的这一半来自何方。是的，如果你愿意，我很乐意和你见面。是的，我会与你分享我的生活，向你介绍我自己和我的亲戚们。而且我随时愿意向你提供你可能需要的任何医疗背景信息……

多米诺骨牌一个接一个地倒下：受生育行业恶意保护的匿名承诺轰然倒塌。早在 1997 年，我们的生父就很乐意亮明身份。他很愿意和我们见面。也很乐于告诉我们有关我们的祖先、他的生活、我们共同的家族病史等信息。20 多年前，他就明确同意了这一切，但却从来没人告诉我们。

问题不在于我们的捐赠者。问题出在把关人身上，他们从我们的存在中牟取暴利，并用可疑的手段将我们与亲生家人分离——这同时违背了他和我们的意愿。

……希望这封信是你想要从我这里得到的问候，也希望你愿意与我取得联系，这也是我一直期待的……期盼着你的回音。致以最诚挚的问候，“你的原型”。

2020 年，在为本书做研究的过程中，我发现史蒂文·麦肯齐写给我们的信一直就藏在我们的眼皮底下。原来，他曾向供体受孕支持小组提供过一份副本。而他们将其作为一种资源保留着。2010 年，供体受孕支持小组将这封信纳入了他们向澳大利亚参议院提交的关于供体受孕调查的长篇建议书中。[1]

我生父写给我的关于我身世的私人信件多年来一直公布在澳大利亚议会的网站上。

全国人民都比我先收到这封信。

对于丽贝卡和我而言，这封信在1997年被交给（IVF澳洲的前身）NSART之后就消失了。我们从未收到过这封信，也从没有人告诉过我们它的存在。据推测，这可能是因为诊所工作人员销毁了我们的捐赠者代码：但我们永远无法确定他们是在什么时候销毁的，所以谁知道呢。

当然，我只有到成年后才有可能知道史蒂文·麦肯齐是我的生父，但丽贝卡从11岁起就知道自己的身世。在她的成长过程中，她本可以得到那封信的。她对史蒂文说："我想如果那时能收到你的信，我会感到安心和高兴。"

对于史蒂文而言，无论是NSART还是IVF澳洲都没有人告诉他捐赠者代码已被销毁，因而也就无法将他的信转发出去。当他发现事实的确如此时似乎大受冲击。我意识到，他仍然对这个系统以及系统内的工作人员充满信心。他相信他们告诉他的一切，并相信一切都很专业和光明正大。直到他听到我们的版本。

我向IVF澳洲及其母公司维尔图斯健康询问了史蒂文·麦肯齐的信件和照片，以及为什么他们没有告诉他捐赠者代码被毁会导致他的信和照片无法投递："为什么NSART/IVF澳洲没有告知捐赠者代码被销毁一事，尤其是那些明确表示愿意与后代联系的捐赠者?"

他们的回复是："出于保护隐私的考虑，我们不能就［史蒂文·麦肯齐］的具体情况发表任何评论。"真是一点都不意外呢，我心想。

我在给史蒂文的邮件中写道："IVF澳洲的档案里有你的照片和信，我认为这件事很有意思。首先，我认为你写了这封信并交给他们是值得称赞的行为。其次，在围绕皇家北岸医院销毁代码一事的（许多）神秘之处中，有一点就是我们始终无法确定这么多代码是在什么时候被销毁的。皇家北岸医院就此曾开展了一次不太给力的调查，我认为他们得出的结论是，这些代码是在1984年3月之前被销毁的。

“这就意味着，在你把信交给他们的时候，他们就已经知道这封信不可能被送到任何人手里。当然，除非他们对销毁代码的时间没有说实话。”

我知道我更相信哪种可能性。围绕供体受孕的谎言比比皆是，但在我看来，一家大型私人诊所在明知永远无法送达的情况下接受如此重要的文件，这种谎言是最不费力的，但其后果是极具破坏性的。

“谢谢你对此事的妥善处理，并回复得如此迅速，”我在邮件末尾写道，“无论 DNA 检测结果如何，都让我对他人更有信心。”

“感谢你说我给你们的第一封回信让你对他人充满信心，”他回复道，“这是我近 20 年来的希望之一。早在 1997 年，试管婴儿［他指的是供体受孕］突然成为报纸和电视上的热门话题。人们谈论的话题之一是，当孩子们发现自己身世时会多么震惊，会觉得自己的个人背景中出现了一个空白并渴望填补它。于是我决定，如果我的任何一个孩子找到我，我将尽我所能地弥补这个空白，让孩子们觉得至少修复了他们以前的自我认知——如果做不到这一点，那就是无情的残忍。而这个过程的第一步就是写信和提供照片，其他的我就得边做边想了，与此同时要谨记没有人需要多出一个父母（这一点我比你们想得早很多）。现在我很高兴我给你的第一封回信引起了如此积极的反响。”

看来我们的想法是一致的。这种感觉真好。

我们三人约好那年 11 月在悉尼首次见面。在一个阳光明媚的春日中午，我把车停在阿伯兹福德角（Abbotsford Point）坐落在帕拉马塔河（Parramatta River）上的悉尼赛艇俱乐部。俱乐部本身历史悠久，但我选择这里的原因是基于当下的考虑。“如果天气好的话那里应该会很漂亮。而且我想他们是全天营业的，或者说他们的酒吧全天营业。”我写道。如果你是在成年后才第一次与亲生父母见面，备些酒水也许是明智之举。

我走进正门，光线从门外的河道射进来。门厅里，一个男人站了起来。他穿着正装，留着小胡子，提着一个公文包。他就是史蒂文·麦肯齐。他长着一张长长的鹅蛋脸，鼻梁上架着一副金丝边眼镜。尽管已经看过那么多照片，我还是感到一阵难以置信；我在他身上看不到任何与我相像的地方。

我们坐下来尴尬而愉快地交谈着，等待丽贝卡的到来。我的反应有点像在工作场合：我不希望被访者在采访开始前就滔滔不绝。所以除了谈及我们为什么会在这里，我试着不提起任何其他话题，直到我的姐妹能和我一起加入对话。这很困难。史蒂文绝对是个健谈的人。当丽贝卡走进来的时候，我松了一口气：现在我可以不用再试图阻拦他的谈兴了。

事实上，随后他的谈兴可谓喷薄而出。我真的不必担心他会没话说。史蒂文的话题从布里斯班的房价跳到多个国家的中世纪历史，再到皇家北岸医院，然后又回到布里斯班。这不是一次自由的谈话，而是一次自由的演讲。我和丽贝卡坐在那儿。每隔半小时左右，我们中的一个会插上一两句话，而这又会再次引发他的谈兴。他没有问任何关于我们自己的事情。我记得很清楚。我觉得没有必要勉强。如果他不感兴趣，我为什么要对他高谈阔论呢？我只是在等待话题的转变。然而没有。我越来越吃惊地开始意识到话题不会有任何转变。我开始恼火。我想，谁会在第一次见到自己的两个孩子时不问他们任何问题？谁会看着自己的两个刚相认的成年后代（他们通过找出比他所了解的更为详尽的祖先信息而追踪到他），却觉得他没有什么想要了解的？

看起来史蒂文·麦肯齐就是这样一个人。我们是他的孩子，但我们也是成年人。我们觉得自己是平等的。但谈话却并非如此。一两个小时后，他开始讲家族史：一个又一个的白人祖先。我简直不敢相信到现在为止都没有什么我想要的内容。因此，当史蒂文开始讲述另一位艰苦的内陆早期定居者抵御原住民起义，勇敢保卫自己偏远领地的故事时，我放弃了。

史蒂文自豪地说："她整晚都在抵挡他们。她只用一杆猎枪就把他们挡在了外面。"

事实上，我觉得是时候为整个下午注入一些现实了。"所以她是个杀人犯？"我问道。

他尴尬地停顿了一下。

然后继续说了下去。

我记得谈话中的另一次停顿发生在我扔出第二个问题，直截了当地问他是否是同性恋之时。我实在找不到合适的时机问他，所以这个问题肯定是很突兀的。或许我是在挑衅，但我想要的是真实，而不是无休止的意识流。这个问题让他停了下来，看了我一会儿。然后，他说得比以前更小心了。"是的，"他说，"为什么这么问？"

"你在乡村长大，"我说，"在那样的环境中作为同性恋很难吗？"

他稍稍放松了点。"是的，"他说，"在我离开家乡之前从来没有公开过。"他告诉了我们更多这方面的事情：他与父母和兄弟的关系；他首次来到悉尼的英王十字区（Kings Cross）时的感受，那里是当时的享乐主义天堂，没有人会问东问西。这样的谈话内容很棒。真的很有趣。他说得很自然。但渐渐地，他又说起其他话题，意识流又开始了，很快，我们又陷入他新一轮的滔滔不绝中。

在听了3个多小时之后，我找了个由头离开了。丽贝卡留了下来。离开时我才第一次找回重新呼吸的感觉。我回到家又振作起来。

那天晚上，我和丽贝卡聊了聊。"你待了多久？"我问。

"哦，大概8个小时吧。"她用她那讨人喜欢的方式回答道。

"8个小时？你们到底聊了些什么？"

丽贝卡说，聊了法国的历史，还有些别的。我简直不敢相信。"他有没有问关于你自己的事情？"

"并没有。"她轻描淡写地说。

我决定到此为止。我找到了他，见到了他，没有任何敌意。任务完成。我不需要更多了。

我写下这些并不是故意惹人厌。而是为了解释，为了实话实说——我认为这种真实的讲述中反映了供体受孕者子女的某些共同经历。无论一些媒体怎么说，真相的一部分就是：这不是童话。

对我和丽贝卡，或许还有其他人来说，当我们第一次见到亲生父母时并不会出现突然的理解，没有耀眼的光芒，但这就是真实的情况。生活就是这样，其他人也是这样。真实的人是不完美的。除了极度兴奋和无动于衷之外，你第一次见到陌生人时最可能的反应是介于两者之间。我没有任何理由不喜欢史蒂文。我只是在那整个下午都感觉是完全游离的。可能是因为在我看来，他对我们俩都不感兴趣。这是我为之努力了多年的一个下午。然而过后，我感受到的是极度失望。

随后的一段时间，我和他保持了距离，用来思索究竟发生了什么。

我开始意识到，同时面对我们两人对他来说或许是一次非常可怕的经历。而且我当时坐在那里，深陷于难以置信之中，可能给人一种很呆板的感觉。我思索着这个问题。

越想越觉得这可能是真的：我自己的表现也没那么好。也许他对我突然问他是不是同性恋感到很生硬。我本可以更友好、更温柔地对待他的。是我做错了。于是我决定向他道歉。我又给他写了一封邮件。

“我问你是不是同性恋是想要更好地了解你，但我并没有像往常一样声明，无论你是同性恋、异性恋还是独角兽等等对我来说都没什么关系……所以希望你明白：这对我来说真的不重要……能和你有血缘关系让我自豪，因为你通过做真实的自己，一生都在为观念的转变作出贡献。”

他在第二天的回信中对我的邮件表达感谢。他的回信很棒，真诚而发自内心："当你问我是不是同性恋时，我立即给了你诚实的答案，这不仅是因为在我们共同的处境中我不能对你说任何谎话（你们俩都已经听过够多的谎言），也是因为我对你们俩充满信心，就像我对我的家人一样；无论需要多少时间，我从未想过你们俩的反应会和他们有什么不同。"

这封邮件给我的感觉真好。在新的一年里，我们又交换了几封邮件。每封邮件都娓娓道来，令人愉悦，是令人期盼的好东西。我开始觉得相比面谈，书信往来可能才是我们关系最好的基础。

就这样过了几个月，我突然意识到那天在赛艇俱乐部和史蒂文见面时发生了什么。我把所有的事情都回想了一遍。天哪，我想，他当时很紧张。可能一开始他就很紧张，然后我又像一只充满敌意的海鸥一样一直盯着他看。于是他说得更多了。他说话是为了掩饰沉默。然后场面变得更糟糕。是我让情况变得更糟。

我想，检验这一点的唯一办法就是再和他见一次面。他提过要来城里参加纪念澳新军团日（Anzac Day）的长周末活动；届时我和丽贝卡不能在同一时间和他见面，但也许这样最好。也许我们俩都需要单独见他。

我和他约在一家咖啡馆见面。我的生活在几个月前再次被颠覆，但这次是好事：我有了第一个孩子。这次会面我把她也带去了。史蒂文表现得极好。他给我女儿买了一个毛绒玩具，并让她在他的膝上蹦蹦跳跳。几天前他去丽贝卡家吃晚饭时已经见过她的孩子们。抱着我的孩子时他看起来很高兴。毕竟，他没有养育过自己的孩子；也许当外祖父的感觉很好。我们一边吃着午饭一边聊天。史蒂文的话还是很多，比我多得多，但现在是一种交流；我想，也许永远都是这样。也许他天生就健谈。也许我还是很拘谨。没关系。

我常用的智能手机坏了，只能带了一个备用的。史蒂文是个典型的科技恐惧症患者，他甚至没带手机，显然他很讨厌手机。这一切就意味着，午餐结束时我只能用我那部老式手机记录这一刻。我们拍了一张分辨率只有 6 像素的合影。

会面很温馨而照片拍得很糟糕，颗粒感很强，但我还是把它寄给了他：史蒂文在咖啡馆里，抱着他的小外孙女，膝盖上放着一只粉红色的毛绒兔子。他在微笑。

人与人之间的了解是不断发展的，关系也不是一下午就能建立起来的。那天我不应该那么严厉地评价史蒂文。那是我的错。但愿他能原谅我诚实地说出我的第一印象，以及后来是如何修正的。

如今，我对史蒂文颇有好感。他毕竟是我的生父（bio dad），尽管我猜想这个在供体受孕者子女圈子里的常用语可能会令他恐惧。他仍然需要感觉到我爸爸——抚养我长大的人——和他自己之间是有界限的。这当然是有的。在经历了整个寻找过程和这么多年后，我爸爸仍然是我爸爸。他在我心中的地位无人能及。然而，事实就是我有两个不同类型的父亲。要说其中一个不是父亲，我感觉是错的。根本就不对。

我认为史蒂文和我都非常理解（并且喜欢）对方。我用“父亲”和“生父”来称呼他，没有过多的感情色彩。我只是更喜欢真实的标签，而“生物学父亲”这个词太拗口了。

如今，我喜欢给史蒂文制造点惊讶，像其他烦人的孩子一样。我发现他对界限的探求虽然减弱了但却很执着，这让我觉得很有趣。有一次，我在父亲节那天打电话给他，让他吃惊一下。“好吧，好吧，”在我祝他父亲节快乐后，他结结巴巴地说，“让我们别操之过急，好吗？”“但父亲节适用于所有类型的父亲，”我甜甜地回应道，“我想，干吗不给你打个电话呢？”“嗯，好的，嗯。”他说。我觉得他还是挺高兴的。然后，他急匆匆地给我讲了一个关于他上次去土耳其的很长的故事。

有一次，他在电话里对我说：“在你的生活中我永远是一个可有可无的多余人。如果你需要我，我就在那里。如果不需要，我就不在。”

这是他能想出的最好的办法，我知道他是认真的。如果你是捐赠者，请标记本页。记住这些话。这是你与你的生物学子女的关系模板。

第三十五章

在供体受孕的圈子里，找到亲生父亲绝不仅仅是这么简单。其他人或许要担心新恋人带着情感包袱，或是带着孩子或前任而来，又或者会有失散多年的姑妈或叔伯带着一些不可告人的秘密出现。

而在供体受孕的圈子里，你的亲生父母既会带来他们自己的一大堆秘密，还有一长串其他有历史的人。你的生父（也可能是你生母或是其他什么人）不是**你**一个人的。你很可能会和其他人，也许是很多人，分享他或她。也许多到你都不可能知道确切的数字。每见过一个同父异母或同母异父的兄弟姐妹，就会在你脑海中增加一个不同的人。或许永远找不到他们中的任何一个、永远见不到他们看起来更容易，但我认为这种情况带来的恐惧和不确定性在很多方面都要糟糕得多。

对我来说，找到史蒂文·麦肯齐也意味着向他索要别人不会给的答案。我有几个同父异母的兄弟姐妹？生于何时何地？他为什么要捐献精子？他被告知了什么？这个游戏的规则是什么？真的有规则吗？

经过多年的努力，我终于对这幅拼图的内容有了一些了解——但仍然有许多碎片没有找到。我永远也找不全它们。

以下是史蒂文告诉我的情况。

20 世纪 70 年代，当他在悉尼大学上学时，他开始献血。“我认为这是一件有担当的事情，而且肯定是一种能帮助他人而又不会带来任何麻烦的方式。”他说。他希望将麻烦降到最低，这很符合他的作风；然而，他接下来所做的事情又是如此矛盾。

史蒂文说：“1981 年，我在澳大利亚广播公司的电台节目中听到皇家阿尔弗雷德王子医院的精子库库存告急的消息。我以为出于同样的理由，我可以像坚持献血那样坚持捐精。”

皇家阿尔弗雷德王子医院是悉尼的大型公立医院之 。史蒂文在这家医院的门诊部捐献精子，“只捐了一个周期，也就是大概 6 次”。他们付钱给他了吗？“是的，但我不记得金额了。”是在捐献全部完成后一次性付清的。当时的气氛一点也不友好。他说，那里只有“冷冰冰的医疗效率。一旦我完成了他们的捐赠周期，他们就不再需要我了，再也不需要了”。史蒂文说，他在皇家阿尔弗雷德王子医院签署了一份捐赠者同意书，但他不记得协议上写了什么，也没有拿到协议副本。“几个星期后”他打电话回去，皇家阿尔弗雷德王子医院说他捐献的精子没有产生后代。（这样说似乎为时尚早，但如果这家医院从来不冷冻任何捐献的精子，而只是冒着所有健康风险使用当天捐赠的新鲜精子，那么受精妇女是否怀孕就一目了然了）。史蒂文在电话中询问是否还能在皇家阿尔弗雷德王子医院捐献精子。对方说他们不再需要他了，“但如果我愿意，我可以去皇家女子医院和皇家北岸医院试试”。

事实证明，他确实愿意。

1981 年，史蒂文去悉尼内东区的另一家大型公立医院皇家女子医院捐赠了精子，为期“几个月”。他记得，他们付给他“每次 10 澳元，作为打车费”。（相当于 2020 年的每次 40 澳元左右。）他不记得在那几个月里总共捐了几次，也不记得对方是否曾抽取他的血样进行检测，抑或是否曾告诉他捐赠的精子将被保存多长时间。他说当时签过一份捐赠者同意书，但记不得协议内容，也没有协议副本。

20 世纪 80 年代初，供体受孕支持小组的莱奥妮 · 休伊特在皇家女子医院产下女儿杰拉尔丁 · 休伊特。身为供体受孕者子女的杰拉尔丁也是这一群体的著名支持者。她与我同岁。她曾公开表示，她被告知皇家女子医院也有销毁供体受孕医疗记录的行为，被毁的就包括她母亲的记录。

了解史蒂文的捐精历史后，我向负责监管皇家女子医院的卫生部悉尼东南区地方卫生区提出了一系列问题，其中包括皇家女子医院的档案是否也曾被销毁；如果是，有多少档案被毁，都是哪些年份的档案，销毁的原因是什么，销毁行为于何时终止及其原因？

他们的媒体和公共事务交流官的答复是："我已经帮您调查过了，很遗憾，我们这次无法提供帮助。祝您好运，保重。"[1]

虽然曾在皇家女子医院捐献精子，但史蒂文不是杰拉尔丁的生父。他说皇家女子医院从未告诉过他，他们销毁了捐精者的记录。但史蒂文说，对方曾告诉他另外两件事，如果是我，这些事一定会引起我的警觉。首先，他说，皇家女子医院告诉他，会把他捐献的部分精子送往其他州，但没有说送到哪里。

"与我面谈的医生告诉我这些是为了让我不必担心将来我的亲生骨肉之间会发生意外乱伦。"史蒂文说。他当时甚至压根儿没有考虑过这种风险。"在此之前我从未想过这个问题，"史蒂文说，"不过现在我已经牢牢记在心里了。"

你可能会认为跨州运送精子似乎是防止后代意外乱伦的合理措施。但是将精子送离最初的捐献地也增加了一名男性的精子生育出多个（很可能是过多）家庭的可能性，因为不同诊所、不同的州和不同制度使得利用同一人所捐精子的家庭数量变得更加难以掌握。跨州分派的条件是什么？他们是在向医学界同行出售精子牟利吗？还是出于职业利益的考虑？

无论如何，我得知此事后的反应是：我的兄弟姐妹遍布全国各地。公立的皇家女子医院当时已经开始考虑将来出现后代意外乱伦的可能性，然而同时却销毁了有助于规避这一问题的供体受孕记录，这种做法令人深感不安。

从1981年的最后一个季度或者1982年初开始，史蒂文不再去皇家女子医院捐献精子，而是开始在他的第三个也是最后一个捐献点——皇家北岸医院的20号门诊——捐献精子。看来，史蒂文是游走于若干家纳税人出资建设的最大型机构。他这样做是情有可原的，因为他认为选择大型且声誉良好的公立医院可以避免出现重大灾难。

史蒂文告诉我，他在皇家北岸医院的捐精持续了“大约2年”。“从1981年到1983年，总共大概捐了150到200次。”

我很震惊。

我的生父仅在一家生育门诊的捐献就多达200次？他一贯的谨慎都去哪儿了？

根据精子质量的不同，每次捐献可以获得5到20管精子。[2]每一管就可能制造一个宝宝。显然，史蒂文捐赠的精子质量不错，我的存在就是证明。不过，让我们还是极端保守一点好吗？让我们假设史蒂文每次只能捐献5管精子，而他只捐了150次。

这仍然意味着皇家北岸医院的生殖门诊可以从他的捐赠中获得750管精子。如果每管精子都起作用了，仅在这一处捐赠地点我就会有749个同父异母的兄弟姐妹。而他还在另外2家公立医院捐过精，其中一家还将他的精子送去了别的州。如果我们假设史蒂文在皇家北岸医院捐献了200次，每次产生20管精子，如果每管精子都起作用了，那么仅在皇家北岸医院我就有4000个同父异母的兄弟姐妹。至此我的大脑已宕机。

但是，围绕使用家庭上限的规定肯定能降低这些数字吧？正如我们所见，很多规则都没有得到遵守。仅销毁捐赠者代码一项就意味着，诊所不可能确切知道每位捐赠者的材料孕育出了多少个孩子，更何况还有普遍糟糕的记录保存状况。这种情况可能至今仍在继续。这本身就是一场灾难。

史蒂文给皇家北岸医院捐赠的精子按最低量估计也有750管，让我们再次保守地假设，其中只有五分之一真正起了作用。也就是说，仅在皇家北岸医院就会出生 150 个同父异母的孩子。就是我、丽贝卡和其他 148 人。

对我来说，成为一大群孩子中的一员——我们中的大多数可能生于同一年——是我无法直面的事情。这太令人不安了。它把我带到了一个黑暗的地方。这就是大规模制造会对一个人造成的影响。

让这种对规模化的恐怖雪上加霜的是其中涉及的支付款项，以及皇家北岸医院可笑的“监管”。

“每次 15 澳元，一个周期捐 6 次，在每个周期结束时一并支付，”史蒂文说，“这笔钱是付给我的打车费。”不过他也告诉我他都是坐火车去的，这也是为什么皇家北岸医院会成为他首选的捐赠地点，因为它离火车站很近，很方便。

我对于史蒂文如何使用捐精的报酬不感兴趣。但如果这笔钱是打车费，就应该采取一些基本措施确保捐赠者们真的乘坐了出租车。如果操作得当，这笔钱应该直接支付给出租车公司，而不是随意给捐赠者发放现金。

让我们想一想这笔甜头加起来有多少。假设史蒂文在 80 年代只捐了 150 次精子，那么 2 年下来他就赚了 2250 澳元，换算到 2020 年就是大约 9000 澳元。而他需要做的只是每周坐一两次火车，中途下车去医院达到性高潮。现在你能明白男人为什么要捐精了。

不得不说，这一切都让我对自己的存在没法感到特别高兴。但婴儿行业从来都不关心自己制造出来的孩子们。

我问史蒂文，在他捐献精子时，皇家北岸医院是否抽取了他的血样做检测。他说：“只有在最开始的时候。”他说，一位实验室技术人员向他保证“每一次捐赠的精子都会接受最严格的检验和分析”。史蒂文于 1981 年底或 1982 年初开始在皇家北岸医院捐献精子，当时艾滋病还没有在媒体上引起轩然大波。他捐了 2 年，然后出国了。大约一年后，他于 1984 年回到澳大利亚，并再次前往皇家北岸医院捐献精子。

“当时我刚刚去过美国，那里的艾滋病问题变得很严重，”史蒂文说，“我问实验室技术人员，捐献的精子中携带艾滋病毒的可能性是否是个问题。他说，对捐献的精子进行的加热和其他种种处理都会杀死任何病毒，所以不必担心。”

在结束海外之旅后，史蒂文在皇家北岸医院又捐献了4次。“这都发生在精子库和血库被关闭、所有库存都被销毁之前。”他说。有趣的是，他的话与之前提到的因艾滋病毒传播而关闭全行业生育诊所的说法类似——韦斯特米德医院的约翰·泰勒也曾提到这一点。但无论是任何州或联邦政府机构抑或IVF澳洲的医疗总监彼得·伊林沃思似乎都没听说过此事。诺琳·克利夫就是在韦斯特米德医院感染了艾滋病这种致命疾病。

史蒂文说，当精子库和血库同时重新开放时，他就不再被允许捐献精子或血液，因为他是同性恋。

这种限制措施至今还有一半存在。在今天的澳大利亚，男性在发生同性性关系（无论是否使用安全套）后必须等待整整3个月才有资格献血。[3]相比之下，同一名男性却可以随时捐献精子。[4]不孕不育诊所通过多种技术相结合来防止艾滋病毒的传播，包括对捐赠者的血样进行艾滋病检测，以及对捐献的精子进行冷冻和隔离。

我问史蒂文，在被禁之前，他在皇家北岸医院20号门诊捐献精子的感觉如何。

“我记得在皇家北岸医院和我交谈过的工作人员只有一位斯普林护士（Sister Spring）和一位实验室技术员。”他说。斯普林是黛安娜·克雷文的娘家姓氏。“我觉得那里的气氛既有临床工作的效率，又有一丝躲躲闪闪。每次我必须进入一个小房间，关上门，获取我的捐赠物，然后把它送到实验室或是斯普林护士的房间。”他说。但这样的操作没有持续下去。“有一次我像往常一样拿着我的样本罐沿着走廊走，发现自己经过了一些（5、6或7名?）显然是来就诊的女性，”史蒂文回忆说，“从那以后固定流程就突然改变了。”上帝不允许这些女人瞥见那个会让她们怀孕的男人。游荡就这样结束了。“后来我就会把罐子留在小房间里，有人会来把它收走……我总觉得我的在场，哪怕是我的存在，也是一种小小的尴尬。”

我相信确实如此。如果没有人类也能进行供体受孕就好了。

史蒂文·麦肯齐对于他留在罐子里的东西应该造福的对象有一些非常坚定的想法。

“我直截了当地说，我希望捐的精子只用于已婚夫妻。”他告诉我。同性婚姻要等到 30 多年后才会在澳大利亚合法化。这意味着任何未婚伴侣、单身女性或任何非异性恋者都不能使用他捐献的精子。或者至少假装如此。“皇家北岸医院很乐于同意这一点。”那是当然的，因为他们所谓的伦理委员会的职责就是确保接受治疗者为已婚夫妻。

“我觉得我所做的是在帮助处于困境中的人们，”他解释说，“如果丈夫无生育能力的妻子通过婚外情甚至只是一夜情来解决问题，无论丈夫同意与否，都会造成严重的个人后果……然而，在冷冰冰的无菌诊所做试管婴儿与婚外情或一夜情所涉及的亲密关系截然不同。因此，我只想让我捐赠的精子用于已婚夫妻。单身女性或女同性恋不存在这样的潜在问题；她们可以按照通常的方式自行安排。”不管那是什么。

在保护他本人永远不会参与的异性婚姻方面，他所表现出的迫切让我觉得既感人又奇怪，而且是完全错位的。史蒂文的所作所为符合皇家北岸医院的规定，而这规定则巩固了关于供体受孕的最大谎言之一：供体受孕并未发生。能够最成功地对供体受孕带来的子女隐瞒身世的父母正是异性恋者。

但归根结底，无论你是已婚还是未婚的异性恋者通过供体受孕生下的孩子，抑或是单身女性、任何形式的 LGBTIQ+伴侣或个人通过供体受孕生下的孩子，这都不重要。谁把你养大，或者有多少人养育你，也都不重要。身份权和出身权必须得到维护。如果你认为只要有其他人取代他们的位置，就可以蓄意并永久性地切断一个孩子与亲生父母和兄弟姐妹的联系，那你就错了。

不孕不育诊所、委托父母，以及精子、卵子和胚胎经纪人必须停止从儿童手中夺走如此重要的东西，同时停止告诉他们这种窃取无关紧要。这是一个自私的谎言。每个孩子了解自己的家庭，包括他们所有的兄弟姐妹的权利都应该得到保障。他们会按照自己的意愿建立或强或弱的关系。他们会告诉你哪些纽带是重要的。这是他们的决定。这是他们的家庭。不是你们的。

我可以毫不犹豫地告诉你，我的姐妹丽贝卡对我很重要。

我问史蒂文，接受他捐精的3家公立医院的生殖门诊是否向他提供过凭借他的精子而生的孩子们的总数。人们会认为这应该是这些机构能做到的最起码的事情。

史蒂文已经告诉我，皇家阿尔弗雷德王子医院在几个星期后就告诉他，他捐献的精子没有产生任何后代。我假装相信，把这所医院先放在一边。

皇家女子医院收下了史蒂文在1997年为“因他而生”的所有孩子所写的信，但从未告诉过他在他们那里出生的孩子有多少是史蒂文的后代。他们也没有对他说过送往其他州的精子的去向，也没有提及销毁文件的行为。

据我们所知，1997年史蒂文还曾把同样的信和自己的照片交给了皇家北岸医院的生殖门诊。“他们说会把这封信和照片放在我捐精带来的孩子们的档案里，他们就说了这么多。”史蒂文回忆道。这是一幅多么美好的行政画面啊。

当他递交这封信时，诊所告诉他，他的捐赠只带来了几个孩子的出生。

“我被告知一共有 7 个孩子：4 个男孩，3 个女孩。”他说。

4 个男孩，3 个女孩。与事实相去甚远。

现在是 2020 年，我目前知道的史蒂文的子女已有 6 人，但我认为这绝不是最终的数字。这 6 人中有 1 个男性，其余 5 人为女性。鉴于大家对异性恋以及围绕供体受孕的谎言的了解，我不禁觉得，这 6 人最多只占等待我发掘的真正数量的 5%或 10%。哪怕是这零星的几个兄弟姐妹，我有过接触的甚至还不到一半。

史蒂文告诉我，他第一次收到“因他而生”的子女的音讯是在 2011 年。我叫她女孩 1 号。

史蒂文说，女孩 1 号是通过 IVF 澳洲找到他的。他们交换了几封邮件，但直到 2015 年才见面。史蒂文说，他每次去悉尼都会主动提出见面，但她一直没准备好。我能理解。这个女孩比我小 5 个月。她和史蒂文偶有联络。当我和丽贝卡出现后，史蒂文说他将我们的存在告知了女孩 1 号，但她表示她不想见我们。那就这样吧。

女孩 1 号能够通过 IVF 澳洲与史蒂文取得联系是因为她的记录完好无损。档案里的捐赠者代码没有被销毁。她收到了史蒂文的信和照片。

我曾经猜测过为什么有些捐赠者代码会被销毁——这样一来同一位捐赠者的精子就可以用于超过 10 名患者。可以说是重复生意。当你达到上限后，你就销毁此后所生所有孩子的相关证据。不过眼下，我不禁对女孩 1 号产生了一丝妒忌：她是多么幸运啊，档案里竟然保留着代码。

也许有一天女孩 1 号会来找我和丽贝卡，也许不会。我都可以接受。

至少史蒂文告诉了我女孩 1 号的存在。他还告诉了我女孩 2 号的事。

2012 年，女孩 2 号浮出水面，她也是通过 IVF 澳洲找到史蒂文的。这意味着她的档案也是完整的。我不知道她的年纪。在他得知她的存在之后IVF澳洲又说她改变了主意，不想再联系他了。就是这样。他也无能为力。

女孩3号和4号就是我和丽贝卡。代码被毁，长期抗争，DNA检测让我们相认。

女孩5号在大约2年前出现在我们的生活中。她被祖先DNA标记为我和丽贝卡的另一个第一代堂表亲。她礼貌地给我们俩发来电子邮件，希望查看我们的家谱，并询问我们是否知道她与我们的关系。她和我们差不多大。

问题是，女孩5号显然不知道自己是通过供体受孕而出生的。于是，可怜的丽贝卡只能通过电子邮件告诉她，我们不是堂表姐妹而是同父异母的姐妹，以及这一切是怎么回事。因为我和丽贝卡都不可能对她撒谎。我们经历了这么多才赢得了真相，绝不可能隐瞒它。

不幸的是，揭露真相的过程正如可以预料的。丽贝卡是我认识的最友善的人之一，尽管她措辞非常谨慎，但这只会是一场糟糕的对话。在这个“体系”里，我们不仅要承受自己父母的谎言，还要承受别人父母的谎言，这太不公平了。结果就是一场冲突。

我也登录并回复了女孩5号，以佐证丽贝卡跟她说的话，因为她的第一反应就是断然而愤怒的否认，这当然无可厚非。她想否认什么都随她，但如果有超过一个人告诉她真相，应该有助于她接受事实。我的回复很简短。由于此前丽贝卡的态度比我委婉得多，轮到我和她交流时风格完全不同：既礼貌又开门见山。我想她已经有了一些时间来消化这个打击，并准备好要了解更多。

至今，我仍然没有见过女孩5号本人——我们聊过几次，也约了好几次，但有孩子的生活太忙碌了。不过，她仍然是除了丽贝卡之外唯一与我联系过的兄弟姐妹。我很高兴我们能说上话。

剩下的就是6人中唯一的男性了。我的兄弟。就在全世界第一次陷入冠状病毒疫情时，史蒂文收到了一封来自新南威尔士州卫生部自愿登记处的信。一位官员在信中说，史蒂文已经被匹配到“一名供体后代”。她提到，史蒂文曾经“明确同意将您的身份信息和其他信息透露给您的后代”。然后，她要求史蒂文再次“确认”这一同意。即使他已经尽他所能让他的后代能够找到他。这封信以一种看似偶然的简单方式告诉了他关于这个人的一件事：在某句话中这位官员用“他”来指代该“后代”。

史蒂文当然立刻表示同意。从那以后，他再也没有听到任何消息。因此，在未来某个星期、某个月或某年，没准儿我会从史蒂文那里听到关于这位兄弟的消息。甚至这位兄弟有可能会直接联系我。或者他也可能就此消失，再无音讯。又或许会有另外 10 个兄弟突然冒出来。或者 20 个。这种情况会一直发生，直至我生命的尽头——我永远不会知道何时是终结。如果发现另一个或多个兄弟姐妹让我陷入混乱，我要么处理好，要么被打倒。如果更多关于严重剥削的事实被揭露出来，我要么应对，要么崩溃。这就是供体受孕行业给予它制造出来的生命的终生遗产。

幸运的是，我现在知道，我所遭受的一切让我变得更强大。

后 记

我躲在伦敦希思罗机场的一个角落里，旅途的疲惫让我昏昏沉沉。此前的几个月里，我一直在制作一篇报道，关于世界上最大的难民营——位于孟加拉国科克斯巴扎尔的罗兴亚人定居点。回到悉尼后，我们在最后一刻匆忙完成了节目并将其播出。然后我回到家，准备了一些行李就打车返回了机场。

这第二次旅行既是工作也是度假，但又都不完全是。我快到了，我在等待转机。这是我为自己，也是为其他因供体受孕而出生者做的事。这可能是我一生中做的最重要的事情之一。

我正在前往瑞士的日内瓦，与来自世界各地的因供体受孕而出生者和代孕出生者会合。几天后，我们将在联合国发表演讲。

这可不是一次偶然的短途旅行。《儿童权利公约》是历史上获得最广泛认可的人权协议，2019 年是它颁布 30 周年。联合国会在万国宫（Palais des Nations）举行为期 3 天的大会作为纪念，而我们将在大会上发言。我们参加的是“生物技术时代儿童权利工作组”的会议。我们小组将告诉世界各国政府，全球婴儿产业是如何剥夺我们应当享有的、被这份最成功的公约所珍视的权利的。

在联合国发言是几个月前才出现的、我从没想过会有的机会。我甚至从未有过这个念头。毕竟，我的职业是记者，而记者应该把焦点放在他人身上。但事实是，尽管供体受孕的历史可以追溯到一个多世纪前的威廉·潘科斯特医生，这将是联合国第一次听到实际上由该行业制造的一群人的声音。

我们要向联合国展示 7 个主要的关切领域。我将和我的朋友米芙一起负责总结发言。直到和她一起撰写结论的过程中，我才明确了我们的诉求。

我们要告诉他们，这个行业必须停止。

我的朋友中有人求助过捐赠者。我自己认识捐赠者，包括我的生父。我还有其他朋友被询问是否愿意捐献。我本人就是这个行业的产物。但我要告诉他们，这个行业必须被叫停。

我认为，精子、卵子或胚胎捐赠只应在特定情况下发生：在某些以儿童为中心的重要情况下；在拥有立法保护和规定将孩子的权利和最大利益放在首位的情况下；在拥有真相的情况下。

米芙和我只有 6 分钟的时间来解释这一切。

行业暂停是我们小组达成的一致意见——相信我，还存在各种各样的观点。在我认识的因供体受孕而出生者中，我并不是态度最强硬的，至少我认为在某些条件下，供体受孕仍可能发生。而据我所知，我们群体中有些人认为这种做法永远不可能是正确的，应当被禁止。他们认为自己被怀上的方式是极不道德的，不应该以那种方式发生——也就是说，他们不应该出生。有些时候，我也有同样的感觉。

当你自己显然是这些做法的“受益者”时，你所持的立场可能会显得奇怪而艰难。但是，结果并不能证明手段的正当性。即便身为结果的我们也不能。我不希望我遭遇的一切也发生在别人身上。

就我自己的情况而言，我认为我母亲受孕时的环境是违法的，而那些所谓的专业人士却从未被追究过责任。显然，我无法回到过去改变任何事情。但我也无法支持这个不透明的行业继续存在下去，因为它已经伤害了这么多人并拒绝承担责任，而且仍在肆无忌惮地发展壮大。

如果你只是想通过供体受孕得到一个宝宝，而这一切让你充满愤怒，那么在你给我发仇恨邮件之前，不妨问问：为什么我国政府**不**想保护儿童的权利？为什么政客们**不**制定法律来保护这些孩子的安全，并尊重他们作为人的基本尊严？为什么全世界的生育行业**仍然**践踏其制造出的孩子们的权利？

我在一个阳光出奇明媚的冬日飞抵瑞士。我从机场搭乘火车，然后步行穿过让托谷（Creux-du-Genthod），这个完美的小村庄坐落在俯瞰日内瓦湖的河岸上。地平线上的阿尔卑斯山脉清晰可见。脚下的街道铺着鹅卵石，村子中心只有一座教堂和一家门前摆放着酒桶的餐馆。

几经辗转，我终于找对地方并按响了门铃。

门开了，米芙、索尼娅·艾伦博士和索尼娅的女儿玛哈莉雅（Mahalia）都微笑着欢迎我。过了一会儿，达米安笑着下楼来到厨房，当天晚些时候海莉（Hayley）也从墨尔本赶来。有米芙、达米安和海莉的陪伴，还有我们演讲小组其他成员的来访，让我感觉像是在供体受孕者子女合租房中生活了一个星期。这些人中有我最近几年见过的，甚至有几小时前刚刚认识的。现在，我们大家一起在一个风景如画的瑞士小村庄里闲逛。

索尼娅·艾伦是一位专门研究卫生法和伦理学的法律学者。在我看来，她是澳大利亚在法律和辅助生殖技术方面的顶尖专家，她也是我的朋友。那天下午，我们在寒冷的湖边散步，讨论接下来要做的事情。我们担心的不仅仅是听众。我们在联合国参加的会议由国际社会服务社（International Social Service，简称 ISS）主办，这是一家致力于儿童保护和福利工作的全球性非政府组织，最近开始涉足生物技术领域，也就是制造像我们这样的孩子的领域。索尼娅告诉我们，她去年曾天真地询问 ISS 有没有真正地向通过供体受孕或代孕出生的群体征询建议。答案是没有。一年后，在依旧没有与我们这类人广泛商讨的情况下，该组织已经起草出《代孕之国际原则》（International Principles on Surrogacy），其中包含一些非常令人担忧的内容——例如，质疑是否真的有必要始终考虑孩子的最大利益。直到最后一刻，即距离周年纪念大会召开仅几个月时，ISS 才询问索尼娅是否认识愿意在联合国的会议上发言的因供体受孕而出生者，来自澳大利亚或其他地方都行。

索尼娅就来问我们。我们通过澳大利亚、欧洲、美国和英国的因供体受孕而出生者网络在网上发出了呼吁。最后，我们组建了一个联合国陈述委员会，成员是来自世界各地的因供体受孕而出生者。所有的发言者都是成年人，主要代表供体受孕已有悠久历史的西方国家。假以时日，我期待着我们会听到更多声称拥有印度、尼泊尔或泰国血统的人的声音，近年来，这些地方的配子和子宫已成为这个行业交易的一部分。但首先，我们必须等待这些孩子长大成人并找到我们。

我们的联合国陈述委员会有 3 位发言者是来自英国的因供体受孕而出生者，1 位来自美国，1 位来自美国及奥地利，1 位来自比利时，1 位来自荷兰，1 位来自新西兰，1 位来自葡萄牙及安哥拉，还有 9 位澳大利亚人。

澳大利亚因供体受孕而出生的人数似乎在世界上名列前茅。自从我第一次听说自己的身世以来，围绕因供体受孕而出生者的形势已经发生很大变化。现在，这个群体中有很多人清楚自己的身世，并且愿意公开就此发表意见，甚至成群结队组织活动。我不知道为什么会这样，但我很自豪，这是肯定的。

发言的前一晚我几乎彻夜难眠。第二天早上，在瑞士小村庄的那间狭小而寒冷的厨房里，我一边吃着什锦谷物粥，一边努力理清思绪。我觉得大家都很紧张。达米安身穿西装外套。扣眼里插着一枚布艺花朵别针：多年前米芙曾做过一把这样的别针，让我们在娜蕾的葬礼上佩戴。也是娜蕾让我们大家会聚于此。

我们把碗堆在水槽里，然后我跑上楼去准备。我戴上爸爸送的手表——那是我小时候他给我买的，那是一份奠基礼物，一块可以陪伴我一生的成人礼。结果当然是这块表变得太过特殊，因而我从未佩戴过它，但这次来联合国我带上了它。我还穿上妈妈送的一件很符合她风格的东西——压缩紧身裤，它能帮助我应对这需要长时间站立的一整天。在我的人生中，我爸爸给了我幸运，我母亲给了我继续前进的勇气。

在车站等火车时，我们这群澳大利亚人都冻僵了。当天的气温是零下 2 摄氏度，但体感更冷。火车停靠日内瓦-赛雪龙（Genève-Sécheron）站后，我们下了车，步行上山前往联合国访客入口佩尼门（Pregny Gate）。沿途又有新成员加入我们的队伍：来自葡萄牙及安哥拉的卡塔里娜（Catarina）、来自美国的塞巴斯蒂安娜（Sebastiana），以及来自英国的乔（Jo）和她的女儿凯里（Ceri）。

随后大家领取通行证，进入万国宫。

10 分钟，5 分钟，1 分钟，**时间到**。我们的会议开始了。能容纳数百名代表的会议室里只坐了大约十分之一的人。我有点慌。如果没有人听我们发言，那我们大老远跑到联合国来有什么用?

我们面临的是大多数大型会议都会出现的困境：任何时候都有若干工作组在同时开会。我们的会议恰好与另一场关于儿童环境权利的会议被安排在同一时段，有传言称青少年气候活动家格蕾塔·通贝里（Greta Thunberg）将出席那场会议。事实上通贝里根本不在瑞士，她甚至根本不在陆地上：她正坐船——而不是乘飞机——缓缓驶向欧洲。即使是格蕾塔·通贝里也不能凌驾于物理定律之上。然而，大部分与会者都被吸引至另一个会场。这太糟糕了。

我们会议的主办方国际社会服务社决定以一个小测验作为开场，让大家能轻松地进入“生物技术时代的儿童”这个听起来复杂（实际上也很复杂）的话题。在大家答题的同时，我与来自比利时的卡特琳（Katrien）聊了几句。卡特琳在几个月前刚刚发现自己是因供体受孕而出生的。对她来说幸运的是，她不必独自理清头绪，她能参加这场联合国会议，得到我们大家的协助。卡特琳来此不是作为发言者，而是作为支持者。但她的同胞斯蒂芬妮·雷马克斯（Stephanie

Raeymaekers）带来了一些颇具巧思的小玩意儿：五颜六色的价格标签。

斯蒂芬妮是比利时支持供体受孕者子女的全国性组织“受捐儿童”（Donorkinderen）的负责人。比利时至今仍允许匿名捐赠（世界上大多数国家也是如此）。斯蒂芬妮本人也是通过供体受孕而出生的三胞胎之一。斯蒂芬妮是此类活动的老手；她已经花了数年时间与国际社会服务社沟通，并在欧洲各地为像我们这样的人进行宣传。她的每张价签上都有一条短语：如果你被买卖了怎么办？如果你不被允许认识你的兄弟姐妹怎么办？我们花了一上午的时间把它们挂在万国宫的墙上。

现在，卡特琳带着剩余的标签跑到大厅去拦截代表们，把他们引向我们的会议：她速度很快，并且很卖力。当答题结束时，我们的会议室已经坐满了人。我看到了各国的名牌：以色列、乌克兰、巴西。代表们从座位上摘下灰色的翻译耳机戴上，然后满怀期待地看着我们。听众中还有联合国儿童权利委员会前主席——国际儿童权利专家亚普·多克（Jaap Doek）教授。

我们坐在台上，面前有一排麦克风。索尼娅和斯蒂芬妮走到讲台前开始介绍。我凝视着台下的观众，努力平复自己的紧张情绪，我听见索尼娅说：“在围绕如何规范辅助生殖和代孕的辩论中，往往没有通过供体受孕或代孕出生者的声音，或者只有在事后才考虑到他们的意见。”

这就是我们来到这里的原因，我们要改变这一切。

然后，我们向听众抛出了 7 个问题，每个问题都由我们中的一两个人就其作简短发言。

如果你知道自己是通过供体受孕出生的，但不知道自己的亲生父母或兄弟姐妹是谁，怎么办？如果政府合谋对你的身份保密，你的出生证明是个谎言，怎么办？如果你怀疑自己是否与约会对象或每一个和你长相相像的人有血缘关系，怎么办？听众们听得聚精会神。来自美国的阿尔伯特（Albert）讲述了童年时期他的父亲是如何将怒火发泄到他身上，有时甚至让他好几天都无法上学；当他 30 岁时发现抚养他长大的男人并非他的亲生父亲，这种虐待突然变得有一丝丝说得通。马蒂（Matty）和贝丝（Beth）过去一直相信彼此是亲姐妹，突然有一天她们发现两个人的父亲不是同一个人，她们说起了当时的感受。达米安则撕掉了自己的出生证明复印件。

达米安花了数年时间试图争取南澳大利亚州法院支持其更改这份文件的请求。他申请的是不要把他亲生父亲的名字换成社会父亲的名字——这无疑会吓坏全国各地的精子捐赠者、受捐父母和生育诊所——而仅仅将父亲一栏留白或改成“不详”。再说一遍：他所要求的只是能够说出真相。然而连这一点都不能被容忍。州检察长办公室派出了一个由 3 名律师组成的团队与他对抗，达米安最终败诉。

“因供体受孕而出生的人是唯一不能质疑父子关系的群体。”他对联合国的听众们说。委托父母们可能会在法庭上为孩子及其出生证明争论不休，媒体也会报道他们的一举一动（尤其是涉及女同性恋时，正如我们所见过的例子）。然而，因供体受孕而出生者本身却没有这项权利——无权知晓他们自己的、不可否认的、生物学上的父子关系——因为在他们出生之前，这项权利就已经被卖掉了。

接下来轮到乔伊·胡夫德曼（Joey Hoofdman）。他当天不能来到现场。在轻微的卡顿之后，屏幕上出现了乔伊的身影。来自荷兰的乔伊有着一头深金色的短发和蓝色的眼睛。他今年 30 岁出头，但直到 2017 年才发现自己是通过供体受孕出生的。此外，他的人生中还有另一个可怕的事实。到了现在，这个事实可能会让你感到悲伤，但应该不会令你惊讶了。

“我发现，为我父母治疗生育问题的医生其实就是我生物学意义上的父亲。”屏幕上的乔伊用他发音标准而一板一眼的语调告诉在场众人。

“当我第一次知晓此事时，我非常愤怒，但也很难过。它让我意识到，我不是爱的产物。相反，我是谎言和商业化的产物。”

我能感觉到房间里的气压在上升。

乔伊是荷兰生殖科医生扬·卡尔巴特（Jan Karbaat）的众多生物学后代之一。在他2017年去世前，卡尔巴特医生始终否认关于他在诊所使用本人精子为患者授精的所有指控，并阻止所有怀疑自己是他后代的人寻求答案。2年后的2019年，包括乔伊在内的22人在法庭上赢得了公开卡尔巴特医生DNA的权利。事实证明，乔伊与很多人的怀疑是有根据的。到目前为止，根据DNA检测结果，卡尔巴特已有数十名子女。但他曾治疗过的女性人数可能超过6000人。因此，卡尔巴特培育出的自己后代的确切数量仍不得而知。[1]

“从2017年3月至今，我已经找到75位同父异母的兄弟姐妹，他们生活在世界各地，”乔伊告诉联合国，“可能还会有更多。”

“我觉得自己就是被批量生产的人类。我的兄弟姐妹太多了，所以几乎不可能与他们所有人建立联系，也不可能在他们消化此事的过程中提供足够的支持。”

坐在那里，思及我自己的遭遇，乔伊的话触到了我的痛处。

“我责怪我的生父跨越了医学伦理的界限，决定用他自己的精子孕育出这么多后代。”乔伊说，随后抛出一击，“他之所以能这样做是因为当时法规缺失，而且政府的监督也不够。因此，他认为自己是没人管得了的。”全场鸦雀无声。

“历史告诉我们，不能依靠生育行业所谓的良好意愿，甚至不能依靠父母或是政府的良好意愿，”乔伊说，“请大家从现在起，努力确保将儿童的利益和基本权利真正放在首位，而不再是排在优先级列表的最后。”

终于轮到我和米芙发表总结陈词了。我们走上讲台。

“我俩都是通过供体受孕出生的，是在精子捐赠者匿名性受到不道德保护的情况下由科学创造出的生命。”米芙首先说道。

“我们注意到，尽管精子、卵子、胚胎和子宫的交易在全球牟取暴利的历史已达数十年之久，”我说，“但这是联合国第一次听取由这些操作所创造人类群体的意见。我们很高兴来到这里。但我们从一开始就应该有发言权，应该得到你们的关注。”

我心中有气。现在正是宣泄的好时机。“国际法并没有将拥有孩子定为权利，”我说，每个词都咬得很重，“儿童不是国家或企业可以保证或提供的商品或服务。他们是有权利的人。联合国儿童买卖问题特别报告员（UN Special Rapporteur on the Sale of Children）去年指出，商业代孕通常会导致买卖儿童。”（“通常”：一个狡猾的词语。）“不只是商业代孕，”我继续说道，“今天，在此，你们会听到被买卖的通过供体受孕而出生者的声音。”

米芙接过话茬：“因此当我们考虑供体受孕与代孕时，我们必须从这些做法不符合儿童最佳利益的立场出发，因为我们知道，如果有人以这种方式被孕育，那么他们根据《儿童权利公约》应享有的权利即使不是被完全否定，也至少会受到影响。”她转向我。

“莎拉，有没有任何情形是允许进行供体受孕和代孕的？”

这是婉转的问法，但丝毫无损其重要性。这是我和她一直在纠结的问题。这是关于不受监管的特定体系的大问题，这个体系造就了我们并让我们走到今天。这是全世界像我们这样的人都在努力应对的问题，我们之间并没有达成普遍共识，但请相信我，我们有很多担忧。直到今天，我也不确定对于米芙和我给出的答案我自己是否完全满意。我只知道对我来说，这比目前存在的任何其他答案都要好。

我回答说：“只有当供体受孕和代孕也像开放式领养一样拥有立法的情况下才能被允许。要使供体受孕与代孕符合道德规范，所有孩子都必须有合法权利了解其生物学父母以及所有生物学兄弟姐妹都是谁，并有合法权利了解生身母亲是谁，无论她是否同时是其生物学母亲。他们有权知道这些当事人中没有任何人得到过报酬、补偿或其他奖励。”我顿了顿，“这没得商量。”

“目前，世界上还没有任何司法管辖区维护和保护这些权利，”米芙继续道，“因此，我们说，当今世界上无论哪个国家允许供体受孕和代孕，那都是不道德的。应该像对待开放式领养那样对供体受孕和代孕进行严格监管，否则就应该禁止。”

如果不能符合道德、不能受到立法的保护与监管，那就应该马上停止。我有一些朋友将开放式领养的模式运用于供体受孕，根据这一定义，他们的做法是符合道德的。我为他们感到高兴。但孩子的权利不应该完全依赖于他们的父母是好人。他们必须得到国家以及国家法律的支持和保护。

米芙说：“想到今天在座的以及其他地方的许多人都没有采取强有力的立场来禁止将我们商品化和非人化的商业行为，这令人深感不快。不仅是我们，这些交易的性质决定了它们往往还涉及弱势的配子捐赠者或代孕母亲，她们之中有些人也是被贩卖的。”

“儿童有权知道自己的生物学父母和兄弟姐妹是谁，并寻求与他们建立联系，”我补充道，“这是与生俱来的权利，而不是得要长大成人后大费周章地寻亲。如果做不到这一点，受益的是医生、委托父母、大企业等其他当事方，唯一受害的只有孩子。”

“当然，我们都能体会渴望得到一个孩子的心碎情绪。然而，支持并放任这一国际性、商业性、剥削性行业发展壮大而不闻不问，最起码也是一种误导，”米芙用她清晰的声音说道，“既昂贵、往往还有害且无效的所谓生育治疗并不能解决问题。”

我们的发言进入尾声。我深吸了一口气后说：“我们今天在此庆祝的联合国《儿童权利公约》，它规定每个儿童都有拥有身份、家庭，包括生物学意义的家庭的权利，以及不被买卖的权利。每个孩子都有被倾听的权利。我们是这个行业的产物，我们的意见没有被倾听，也没有得到尊重。即便我们被涵盖也是作为事后才被想起的马后炮——只是为了让政府和企业能够推进其文件和提案才被提及。”我一边发言一边想，听众中有多少人曾见识过或做过这样的事情。“但我们是代孕出生者和通过供体受孕出生者的代言人。我们现在长大了，我们的声音变得更加有力。我们知道什么最符合我们的利益，什么不符合，我们希望你们能倾听。”

发言结束。我们都回到了自己的座位。

等我们坐下后，掌声响起，并越来越热烈。然后听众们一个接一个地站了起来。数百位来自世界各地的听众。全场起立为我们鼓掌。我不知道该看哪里。

这一刻，在联合国，我们赢了。

然而，联合国是一个特殊的环境，外部世界则是不同的。迄今为止，还没有一个国家的政府将我们的呼吁付诸行动。如果哪怕有一个国家真的遏制了一个用金钱来游说他们、用幸福家庭的照片在政客面前晃悠的非常强大的行业，我就会感到既高兴又惊讶。

不过，我们只是把自己的故事带去了联合国，我们的声音被听见了。我们认识了来自世界各地的人们，让他们停下来思考。在得知我的父亲不是我生父 8 年半之后，我找到了自己身世的真相，我找到了兄弟姐妹，而且我还尝试了各种意想不到的方式，尽我所能来纠正这个一团糟的行业。

我觉得我已经竭尽全力。没有人能要求更多了。最终，我所拥有的只是我自己，不多也不少。

这就足够了。

就在我为本书收尾之时，我接到一位朋友的电话。又是一位正在考虑通过供体受孕生个孩子的朋友。我时不时地就会遇到这样的对话，这让我有些不安，可能也会让对方局促。他们来找我是想找到一个“正确”的方法，这是值得称赞的。但我发现自己总是在努力表达：这个行业没有“正确”的路。

我首先提出的一个担心通常是他们的孩子可能会有同父异母的兄弟姐妹，因为这点是最少被考虑但却最容易被忽视的问题。未知的兄弟姐妹，而且有很多。这一点会出乎人们的意料，或许这个事实本身正说明了人们的自我陶醉以及被愚弄的意愿：人们自欺欺人地认为生育行业只是为他们自己而存在，会在他们自己的小茧里只为他们生一个孩子，而他们是花了大价钱的好人，所以一切都会好起来的。

我无法违心地告诉这些朋友生育行业目前一切正常，他们应该采取供体受孕。因为我所看到的完全是一个遍布地雷的雷区。

若您已经通过供体受孕得到了子女，而您还没有告诉他们身世真相，请务必向他们坦白。若您还没有告诉他们谁是他们的亲生父母，请务必告之。如果您也不知道，那就去问个清楚。若您不知道他们的兄弟姐妹都是谁，甚至不知道有多少兄弟姐妹，请不要告诉他们没有，因为您的孩子需要了解这些信息。无论您的孩子年龄几何，您都需要告诉他们，在这世上可能存在他们不认识的兄弟姐妹。如果您的孩子已经年满 18 岁，他们可以考虑测一下 DNA。如果他们未满 18 岁，您需要和他们讨论 DNA 检测的可能性。如果他们即将有性生活，您需要告诉他们有必要询问他们的性伴侣是否也是通过供体受孕出生的，以及他们的性伴侣是否清楚自己的亲生父母是谁。这是您欠孩子的。您欠他们的是他们的自我保护能力。

从本质上讲，您亏欠他们的是您自己想要获得的那种尊重。

让孩子在成长过程中了解他们的供体和所有兄弟姐妹以及他们的代孕母亲（如果使用了代孕），对孩子来说会更好，好得多。不仅仅是知道这些人的存在，还要知道他们是谁、在哪里，甚至能否说同一种语言。这些孩子应当得到作为快乐、健康、完整的人的机会。他们应该与家人一起成长，而不仅仅是拥有一份打印出来的家人生命数据。他们不应该成为一大窝（很可能互不知情的）幼崽的一部分——他们应当有机会建立真正的人际关系。

大多数时候，当我说明自己的观点时，对方都表示很困难。找一个知根知底的捐赠者太难了。或许他们没法花时间去做，只想立马得到。但这其中没有简单的解决办法。我们太习惯于以一种适合自己的方式，想要什么就得到什么：我们付出金钱，得到物品或产品，甚至是一个孩子。如果你是站在“无论如何我都要得到它”的立场上，那么孩子的权利将不可避免地受到损害。而我知道，我的朋友很可能会在他们未来孩子的权利上做出妥协，以换取事情正在当下发生的感觉。

我一直惊讶于有些人的无知或是拒不接受的态度。即使他们是我大半生的老朋友——而且我从不隐瞒自己的保留意见——他们仍然认为供体受孕的方方面面如今都是光明正大的，认为所有的问题都已经解决，认为所有通过供体受孕出生的孩子都已享有应有的权利，认为他们可以信任这个体系。我不知道他们是怎么看我的。或许认为我是一个受损的副产品，但令人欣慰的是已经时过境迁。

这也是我撰写本书的原因之一：因为我们有太多理由不能相信这个系统，而即使是非常了解我的人也会不知不觉地忽略这些理由。

如果您正在考虑通过供体受孕得到一个孩子，还有一件事要说。

在日内瓦会议之后的几个月里，我们小组起草了《供体受孕与代孕的国际原则》（International Principles for Donor Conception and Surrogacy）——这是有史以来第一份由生育产业制造出的真实人类所起草的行业文件。该原则旨在说明，如果真正尝试将孩子的权利放在首位，所有这一切会是什么样子。

这些原则是我们应得的最低标准。比如所有通过供体受孕和代孕出生的孩子都有权知道他们是如何来到人世的；有关亲生家庭的真实记录必须永久保存；禁止跨国买卖卵子、精子和胚胎；不得用已逝之人的生物材料制造生命。

这份草案无意鼓励供体受孕或代孕，而只是为已经存在代孕和供体受孕行为的国家和地区提供最低的法律标准。

目前，世界上还没有任何一个国家已经遵循我们所列的全部原则。

附　录

供体受孕与代孕的国际原则：

儿童的最佳利益与人权须放首位

1. 在所有相关法律、政策和实践中，以及在任何与供体受孕和代孕有关的司法和行政决定中，都必须首先考虑因供体受孕和/或代孕安排而即将出生或已经出生的儿童的最佳利益和人权。

孕前筛查与产后检查

2. 在每一个代孕和供体受孕案例中，都必须对供体、意向父母和潜在代孕母亲进行孕前评估和筛查，并对因此而出生的孩子的最佳利益和人权进行产后审查。

身份权与维护关系的权利

3. 所有通过供体受孕和代孕出生者都享有不可剥夺的权利，获得其所有生物学父母的身份信息，无论他们是在何时何地被孕育或出生的。

4. 所有通过供体受孕和代孕出生者都享有不可剥夺的权利，了解其所有（无论是同母同父还是同父异母或同母异父）亲兄弟姐妹的身份信息，无论他们是在何时何地被孕育或出生的。

5. 所有通过代孕出生者都享有不可剥夺的权利了解其代孕母亲的身份信息，无论他们是在何时何地被孕育或出生的。

6. 所有通过供体受孕和代孕出生者都有权保持与亲生家庭、社会家庭和孕产家庭的关系，无论他们是在何时何地被孕育或出生的。如果双方同意，这种关系应该能维持下去。

7. 匿名捐赠配子和胚胎以及匿名代孕都必须被禁止。

记录保存、出生记录以及信息获取

8. 与通过供体受孕和代孕出生者的受孕与分娩有关的所有各方的身份和家族病史记录必须得到全面完整的保存。这些记录必须由委托受孕与分娩和/或发生受孕与分娩的每一个国家永久保存，并留给子孙后代。必须核实供体、代孕母亲和意向父母的身份。

9. 所有儿童的出生都应通知出生国的有关主管当局并在那里登记。必须如实登记，注明孩子是通过供体受孕和/或代孕出生的。能识别生物学父母、社会父母和生身父母的出生记录必须永久保存，并留给子孙后代。

10. 所有通过供体受孕和代孕出生者都有权获知其身份，并有权查阅与其身份、家族病史和出生登记有关的记录。

11. 应鼓励并支持父母尽早，最好在孩子出生时，告诉子女他们是通过供体受孕或代孕出生的。同时应努力减少与不孕不育有关的羞耻感。

禁止将卵子、精子、胚胎、儿童和代孕商业化

12. 必须禁止对卵子、精子、胚胎、儿童和代孕的一切形式的商业化。这包括但不限于支付任何形式的对价（付款或其他对价）用于：a）招募潜在供体和/或代孕母亲；b）获得配子或胚胎；c）与受孕、妊娠和/或孩子的出生或终止妊娠有关的“服务”、时间、精力、“痛苦与磨难”等。

13. 必须禁止在辅助生殖和代孕中买卖和贩运人口和/或配子。

14. 应禁止有偿中介或代理人参与安排代孕和/或以代孕或以配子

捐赠牟利为目的招募或寻找女性或配子捐赠者，因为他们的参与会增加买卖和/或贩运妇女和儿童的风险。

禁止跨国代孕和跨国供体受孕

15. 在“意向父母”规避或违反本国法律以参与跨境辅助生殖（包括但不限于供体受孕和/或代孕）的情况下被孕育或出生，不符合儿童的最佳利益。禁止代孕与供体受孕的国家应在其法律中纳入域外禁令。允许代孕与供体受孕的国家应限制本国公民使用。域外禁令应得到执行。

16. 因地理、语言或文化障碍而被故意与其遗传家族分离不符合儿童的最佳利益。因此，配子的跨国转移也应予以禁止。

家庭限制

17. 为了避免近亲乱伦的风险，以及潜在兄弟姐妹数量不受限制所带来的心理影响，使用同一供体的配子创造的家庭数量应限制在5个以内。

对咨询与法律建议的要求

18. 在达成供体受孕和代孕安排之前，必须提供独立的咨询和法律建议。供体受孕和/或代孕的所有当事方必须能够在了解相关过程、重大风险、法律和财务影响及其权利与责任之后，做出知情同意。所有信息必须以接受咨询和建议者能够理解的语言提供。所有决定都必须由当事方自主做出，不得存在威胁、强迫和/或剥削行为。

19. 在提供咨询和法律建议时，必须始终坚持并传达以儿童的最佳利益和人权为首要考虑的主张。

合法父母身份的转移（代孕）

20. 通过代孕安排被孕育的婴儿出生后应与生母共享国籍，以避免出现代孕婴儿“无国籍”的情况，并应保留相关记录。

21. 在代孕情况下，合法父母身份从代孕母亲向“意向父母”的转移不应是自动的，也不应仅仅基于意向。对于通过代孕出生的孩子，意向父母无权享有独属的合法父母身份或父母责任，无论他们在此过程中可能产生任何费用。绝不能强迫代孕母亲放弃她所生的孩子（们）。

22. 如果代孕母亲怀有另一对夫妇的全基因子女，并且不愿意放弃该子女，则应由法院根据该子女的最佳利益来确定其合法父母身份。

23. 强制执行旨在转移合法父母身份的合同条款不符合儿童的最佳利益或人权。

已逝者的配子使用

24. a）从某人遗体中提取的配子或胚胎，或 b）由诊所代为储存的现已死亡之人的配子或胚胎，决不能用于供体受孕或代孕安排，无论是否在被提取者生前已征得其同意。

https://www.change.org/p/united-nations-making-humans-international-principles-for-donor-conception-and-surrogacy

2019 年联合国陈述委员会的作者和成员

Damian Adams 先生，通过供体受孕出生者（澳大利亚）
Sonia Allan 博士，顾问，学者（澳大利亚）
Caterina Almeida 女士，通过供体受孕出生者（葡萄牙/澳大利亚）
Myfanwy Cummerford 女士，通过供体受孕出生者（澳大利亚）
Sarah Dingle 女士，通过供体受孕出生者（澳大利亚）
Courtney du Toit 女士，通过供体受孕出生者（澳大利亚）
Albert Frantz 先生，通过供体受孕出生者（美国/奥地利）

Sebastiana Gianci 女士，通过供体受孕出生者（美国）
Ceri Lloyd 女士，通过供体受孕出生者的女儿（英国）
Joanne Lloyd 夫人，通过供体受孕出生者（英国）
Giselle Newton 女士，通过供体受孕出生者（澳大利亚）
Stephanie Raeymaekers 女士，通过供体受孕出生者（比利时）
Joanna Rose 博士，通过供体受孕出生者（英国）
Hayley Smith-Williams 女士，通过供体受孕出生者（澳大利亚）
Sharni Wilson 女士，通过供体受孕出生者（澳大利亚）
Beth Wright 女士，通过供体受孕出生者（澳大利亚）
跨性别者 Matty Wright，通过供体受孕出生者（澳大利亚）

注　释

第三章

1 Frank, JB, 'Body Snatching: A Grave Medical Problem', *YJBM*, 49, pp.399 - 410, 1976 http://europepmc.org/backend/ptpmcrender.fcgi?accid = PMC2595508&blobtype = pdf

2 Ellis, H, 'The Knife Man: The Extraordinary Life and Times of John Hunter, Father of Modern Surgery', *BMJ*, 330(7488), p.425, 2005 https://europepmc.org/article/PMC/549129

Moore, W, 'John Hunter(1728 - 1793)', The James Lind Library, 2009 https://www.jameslindlibrary.org/articles/john-hunter-1728-93/

Wagoner, N, 'John Hunter(1728 - 1793)', The Embryo Project Encyclopedia, 2017 https://embryo.asu.edu/pages/john-hunter-1728-1793

3 Hard, AD, 'Artificial Impregnation', *Medical World*, 27, pp.163 - 64, 1909 https://babel.hathitrust.org/cgi/pt?id = mdp.39015026093826&view = 1up&seq = 177

第四章

1 *Encyclopaedia Britannica*, Ilya Ivanovich Ivanov, Soviet biologist https://www.britannica.com/biography/Ilya-Ivanovich-Ivanov

2 Foote, RH, 'The History of Artificial Insemination: Selected Notes and Notables', *Am Soc Animal Science*, 2002 https://www.asas.org/docs/default-source/midwest/mw2020/publications/footehist.pdf?sfvrsn = 59da6c07_0

3 Verberckmoes, S, Van Soom, A and de Kruif, A, 'Intra-uterine Insemination in Farm Animals and Humans', *Reprod Domest Anim*, 39(3), pp.195 - 204, 2004 https://doi.org/10.1111/j.1439-0531.2004.00512.x

4 Cohen, J et al., 'The Early Days of IVF Outside the UK' *Human Reprod Update*, 11(5), pp.439 - 60, 2005 https://doi.org/10.1093/humupd/dmi016

5 Cox, LW, 'The Development of Infertility Treatment in Australia', *ANZJOG*, 31(3), pp.254 - 59, 1991 https://doi.org/10.1111/j.1479-828X.1991.tb02793.x

6 Davis G, '"A Tragedy as Old as History": Medical Responses to Infertility and Artificial Insemination by Donor in 1950s Britain'. In: Davis G, Loughran T(Eds), *The*

Palgrave Handbook of Infertility in History, 2017. London: Palgrave Macmillan https://doi.org/10.1057/978-1-137-52080-7_19
7 Lopata, A, 'IVF in Australia—An Introductory History by Dr Alex Lopata'. In Saunders, D, *Fertility Society of Australia A History: Its "precipitate" Birth & the Story of IVF—A History of In Vitro Fertilisation in Australia and the Founding of the Fertility Society of Australia*, 2013, Mosman, NSW
8 Danielson, A, 'Patrick Christopher Steptoe(1913 – 1988)', The Embryo Project Encyclopedia, 2009 https://embryo.asu.edu/pages/patrick-christopher-steptoe-1913-1988
9 Dunne, C, 'Donor Eggs for the Treatment of Infertility', *BCMJ*, 62(9), 2020, pp.328 – 32 https://bcmj.org/articles/donor-eggs-treatment-infertility
10 Palermo GD et al., 'Intracytoplasmic Sperm Injection: State of the Art in Humans', *Reproduction*, 154(6), pp.93 – 110, 2017 https://www.ncbi.nlm.nih.gov/pmc/articles/PMC5719728/
11 Arnold, C, 'Choosy Eggs May Pick Sperm for Their Genes, Defying Mendel's Law', *Quanta Magazine*, 2017 https://www.quantamagazine.org/choosy-eggs-may-pick-sperm-for-their-genes-defying-mendelslaw-20171115/
12 Victorian Assisted Reproductive Treatment Authority, 'Is ICSI better than IVF? It depends', 2018 https://www.varta.org.au/resources/news-and-blogs/icsi-better-ivf-it-depends
Gregory, S, 'Expensive Form of IVF is Overused, Says Fertility Journal Editor', Bio News, 853, 31.05.2016 https://www.bionews.org.uk/page_95536
13 Li, Z et al., 'ICSI Does Not Increase the Cumulative Live Birth Rate in Non-male Factor Infertility', *Human Reprod*, 33(7), 2018, pp.1322 – 30 https://doi.org/10.1093/humrep/dey118

第五章

1 新南威尔士州卫生部下辖悉尼北区地方卫生区对所提问题之电子邮件回复。
2 与玛格丽特·桑德斯的电话交谈，2020 年 5 月。
3 内部审计局的调查报告显示，ASIC 将猎人山私立医院列为其 1994—1995 年的主要营业地址。
4 Hawkins, B, 'Breaking the Code: Donor-conceived Children Search For Identity of Fathers and Their Biological Heritage', ABC News, 14.08.2014 https://www.abc.net.au/news/2014-08-18/code-breaking3a-abc-journalist-sarah-dingle/5676544
5 Virtus Health, 'Who We Are' https://www.virtushealth.com.au/who-we-are/our-history
6 Quadrant Private Equity, 'Virtus Float Breathes Life Into IPO Market', 14.03.2016 http://quadrantpe.com.au/Media-Centre/News/Virtus-Health-float-breathes-life-into-IPO-market.aspx
7 IBISWorld, *Fertility Clinics in Australia—Market Research Report*, 30.11.2020 https://

www.ibisworld.com/au/industry/fertility-clinics/5091/
8 *The Economist*, 'The Fertility Business is Booming', 08.08.2019 https://www.economist.com/business/2019/08/08/the-fertility-business-is-booming

第六章

1 NSW Health, *Medical Records in Hospitals and Community Care Centres*, 1976 https://www1.health.nsw.gov.au/pds/ArchivePDSDocuments/PD2005_004.pdf
2 NSW Government, *Assisted Reproductive Technology Amendment Act 2016 No 11*, pp.11–12 https://beta.legislation.nsw.gov.au/view/pdf/asmade/act-2016-11
3 Parliament of Australia, Senate Inquiry Into Donor Conception in Australia—Submissions Received by the Committee, 2010 https://www.aph.gov.au/Parliamentary_Business/Committees/Senate/Legal_and_Constitutional_Affairs/Completed_inquiries/2010-13/donorconception/submissions.
Parliament of Australia, Interpretation of the External Affairs Power and Reform Proposals, 1996 https://www.aph.gov.au/parliamentary_business/committees/senate/legal_and_constitutional_affairs/completed_inquiries/pre1996/treaty/report/c05
4 IBISWorld, *Fertility Clinics in Australia—Market Research Report*, 30.11.2020 https://www.ibisworld.com/au/industry/fertility-clinics/5091/
5 Parenting SA, *Donor Conception: Telling Your Child* https://parenting.sa.gov.au/pegs/peg80.pdf
6 UNICEF, *United Nations Convention on the Rights of the Child* https://www.unicef.org.au/our-work/information-for-children/un-convention-on-the-rights-of-the-child
7 National Health and Medical Research Council, *Ethical Guidelines on the Use of Assisted Reproductive Technology in Clinical Practice and Research*, p.38, 4.6.1, 2017 https://www.nhmrc.gov.au/sites/default/files/documents/reports/use-assisted-reproductive-technology.pdf
8 Parliament of Australia, *Donor Conception Practices in Australia*, Section 1.9, 2010 https://www.aph.gov.au/Parliamentary_Business/Committees/Senate/Legal_and_Constitutional_Affairs/Completed_inquiries/2010-13/donorconception/report/index
9 ibid. n7, p.129

第七章

1 Allan, S, *Donor Conception and the Search for Information: From Secrecy to Openness*, p.224, 2017, Farnham: Ashgate
2 Adoptee Rights Australia, 'Powers to Seal Birth Records Forever—Comparison by State', 2018 https://adopteerightsaustralia.org.au/powers-to-seal-birth-records-forever-comparison-by-state/
3 Gass-Poore, J, 'Most American Adoptees Can't Access Their Birth Certificates. That Could Soon Change', *Mother Jones*, 13.03.2019 https://www.motherjones.com/poli-

tics/2019/03/most-american-adoptees-cant-access-their-birth-certificates-that-could-be-about-to-change/
4 Cuthbert, D & Fronek, P, 'Perfecting Adoption? Reflections on the Rise of Commercial Off-shore Surrogacy and Family Formation in Australia.' In *Families, Policy and the Law: Selected Essays on Contemporary Issues for Australia*, pp.56, 2014, Australian Institute of Family Studies
5 ibid., p.57
6 *Australian Story*, 'The Baby Maker', ABC, 10.05.2001
7 Parliament of Australia, Senate Inquiry Into Donor Conception in Australia—Submissions Received by the Committee, 'Donor Conception Support Group', 2010 https://www.aph.gov.au/Parliamentary_Business/Committees/Senate/Legal_and_Constitutional_Affairs/Completed_inquiries/2010-13/donorconception/submissions.

第八章

1 即便在维多利亚州也没有这样的机制："维多利亚州的法律没有规定须在通过供体受孕出生者年满 18 岁时与他们联系，让他们知道自己的身世。如果他们在成年后申请一份出生证明的副本，出生、死亡和婚姻登记处会提供一份附录，说明可以获得更多有关这次分娩的信息。然后，该人就可以向维多利亚州辅助生殖治疗管理局主管的中央登记册申请信息。"来自维多利亚州辅助生殖治疗管理局的电子邮件，2020 年 9 月 2 日。
2 Sälevaara, M, 'Attitudes and Disclosure Decisions of Finnish Parents with Children Conceived Using Donor Sperm', *Human Reprod*, 28 (10), 2013, pp. 2746 – 54 https://doi.org/10.1093/humrep/det313
3 Zadeh, S, 'Disclosure of Donor Conception in the Era of Non-anonymity: Safeguarding and Promoting the Interests of Donor-conceived Individuals?', *Human Reprod*, 31(11), 2016, pp.2416 – 20 https://doi.org/10.1093/humrep/dew240
4 Jadva, V et al., 'The Experiences of Adolescents and Adults Conceived by Sperm Donation: Comparisons by Age of Disclosure and Family Type', *Human Reprod*, 24(8), pp.1909 – 19, 2009 https://doi.org/10.1093/humrep/dep110
5 We Are Donor Conceived, '2020 We Are Donor Conceived Survey', 17.09.2020 https://www.wearedonorconceived.com/2020-survey-top/2020-we-are-donor-conceived-survey/

第十章

1 Parliament of Australia, Senate Inquiry Into Donor Conception in Australia, Official Committee Hansard, Senate, Legal and Constitutional Affairs References Committee. Melbourne, 2010 https://www.aph.gov.au/Parliamentary_Business/Committees/Senate/Legal_and_Constitutional_Affairs/Completed_inquiries/2010-13/donorconception/hearings/index

2 Reproductive Technology Accreditation Committee, *Annual Report 2018/2019*, The Fertility Society of Australia https://www.fertilitysociety.com.au/rtac/rtac-annual-report-2018_2019/

第十一章

1 Saunders, D, 'Conversations with John Tyler—Risks of Donor Sperm and AIDS (HIV)' In Saunders, D, *Fertility Society of Australia A History: Its "precipitate" Birth & the Story of IVF—A History of In Vitro Fertilisation in Australia and the Founding of the Fertility Society of Australia*, 2013, Mosman, NSW

See also Clark, L, 'Professor Geoffrey Driscoll, Polio Victim who Became Pioneering IVF Surgeon', *SMH*, 17.11.2016 https://www.smh.com.au/national/professor-geoffrey-driscoll-polio-victim-who-became-pioneering-ivf-surgeon-20161108-gsk6ga.html

2 Kent, P, 'A Mother, Her Daughter and the Killer Virus That Separates Their Lives', *The Daily Telegraph*, 02.12.2010

3 对杰西卡的采访，2020 年 3 月。

ibid. n1(1), p.69

4 Tyler, JPP, Crittenden, JA, 'Infertility and AIDS', In *AIDS and Obstetrics and Gynaecology*, 1988, Royal College of Obstetricians and Gynaecologists, Springer Verlag

5 UNICEF 'HIV and Infant Feeding' https://www.unicef.org/nutrition/index_24827.html

6 Morrison, P, 'Update on HIV and Breastfeeding', La Leche League, 04.04.2019 https://www.llli.org/update-on-hiv-and-breastfeeding-public/

7 NSW Parliament, Standing Committee on Social Issues, Inquiry Into Medically Acquired AIDS, 'George Cliff Evidence', 18.03.1991, pp.2, 3, 4, 9, 11, 14, 15

NSW Parliament, Standing Committee on Social Issues, Inquiry Into Medically Acquired AIDS, 'George Cliff Evidence', 08.08.1991, pp.3, 4, 22, 23, 24

8 Davies, JA, 'AIDS Victims Paid At Last', *The Sun Herald*, 24.04.1994

9 ibid. n1(1), p.69

第十二章

1 Leveton LB, Sox HC Jr. and Stoto MA(Eds), *HIV And The Blood Supply: An Analysis Of Crisis Decisionmaking*, Institute of Medicine(US) Committee to Study HIV Transmission Through Blood and Blood Products, 1995 Washington(DC): National Academies Press https://www.ncbi.nlm.nih.gov/books/NBK232419/

2 ibid. 3, History of the Controversy

3 ibid.

4 ibid.

5 Check, WA, 'Preventing AIDS Transmission: Should Blood Donors Be Screened?', *JAMA*, 249(5), pp.567–70, 1983 doi:10.1001/jama.1983.03330290003001

Desforges, JF, ‘AIDS and Preventive Treatment in Hemophilia’, *N Engl J Med*, 308(2), pp.94-5, 1983 doi:10.1056/NEJM198301203080312

6 Bayer, R, ‘Science, Politics, and the End of the Lifelong Gay Blood Donor Ban’, The Millbank Quarterly, 93(2), pp.230-33, 2015. doi:10.1111/1468-0009.12114

7 ibid.

8 新南威尔士州议会，社会问题常设委员会，针对医疗中感染艾滋病例的调查。Martin Hatch，血友病患者，新南威尔士州：1983 年 3 月在皇家阿尔弗雷德王子医院 Camperdown 院区通过受污染的因子 VIII 而感染艾滋病毒。诺琳·克利夫：1982—1993 年度由于所接受供体受孕治疗中使用了携带艾滋病毒的精子而感染艾滋病。参见 Hansard 1820781676-57377. 17.10.1991. Legislative Council. Motion by the Hon Franca Arena。

9 Araneta MRG, Mascola L, Eller A, et al. ‘HIV Transmission Through Donor Artificial Insemination’, *JAMA*, 273(11), pp.854-58, 1995 doi:10.1001/jama.1995.03520350036025

10 Feldman, EA, Bayer, R(Eds), *Blood Feuds—AIDS, Blood, and the Politics of Medical Disaster*, 1999, Oxford: Oxford University Press

11 Archer, M, ‘A Key Figure in Protection of Blood Supplies’, *SMH*, 15.10.2013 https://www.smh.com.au/national/a-key-figure-in-protection-of-blood-supplies-20131014-2vin6.html

12 NSW Parliament, Standing Committee on Social Issues, Inquiry Into Medically Acquired AIDS, ‘Hatch Submission’, 1991

See also Rev Nile remarks to George Cliff, in hearings of NSW Parliament, Standing Committee on Social Issues, Inquiry Into Medically Acquired AIDS, p.10, 18.03.1991

13 NSW Parliament, Standing Committee on Social Issues, Inquiry Into Medically Acquired AIDS, ‘Newcastle Herald, 24.06.1983, in Hatch Submission’, 1991

14 Bowtell, W, ‘Australia's Response to HIV/AIDS 1982-2005’, Lowy Institute for International Policy https://archive.lowyinstitute.org/sites/default/files/pubfiles/Bowtell%2C_Australia%27s_Response_to_HIV_AIDS_logo_1.pdf

15 ibid. n9

16 ‘Acquired Immunodeficiency Syndrome—An Assessment of the Present Situation in the World: Memorandum From a WHO meeting’, *Bull World Health Organ*, 62(3), pp.419-432, 1984 https://www.ncbi.nlm.nih.gov/pmc/articles/PMC2536320/

17 Sendziuk, P, *Learning to Trust: Australian Responses to AIDS*, p.40, 2003, Sydney: UNSW Press

18 Power, J, *Movement, Knowledge, Emotion: Gay Activism and HIV/AIDS in Australia*, 2011, Canberra: ANU University Press

19 Saunders, D, *Fertility Society of Australia A History: Its “precipitate” Birth & the Story of IVF—A History of In Vitro Fertilisation in Australia and the Founding of the Fertility Society of Australia*, 2013, Mosman, NSW

20 Cambridge Dictionary, 'precipitate' https://dictionary.cambridge.org/dictionary/english/precipitate
21 ibid. n19, pp.69, 70
22 与约翰·泰勒的电子邮件交流。
23 NSW Government, Law Reform Commission, 'Discussion Paper 11: Artificial Conception: Human Artificial Insemination', November 1984, pp.v, 31, 42, 91
24 ibid. n9

第十三章

1 Saunders, D, *Fertility Society of Australia A History: Its "precipitate" Birth & the Story of IVF: A History of In Vitro Fertilisation in Australia and the Founding of the Fertility Society of Australia*, 2013, Mosman, NSW
2 Butt, C, 'Egg Donor Money: Fertility Clinic Offers Women $5000', *SMH*, 11.04.2015 https://www.smh.com.au/national/egg-donor-money-fertility-clinic-offers-women-5000-20150411-1miw9h.html
3 Harman, AE & Coslor, E, 'Earning While Giving: Rhetorical Strategies for Navigating Multiple Institutional Logics in Reproductive Commodification', *J Business Research*, 105, pp. 405 - 19, 2019 https://www.sciencedirect.com/science/article/abs/pii/S0148296319303121?via%3Dihub and here https://pursuit.unimelb.edu.au/articles/thinking-about-using-donated-eggs-to-start-a-family
4 World Health Organization, 'Voluntary Non-remunerated Blood Donation' https://www.who.int/bloodsafety/voluntary_donation/en/
5 Government of Australia, *Prohibition of Human Cloning for Reproduction Act 2002 No 144*, Section 21 https://www.legislation.gov.au/Details/C2017C00306
6 Australian Government, Australian Law Reform Commission, Amendment of the Human Tissue Acts, Art.20.53, 28.07.2010 https://www.alrc.gov.au/publication/essentially-yours-the-protection-of-human-genetic-information-in-australia-alrc-report-96/20-ownership-of-samples-and-the-human-tissue-acts/amendment-of-the-human-tissue-acts/#_ftnref48
7 NSW Consolidated Acts, *Human Tissue Act 1983*, Section 32 http://www8.austlii.edu.au/cgi-bin/viewdoc/au/legis/nsw/consol_act/hta1983160/s32.html
8 Australian Government National Health and Medical Research Council, *Ethical Guidelines of the Use of Assisted Reproductive Technology in Clinical Practice and Research*, Section 5.4 'Provide Reimbursement of Verifiable Out-of-pocket Expenses', 2017 https://www.nhmrc.gov.au/sites/default/files/documents/reports/use-assisted-reproductive-technology.pdf
9 Parliament of Australia, 'Chapter 4—Payments for Donors and Provision of Counselling Services', Section 4.11 https://www.aph.gov.au/Parliamentary_Business/Committees/Senate/Legal_and_Constitutional_Affairs/Completed_inquiries/2010-13/donorconcep-

tion/ report/ c04

10 Beauchamp, P, 'Canadians Answer Sperm Call', *The Australian*, 09.07.2004, p.19 https://journals.sagepub.com/doi/10.1177/0959353509342844

11 往来电子邮件，2020 年 3 月。

第十四章

1 与卫生部的沟通，2012 年 5 月。

2 与卫生部对话的笔记，2014 年 11 月。

3 Harper, JC, Kennett, D and Riesel, D, 'The End of Donor Anonymity: How Genetic Testing is Likely to Drive Anonymous Gamete Donation Out of Business', *Human Reprod*, 31(6), pp.1135 – 40, 2015 https://academic.oup.com/humrep/article/31/6/1135/1749791

4 NSW Parliament, Inquiry Into Donor Conception Details on Birth Certificates. 'Submission No 1—Managing Information Related to Donor Conception, Mr John Lindsay Mayger', 30.11.2012 https://www.parliament.nsw.gov.au/committees/DBAssets/Inquiry-Submission/Summary/48475/Submission% 201% 20-% 20Mr% 20John% 20Lindsay% 20Mayger.pdf

第十五章

1 Allan, S, *Donor Conception and the Search for Information: From Secrecy to Openness*, p.86, 2017, Farnham: Ashgate

2 Victorian Assisted Reproductive Treatment Authority, 'Legislation and Guidelines', 2021 https://www.varta.org.au/regulation/legislation-and-guidelines

3 举个例子："在 Kidman 一案中，Higgins 大法官认为有追溯力的法律在大多数情况下是不恰当和不公正的。因此，除非法律的追溯适用非常明确，否则法院不会将法律解释为具有追溯效力。尽管如此，事实仍然是制定追溯性法律的能力并不受限制，如今在许多领域都在使用这种法律。" In: Size, R, 'Retrospective Legislation and the Rule of Law', Rule of Law Education Centre, 30.09.2015 https://www.ruleoflaw.org.au/retrospective-legislation-and-the-rule-of-law

4 Gay, O, 'Retrospective Legislation', House of Commons Library, 2013 https://researchbriefings.files.parliament.uk/documents/SN06454/SN06454.pdf

5 ibid. n1, p.90

6 Parliament of Victoria, Law Reform Committee, *Inquiry Into Access by Donor-Conceived People to Information about Donors*, p.100, 2012 https://www.parliament.vic.gov.au/images/stories/committees/lawrefrom/iadcpiad/DCP_Final_Report.pdf

7 Australian Institute of Health and Welfare, *Adoptions Australia 2018 – 19*, 2019 https://www.aihw.gov.au/getmedia/d0c1e19c-881a-4176-829c-fa37d62f8bae/aihw-cws-71.pdf.aspx

8 ibid. n6, p.120

9 Parliament of Victoria, Law Reform Committee, Inquiry Into Access by Donor-Conceived People to Information about Donors, 'Michael Linden evidence', 2011 https://www.parliament.vic.gov.au/images/stories/committees/lawrefrom/iadcpiad/transcripts/2011-10-10_Smith_and_Linden.pdf

10 Parliament of Australia, Senate Inquiry Into Donor Conception in Australia—Submissions Received by the Committee, 'Miss Narelle Grech' 2010 https://www.aph.gov.au/Parliamentary Business/Committees/Senate/Legal _ and _ Constitutional _ Affairs/Completed_inquiries/2010-13/donorconception/submissions.

11 Parliament of Victoria, Law Reform Committee, Inquiry Into Access by Donor-Conceived People to Information about Donors, 'Submission by Narelle Grech', 2010 https://www.parliament.vic.gov.au/images/stories/committees/lawrefrom/iadcpiad/submissions/DCP18_Narelle_Grech.pdf

12 ibid., n10

13 ibid., n10

14 Parliament of Victoria, Law Reform Committee, Inquiry Into Access by Donor-Conceived People to Information about Donors, 'Submission by Narelle Grech', 2011 https://www.parliament.vic.gov.au/images/stories/committees/lawrefrom/iadcpiad/submissions/DCP67_-_Narelle_Grech.pdf

15 ibid.

16 NSW Parliament, Committee on Law and Safety, Inquiry Into Inclusion of Donor Details on the Register of Births, 'Narelle Grech submission', p.4 https://www.parliament.nsw.gov.au/ladocs/submissions/43230/submission%2018.pdf

17 ibid. n14

18 Parliament of Victoria, Law Reform Committee, Inquiry Into Access by Donor-Conceived People to Information about Donors, 'Submission by Prof Gab Kovaca', 2011 https://www.parliament.vic.gov.au/images/stories/committees/lawrefrom/iadcpiad/submissions/DCP40_-_Prof_Gab_Kovacs.pdf

19 Fyfe, M, 'When Sperm-donor Children Come Calling', *SMH*, 02.09.2015 https://www.smh.com.au/lifestyle/when-spermdonor-children-come-calling-20150902-gjd76r.html

20 Dingle, S, 'Health Concerns Spark Call for Sperm Donor Revelations', ABC *7.30*, 28.03.2012 https://www.abc.net.au/7.30/health-concerns-spark-call-for-sperm-donor/3918868

21 Tomazin, F, '"Suddenly She's There": Daughter and Donor Dad United', *The Age*, 17.03.2013 https://www.theage.com.au/national/victoria/suddenly-shes-there-daughter-and-donor-dad-united-20130316-2g7mv.html

第十六章

1 NSW Parliament, Committee on Law and Safety, *Inclusion of Donor Details on the Register of Births*, Report 1/55, p.5, October 2012 https://www.parliament.nsw.gov.au/

ladocs/inquiries/2028/Inclusion%20of%20donor%20details%20on%20the%20register%20of%20birt.pdf

2 District Court of NSW, *AA v Registrar of Births Deaths and Marriages and BB*[2011] NSWDC 100, 17.08.2011 https://www.austlii.edu.au/cgi-bin/viewdoc/au/cases/nsw/NSWDC/2011/100.html

3 Lesbians and the Law, 'Birth Certificates' https://www.lesbiansandthelaw.com/birth-certificates

4 NSW Government, *Status of Children Act 1996 No 76*, Part 3, Division 1, Section 14 https://legislation.nsw.gov.au/#/view/act/1996/76/part3/div1/sec14

5 ibid. n1

6 NSW Parliament, 'Managing Information Related to Donor Conception—Terms of Reference', 2012 https://www.parliament.nsw.gov.au/committees/inquiries/Pages/inquiry-details.aspx?pk=2324

7 NSW Parliament, Law and Safety Committee, Inquiry Into Managing Information Related to Donor Conception, 'Submission by the Fertility Society of Australia', February 2013 https://www.parliament.nsw.gov.au/ladocs/submissions/43747/Submission%2014%20-%20Fertility%20Society%20of%20Australia.pdf

8 NSW Parliament, Law and Safety Committee, Inquiry Into Managing Information Related to Donor Conception, 'Submission by Fertility East', 2013 https://www.parliament.nsw.gov.au/ladocs/submissions/51115/submission%2023%20-%20Fertility%20East.pdf

9 NSW Parliament, Law and Safety Committee, Inquiry Into Managing Information Related to Donor Conception, 'Submission by Andrology Department, Concord Hospital', February 2013 https://www.parliament.nsw.gov.au/ladocs/submissions/47300/Submission%2025%20-%20Andrology%20Department,%20Concord%20Hospital.pdf

10 NSW Parliament, Committee on Law and Safety, *Managing Donor Conception Information*, Report 2/55, p.13, October 2013 https://www.parliament.nsw.gov.au/ladocs/inquiries/2324/Final%20Report%20-%20Managing%20donor%20conception%20informati.PDF

11 NSW Government, 'Response to NSW Legislative Assembly Committee on Law and Safety Inquiries Into Donor Conception', April 2014 https://www.parliament.nsw.gov.au/ladocs/inquiries/2324/Government%20Response%20-%20inquiries%20into%20donor%20concept.pdf

12 NSW Government, *Assisted Reproductive Technology Amendment Act 2016 No 11*, p.11, April, 2016 https://beta.legislation.nsw.gov.au/view/pdf/asmade/act-2016-11

13 Needham, K, 'Donor-conceived Children in NSW to Have Fewer Rights Than Victorian Peers, *SMH*, 12.03.2016 https://www.smh.com.au/national/nsw/donorconceived-children-in-nsw-to-have-fewer-rights-than-victorian-peers-20160312-gnhbpu.html

第十七章

1 Parliament of Victoria, Law Reform Committee, Inquiry Into Access by Donor-conceived People to Information About Donors, ‘Dobby Oral Evidence’, p.4, September 2011 https://www.parliament.vic.gov.au/images/stories/committees/lawrefrom/iadcpiad/transcripts/2011-09-08_Kate_Dobby.pdf

2 ibid.

3 Parliament of Victoria, Law Reform Committee, Inquiry Into Access by Donor-conceived People to Information About Donors, ‘Submission by Prof. Gab Kovacs’, July 2011 https://www.parliament.vic.gov.au/images/stories/committees/lawrefrom/iadcpiad/submissions/DCP40_-_Prof_Gab_Kovacs.pdf

4 Parliament of Victoria, Law Reform Committee, Inquiry Into Access by Donor-conceived People to Information About Donors, ‘Submission by the Australian Medical Association’, August 2011 https://www.parliament.vic.gov.au/images/stories/committees/lawrefrom/iadcpiad/submissions/DCP71_-_Australian_Medical_Association.pdf

5 Parliament of Victoria, Law Reform Committee, Inquiry Into Access by Donor-conceived People to Information About Donors, ‘Submission by Kate Dobby’, p.2, August 2010 https://www.parliament.vic.gov.au/images/stories/committees/lawrefrom/iadcpiad/submissions/DCP33_Kate_Dobby.pdf

6 NSW Parliament, Law and Safety Committee, Inquiry Into Managing Information Related to Donor Conception, ‘Submission by the Fertility Society of Australia’, p.6, February 2013 https://www.parliament.nsw.gov.au/ladocs/submissions/43747/Submission%2014%20-%20Fertility%20Society%20of%20Australia.pdf

7 NSW Parliament, Law and Safety Committee, Inquiry Into Managing Information Related to Donor Conception, ‘Submission by Andrology Department, Concord Hospital’, p.5, February 2013 https://www.parliament.nsw.gov.au/ladocs/submissions/47300/Submission%2025%20-%20Andrology%20Department,%20Concord%20Hospital.pdf

8 Adams, DH, Ullah, S and de Lacey, S, ‘Does the Removal of Anonymity Reduce Sperm Donors in Australia?’ *J Law and Medicine*, 23(3) pp.628–36, 2016 https://europepmc.org/article/med/27323639

9 ibid.

10 ibid. n6

11 Premier of Victoria, ‘Protecting Victorian Women Through Assisted Reproduction’, April 2018 https://www.premier.vic.gov.au/protecting-victorian-women-through-assisted-reproduction/

12 Tuohy, W, ‘Police Checks for IVF Patients to be Scrapped’, *The Age*, 18.02.2020 https://www.theage.com.au/politics/victoria/police-checks-for-ivf-patients-to-be-scrapped-20200218-p541y2.html

13 Pownall, A, ‘Victim of Baby Gammy’s Father Speaks Out’, *The West Australian*, 23.08.2014 https://thewest.com.au/news/australia/victim-of-baby-gammys-father-speaks-

out-ng-ya-376290
Hawley, S, 'Two Australian Couples Stopped From Leaving Thailand With Surrogate Babies', ABN News, 15.08.2014 https://www.abc.net.au/news/2014-08-14/australian-couples-stopped-leaving-thailand-surrogate-babies/5672094?nw=0
'Baby Gammy: Australian David Farnell Says Twin Sister "100 per cent safe" Despite Child Sex Convictions', ABC News, 10.08.2014 https://www.abc.net.au/news/2014-08-10/baby-gammy-father-denies-threat-to-twin/5661242
Murdoch, M, 'Wendy Farnell Did Not Supply the Egg, Gammy's Thai Mother Says', *SMH*, 10.08.2014 https://www.smh.com.au/world/wendy-farnell-did-not-supply-the-egg-gammys-thai-mother-says-20140810-102joz.html
14 Hawley, S, 'Australian Charged With Sexually Abusing Twins He Fathered With Thai Surrogate', ABC News, 02.09.2014 https://www.abc.net.au/news/2014-09-01/australian-who-fathered-surrogate-twins-facing-abuse-charges/5710796

第十八章

1 与医疗保健投诉委员会的电话交谈记录，2015 年 1 月。
2 医疗保健投诉委员会的信函，2015 年 1 月。
3 发给医疗保健投诉委员会的电子邮件，2015 年 2 月。
4 *Australian Story*, 'Searching for C11, Part 1', ABC, 11.08.2014 https://www.abc.net.au/austory/searching-for-c11---part-1/5777004
5 Dingle, S, 'Misconception', *SMH*, 16.08.2014 https://www.smh.com.au/lifestyle/misconception-20140811-3dha9.html

第十九章

1 后更名为"Building Bridges in a Donor Conceived World"。https://www.facebook.com/groups/503623156952692/
2 电子邮件交流，2014 年 9 月。

第二十章

1 Smith, T, 'Is Genetic Sexual Attraction a Real Thing?', 2020 https://www.e-counseling.com/relationships/is-genetic-sexual-attraction-real/
2 Cumbria County Council, *Genetic Sexual Attraction*, n.d. https://www.cumbria.gov.uk/eLibrary/Content/Internet//537/6379/6423/17162/42709145735.pdf
3 Alvarez, G, Quinteiro, C and Ceballos, FC, 'Inbreeding and Genetic Disorder'. In Dr Kenji Ikehara, *Advances in the Study of Genetic Disorders*, InTechOpen, 2011 http://www.doi.org.10.5772/18373
4 Australian Government, *Marriage Act 1961*, Section 23, Subsection 2 http://classic.austlii.edu.au/au/legis/cth/consol_act/ma196185/s23.html
5 Clark, R, 'The Incest Trap', *The Spectator*, 25.08.2018 https://www.spectator.co.

uk/article/the-incest-trap
6 '17 British Sperm Donors Have Fathered 500 Children Figures Show', *The Telegraph*, 17.06.2018 https://www.telegraph.co.uk/science/2018/05/06/17-british-sperm-donors-have-fathered-500-children-figures-show/
7 Allan, S, *Donor Conception and the Search for Information: From Secrecy to Openness*, p.119, 2017, Farnham: Ashgate
8 Human Fertilisation and Embryology Authority, 'Finding Out About Your Donor and Genetic Siblings', n.d. https://www.hfea.gov.uk/donation/donor-conceived-people-and-their-parents/finding-out-about-your-donor-and-genetic-siblings/
9 Parliament of Australia, Main Committee Constituency Statements, Mrs Gash https://parlinfo.aph.gov.au/parlInfo/search/display/display.w3p;query=Id%3A%22chamber%2Fhansardr%2F2010-10-25%2F0190%22
10 Hasham, N, 'Joanna Gash Concerned About Accidental Incest', *Illawarra Mercury*, 27.10.2010 https://www.illawarramercury.com.au/story/632439/joanna-gash-concerned-about-accidental-incest/
11 Conversation with Jemma Tribe, May 2020.
12 'Mums Shocked to Discover Children Have 43 Half Siblings', Kidspot, 12.04.2019 https://www.kidspot.com.au/news/mums-shocked-to-find-their-childrens-siblings-are-their-neighbours/news-story/6e748a5eb8355eef58a354ef6cf93f95
Ruiz, K, 'Lesbian Couple Who Conceived Five Kids by a Sperm Donor Discover Neighbour's Children Have The SAME "Blue-eyed Surfie" Dad Who Donated 48 Times', *Daily Mail Australia*, 06.04.2019 https://www.dailymail.co.uk/news/article-6891179/Same-sex-couple-warns-incest-dangers-learning-sperm-donor-fathered-48-children.html
13 ibid. n5
14 'New Thai Surrogacy Law Bans Foreigners', SBS News, 01.08.2015 https://www.sbs.com.au/news/new-thai-surrogacy-law-bans-foreigners

第二十一章

1 Question to We Are Donor Conceived, March 2020
2 Joffe, E, 'My Wife Is My Sister', Dear Prudence, Slate, 19.02.2013 https://slate.com/human-interest/2013/02/dear-prudence-my-wife-and-i-came-from-the-same-sperm-donor.html?fbclid=IwAR2bX0pCDmvu3sDp2HShjySxDNHDr1-N-POOTmCxpmc7k9xfXDxa3Py9etY
3 Mroz, J, 'One Sperm Donor, 150 Offspring', *The New York Times*, 05.09.2011 https://www.nytimes.com/2011/09/06/health/06donor.html
4 Interview with Matt Doran, April 2020

第二十二章

1 Women of Letters, All About Women Festival, Sydney March 2016

2 与彼得·伊林沃思的电子邮件交流，2014 年 9 月至 12 月。
3 与贝琳达·霍金斯的电子邮件交流，2014 年 8 月。
4 *Australian Story* Part 1 broadcast 11.08.2014; files received from RNSH 12.08.2014
5 与皇家北岸医院和悉尼北区地方卫生区的电子邮件交流，2014 年 8 月至 9 月。
6 IVF Australia, 'Ethics Committee' https://www.ivf.com.au/about-us/why-choose-ivfaustralia/ethics-committee
7 与悉尼北区地方卫生区的电子邮件交流，2014 年 10 月。
8 与杰米·帕克的电子邮件交流，2014 年 10 月。
9 Parliament of NSW, 'Health Practitioner Regulation Legislation Amendment Bill 2014', Second Reading, Legislative Assembly Hansard, 14.10.2014 https://www.parliament.nsw.gov.au/Hansard/Pages/HansardResult.aspx#/docid/HANSARD-1323879322-58202/link/82
10 与皇家北岸医院的电子邮件交流，2014 年 11 月。

第二十三章

1 内部审计局会议，2014 年 12 月 1 日。
2 与彼得·伊林沃思的电子邮件交流，2015 年 2 月至 3 月。
3 与卫生部的电子邮件交流，2015 年 3 月。
4 ibid. n2
5 ibid. n3
6 与皇家北岸医院的电子邮件交流，2015 年 4 月。
7 ibid. n6
8 ibid. n6
9 Kerin, L, 'Medical Documents of 88 IVF Patients Deliberately Changed', The World Today, ABC, 22.04.2015 https://www.abc.net.au/worldtoday/content/2015/s4221399.htm
See also NSW Health, 'Investigation Into Clinical Records of Royal North Shore Hospital's Former Assisted Reproductive Technology Clinic', 22.04.2015
10 ibid. n6

第二十四章

1 IAB, *Investigation Report Into Possible Tampering of Clinical Records for Assisted Reproduction Technology*, IAB Job No:2697, p.1, April 2015
2 NSW Government, *Assisted Reproductive Technology Amendment Act 2016 No 11*, p.12 https://beta.legislation.nsw.gov.au/view/pdf/asmade/act-2016-11
3 Australian Government National Health and Medical Research Council, *Ethical Guidelines of the Use of Assisted Reproductive Technology in Clinical Practice and Research*, Section 5.13 'Use of Gametes Collected Before 2004', p.49, 2017 https://www.nhmrc.gov.au/sites/default/files/documents/reports/use-assisted-reproductive-technology.pdf

4 与道格拉斯·桑德斯的电子邮件交流，2020 年 5 月。
5 与玛格丽特·桑德斯的电话交谈，2020 年 5 月。
6 来自皇家北岸医院医务部的信件，2020 年 5 月。

第二十五章

1 与悉尼东南区地方卫生区的电子邮件交流，2020 年 4 月。
2 We Are Donor Conceived，‘2020 We Are Donor Conceived Survey’，17.09.2020 https://www.wearedonorconceived.com/2020-survey-top/2020-we-are-donor-conceived-survey/
3 *The Herald Sun*, 06.12.2012
The Advertiser 05.06.2011
4 对费丝·A. 霍的死因调查，2015 年 6 月。
5 Victorian Assisted Reproductive Treatment Authority，‘Becoming a Donor: Am I Eligible?’ https://www.varta.org.au/understanding-donor-conception/becoming-donor#am-I-eligible
6 Merck Healthcare，‘Summary of Product Characteristics: GONAL-f 7’，p.13 https://hcp.merckgroup.com/content/dam/web/healthcare/fertility/h4b-content-2018/gonal-f/EU-SPC-LAB-PL-Follitropin-alfa-II-145-2019Dec-en.pdf
7 Merck Healthcare，‘Gonal-f’ https://hcp.merckgroup.com/en/fertility/therapeutics/gonal-f.html
8 On OHSS, see Mayo Clinic，‘Ovarian Hyperstimulation Syndrome’ https://www.mayoclinic.org/diseases-conditions/ovarian-hyperstimulation-syndrome-ohss/symptoms-causes/syc-20354697
On possible side effects of Gonal-f, see the Royal Women's Hospital，‘Ovulation Induction Program at the Women's’，June 2018 https://thewomens.r.worldssl.net/images/uploads/fact-sheets/Ovulation-Induction-2018.pdf
9 Hall, L，‘Childless Couple Dedicate Lives to Helping Others Have Families’，*SMH*，30.03.2008，https://www.smh.com.au/national/childless-couple-dedicate-lives-to-helping-others-have-families-20080330-gds7d1.html
10 Better Health，‘Polycystic Ovarian Syndrome (PCOS)’，Nov 2019 https://www.betterhealth.vic.gov.au/health/conditionsandtreatments/polycystic-ovarian-syndrome-pcos
11 来自维多利亚州死因调查法庭的信件，2015 年 6 月。
12 ibid. n9
13 Piper, M et al.，‘Hepatocellular Adenoma (HCA)’，Medscape, 03.12.2020 https://emedicine.medscape.com/article/170205-overview

第二十六章

1 对娜塔莉·帕克的采访，2020 年 3 月。
2 Marriner, M，‘Plan to Encourage Embryo Donation’，*SMH*，20.01.2013 https://www.

smh.com.au/national/plan-to-encourage-embryo-donation-20130119-2d08b.html
3 Embryo Donation Network http://www.embryodonation.org.au/default.aspx

第二十七章

1 斯金纳部长致娜塔莉·帕克的信，2016 年 5 月 16 日。
2 与“胚胎捐赠网络”的电子邮件交流，2020 年 5 月。
3 *Australian Story*, ‘How I Met Your Father’, ABC, 05.12.2017 https://www.abc.net.au/austory/how-i-met-your-father/5861470
4 *Australian Story*, ‘Lexie's village’, ABC, 28.09.2015 https://www.abc.net.au/austory/lexies-village/7202730
5 Murray, M et al., ‘Donate or Discard? The Surplus Embryo Dilemma’, ABC News, 04.11.2019 https://www.abc.net.au/news/2019-09-30/donate-or-discard-what-to-do-with-surplus-embryos/11377468?nw=0

第二十八章

1 High Court of NSW, *Clark v Macourt*, 18.12.2013, pars 79 and 83
2 Supreme Court of NSW, *St George Fertility Centre Pty Ltd v Clark*[2011] NSWSC 1276 (25.10.2011), 13.12.2011 http://classic.austlii.edu.au/au/cases/nsw/NSWSC/2011/1276.html
3 ibid.
4 Riggall, L, ‘Mother Takes Legal Action Against Sperm Bank for Her Child's Dwarfism’, BioNews, 04.11.2019 https://www.bionews.org.uk/page_145966
‘Sweden hit by Danish sperm bank scandal’, *The Local*, 24.09.2012 https://www.thelocal.se/20120924/43416
Leidig, M, ‘Child Killer on Books of World's No1 Sperm Bank’, *The Telegraph*, 02.11.2003 https://www.telegraph.co.uk/news/worldnews/europe/denmark/1445756/Child-killer-on-books-of-worlds-No1-spermbank.html
5 Interland, J, ‘Organ Trafficking is No Myth’, *Newsweek*, 01.09.2009 https://www.newsweek.com/organ-trafficking-no-myth-78079
Scheper-Hughes, N, ‘Opinion: The Market for Human Organs is Destroying Lives’, *The Washington Post*, 06.01.2016 https://www.washingtonpost.com/news/in-theory/wp/2016/01/05/the-market-for-human-organs-is-destroying-lives/
6 The Royal College of Pathologists of Australasia, ‘Ethical and Legal Issues in Relation to the Use of Human Tissue in Australia and New Zealand’, April 2018 https://www.rcpa.edu.au/getattachment/ad0d4af1-901a-4056-af05-56bbc06167c1/Ethical-and-Legal-Issues-in-Relation-to-the-Use-of.aspx
7 NSW Government, *Human Tissue Act 1983 No 164*, Section 32: Trading in Tissue Prohibited, 27.10.2020 https://www.legislation.nsw.gov.au/#/view/act/1983/164/part6/sec32

8 Tonti-Filippini, N et al., 'Trade in Human Tissue Products', *MJA*, 194(5), pp.263–65, 2011

9 'US Sperm Bank Xytex International is Offering Discounts on Vials of Sperm', news.com.au, 15.04.2009 https://www.news.com.au/finance/sperm-bank-offers-stimulus-deals/news-story/988d4ecde30593654f3ec1bd7b77a8a7

10 Van Dusen, C, 'A Georgia Sperm Bank, a Troubled Donor, and the Secretive Business of Babymaking', *Atlanta*, 13.02.2018 https://www.atlantamagazine.com/great-reads/georgia-sperm-bank-troubled-donor-secretive-business-babymaking/

11 NSW Court of Appeal, *Clark v Macourt*(S95/2013), 2013 https://cdn.hcourt.gov.au/assets/cases/s95-2013/S95-2013.pdf

12 Winterton, D, '*Clark v Macourt*: Defective Sperm and Performance Substitutes in the High Court of Australia: IV—An assessment of the High Court's decision', *Melb Univ Law Revue*, 38(2), 2014 http://www.austlii.edu.au/au/journals/MelbULawRw/2014/27.html#Heading128

第二十九章

1 与莱奥妮·休伊特的电话交谈，2020 年 5 月。

2 See The Royal Children's Hospital Melbourne, 'Beta Thalassaemia', July 2018 https://www.rch.org.au/kidsinfo/fact_sheets/Thalassaemia_an_overview/
Also Health Direct, 'Thalassaemia', February 2019 https://www.healthdirect.gov.au/thalassaemia

第三十章

1 Zhang, S, 'A decades-old Doctor's Secret Leads to New Fertility-fraud Law', *The Atlantic*, 08.05.2019 https://www.theatlantic.com/science/archive/2019/05/cline-fertility-fraud-law/588877/
Heisel, W, 'Doctors Behaving Badly: Connecticut Fertility Doctor Survives Despite Bombshell Accusation', Center for Health Journalism, 05.05.2010 https://www.centerforhealthjournalism.org/blogs/doctors-behaving-badly-connecticut-fertility-doctor-survives-despite-bombshell-accusation
Hogan, J, 'Former Idaho Falls Doctor Admits to Using His Own Sperm to Impregnate Patients', *Post Register*, 07.11.2019 https://www.postregister.com/news/crime_courts/former-idaho-falls-doctor-admits-to-using-his-own-sperm/article_1a130b1b-90df-53fb-9ca5-5d8ef32a1349.html
Blaisdell, E, 'More Motions Filed in Gynecologist Case', *Times Argus*, 13.08.2019 https://www.timesargus.com/news/local/more-motions-filed-in-gynecologist-case/article_95b602dd-6bfb-5547-819a-6b4cad95dd7b.html

2 Ettachfini, E, 'Doctors Can Legally Inseminate Patients With Their Own Sperm in Most States', *Vice*, 23.04.2019 https://www.vice.com/en_us/article/pajdn7/fertility-fraud-

insemination-laws-donald-cline

3 Motluk, A, 'Insemination Fraud', HeyReprotech, 12.02.2020 https://heyreprotech.substack.com/p/insemination-fraud

4 California Code, Penal Code—PEN § 367g https://codes.findlaw.com/ca/penal-code/pen-sect-367g.html

5 Indiana in May 2019, Texas in June 2019: Trachman, E, '2 States Pass Laws to Reduce Donor Creepiness', Above the Law, 12.06.2019 https://abovethelaw.com/2019/06/2-states-pass-laws-to-reduce-doctor-creepiness/

6 Byrne, E, 'Texas House Passes Bill Classifying Fertility Fraud as Sexual Assault', *The Texas Tribune*, 16.05.2019 https://www.texastribune.org/2019/05/16/texas-house-bill-fertility-fraud-crime/

7 Phillips, K et al., 'Texas Woman Seeks to Change Law After DNA Test Reveals Shocking Truth About her Genetic Family Tree', ABC News, 04.05.2019 https://abcnews.go.com/US/texas-woman-seeks-change-law-dna-test-reveals/story?id=62809127

8 ibid.

9 Garrett, R, 'Dallas Woman's Push to Make Fertility Fraud a Crime Results in New Law on the Books in Texas', *The Dallas Morning News*, 05.06.2019 https://www.dallasnews.com/news/politics/2019/06/05/dallas-woman-s-push-to-make-fertility-fraud-a-crime-results-in-new-law-on-the-books-in-texas/

10 Christie, M, 'Texas Passes New Law After Woman Discovers Her Mom's Fertility Doctor is Her Father', ABC News, 06.06.2019 https://abcnews.go.com/US/texas-passes-law-woman-discovers-moms-fertility-doctor/story?id=63516936

11 Trachman, E, 'Reproductive Battery: a New Crime For a New World', Above the Law, 08.07.2020 https://abovethelaw.com/2020/07/reproductive-battery-a-new-crime-for-a-new-world/?rf=1

12 For e.g. see Pride Angel, 'Quarantining Frozen Sperm' https://www.prideangel.com/Information-Centre/Health-Screening/Quarantining-frozen-sperm.aspx

13 See Paddock, C, 'Frozen Sperm as Good as Fresh for IVF Treatment', Medical News Today, 08.08.2013 https://www.medicalnewstoday.com/articles/264550#1

14 'Fertility clinic founder may have fathered up to 600 children', *The Australian*, 08.04.2012 https://www.theaustralian.com.au/news/latest-news/fertility-clinic-founder-may-have-fathered-up-to-600-children/news-story/206a55eab0c404f14e2acf40cfcb6a3b

15 Trépanier, A, 'Class-action Lawsuit Against Disgraced Fertility Doctor Grows', CBC News, 15.06.2020 https://www.cbc.ca/news/canada/ottawa/norman-barwin-class-action-16-biological-children-1.5609426

Payne, E, 'Timeline: a Look at the Story of Dr. Norman Barwin', *Ottawa Citizen*, 03.03.2018 https://ottawacitizen.com/news/local-news/timeline-a-look-at-the-story-of-dr-norman-barwin

16 Broughton, T, 'Durban Sperm Doctor Fathered Five Children With His Patients', *Sun-*

day Times, 12.08.2018 https://www.timeslive.co.za/sunday-times/news/2018-08-11-durban-spermdoctor-fathered-five-children-with-his-patients/

17 举例如下。南非：捐赠者完全匿名，https://journals.plos.org/plosone/article?id=10.1371/journal.pone.0226603。

英国：仅向 2005 年后出生者提供身份识别信息。

澳大利亚：8 个州和地区中仅有一半提供身份识别信息。

美国：没有法律，取决于诊所。华盛顿州是唯一一个要求非匿名捐赠的州，适用于 2001 年及以后出生的人，https://www.bionews.org.uk/page_95954。

加拿大：没有禁止匿名的法律，取决于诊所，https://ottawacitizen.com/news/local-news/dna-testing-has-virtually-brought-an-end-to-anonymous-sperm-donations-its-time-canadas-laws-caught-up-say-donor-offspring。

荷兰：自 2004 年起不再匿名，https://www.researchgate.net/publication/7430930_A_new_Dutch_Law_regulating_provision_of_identifying_information_of_donors_to_offspring_background_content_and_impact。

第三十一章

1 Ancestry, 'Your Privacy', 23.09.2020 https://www.ancestry.com.au/cs/legal/privacystatement

2 Hautula, L, 'Ancestry Says Police Requested Access to its DNA Database', C Net, 04.02.2020 https://www.cnet.com/news/ancestry-says-police-requested-access-to-its-dna-database/

Whittaker, Z, 'Ancestry.com Rejected a Police Warrant to Access User DNA Records on a Technicality', Tech Crunch, 05.02.2020 https://techcrunch.com/2020/02/04/ancestry-warrant-dna-records/

3 'CentiMorgan', International Society of Genetic Genealogy Wiki, 22.06.2018 https://isogg.org/wiki/CentiMorgan/en

4 Buhrmester, D & Furman, W, 'Perceptions of Sibling Relationships During Middle Childhood and Adolescence', *Child Developm*, 61, pp.1387 – 98, 1990

5 Brigham Young University, 'Sisters Protect Siblings from Depression, Study Shows', ScienceDaily, 02.08.2010 https://www.sciencedaily.com/releases/2010/08/100802125821.htm

第三十三章

1 Willetts, J, 'Convict Ship *Ferguson* 1829', Free Settler or Felon https://www.jenwilletts.com/convict_ship_ferguson_1829.htm

2 Hansen, A, 'Sister Elizabeth Kenny—Pioneering Nurse Who Took on the Establishment', Australia's Science Channel, 30.04.2018 https://australiascience.tv/sister-elizabeth-kenny-pioneering-nurse-who-took-on-the-establishment/

3 Catrwright, R, 'Sister Kenny Institute', MNOpedia, 21.02.2017 https://www.mnope-

dia.org/thing/sister-kenny-institute

第三十四章

1 Parliament of Australia, Senate Inquiry Into Donor Conception in Australia—Submissions Received by the Committee, 'The Donor Support Group of Australia Inc', p.76, 2010 http://www.aph.gov.au/DocumentStore.ashx?id=4482af6c-a79d-46b1-90cb-3f65c1505f4c

第三十五章

1 2020 年 4 月之电子邮件交流。
2 Concept Fertility Centre, 'Freezing and Storage of Sperm', 12.03.2010 https://www.conceptfertility.com.au/files/6915/6833/9452/Freezing_and_Storage_of_Sperm_12-3-10_UserTemp_12.pdf
3 'LGBTQI+Donors', Australian Red Cross Lifeblood https://www.donateblood.com.au/lgbtqi-donors
4 Alexander, D, 'Wanted: Aussie Gay Sperm', *Star Observer*, 20.03.2015 https://www.starobserver.com.au/life-style/wanted-aussie-gay-sperm/134209

后记

1 Tanner, C, 'I'm Still Working on Forgiving the Fertility Doctor Who Secretly Fathered Me and at Least 60 Children', iNews, 27.03.2020 https://inews.co.uk/news/real-life/ivf-sperm-fertility-scandal-dutch-doctor-jan-karbaat-412100

致 谢

当你就这样一个话题发表意见时，你会发现自己没有固定的、天然的盟友群体（其实恰恰相反）。因此，以下这些人就显得尤为特殊：

我的发行人 Arwen Summers，因为她从第一次激动人心的谈话开始就对我的作品充满信心。我的编辑 Kate Daniel，感谢她对我絮絮叨叨的行文既包容又严格；Anna Collett 以及 Hardie Grant 团队的其他成员，感谢他们在全球疫情期间为我这个新手作者提供了大量支持。新南威尔士州档案馆的 Deborah Bennett 的团队，感谢他们提供了重要的民主服务。感谢 Hynd 兄弟以及他们的另一半 Bianca 和 Sharon 的大力支持。新冠咖喱小组之 Dom、Amanda、Kirsty、Steve、Olly 和 Row，感谢他们无数次的邻里之情。Dans Bain，感谢你一如既往地支持我们。Damian Adams、Sonia Allan 和 Myf Cummerford，感谢他们的友谊、慷慨的头脑和欢声笑语。感谢联合国之行的全体成员：有朝一日我们还会在瑞士的酒吧欢聚。Caroline Lorbach 和 Leonie Hewitt，感谢她们多年来的支持。感谢 Adriana Keating、Lucas Grogan 和 Lesley Lysaght 近乎一生的支持。Patricia Fronek、Anna Noonan、Dans Bain 和 Marianne Leitch，感谢她们慷慨地花时间阅读本书并提供建议。感谢我的采访对象们，尤其是那些将自己的一些私密想法对我和盘托出的人，包括我的表妹 Caroline。感谢 Steven McKenzie 信守承诺，给了我们答案。感谢百折不挠的 Heather Watkins，她改变了许多人的生活，不仅仅是我的。还有出色的 Zoë Wheeler。我的好姐妹 Rebecca Ronan。

以及我的母亲，她不惜付出巨大的个人代价为我提供线索，并在长达一年的写作过程中提供了宝贵的帮助。还有 Olle 一家，尤其是 Annette、Nina 和 Craig（名誉成员），在大家挤在一间海滩小屋时感谢他们支持我们这个小家庭，耐心倾听作者的焦虑，并忍受一本书的突然完结。

最后，献给 Sam，他是我的一切。

Sarah Dingle
BRAVE NEW HUMANS

First published in the English language by Hardie Grant Books, an imprint of Hardie Grant Publishing, in 2021.

图字:09-2023-0999号

图书在版编目(CIP)数据

美丽新人类 / (澳) 萨拉·丁格尔(Sarah Dingle) 著; 邓南君译. -- 上海 : 上海译文出版社, 2025. 5. (译文纪实). -- ISBN 978-7-5327-9812-4

Ⅰ. I611.55

中国国家版本馆CIP数据核字第2025PL6331号

美丽新人类

[澳] 萨拉·丁格尔 著 邓南君 译

责任编辑/常剑心 装帧设计/邵旻 观止堂_未氓

上海译文出版社有限公司出版、发行
网址:www.yiwen.com.cn
201101 上海市闵行区号景路159弄B座
上海景条印刷有限公司印刷

开本890×1240 1/32 印张11.5 插页2 字数269,000
2025年5月第1版 2025年5月第1次印刷
印数:0,001—6,000册

ISBN 978-7-5327-9812-4
定价:68.00元